Marie Louise Fischer

Elbchaussee

Roman

GOLDMANN

Ungekürzte Ausgabe

Umwelthinweis:
Alle bedruckten Materialien dieses Taschenbuches
sind chlorfrei und umweltschonend.

Der Goldmann Verlag
ist ein Unternehmen der Verlagsgruppe Bertelsmann GmbH

Genehmigte Taschenbuchausgabe 3/92

Umschlagentwurf: Design Team München
Farbige Umschlagzeichnung: Osterwalder, Hamburg
Druck: Elsnerdruck, Berlin
Verlagsnummer: 41231
BH · Herstellung: Stefan Hansen/sc
Made in Germany
ISBN 3-442-41231-5

Wir sind verrückt!« Mit einem lächelnden Seufzer fügte sie hinzu: »Aber süß verrückt!« Sie legte ihm die Hand auf die Brust und spürte das heftige, gleichmäßige Schlagen seines Herzens.

Er zog sie noch enger an sich und hauchte, den Mund an ihrem Ohr: »Hexe!«

»Nun sag bloß...«

Er ließ sie nicht aussprechen: »Natürlich war es deine Schuld! Wenn du dich so aufreizend herrichtest!«

»Aufreizend? In den Klamotten, die ich den ganzen Vormittag im Büro getragen habe?«

»Auf mich wirkst du eben immer aufreizend.«

Sie lachte. »Soll das ein Kompliment oder eine Beleidigung sein?«

Sie lagen nackt, wie Gott sie erschaffen hatte, auf dem taubenblauen Teppichboden seines Wohnraums, ihre Kleidungsstücke wild um sich verstreut. Nach Wochen der Trennung war ihnen der Weg zum Bett oder auch nur zur Couch zu weit gewesen.

»Ich geh' jetzt unter die Dusche«, verkündete sie, machte aber keine Anstalten aufzustehen.

»Gute Idee! Ich komme mit.«

»Lieber nicht.«

»Hast du es eilig?«

»Überhaupt nicht. Aber ich finde...« Sie zögerte. »... Glück, das man zu wiederholen versucht, nützt sich ab.«

»Dann müßte unseres längst schäbig geworden sein.«

»Eben nicht, weil die Gelegenheiten rar sind, es zu genießen.«

»Man könnte beinahe von homöopathischer Dosierung sprechen.«

»Beschwer dich nicht! Du weißt, ich widme mich dir in jeder freien Minute.« Sie küßte ihn auf die glatte braune Brust, richtete sich energisch auf und sprang hoch.

Er blieb träge liegen, beobachtete, wie sie mit raschen, zielbewußten Griffen Ordnung in das Chaos brachte. Ihr Körper, braungebrannt von Sommersonne und Seewind, wirkte noch immer mädchenhaft, die Beine lang, die Taille schmal und die hoch angesetzten Brüste sehr fest und nur schwach gerundet. Sie sammelte ihr Kleid, seine Hose, Strümpfe und Schuhe ein und trug sie ins Schlafzimmer hinüber. Dann bückte sie sich, um den Inhalt ihrer Handtasche einzusammeln, die sich beim Sturz geöffnet hatte.

Er setzte sich auf. »Laß mich das machen.«

Sie hielt in der Bewegung inne und sah ihn an. »Warum?«

»Nur so. Oder hast du etwa Geheimnisse vor mir?«

»Du bist der einzige Mensch auf der Welt, vor dem ich keine habe.«

»Beruhigend zu wissen.«

Als sie zehn Minuten später aus dem Bad zurückkam, fand sie ihn, schon wieder in Hemd und Hose, auf der Couch sitzend, ihre weiße Handtasche neben sich. Das Licht der Sommersonne, das durch die Jalousetten in den Raum fiel, zauberte einen goldenen Schimmer auf seine braunen Locken. Es wurde ihr einmal mehr bewußt, wie schön er war, und das war, so glaubte sie, das einzige, was sie an ihm störte.

Er betrachtete ein Foto, das er in der Hand hielt.

Der Versuchung widerstehend, sich neben ihn zu setzen, nahm sie auf einem mit grauem Samt überzogenen Sessel ihm gegenüber Platz. Sie hatte ihr Gesicht noch nicht zurechtgemacht und trug seinen kurzen weißen Bademantel.

Er hatte kurz aufgesehen, als sie eingetreten war, mit jenem Aufleuchten in den ausdrucksvollen Augen mit der grünen Iris, das ihr durch und durch ging, und sich dann wieder dem Betrachten des Fotos gewidmet.

»Dein Mann und deine Tochter?« fragte er.

Sie hielt es nicht für nötig, ihm die Antwort zu geben, die er ohnehin wissen mußte.

»Der ehrenwerte wohlbetuchte Professor Doktor Knut Kröger«, sagte er in einem Ton, der ironisch klingen sollte, in dem aber ein Hauch von Eifersucht schwang.

»Ach, laß doch, Ralf!« bat sie.

»Sieht aus, als könnte er dein Großvater sein.«

»Sei nicht albern! Imogen ist neun und er ist zweiundvierzig.«

»Sie ist lieb.«

»Ja, das ist sie.«

»Ich würde sie zu gern kennenlernen.«

»Unmöglich. Ich denke nicht daran, ihr was vorzuspielen, und, sie einzuweihen, schon gar nicht.«

»Aber wenn es sich zufällig ergäbe...«

»Das möchte ich nicht erleben.«

»Du hast natürlich recht.« Er steckte das Foto in ihre Handtasche zurück und stand auf. »Ich habe uns einen Tee aufgebrüht.«

Sie lächelte zu ihm auf. »Wie immer.«

»Du mußt es mir sagen, Claudia, wenn du etwas anderes willst.«

»Das würde ich schon, wenn es so wäre. Aber ich weiß noch nicht, was ich mehr liebe... dich oder deinen wunderbaren Tee.«

Er gab ihr im Vorbeigehen eine leichte Kopfnuß. »Biest.«

Sie lachte nur, langte über den Tisch nach ihrer Handtasche, nahm ein Zigarettenpäckchen und ihr schweres goldenes Feuerzeug – ein Geschenk ihres Mannes – heraus und stellte die Tasche dann neben den Sessel. Während er in seiner Kitchenette hantierte, hatte sie Muße, sich in dem sehr modern, großzügig und hell eingerichteten Raum umzusehen. Sie kannte ihn von vielen Besuchen her, war aber immer gewärtig, etwas Neues zu entdecken. Ralf Hayd und sein Vater, die im Erdgeschoß ihres alten Hamburger Hauses einen Handel mit Antiquitäten betrieben, hatten beide die Angewohnheit, ein vor kurzem erworbenes Stück, wenn es ihnen gefiel, erst einmal hinauf in die eine oder andere Wohnung zu nehmen. Diesmal war es eine zierliche Kommode aus Rosenholz.

»Zauberhaft!« rief sie, sprang auf und berührte mit den Fingern das glatte, schimmernde Holz, das trotz seines Alters noch lebendige Wärme auszustrahlen schien.

»Gefällt sie dir?« fragte Ralf, der ein Tablett mit Teegeschirr zum Tisch hinbalancierte.

»Und ob! Rokoko?«

»Eher spätes Barock.« Er stellte Teekanne, Sahnekännchen und Zuckerdose aus kunstvoll verarbeitetem Silber – England, 18. Jahrhundert – auf den Tisch, verteilte Tassen, Untertassen und Silberlöffel.

»Woher hast du es?«

»Aus einer Versteigerung. Zu teuer erstanden. Aber ich konnte nicht widerstehen.«

»Kann ich dir nachfühlen.«

Sie setzten sich. Er goß frische Sahne in die Tassen, füllte sie mit dem sehr dunklen, fast schwarzen Tee auf, tat Kandiszucker dazu. »Wie war es auf Sylt?«

»Erholsam wie immer. Sonnenbaden, lange Strandspaziergänge, Abende im *Pony*. Du kennst das ja alles. Aber du hast mir gefehlt.«

»Das will ich hoffen.«

Sie warteten, bis der Zucker sich aufgelöst hatte, rührten behutsam um und nahmen dann den ersten Schluck.

»Ah, wie gut das tut!« sagte sie. »Nirgendwo bekomme ich einen Tee wie bei dir.«

»Du könntest ihn dir selber kochen.«

»Ja, warum eigentlich nicht?« – Sie glaubte, daß ihr Mann ihn sicher auf friesische Art zubereitet auch mögen würde, aber es wäre ihr wie ein Verrat an Ralf vorgekommen, wenn sie ihn auch mit ihrem Mann zusammen so getrunken hätte. Vielleicht später einmal, wenn alles vorbei war.

»Was hast du?« fragte er.

»Nichts.« Sie zwang sich ein Lächeln ab.

»Du hast an etwas Ungutes gedacht.«

»Vielleicht. Kann sein. Aber wenn, dann habe ich es schon vergessen.« Sie zündete sich eine Zigarette an.

»Du kannst mir vertrauen«, sagte er.

»Das weiß ich ja. Aber vertrauen heißt doch nicht, den anderen mit jedem dummen Gedanken zu belasten, der einem durch den Kopf schießt.« Sie schob ihm das Zigarettenpäckchen zu. »Magst du? Nur zur Gesellschaft.«

Er machte sich nichts daraus zu rauchen, nahm sich aber dennoch eine Zigarette und zündete sie sich mit ihrem Feuerzeug an.

»Wie kommt es, daß du erst heute zurück bist? Ich hatte dich schon am Mittwoch erwartet.«

Sie streifte die Asche ihrer Zigarette ab. »Ich habe es versucht. Aber es ging nicht. Knut und Imogen fühlten sich so wohl auf der Insel, und allein lassen wollte ich sie auch nicht.«

»Aber du hattest Sehnsucht nach mir?«

»Ja«, gab sie zu, »aber gerade das war das Fatale.«

»Verstehe ich nicht.« Er sah sie aufmerksam an.

»Tatsächlich hätte ich guten Grund gehabt, früher abzureisen. Am Mittwoch war die große Artikelabgabe bei *Cosmos*.«

»Was ist das?«

»Ach, das habe ich dir bestimmt schon mal erzählt. Da stellen die Einkäufer ihre Waren für den nächsten Katalog vor. Das ist immer eine ziemlich aufregende Angelegenheit. Alle versammeln sich im Konferenzsaal.«

»Wer – alle?«

»Der Big Boss, die Chefs der Einkäufer und der Werbeabteilung und ihre Assistenten, die Texter, die Fotografen und die Grafiker.«

»Und da hättest du als Cheftexterin natürlich dabeisein sollen.«

»So ist es.« Claudia drückte ihre Zigarette aus. »Du hast den Nagel auf den Kopf getroffen.«

»Wieso hast du das deinem Mann nicht klarmachen können?«

»Der Termin fiel ja in meinen Urlaub. Man hat mich erst am Montag wieder im Büro erwartet.«

»Aber du warst schon heute da.«

Sie griff nach einer Zigarette. »Weil ich mich so schnell wie möglich orientieren und zu dir wollte. Ich kann dir nicht genau sagen, was mir wichtiger war.« Sie zuckte die Achseln.

Er ließ ihr goldenes Feuerzeug aufspringen. »Es wird wohl die Arbeit gewesen sein.«

Sie steckte sich die Zigarette in den Mund, hielt sie in die kleine Flamme und zog den Rauch ein. »Da bin ich mir nicht so sicher«, erklärte sie.

»Claudia!« Er wollte sie zu sich ziehen.

»Bitte nicht!« Sie wehrte ihn ab. »Ich muß noch in die Firma.«

»Warum? Könntest du nicht...«

»Nein!« erklärte sie so entschieden, daß er sie freigab.

Sofort versuchte sie die Zurückweisung zu mildern. »Sei mir nicht böse, Liebling!« bat sie zärtlich. »Wir können ja von Glück sagen, daß wir uns überhaupt heute schon treffen konnten.«

»Ja«, sagte er, »wieso eigentlich?«

»Weil heute ein Professor aus München zu uns kommt, ein Wissenschaftler, den Knut sehr verehrt. Professor Weber und seine Frau. Sie sind heute den letzten Tag in Hamburg, und Knut wollte ihn auf keinen Fall verpassen.«

»Dann«, sagte er sehr nachdenklich, »hast du dich also nach seinen Wünschen gerichtet.«

»Sollte ich das nicht?« fragte sie lächelnd. »Sie konnten mir doch nur recht sein.« Sie drückte die Zigarette aus, nahm ihre Handtasche und stand auf.

Stirnrunzelnd blickte er zu ihr hoch. »Irgend etwas an dir wird mir immer rätselhaft bleiben.«

Sie lächelte ihm zu. »Das ist auch gut so. Rätsel hören auf, spannend zu sein, wenn sie gelöst sind.« Mit raschen Schritten verschwand sie im Schlafzimmer.

Wenige Minuten später – er hatte gerade Zeit gefunden, den Tisch abzudecken und das Geschirr in die Küche zu tragen – kam sie zurück, schon angezogen, in einem schmalen maisgelben Kleid mit Leinenstruktur und dazu passender Jacke: Normalerweise legte sie sehr viel Wert auf ein sorgfältiges Make-up, aber augenblicklich hielt sie es, bei ihrer gleichmäßig sommerlich gebräunten Haut, nicht für nötig. Die vereinzelten, winzigen, sehr dunklen Sommersprossen auf dem Nasenrücken gefielen ihr; sie gaben ihr etwas Keckes, Jugendliches.

So hatte sie nur ihre ohnehin langen, dunklen Wimpern getuscht und das tiefe Blau ihrer Iris durch einen entsprechenden Lidstrich noch betont. Das braune, fast schwarze Haar machte ihr keine Arbeit. Sie trug es kurz geschnitten und brauchte es nur kräftig durchzubürsten, damit es sich locker um ihr klares Gesicht bauschte.

Er blickte ihr bewundernd, fast anbetend entgegen, und sie reichte ihm ihren noch ungeschminkten Mund zu einem letzten Kuß. Sie wußte, daß er sie gerne gebeten hätte, sich auf ein Wiedersehen festzulegen. Aber er hatte gelernt, darauf zu verzichten und die Organisation ihrer Begegnungen ganz ihr zu überlassen.

»Ich liebe dich«, sagte er, als er sie wieder freigab.

»Ich dich auch«, erwiderte sie, holte Spiegel und Lippenstift aus ihrer Handtasche, klemmte sie unter den Arm und malte sich den großzügig geschwungenen Mund leuchtend rot.

Sie verließ seine Wohnung durch die Tür, die ins Treppenhaus führte – es gab noch eine zweite, die seine Privaträume mit dem Geschäft verband –, legte zwei Finger an die Lippen und warf ihm, der sie begleitet hatte, eine Kußhand zu, dann klapperte sie auf ihren hohen Absätzen die Stiege hinunter.

Erst als sie außer Sichtweite auf der Straße stand, erlaubte sie sich einen Blick auf ihre Armbanduhr – sie tat dies, um ihn nicht zu verletzen, nie in seinem Beisein. Es war kurz nach drei Uhr nachmittags. Die Werbeabteilung von *Cosmos* hatte, wie üblich, freitags um ein Uhr geschlossen. Sie hatte also etwa zwei Stunden mit Ralf verbracht.

›Gutes Timing‹, dachte sie zufrieden und schritt energisch aus.

Es war ein schwüler Augusttag. In die schmalen Straßen nahe dem Fischmarkt drang zwar nur selten Sonnenschein, dennoch war die Hitze drückend. Claudia war froh über den Tee, den sie getrunken hatte. Er machte die Temperatur jetzt erträglicher. Ohne sich dessen bewußt zu sein, summte sie vor sich hin.

Das große alte Gebäude der Firma *Cosmos* stand nahe dem Nobistor, einem ehemaligen Kontorhaus. Häufige Renovierungen hatten ihm nichts von einer gewissen Düsternis, aber auch Würde nehmen können. Es gab keine Reklame an den Außenwänden oder dem hohen Giebel. Nur eine schwarze Inschrift auf einer Messingtafel neben der Tür verriet, daß es sich um das Versandhaus *Cosmos* handelte.

Ein alter Pförtner, der durch ein Fenster Aussicht auf die Straße hatte, ließ Claudia ein, ohne daß sie erst klingeln mußte.

»Tag, Frau Wolff«, begrüßte er sie freundlich.

»Tag, Herr Stielicke.«

»Wieder einmal fleißig?«

»Muß ja wohl sein.«

Es war nicht ungewöhnlich, daß Claudia Freitag nachmittags noch einmal in die Firma kam. Wenn auch die Katalogredaktion mittags Schluß zu machen pflegte, gab es andere Abteilungen, die weiter tätig blieben, die Packerei etwa und der Versand, der Einkauf und die Buchhaltung. Dennoch wirkte das Innere des Gebäudes spürbar verlassener als sonst.

Claudia ging, mit einer raschen Handbewegung grüßend, an der Pförtnerloge vorbei, um nicht vom alten Stielicke in ein zeitraubendes Gespräch über das Wetter oder ihren Urlaub verwickelt zu werden. Mit einem alten, quietschenden und ratternden Aufzug fuhr sie in den sechsten Stock hinauf, eilte den Gang entlang, der durch ein einziges Fenster an einem Ende nur unzureichend beleuchtet war. Alle Türen, linker Hand zur Abteilung Einkauf, hinter der sich ein sehr großer verwinkelter Raum mit den Apparaten für Telex und Telefax verbarg, wie auch die nebeneinanderliegenden Büros von Personalabteilung, Chefsekretariat und Sekretariat, Buchhaltung und Direktion rechter Hand waren geschlossen. Ganz hinten links die Tür führte in ihr Reich, die Textredaktion. Sie wirkte jetzt, da Claudia sie allein betrat, angenehm groß. Das Zimmer hatte eine hohe Decke und schmale Fenster, durch die das helle Licht des Sommertages, durch die verschmutzten Scheiben gefiltert, in Streifen einfiel.

An gewöhnlichen Tagen herrschte hier drangvolle Enge. Claudia teilte sich den Raum mit Mitarbeitern beziehungsweise Mitarbeiterinnen, die ihr unterstellt waren. Ihr Schreibtisch stand auf einem kleinen Podest, so daß sie alles, was geschah, ständig übersehen und kontrollieren konnte. Claudia hätte liebend gern ein eigenes Büro gehabt, und die anderen wünschten sich wenigstens eine Unterteilung durch halbhohe Trennwände oder Blumenkübel. Aber die Herren von der Chefetage hatten es anders bestimmt. Sie bestanden darauf, daß nur in dieser Anordnung eine effiziente redaktionelle Arbeit möglich sei.

Tatsächlich wurden Claudia und ihr Stab in der Firma als »die glücklichen Sieben« bezeichnet, und sie war stolz darauf, daß dies nur ihrer freundlichen und bestimmten Art der Menschenführung zu verdanken war. Sie achtete darauf, daß jeder Mitarbeiter die Aufgaben bekam, die ihm am meisten lagen, verstand es, Intrigen im Keim zu ersticken, und war immer bereit, auf einen Scherz einzugehen, wenn er nicht gerade das Arbeitsklima störte. So kam es, daß alle sich wohl fühlten und in dem nüchtern eingerichteten Raum oft genug Gelächter ausbrach.

Obwohl sie an alle nur möglichen Stellen der Wände bunte Poster geklebt hatten, wirkte das große Zimmer kahl und unfreundlich. Der Fußboden war mit dunklem, seit undenklichen Zeiten zerschrammtem Holz belegt, und von der Decke löste sich der Verputz. In einem mächtigen Regal waren die Artikel für den neuen Katalog gelagert.

Insgesamt sieben graue Stahlschreibtische standen in dem Raum – Claudias war ein wenig imposanter als die anderen – und ein breiter, geschlossener Schrank, in dem Kataloge aufbewahrt wurden, die der eigenen Firma wie auch der Konkurrenz. Nur Claudia hatte einen Computer mit Drucker zur Verfügung, die beiden Herren im Team und Liselotte Klein arbeiteten an Computern ohne Zubehör, die anderen benutzten Schreibmaschinen. Es wurde zwar immer wieder von der Firmenleitung versprochen, die ganze Belegschaft der Redaktion mit Computern und Druckern auszustatten, aber dazu würde es wohl nie kommen, und Claudia war es ganz recht so. Sie wußte, daß die älteren Frauen vor der Einführung der neuen Technik zitterten und die eine oder andere, wenn es dazu käme, wohl gar das Handtuch werfen würde. Aber gerade sie waren gute und einfallsreiche Texterinnen, auf die Claudia nicht verzichten wollte, einmal ganz davon abgesehen, daß eine neue Stellung für sie wohl nur schwer zu finden sein würde.

Claudia durchquerte den Raum, stieß die Tür zur anschließenden Grafikabteilung auf, ging weiter und lugte in die Fotografie hinein; wie sie nicht anders erwartet hatte, lagen sie verlassen. Sowohl die Grafiker als die Fotografen hatten keine eigene Verbindung zum Gang, sondern mußten, wenn sie hinaus wollten, die Textredaktion durchqueren. Das förderte zwar die Zusammenarbeit zwischen den einzelnen Abteilungen, brachte aber auch sehr viel Unruhe mit sich.

Erst nachdem sie sich vergewissert hatte, daß sie tatsächlich allein war, streifte sie die Pumps ab. Ihre Füße schmerzten. Es war wohl doch keine so gute Idee gewesen, beim raschen Ankleiden in Ralf Hayds Wohnung auf Strümpfe und Straps zu verzichten und sie statt dessen in die Handtasche zu stopfen. Zum Glück hatte sie keine Blasen bekommen, sondern nur rote Druckstellen.

Claudia legte ihre Handtasche in das dafür bestimmte Seitenfach ihres Schreibtisches. Obwohl das alte Gemäuer die größte Hitze abhielt, zog sie die Jacke aus und hängte sie über die Stuhllehne, was sie sich in der normalen Bürozeit nie erlaubt hätte. Das maisgelbe Kleid, das sie trug, gab ihre schönen braunen Arme frei, war leicht tailliert, lang genug, die Knie gut zu bedecken, sie aber bei Bewegungen durch einen kurzen Schlitz seitlich am Rock freizugeben. Claudia besaß einige dieser Kombinationen, Kleid mit gleichfarbiger Jacke, die zwar nicht gerade modisch, aber zeitlos bequem waren. Da sie keinen Büstenhalter trug, ihn nicht zu tragen brauchte, bestand auch nie die Gefahr, daß ein Träger sichtbar wurde oder gar über die Schulter hinabrutschen konnte.

Kurz massierte sie ihre schmalen kräftigen Füße mit den rot lakkierten Zehen. Barfuß trat sie an das riesige Regal, in dessen Fächern die neuen Artikel ausgestellt waren, so daß sich alle ihrer bedienen konnten. Jedem Artikel war ein Produktblatt beigefügt mit Code, Preis und den wichtigsten Angaben. Bei einigen steckten auch schon die sogenannten »Mäppchen«, braune Umschläge, in die Texte oder Fotos geschoben worden waren, Zeichen dafür, daß die Produktion des Katalogs begonnen hatte.

Claudia kümmerte sich nicht darum, sowenig wie um die abgegriffenen Mäppchen, die Fotos, Texte und Grafiken von alten Artikeln enthielten, die wieder in den Weihnachtskatalog hineingenommen werden sollten. Heute prüfte sie nur die Warenpalette – es gab fast nichts, was es nicht gab, angefangen von billigen Plastikweihnachtsbäumchen fürs Auto über Küchengeräte, Pantoffeln, Winterstiefel und Anoraks bis zu echten Pelzen – und studierte die beigefügten Formblätter, zuweilen sehr angetan, manchmal aber auch kopfschüttelnd. Sie mußte sich zumindest einen allgemeinen Überblick verschaffen.

Danach wischte sie sich die Füße – sie schmerzten immer noch – mit einem Papiertaschentuch ab, schlüpfte in ihre Pumps und nahm ihre Handtasche. Dann zog sie ihre Jacke über und verließ den Raum.

Knatternd und quietschend kam der alte Aufzug zur Chefetage hinauf; er hielt mit dem üblichen harten Ruck im sechsten Stock. Claudia wartete darauf, daß die Türen sich öffnen würden, als sie von hinten angesprochen wurde.

»Hallo, schöne Frau!« begrüßte sie Georg Hacker, der Chefeinkäufer von *Cosmos*.

Sie fuhr herum.

Lächelnd stand er vor ihr in einem eleganten, hellen Leinenanzug mit Krawatte – als einzigen Tribut an die Hitze hatte er den oberen Kragenknopf geöffnet – und lüftete seinen Panamahut.

Claudia, in Gedanken versunken, war weder auf diese noch eine andere Begegnung gefaßt gewesen und starrte ihn erst einmal sprachlos an. Er war ein schwerer Mann Mitte vierzig mit ausgeprägten Gesichtszügen, vollen Lippen, fleischiger Nase und kleinen, sehr lebendig funkelnden schwarzen Augen; sein dunkles Haar begann schütter zu werden.

Claudia gewann ihre Fassung zurück und lächelte ihn an. »Einen schönen guten Tag, Herr Hacker!«

Er trat mit einer chevaleresken Bewegung zurück, um sie als erste einsteigen zu lassen. »Es ist mir, wie immer, eine besondere Freude, Sie zu sehen, Frau Wolff-Kröger.«

»Das Vergnügen«, behauptete Claudia, »liegt ganz auf meiner Seite.«

Die Türen schlossen sich hinter ihnen, und der Aufzug rumpelte in die Tiefe.

Die Kabine war geräumig, Claudia stellte sich so weit entfernt von Georg Hacker hin, wie es die Höflichkeit gerade noch erlaubte. Er drängte sich nicht an sie heran, dennoch fühlte sie sich durch seine Gegenwart beengt. Der scharfe Geruch, den er ausströmte, ein Gemisch aus warmem Schweiß und einem allzu reichlich benutzten Herrenparfum, setzte ihr zu.

»Ich brauche nicht zu fragen, wie es Ihnen geht, verehrte Frau Wolff-Kröger«, sagte er schmeichelnd, »man sieht es Ihnen an. Es könnte nicht besser sein.« Seine glitzernden Augen musterten sie – unverschämt, wie es ihr schien – und saugten sich an ihren nackten Beinen fest.

Claudia war froh, daß sie nicht dazu neigte, rot zu werden; sie setzte eine gelassene Miene auf und bemerkte so unpersönlich wie nur möglich: »Ich war in Urlaub.«

»Ich weiß, ich weiß. Man hat Sie im Haus vermißt.«

»Nett, das zu hören«, erwiderte Claudia lächelnd und dachte bei sich: ›Du alter Heuchler wärst mich doch am liebsten für immer los!‹

Sie hatte nichts gegen Georg Hacker persönlich, jedenfalls versuchte sie sich das einzureden. Er war ein mächtiger Mann in der Firma, und niemand konnte wagen, es sich mit ihm zu verscherzen. Aber seit eh und je hatte es zwischen ihm und Claudia gewisse Spannungen gegeben. Sie wagte zwar nicht, offen Kritik an der Auswahl der Waren zu üben, die er für das Versandhaus erstand, aber sie war auch nicht falsch genug, Begeisterung zu heucheln, wenn sie ihr nicht gefielen. Besonders die billigen Importe aus dem Fernen Osten waren ihr ein Greuel, die sie dann im Katalog hochpreisen mußte, obwohl sie wußte, daß das meiste den Kunden schon nach dem ersten Gebrauch zwischen den Fingern zerfallen würde.

»Wann nehmen Sie Ihren Urlaub?« fragte sie in der Hoffnung, damit seinen Blick umlenken zu können.

Aber es gelang ihr nicht.

»Irgendwann«, erklärte er beiläufig. »Sie wissen ja, wir Junggesellen müssen immer zurückstehen.«

Claudia fand es zwar lächerlich, daß er sich als Junggeselle bezeichnete – er war erst seit wenigen Jahren geschieden –, dennoch sagte sie teilnahmsvoll: »Sie Ärmster!«

Plötzlich hob er den Blick und sah ihr direkt in die Augen, und das war ihr, zu ihrer eigenen Überraschung, noch unangenehmer, als wenn er unverfroren auf ihre Beine starrte.

»Übrigens bin ich überrascht, Sie hier und jetzt zu sehen.«

»Das kann Ihnen öfter passieren. Ich arbeite Freitag nachmittags gerne noch eine oder zwei Stunden.«

»Wie emsig«, erklärte er spöttisch.

Sie zuckte die Achseln. »Der Katalog muß ja fertig werden.«

Laut krachend landete der Aufzug im Keller, und die Tür öffnete sich. Mit einer übertriebenen Geste der Höflichkeit überließ Georg Hacker ihr den Vortritt, war aber dann, auf dem Weg zur Tiefgarage, schon wieder an ihrer Seite.

»Wie weit sind Sie denn damit?«

»Noch ganz am Anfang.«

»Ich glaube, wir sollten uns bei einem Glas Bier darüber unterhalten. Wie wär's?«

»Bei der Hitze trinke ich prinzipiell kein Bier.«

Er lachte, um zu beweisen, daß er sich nicht kränken ließ. »Dann also – bei einem Glas Tee mit Rum?«

Claudia blieb stehen. »Ein andermal gerne, Herr Hacker, aber heute habe ich es eilig. Ich muß meine Tochter abholen. Sie wartet schon auf mich.« Sie reichte ihm die Hand.

Er hielt sie länger fest, als es angebracht war. »Nächste Woche?«

»Ich fürchte, dann ergibt sich die gleiche Situation«, sagte sie und blickte ihm lächelnd in die Augen.

»Ich gebe die Hoffnung nicht auf.«

»Wer könnte Ihnen das verbieten?«

Jetzt, endlich, gab er ihre Hand frei. »Dann bis Montag, Frau Wolff-Kröger!« Er drückte sich seinen Panamahut auf den Kopf.

»Auf Wiedersehen, Herr Hacker!«

Sie trennten sich, und jeder ging zu seinem Auto.

Claudia ärgerte sich über sich selber. Sie hatte wirklich keine Zeit gehabt, sich mit Georg Hacker zusammenzusetzen. Aber sie hätte sich liebenswürdiger aus der Affäre ziehen können. Aus ihrem Benehmen mußte er den Schluß ziehen, daß sie ihm absichtlich auswich. Dabei wäre ein Gespräch mit ihm für sie mindestens so nützlich gewesen wie für ihn. Doch seine unverschämte Art ärgerte sie unsäglich. Claudia hielt sich viel zugute auf ihre Selbstbeherrschung. Aber mit ihm allein war sie oft nahe daran, die Fassung zu verlieren.

Schon daß er sie, mit leicht süffisanter Betonung, wie ihr schien, Wolff-Kröger nannte, irritierte sie. Nach ihrer ersten, so kläglich gescheiterten Ehe hatte sie ihren Mädchennamen wiederangenommen und hatte ihn, als sie Knut Kröger heiratete, nicht noch einmal aufgeben wollen. Freunde hatten Bedenken gehabt, auch Knut war es nicht ganz recht gewesen, aber die angemeldeten Schwierigkeiten waren ausgeblieben, im Betrieb war sie Frau Wolff geblieben, im gesellschaftlichen Leben Frau Kröger geworden. Georg Hacker war der einzige, der beharrlich ihren Doppelnamen anwandte.

Claudia wußte selber nicht, warum sie das so aufbrachte. Vielleicht meinte er es ja gar nicht spöttisch, vielleicht wollte er ja damit nur seiner Achtung ihr gegenüber Ausdruck geben. Wie dem auch war, sie nahm sich vor, in Zukunft freundlicher, zumindest aber gelassener zu sein. Zum Glück hatte er ja auch nur selten Gelegenheit, sie so zu überrumpeln wie heute.

Die Tiefgarage unter dem alten Kontorhaus war nicht sehr groß. Nur leitende Angestellte hatten hier Stellplätze. Alle anderen mußten mit der S-Bahn von und zum Nobistor fahren. Gerade deshalb hatte Claudia Freude an ihrem Privileg und nutzte es weidlich aus.

Sie war gerade dabei, ihr kleines gelbes Cabriolet aufzuschließen, als sie einen anderen Wagen hinter sich vorbeifahren hörte. Sie drehte sich um und erkannte Hackers silbergraue Limousine.

Er kurbelte das Seitenfenster herunter und rief ihr zu: »Schönes Wochenende, Frau Wolff-Kröger!«

Glücklicherweise war er also nicht beleidigt.

Claudia winkte ihm zu. »Ihnen auch, Herr Hacker!«

Sie stieg ein, warf einen Blick auf die Uhr im Armaturenbrett und stellte fest, daß sie nicht mehr ganz in der Zeit war. Das paßte ihr nicht, war aber kein Grund, nervös zu werden. Imogen war nach der Ballettschule bei Claudias Schwester, Sandra Hagedorn, in bester Obhut.

Imogen saß mit ihrer Cousine Kersten auf dem Küchenbalkon bei Hagedorns. Die beiden Mädchen spielten mit großem Eifer »Sechsundsechzig«. Imogen war dünn, hatte hellblaue Augen und langes blondes Haar. Die gleichaltrige Kersten wirkte neben ihr pummelig. Sie hatte ein rundes Gesicht, Grübchen in den vollen Wangen, braune Augen und einen braunen Wuschelkopf. Die Karten, die sie auf den wackligen Gartentisch klopften, waren reichlich abgedroschen.

Sandra Hagedorn, die in der offenen Küche hantierte, kümmerte sich nicht weiter um die Kinder. Sie war zufrieden, daß sie sich selbst beschäftigten.

»Ich melde vierzig!« rief Imogen triumphierend und legte die offenen Karten auf den Stapel. »Buch zu! Gewonnen!«

»So ein Schiet!« rief Kersten. Leise fügte sie hinzu: »Jetzt schulde ich dir schon acht Mark.« Sie begann die Karten erneut zu mischen.

»Mach dir nichts draus«, sagte Imogen tröstend, »ich werde sie dir stunden.«

»Nein, ich hol's mir zurück! Revanche!«

»Tut mir leid. Ich muß jetzt aufhören.«

»Das konnte dir so passen!«

»Nimm Vernunft an, Kersten! Meine Mutter kann jeden Augenblick kommen.«

Kersten wurde einen Moment nachdenklich, sie wußte so gut wie Imogen, daß deren Mutter ihr Kartenspielen streng verboten hatte. Ihre eigene Mutter hielt es für eine harmlose Unterhaltung, ahnte allerdings nicht, daß die beiden Mädchen versuchten, sich gegenseitig das Taschengeld abzuluchsen.

»Wir können sofort aufhören, wenn sie erst da ist!« schlug sie vor. Tatsächlich hatten die beiden Übung darin, die Karten blitzschnell verschwinden zu lassen.

Trotzdem widersprach Imogen. »Nein. Das ist mir zu riskant.«

»Du bist gemein!« schrie Kersten.

Sandra Hagedorn erschien in der offenen Küchentür. »Was gibt's denn, ihr beiden?«

»Immy will schon aufhören!« beklagte sich Kersten.

»Claudia holt mich gleich ab«, sagte Imogen.

»Aber sie bleibt doch bestimmt ein Weilchen.«

»Heute nicht. Wir bekommen Besuch.«

Sandra Hagedorns Gesicht verdüsterte sich. »Besuch?« wiederholte sie betroffen.

Imogen begriff, daß sie das nicht hätte sagen sollen. Tante Sandra kränkte es, weil sie und ihr Mann, Onkel Albert, nicht mit eingeladen waren. Rasch versuchte Imogen ihren Fehler wiedergutzumachen. »Nur Onkel Jens und Tante Sylvia und noch so ein langweiliges Ehepaar«, versicherte sie.

Sandra hatte sich wieder gefaßt. »Dann ist es wohl besser, wenn ihr die Karten jetzt wegräumt«, sagte sie.

Kersten stiegen Tränen in die Augen. »Ach Mutti«, wollte sie anfangen zu betteln.

Da klingelte es auch schon an der Wohnungstür.

»Siehst du!« rief Imogen. »Habe ich dir doch gesagt!«

»Noch ein ganz, ganz kleines Spielchen!« drängte Kersten. »Die beiden quatschen bestimmt erst.«

Imogen ließ sich überreden. »Von mir aus. Aber äußerste Vorsicht, ja?«

»Caution!« bestätigte Kersten, die von ihrem großen Bruder ein paar englische Ausdrücke aufgeschnappt hatte. »Versteht sich. Ich habe die Küche im Auge.« Sie mischte die Karten und verteilte erneut.

Die beiden verheirateten Schwestern begrüßten sich an der Wohnungstür. Das kleine Entree war fensterlos, und Sandra hatte die Deckenleuchte angeknipst.

Jetzt zog sie Claudia unter das Licht, um sie besser betrachten zu können. »Du siehst mal wieder aus!« rief sie mit neidvoller Bewunderung.

»Wie immer«, behauptete Claudia.

»Nein. Immer hast du nicht so ausgesehen.«

»Mach mir die Freude und erinnere mich nicht!«

»Du warst noch nie so schön! Daß man mit dreißig noch so aussehen kann!«

»Ich tu' ja auch was für mich.«

»Nein, daran liegt es nicht. Du wirkst so glücklich, so strahlend!« Sie überlegte. »Strahlend glücklich, ja, das ist es.«

»Das Leben ist ja auch schön.«

»Ist das dein Ernst?«

»Ja. Du solltest öfter mal was unternehmen. Das würde dir guttun.«

»Du kennst doch Albert! Dem geht nichts über seine Bequemlichkeit.«

»Seine Pantoffeln, seine Briefmarken und sein Stammtisch, ich weiß. Aber warum ziehst du nicht einfach mal alleine los?«

»Das könnte ich nicht.«

»Quatsch. Du hast es noch nie versucht.«

»Ich möchte es gar nicht!« erklärte Sandra mit Nachdruck. »Ich bin mit meinem Leben so zufrieden, wie es ist.«

Claudia lag eine spöttische Bemerkung schon auf der Zunge, besann sich dann aber und sagte: »Sandra, es tut mir leid. Ich habe heute wenig Zeit.«

»Ja, ich weiß. Du gibst heute wieder mal eines deiner kleinen Diners.«

»Zu denen du nicht eingeladen bist. Nicht wahr, das willst du mir jetzt doch vorhalten. Aber sei mir nicht böse, Sandra. Glaub mir, das wäre wirklich nichts für dich.« Sie umarmte die Schwester flüchtig. »Es wird bestimmt todlangweilig.«

»Und wie stehst du das durch?«

Claudia lachte. »Ich tue meine Pflicht als Gattin von Professor Doktor Kröger. Was sein muß, muß sein.«

»Ich bin sicher, du genießt es.«

»Ich habe nun mal das Talent, aus allem das Beste zu machen. Aber wenn du darauf bestehst, werde ich euch das nächste Mal zusammen mit Lydia und Sven einladen.«

»Nur nicht!« rief Sandra mit gespieltem Entsetzen.

»Am Sonntag kommt ihr jedenfalls alle zu uns raus. Wenn das Wetter schön bleibt, machen wir ein Picknick.«

»Ich bringe einen Kuchen mit.«

»Genehmigt. Wo sind denn die Mädchen?«

»Auf dem Balkon.«

»He, Imogen!« rief Claudia durch die offene Küchentür; sie und ihr Mann waren die einzigen, die Imogen gelegentlich bei ihrem richtigen Namen nannten.

Mit geröteten Augen kam das Mädchen ins Vorzimmer gesaust. »Da bin ich schon, Claudia.«

»Hast du mich denn nicht gehört?«

Etwas gemächlicher erschien Kersten auf der Schwelle. »Doch, Tante Claudia, aber wir dachten, ihr wolltet noch...«, sie unterdrückte einen saloppen Ausdruck, »... plaudern.«

»Wie rücksichtsvoll von euch!« bemerkte Claudia mit verhaltener Ironie.

Kersten blickte sie aus unschuldsvoll aufgerissenen Kulleraugen an. »Aber so sind wir doch immer.«

Imogen hatte sich inzwischen gebückt und die Leinentasche mit ihrem Ballettzeug gegriffen, die neben der Garderobe gestanden hatte. »Können wir, Claudia?«

»Hast du ein Kopftuch dabei?«

»Wollen wir offen fahren?« fragte Imogen begeistert.

»Ja. Ich denke schon.«

»Toll!« rief Kersten.

Imogen zerrte ein geblümtes Tuch aus ihrer Tasche und wies es vor.

»Fein«, sagte Claudia, »dann ist ja alles in Ordnung.« Sie wandte sich Sandra zu. »Bis übermorgen dann! Wir freuen uns schon.« Imogen an der Hand verließ sie die Wohnung.

Mit ihrer Mutter allein geblieben maulte Kersten: »Die Immy hat es gut.«

»Du etwa nicht?«

»Nicht so gut wie Immy. Die wohnt in einem geilen Haus...«

»Aber Kersten!«

»Wenn es doch wahr ist! Und sie darf mit ihrer Mutter im offenen Auto fahren...«

»Bestimmt nimmt Tante Claudia dich auch mal mit!«

Kersten ließ sich nicht unterbrechen. »... und sie nennt ihre Mutter beim Vornamen!«

»Wenn das alles ist, was dir Sorgen macht – sag ab heute Sandra zu mir!«

Kersten kaute nachdenklich auf ihrer vollen Unterlippe. »Nein, das möchte ich eigentlich gar nicht. Es käme mir komisch vor.«

»Mir auch«, stimmte die Mutter ihr zu.

»Warum tut Immy es dann?«

»Ich weiß es nicht. Vielleicht weil die beiden ein paar Jahre allein gelebt haben. Ohne Immys Vater. Da haben sie sich wohl wie Freundinnen gefühlt.«

»Aber da sind wir doch noch ganz klein gewesen.«

»Ich denke, daß ihre Mutter sie zur Freundin machen wollte. Wenn du mal richtig nachdenkst, Kersten, wirst du darauf kommen, daß du es viel besser hast als Immy. Wir haben zwar kein tolles Haus, aber wir sind eine intakte Familie.«

»Intakt – was ist das?«

»Eine heile Familie. Richtiger Vater, richtige Mutter und richtige Kinder. Und außerdem bin ich nicht berufstätig, sondern immer für euch da.«

»Immer«, sagte Kersten, »brauchst du eigentlich gar nicht für uns dazusein.«

»Na, hör mal!«

»Ich meine nur, Krischan und ich sind jetzt doch schon ziemlich groß. Wir könnten auch mal allein für uns kochen.«

»Traust du dir das zu?«

»Ich könnte es ja versuchen.«

Sandra packte ihre kleine Tochter zärtlich am Nacken. »Weißt du was? Du solltest mir öfter in der Küche helfen. Jedenfalls am Wochenende. Damit du kochen lernst.«

»Gehst du dann auch arbeiten? Wenn ich es kann, meine ich?«

»Willst du das wirklich?«

»Dann würde ich doch mehr Taschengeld kriegen, oder?«

Sandra schüttelte sie wie einen jungen Hund. »Was für Ideen! Fünf Mark in der Woche müßten für ein Mädchen in deinem Alter doch wohl genug sein.«

»Immy hat mehr.«

»Hör auf, dich mit Immy zu vergleichen. Das ist ganz dumm. Du und ich, wir kennen unzählige Kinder, denen es sehr viel schlechter geht als dir. Vergleiche dich lieber mit denen!«

»Ja, ich weiß, Mutti. Könnte ich aber nicht doch ein paar Mark mehr kriegen? Als Gehalt sozusagen. Wenn ich dir doch ab jetzt in der Küche helfe.« Sie blickte ihre Mutter flehend an.

Christian, ein schlaksiger Junge, war aus seinem Zimmer gekommen. »Wenn Kersten mehr kriegt, dann ich auch!« rief er. »Ich lange hinten und vorne nicht! Ich überlege schon, ob ich Zeitungen austragen soll, um über die Runden zu kommen.«

Sandra seufzte. »Was für Egoisten ihr doch seid, alle beide! Da opfert man sich auf, Jahr für Jahr – und was ist der Dank? Daß ihr mehr Geld haben wollt!«

»Ist mir ja selber peinlich«, meinte Christian, »sonst hätte ich das Thema schon längst mal angeschnitten. Aber wenn diese kleine Kröte sich traut...«

»Bin keine Kröte und bin nicht frech!« empörte sich Kersten und trat ihrem Bruder heftig gegen das Schienbein.

Da sie offene Sandalen trug, tat es nicht weiter weh. Trotzdem schrie Christian und begann auf einem Bein herumzuhüpfen.

Kersten lachte entzückt.

»Ich werde mit eurem Vater über die Angelegenheit sprechen!« erklärte Sandra.

Die Kinder umarmten sich stürmisch.

Sandra wurde es warm ums Herz, und es fiel ihr schwer, die erwartungsvolle Freude der beiden zu dämpfen. »Versprechen kann ich aber gar nichts«, sagte sie, »ihr wißt selber, daß alles immer teurer wird.«

Claudia und Imogen fuhren indessen im offenen Kabriolet die Elbchaussee entlang in Richtung Blankenese. Da der Wind ihnen die Worte vom Mund riß und Imogen zudem die Stereoanlage auf volle Lautstärke aufgedreht hatte, kam eine Unterhaltung nicht zustande. Aber beide genossen das seltene Vergnügen.

Der Krögersche Besitz lag hinter dem Uferstreifen und der Fahrbahn gleich an der Elbe, ein fast vier Hektar großes Grundstück, von einer hohen, weiß gekalkten Mauer umgeben und mit einem schönen alten Baumbestand, Ulmen zumeist und Buchen, die alle ein wenig windschief dastanden.

Als Claudia auf das schmiedeeiserne Gartentor zuhielt, öffneten sich die beiden Flügeltüren elektronisch, um sich gleich hinter dem Auto wieder zu schließen. Die Auffahrt war nur kurz. Vor der Garage angekommen, nahm Imogen ihren Beutel vom Rücksitz, riß sich das Kopftuch ab und sprang aus dem Auto. Claudia rangierte ihr Cabriolet neben die Limousine ihres Mannes in die Garage. Er war also schon da.

Wie immer erfreute sie der Anblick ihres Hauses, als sie darauf zuschritt: aus roten Klinkersteinen erbaut, mit weißer Tür und weißen Fensterläden, zwei Stockwerke, mit ausgebautem Dachboden, ganz oben ein halbrundes Fenster unter dem tief gezogenen Dach. Sie empfand es als ihr Heim, obwohl es nicht für sie, sondern für Rosalind, die erste, verstorbene Frau ihres Mannes, gebaut worden war. Außen war nichts, innen nur wenig verändert worden. Claudia hatte es so akzeptiert, wie es war.

Weiter zurückgesetzt, bis auf den hohen Giebel von einer Baumgruppe verdeckt, lag das Haus der alten Krögers, ein riesiger, pompöser Kasten, der um die Jahrhundertwende entstanden war. Obwohl die alte Villa reichlich Platz bot, hatte Rosalind darin nicht leben wollen, und Claudia dankte ihr von Herzen dafür. Jetzt wurde es von Sven Kröger, dem älteren Bruder ihres Mannes, und seiner Frau Lydia samt ihrer beiden halbwüchsigen Söhne bewohnt. Später, so war es geplant, sollten Jens und Knut eigene Wohnungen darin ausgebaut bekommen. Dennoch würden im Souterrain immer noch Räume für Personal bleiben.

Claudia empfand es als angenehm, mit ihrem Mann und ihrer Tochter allein zu leben. Ihre Angestellten – Alfons Braake, der Gärtner und Chauffeur, der auch kleinere Reparaturen ausführte, und Frau Beer, die Haushälterin – wohnten in der Stadt und hatten gewöhnlich am Wochenende frei. Nur wenn Krögers eine Party besuchen wollten, bei der getrunken wurde, beanspruchten sie die Dienste des Chauffeurs, und wenn Claudia selber eine Einladung gab, brauchte sie Frau Beers Hilfe. Claudia hatte keinerlei hausfrauliche Ambitionen. Sie konnte einfache oder auch exotische Gerichte für wenige Personen kochen, und am Wochenende tat sie dies auch zuweilen und erlangte damit großes Lob oder nachsichtige Kritik von ihrem Mann und ihrer Tochter. Aber an einem Diner mit Vorspeise, Hauptgang und Nachtisch hatte sie sich noch nie versucht. Sie war zwar überzeugt, daß sie auch dies schaffen könnte, wenn sie es sich nur ernstlich vornähme. Aber dazu bestand kein Anlaß. Frau Beer, die schon in der ersten Ehe ihres Mannes über den Haushalt gewaltet hatte – Rosalind hatte jahrelang gekränkelt, unter Depressionen gelitten und sich nicht zu helfen gewußt –, war eine Meisterin ihres Faches. Manchmal wünschte Claudia sie zum Teufel, weil sie sich so gar nichts sagen ließ.

Von Anfang an hatte sie daher wohlweislich darauf verzichtet, ihr irgendwelche Anordnungen zu geben. Sie ahnte, wieviel der fast fünfzigjährigen Frau an ihrer Selbständigkeit lag. Aber auch sehr bescheiden vorgetragene Wünsche wurden regelmäßig abgeschmettert. Zuweilen ärgerte sich Claudia so, daß sie nahe daran war, ihrem Mann vorzuschlagen, Frau Beer zu kündigen. Da sie jedoch wußte, daß er mit ihr durchaus zufrieden war, auch zugeben mußte, daß der Haushalt nicht besser klappen könnte, hatte sie dieses Thema noch nie angeschnitten.

Als sie jetzt in die geräumige, lichtdurchflutete Diele trat – mit hellen skandinavischen Möbeln ausgestattet, die sich hübsch von dem roten Steinfußboden abhoben –, war von der Haushälterin nichts zu sehen. Am liebsten wäre Claudia gleich nach oben gegangen, aber sie hielt es doch für unhöflich, sich später an den gedeckten Tisch zu einem Diner zu setzen, an dessen Vorbereitungen sie überhaupt keinen

Anteil gehabt hatte. Also schritt sie durchs Wohnzimmer – mehrere Gruppen niederer Ledersessel waren um Tische mit Stein- und Glasplatten gruppiert, bauchige Lampen auf hübschen Sockeln und überall Vasen mit Sommerblumen verteilt – und betrat das Eßzimmer.

Hier stand ein langer, für sechs Personen ausgezogener Tisch mit hochlehnigen Stühlen aus dunklem Holz, in der Ecke neben dem Fenster eine große Kristallvase mit einem üppigen Strauß langstieliger gelber Rosen. Der Tisch war mit weißem Damast gedeckt, blau gemustertem Porzellan aus der Kopenhagener Manufaktur und schwerem Silberbesteck. Vor jedem Gedeck stand eine Reihe von Gläsern und in der Mitte ein hübsches Blumenarrangement, niedrig genug, damit es den Blick über den Tisch nicht behindern konnte.

Frau Beer kam, in einem leichten Baumwollkleid, eine bunte Schürze vorgebunden, aus der Küche. Sie hatte das braune Haar, wie immer, streng zurückgebürstet und im Nacken zu einem Knoten geschlungen, wodurch ihre sehr hohe Stirn noch betont wurde. Ihr blasses Gesicht zeigte weder eine Spur sommerlicher Bräune noch die mindeste Rötung von Eifer.

»Guten Abend, gnädige Frau«, sagte sie ohne ein Lächeln, »entschuldigen Sie, daß ich Sie nicht empfangen habe...«

»Aber, ich bitte Sie, Frau Beer!« entgegnete Claudia rasch. »Ich weiß doch, daß Sie heute alle Hände voll zu tun haben!« Ihr Blick überflog den festlich gedeckten Tisch.

»Ich habe mir erlaubt, die Kerzen heute wegzulassen. Bei dieser Hitze hatte ich Bedenken.«

»Sie hatten vollkommen recht. Es ist alles perfekt wie immer.«

»Gegessen wird um acht. Ich hoffe nur, daß alle pünktlich sind.«

»Werden sie schon, Frau Beer, nur keine Sorge!« Lächelnd fügte sie hinzu: »Und wenn nicht, setzen wir uns eben allein zu Tisch.«

Diese Bemerkung kam bei der Haushälterin nicht an. Sie preßte die schmalen Lippen zusammen, und ihre kleinen braunen Augen funkelten mißbilligend.

»Das war doch nur ein Scherz!« erklärte Claudia rasch. »Ich wollte Ihnen damit klarmachen, wieviel uns daran liegt, ihr bestimmt köstliches Roastbeef nicht verbrutzeln zu lassen.«

»Ich gebe das Fleisch natürlich erst in den Ofen, wenn die Gäste da sind.«

»Ach so. Ja. Natürlich!« sagte Claudia und kam sich ein wenig töricht vor. »Ich gehe jetzt nach oben, um mich frisch zu machen.«

»Der Herr Professor ist in seinem Arbeitszimmer.«

»Danke, Frau Beer.«

Imogens Reich bestand aus einem gemütlichen Raum mit schrägen Wänden und einem halbrunden Fenster, durch das man den breiten grauen Fluß mit den Schiffen darauf beobachten konnte. Sie tat es oft, Stunde um Stunde, mit nie nachlassender Begeisterung. Die gemauerte Bank unter dem Fenster war mit bunten Kissen belegt. Ein weiteres Kissen ins Kreuz gestopft, die Beine angezogen, pflegte sie dort zu sitzen und vor sich hin zu träumen oder zu lesen. Aber heute war keine Zeit dazu. Frau Beer hatte ihr schon das frisch gewaschene und gebügelte weiße Batistkleid mit einer dazugehörigen breiten Schärpe aus glänzender rosa Taftseide aufs Bett gelegt.

Sie würde die Gäste begrüßen müssen. Imogen haßte diese Zeremonie, weil sie sich dabei immer wie etwas Exotisches vorkam. Sie wußte, daß es nicht an ihr lag. Erwachsene hatten einfach ihre eigene Art, mit Kindern umzugehen, dumme Bemerkungen zu machen oder alberne Fragen zu stellen.

Claudia war nicht so. Sie behandelte sie immer wie eine Gleichberechtigte und wie ein mit Vernunft begabtes Wesen. Das war sehr angenehm, aber auch anstrengend.

Imogen liebte ihre Mutter, und sie bewunderte sie maßlos. Claudia war so schön, so klug und so selbstsicher, sie war ganz einfach wunderbar. Aber man konnte sich ihr nicht heulend in die Arme werfen, man durfte keinen Wutanfall bekommen oder nach einem schlechten Traum zu ihr ins Bett flüchten.

Nicht, daß Imogen zu Alpträumen neigte – wenn es doch einmal geschah, war sie erfahren genug, sich mit der Erkenntnis zu beruhigen, daß Träume nichts zu bedeuten hatten. Sie heulte auch nie, schrie nicht oder stampfte mit dem Fuß auf. Sie wollte das auch gar nicht und fand es schlimm, wenn andere sich schlecht betrugen. Aber es irritierte sie, daß es Claudia gegenüber oder auch nur in ihrer Gegenwart ganz unmöglich war.

Natürlich war das nur ein vages Gefühl, das sie nicht in Worten hätte ausdrücken können. Sonst hätte sie es der Mutter erklärt. Man konnte mit Claudia über alles sprechen, das war das Gute an ihr. Nie lachte sie Imogen aus oder fertigte sie mit einem »Das verstehst du noch nicht« ab.

Obwohl Imogen wußte, daß sie sich sputen mußte, kniete sie sich doch – nur für einen Augenblick – auf die Fensterbank und starrte auf die Elbe hinaus, wo gerade ein riesiger Tankzug auf das offene Meer hinausfuhr. Ja, dachte sie, man kann mit Claudia über alles sprechen, nur über Vater nicht. Warum hatten Michael und sie sich scheiden lassen? Warum nur? Wie oft hatte sie sich das schon gefragt, wie oft versucht, das herauszubringen. Aber Claudia erklärte immer nur: »Wir haben uns nicht vertragen. Es gibt eben Menschen, die sich beim besten Willen nicht vertragen können.«

Und wenn Imogen dann bettelte: »Erzähl mir doch mal, wie es war!«, bekam sie immer nur zur Antwort: »Das ist schon so lange her. Ich habe es vergessen, und ich will nicht mehr daran denken.«

Komisch war, daß auch der Vater nicht darüber reden wollte. »Wir waren noch zu jung«, pflegte er zu sagen, »ich war einfach noch unreif damals. Aber deine Mutter hatte bestimmt keine Schuld. Sie ist eine wunderbare Frau.«

Das war eine Erklärung, die die Tochter nicht überzeugen konnte.

Auf der Elbe tutete ein Ausflugsdampfer, der dem Tanker entgegenkam. Das Geräusch schreckte Imogen aus ihren Gedanken. Sie fuhr zusammen und kletterte von der Bank.

In ihrem Badezimmer, einem hübschen weiß-rosa gekachelten Raum, stopfte sie ihr verschwitztes Trikot in den Wäschepuff, zog T-Shirt, Jeans und Unterhose aus und tat sie dazu. Jetzt stand sie splitternackt da. Sie hätte sich gern einmal richtig betrachtet, aber es gab keinen großen Spiegel. Doch sie wußte ja von den Spiegelwänden im Ballettsaal her, wie sie aussah. Sie konnte sich nichts über ihre Figur vormachen. Sie war spindeldürr. Sie betastete ihre Brust. Nicht einmal ein Ansatz für eine mögliche spätere Rundung.

»Sei froh, daß du so schlank bist!« pflegte Claudia zu sagen. »Schlanke Kinder werden auch später selten dick.« Die Mutter verstand nicht, daß sie ja nicht pummelig sein wollte wie Kersten, sondern weiblicher. Ihr Körper, fand sie, glich dem eines durchtrainierten Jungen, kein Gramm Fett, nur Muskeln – schöne Muskeln, wenn man Muskeln mochte. Aber sie mochte sie nun einmal nicht.

Ob sie ihre Ballettstunden aufgeben sollte? Aber wie sollte sie ihre Mutter davon überzeugen, daß sie keine Lust mehr hatte? Außerdem stimmte es ja gar nicht. Das Ballett machte ihr Spaß. Sie fühlte sich nie wohler, als wenn sie tanzen konnte. Selbst die simpelsten Übungen führte sie mit Konzentration und Freude aus, die simpelsten und auch die schwierigsten. Ein Lob der strengen Frau Kern bedeutete ihr mehr als jede Anerkennung in der Schule.

Außerdem konnte das Ballett nicht an ihrer flachen Linie schuld sein. Andere Mädchen, die sogar noch länger dabei waren und nur ganz wenig älter als sie selber, zeigten schon sehr hübsche Rundungen. Imogen seufzte schwer, steckte sich die langen Haare mit drei großen Rundkämmen hoch und ging unter die Dusche.

Claudia hatte sich die Haare gewaschen. Sie saß, nur mit einem Slip bekleidet, auf dem gepolsterten Hocker vor dem Frisiertisch und bearbeitete ihre dunkle, kurz gehaltene Mähne mit Fön und Rundbürste, um sie in Form zu bringen.

Im Spiegel sah sie ihren Mann vom Ankleideraum her eintreten. Sie hatten sich schon vorher kurz begrüßt, als er noch im Arbeitszimmer hinter seinem Schreibtisch gesessen und sich, umgeben von Bücherstapeln, Notizen gemacht hatte. Als er jetzt ihr Schlafzimmer betrat, war er barfuß, trug aber schon seine Smokinghose und darüber sein weißes gefälteltes Hemd, das er noch nicht eingesteckt hatte. Mit der linken Hand nestelte er an seiner rechten Manschette.

»Kann ich dir helfen, Knut?« fragte sie lächelnd, ohne jedoch ihre Tätigkeit zu unterbrechen.

»Wenn ich dich darum bitten darf.«

»Wieder der dumme Manschettenknopf?«

»Du sagst es.« Er stand nun dicht hinter ihr, neigte sich und küßte sie auf die schön geschwungene goldbraune Schulter. Sie war überrascht. Impulsive Zärtlichkeiten waren nicht seine Art. Als er sich aufrichtete, war sein Gesicht leicht gerötet, und der Ausdruck seiner blauen Augen verriet Begierde.

Claudia schaltete den Fön ab, ließ die Bürste fallen, wandte sich ihm zu, legte ihm die Arme um den Hals und bot ihm ihren Mund. Da sie die Leidenschaft seines Kusses erwiderte, hob er sie hoch und trug sie zum Bett.

Sie liebten sich mit der Innigkeit von Eheleuten, deren Körper sich vertraut waren und die die Bedürfnisse des anderen seit Jahren kannten.

»Ich habe mich wie ein Schuljunge benommen«, sagte Knut darauf beschämt.

Sie lachte. »Wie ein ziemlich großer, ausgewachsener Junge, möchte ich sagen.«

»Es tut mir leid, Claudia.«

»Mir überhaupt nicht. Ich liebe Spontaneität.«

»Es war, fürchte ich, nicht gentlemanlike.«

»Was du auch tust«, sagte sie zärtlich, »ein Gentleman bist du immer.« Sie wußte nur zu gut, daß das leichteste Zurückzucken ihrerseits, der geringste Hauch von Abwehr es nicht zu diesem Ausbruch der Leidenschaft hätte kommen lassen. »Wahrscheinlich bin ich schuld«, gestand sie.

»Du bist einfach zu schön!«

Sie gab ihm einen leichten Kuß auf die Schläfe. »Nicht halb so schön, wie ich sein möchte. Laß mich jetzt mein Haar richten und mich anziehen. Wenn ich fertig bin, komme ich zu dir und helf' dir mit dem Manschettenknopf. Du mußt ein frisches Hemd anziehen.« Sie schwang sich vom Bett. Der schwere goldene, erst halb eingeknöpfte Manschettenknopf war auf den Teppichboden gefallen.

Claudia entdeckte ihn und legte ihn auf ihre Frisiertoilette. »Hier ist er, der Schlingel! Ich behalte ihn bis gleich.«

Er war ebenfalls aufgestanden und hob die Hose auf, die er achtlos abgestreift hatte. »Mir scheint, die hat keinen Schaden genommen.«

Sie hatte wieder begonnen, sich mit ihrem immer noch feuchten

Haar zu befassen. »Um so besser!« rief sie ihm über das Summen des Föns hinweg zu.

Er strich sich über sein zerknittertes Hemd. »Drei Hemden an einem Tag. Wenn wir das öfter machen, wird die Beer uns kündigen.«

Sie fand, daß er, wie er so dastand, mit dem weißen Smokinghemd, das gerade den Po bedeckte und seine strammen braungebrannten Beine freigab, tatsächlich wie ein Schuljunge wirkte. Er blickte halb reuevoll und halb verschmitzt drein, wie ein Junge nach einem gelungenen Streich.

»Wegen der Beer«, rief sie, »mußt du dir gewiß keine Gedanken machen. Die betet dich doch an.«

»Ach, meinst du?« sagte er zerstreut. »Also, ich weiß nicht.« Die Smokinghose über dem Arm, ging er zur Tür. »Ich denke, wir sollten uns jetzt wohl beeilen.«

Als sie allein war, ließ Claudia Bürste und Fön sinken und betrachtete ihr Gesicht im Spiegel. Ihre Haut glühte, und ihre tiefblauen Augen strahlten. Es fiel ihr schwer, sich streng zu mustern.

›Was bin ich nur für eine!‹ dachte sie. ›Zwei Männer an einem Nachmittag. Wenn ich ein Kind bekäme, wüßte ich nicht einmal, wer der Vater ist. Keine gute Organisation. Aber wie hätte ich mich Knut entziehen können? Ich liebe ihn doch auch, mehr noch sogar als den anderen. Mit Ralf, das ist ja nur eine Affäre, die enden wird, wie sie begonnen hat. Der Mann, zu dem ich gehöre, ist und bleibt Knut.‹

Imogen war schon in ihr weißes Batistkleid geschlüpft. Sie saß auf der Fensterbank und zerrte mit Kamm und Bürste an ihren langen blonden Haaren, die sich wieder einmal hoffnungslos verheddert hatten. Dabei wollte sie heute abend für ihren kurzen Auftritt bei den Gästen besonders schön sein.

Als die Tür sich öffnete, ließ sie Kamm und Bürste sinken und atmete auf.

Claudia trat in einem weißen Seidenkleid ein, das ihre nackten makellosen Schultern freigab.

»Endlich!« stieß Imogen erleichtert aus.

Claudia lächelte sie versöhnlich an. »Tut mir leid, ich habe mich verspätet.« Ihr Gesicht war sehr sorgfältig zurechtgemacht; Lidschatten ließen ihre tiefblauen Augen noch ausdrucksvoller erscheinen.

»Das habe ich gemerkt!« erwiderte Imogen.

»Steh schnell auf, damit ich dir die Schärpe umbinden kann.«

Imogen folgte, und während die Mutter ihr die Schärpe im Rücken zu einer großen Schleife knotete, die sie sorgfältig zurechtzupfte, schnupperte sie den herben Duft ihres Parfums.

»Hui!« sagte Imogen. »Hast du dich aber fein riechlich gemacht.«

Claudia ging nicht auf diesen Scherz aus frühen Kindertagen ein. »Beim Frisieren kann ich dir leider nicht helfen. Professor Weber und seine Frau sind schon da.«

»Dann geh' ich überhaupt nicht runter«, erklärte Imogen mit einem Anflug von Trotz.

Claudia richtete sich auf. »Wie du willst. Aber ich finde, du solltest dich nicht so anstellen. Im allgemeinen kommst du doch ganz gut mit deinen Haaren zurecht. Du kannst dir Zeit lassen.« Und damit war sie schon wieder aus dem Zimmer.

Tränen der Enttäuschung waren in Imogens Augen gestiegen. Sie fühlte sich im Stich gelassen. Sie war nahe daran, sich quer über ihr Bett zu werfen und in die Kissen zu heulen.

Aber für so ein Benehmen war sie doch wirklich schon zu groß. Sie glaubte ja auch gar nicht, daß Claudia ihr absichtlich nicht geholfen hatte. Sie hatte sich ja auch nur ausnahmsweise verspätet. Das passierte ihr sonst nie.

Imogen faßte sich rasch wieder. Sie überlegte, was sie jetzt tun sollte. Natürlich brauchte sie nicht hinunterzugehen. Dann mußte sie ihr schönes Kleid aber sorgfältig über einen Bügel und in den Schrank hängen. Wenn sie es grundlos zerknitterte, würde Frau Beer böse werden, und das mit Recht.

Imogen wollte sich schon für diese Lösung entscheiden. Die Möglichkeit, es sich in ihrem Zimmer gemütlich zu machen, war verlokkend genug. Sie brauchte auch kein schlechtes Gewissen dabei zu haben. So wichtig, daß Claudia oder Onkel Knut enttäuscht sein oder die anderen sie vermissen würden, war sie nun auch wieder nicht.

Aber wenn sie oben blieb, bekam sie natürlich nichts von dem guten Essen. Eine Möglichkeit, sich ungesehen in die Küche zu schmuggeln, gab es nicht. Und sie hatte auch noch einen anderen guten Grund dafür, doch besser unten zu erscheinen. Sie wußte, daß Claudia es für praktischer und vernünftiger hielt, wenn sie sich das lange Haar abschneiden ließ. Sie lag ihr damit zwar nicht in den Ohren, weil es nicht ihre Art war, andere Menschen gegen ihren eigenen Willen beeinflussen zu wollen.

Imogen liebte ihr Haar, wenn sie sich auch einen etwas kräftigeren Farbton gewünscht hätte. Jedenfalls war es das einzige, was ihr an ihr wirklich gefiel, und sie wollte es keinesfalls kürzer tragen. Es tat ihr schon weh, wenn Claudia hin und wieder auch nur die Spitzen abschnitt. Zu ihrer eigenen Überraschung stellte sie fest, daß sie schon wieder dabei war, ihre Haare mit Kamm und Bürste zu bearbeiten.

Als Imogen ins Wohnzimmer trat, saßen Claudia, Knut und ihre Gäste schon vor halb geleerten Gläsern beisammen und sprachen lebhaft durcheinander. Zunächst beachtete niemand das Mädchen. Sie blieb etwas schüchtern nahe der Tür stehen und nutzte die Gelegenheit, die Erwachsenen zu beobachten.

Onkel Knut und Onkel Sven trugen beide einen eleganten, leichten Tropensmoking. Sie sahen sich sehr ähnlich, nur war Sven schwerer und hatte nicht so freundliche Augen wie Knut. Tante Lydia war sehr schlank, fast hager – Imogen wußte, daß sie Diät hielt, was sie sehr dumm fand. Ein bißchen voller hätte sie sicher besser ausgesehen, und das rote Kleid, das sie trug, war zu jugendlich für eine Dame, genau wie ihr blondiertes Haar mit Dauerwelle. Sie konnte an Claudias Schönheit nicht einmal im entferntesten heranreichen, gab sich aber wie eine Königin. Sie hielt sich viel darauf zugute, daß sie ihrem Mann zwei Söhne zur Welt gebracht hatte, zwei »Stammhalter«, wie sie es nannte. Claudia hatte Imogen einmal erklärt, was man darunter verstand, aber dem Mädchen schien der Ausdruck trotzdem albern.

Professor Weber war ein alter Herr mit weißem Haar und einer Brille mit Goldrand; er war hager und saß gebückt. Seine Frau war mollig und heiter, viel kleiner als er und schien trotzdem gut zu ihm zu passen. Die beiden Webers waren im Gegensatz zu den anderen dunkel gekleidet, er im Smoking, sie in einem schwarzen, hochgeschlossenen Kleid, was nicht recht zu dem Rahmen und zu der sommerlichen Hitze passen wollte. Aber sie bemerkten das anscheinend gar nicht, gaben sich gelassen und würdevoll. Imogen konnte sich die beiden gut als Großeltern vorstellen.

Tante Lydia und Frau Weber trugen eine Menge kostbaren Schmuck. Imogen hatte den Eindruck, daß sie das nicht hübscher machte. Sie taten es wohl, weil sie zeigen wollten, wieviel sie wert waren. Der kleine Brillant an Claudias Hals dagegen funkelte auf ihrer glatten Haut, als würde sie selber ihn zum Leuchten bringen.

Obwohl die Fenster offenstanden, stand die Luft im Raum. Alle, außer den Webers, rauchten, die Blumen und die Damen verbreiteten intensive Düfte.

Imogen mußte niesen.

»Ach, da bist du ja!« rief Claudia, stand auf, nahm sie bei der Hand und führte sie zu Professor Weber. »Herr Professor, darf ich Ihnen meine Tochter vorstellen?«

Imogen machte einen artigen Knicks.

»Du bist also die kleine Imogen Kröger!« sagte Frau Weber herzlich.

Einen Augenblick, der ihr unendlich lang zu sein schien, stand Imogen wie versteinert. Sie wollte die alte Dame verbessern, hatte aber Angst, daß das als ungezogen aufgefaßt werden könnte.

Claudia nahm sie noch fester bei der Hand. »Imogen von Geldern«, stellte sie richtig. »Imogen ist meine Tochter aus erster Ehe.«

Es wurde sehr still im Raum.

Dann wiederholte Frau Weber lächelnd: »Von Geldern? Dann ist dein Vater vielleicht Michael von Geldern? Der Cartoonist?«

»Sie kennen ihn?« rief Imogen entzückt.

Die alte Dame hatte Imogen nur mit einem Scherz aus der Verlegenheit helfen wollen. Jetzt sagte sie überrascht: »Er ist es also tatsächlich?«

»Ja!« sagte Imogen stolz. »Woher kennen Sie ihn?«

»Kennen ist übertrieben. Mein Sohn und mein Enkel lieben seine

Zeichnungen. Sie haben mir erklärt, daß das verschlungene M. v. G. Michael von Geldern heißen soll.«

Claudia fand es an der Zeit, das ihr unliebsame Gespräch abzubrechen. »Du hast Tante Lydia und Onkel Sven noch nicht begrüßt«, erinnerte sie.

Imogen wandte sich Onkel und Tante zu und gab ihnen die Hand. »Guten Abend, Tante Lydia... guten Abend, Onkel Sven!«

»Du hast dich ja richtig fein gemacht, Irmy«, bemerkte Lydia.

Wenn Imogen es schon nicht mochte, Immy genannt zu werden, so haßte sie es geradezu, wenn ihr Name zu Irmy verballhornt wurde. »Imogen«, verbesserte sie nachdrücklich, obwohl sie aus Erfahrung wußte, daß es doch nichts nutzte. Lydia würde bei ihrem »Irmy« bleiben, sei es nun aus Bosheit, Trägheit oder Gedankenlosigkeit.

Jetzt lächelte sie auch nur süffisant.

»Komm einmal her zu mir, Imogen!« bat Knut.

Sie lief zu ihm hin und schmiegte sich an ihn, als er ihr sanft den Arm um die Taille legte. »Ja, Onkel Knut?«

»Wie wäre es – hättest du nicht Lust, heute einmal mit uns zu essen?«

Darauf wußte Imogen nicht gleich etwas zu sagen. In der Küche mit Frau Beer zu essen war natürlich gemütlicher, als bei den Großen zu sitzen und beste Manieren zu zeigen. Andererseits wußte sie, daß Knut ihr eine Freude machen wollte, und sein Angebot erfüllte sie mit Stolz.

»Es ist nur für sechs gedeckt«, sagte Claudia aus dem Wunsch heraus, ihre Tochter zu schützen.

»Das läßt sich doch noch ändern«, erwiderte Knut unerschüttert.

»Ich finde auch, Imogen sollte uns Gesellschaft leisten!« mischte Frau Weber sich ein. »Sie ist doch schon ein so großes Mädchen. Wie alt bist du denn, Imogen?«

»Ich werde zehn«, erklärte Imogen mit unschuldigem Stolz.

»Na also. Dann gehörst du nicht mehr an den Katzentisch.«

»Lauf in die Küche und sag Frau Beer Bescheid!« forderte Knut.

Claudia drückte ihre Zigarette aus. »Nein, das werde ich lieber selbst übernehmen.« Sie erhob sich.

Frau Beer hatte sich noch nicht umgezogen; sie schnitt Kräuter für den Salat. Es war sehr heiß in der Küche. Dennoch schwitzte sie nicht und war so kühl wie immer.

»Der Herr Professor wünscht, daß Imogen am Diner teilnimmt, Frau Beer!« verkündete Claudia forsch.

Frau Beer erwiderte nichts; sie hob nicht einmal den Kopf.

»Das wird sich doch arrangieren lassen, denke ich«, fügte Claudia hinzu.

Frau Beer blieb weiter stumm.

»Paßt es Ihnen etwa nicht?« fragte Claudia.

Jetzt blickte die Haushälterin sie aus ihren kleinen, mißbilligend funkelnden Augen an. »Das würde nicht gut sein für das Kind und nicht angenehm für die Gäste.«

»Der Herr Professor will es so.« Claudia spürte, daß Frau Beer ihr nicht glaubte. »Ich selber finde es auch nicht ganz richtig«, sagte sie versöhnlich, »aber es hat doch keinen Sinn, großen Wirbel deswegen zu machen.«

»Wie Sie meinen, gnädige Frau.«

»Ich kann auch selber ein siebtes Gedeck auflegen.«

»Nein, das ist meine Aufgabe. Wo soll das Kind denn sitzen?«

»Zwischen mir und dem Herrn Professor, denke ich.«

»Ich werde das erledigen.«

»Danke, Frau Beer«, sagte Claudia herzlich, aber als sie zu den anderen zurückkehrte, fragte sie sich, warum in diesem Haus die einfachsten Dinge meist so schwierig durchzuführen waren.

Das Diner verlief ohne Zwischenfälle. Das Carpaccio und der gemischte Salat waren schmackhaft gewürzt, der Sahnemeerrettich, den es zu dem geräucherten Seelachs gab, hätte nicht besser sein können, und das Roastbeef war genau auf den Punkt gebraten, außen köstlich braun und innen rosig. Das Erdbeer-Orangen-Dessert war ein Gedicht. Frau Beer schenkte zu den einzelnen Gängen passende Weine aus dem Keller des Hausherrn in die langstieligen Gläser.

Claudia dachte, daß es sich doch, allein schon für eine solche Mahlzeit, lohnte, sich mit der schwierigen Frau zu arrangieren.

Die Konversation floß sehr leicht und oberflächlich dahin. Es war nicht Imogens Anwesenheit, die es unmöglich machte, ein ernsteres Thema anzuschneiden, sondern Frau Beers ständiges Auftauchen. Die Haushälterin ließ es sich nicht nehmen, in schwarzem Kleid und weißem Schürzchen selber zu servieren. Claudia hatte bei früheren Gelegenheiten versucht, sie dahin zu bringen, die Speisen einfach auf den Tisch zu stellen und dann zu verschwinden. Aber sie hatte erfahren müssen, daß sie anscheinend nicht wußte, »was sich gehört«.

Imogen benahm sich tadellos. Sie redete nur, wenn sie gefragt wurde. Doch als sie dem Dessert mit allzu großem Appetit zusprach, kamen Claudia Bedenken wegen des Cointreaus, den es beinhaltete. Aber da Imogen sich ohnehin gleich verabschieden und zu Bett gehen mußte, erhob sie keinen Einspruch.

Obwohl sie den ganzen Abend nur Mineralwasser getrunken hatte, bekam Imogen heiße Wangen. Als man aufstand, um in den Garten zu gehen, gelang es ihr zwar durchaus, noch mit Anstand allen »Gute Nacht« zu wünschen. Nur daß sie Knut auf die Wange küßte, als sie sich bei ihm dafür bedankte, daß sie hatte dabeisein dürfen, war ungewöhnlich. Es verriet, daß der hochprozentige Likör sie ein wenig beschwipst hatte.

»Soll ich dich zu Bett bringen?« fragte Claudia.

»O ja, bitte!« rief Imogen begeistert, fügte dann aber rasch hinzu: »Ich kann auch allein!«

»Das wissen wir alle!« sagte Frau Weber. »Aber mit der Mutti macht es doch mehr Spaß, nicht wahr?«

Claudia lächelte ihr zu. »Ich bin gleich wieder da!«

Sie verließ mit ihrer Tochter das Zimmer.

Oben plapperte Imogen munter drauflos, wie es sonst gar nicht ihre Art war. »Die Webers sind okay, nicht?«

Claudia löste ihr die Schärpe und legte sie über eine Stuhllehne. »Ja, das sind sie.«

»Woher kennt ihr sie eigentlich?«

»Von einem Kongreß. Professor Weber ist ein bedeutender Wissenschaftler.«

»O ja! Knut kennt lauter bedeutende Leute, nicht?«

»Ja, das tut er.« Claudia zog ihr das Kleid über den Kopf.

Versteckt unter dem weißen Batist fragte Imogen: »Ist doch toll, daß sie Michael kennt, nicht?«

Darauf gab Claudia keine Antwort. »So, jetzt putzt du dir erst mal die Zähne, und dann mache ich dir die Haare.«

Imogen ließ nicht locker. »So berühmt ist er doch gar nicht, oder?«

»Nein, ganz sicher nicht. Aber beeil dich jetzt! Du weißt, ich werde erwartet.«

Gehorsam ging Imogen ins Bad. Claudia folgte ihr und setzte sich auf den Rand der Wanne.

Imogen hielt ihre Zahnbürste unter den Wasserstrahl und drückte einen Strang Creme darauf. »War ein schöner Abend.« Während sie schon ihre Zähne bürstete, fügte sie undeutlich hinzu: »Hatte gedacht, Erwachsene würden was Interessanteres reden.«

»Nicht immer.«

»Schade.« Imogen gurgelte.

Claudia beobachtete ihre Tochter, wie sie im Höschen vor dem Waschbecken stand; am liebsten hätte sie sie in die Arme genommen und ihren glatten kleinen Oberkörper mit zärtlichen Küssen bedeckt.

Imogen stellte den Becher aus der Hand. »Warum mich Tante Lydia bloß immer Irmy nennt.«

»Das habe ich dir schon tausendmal erklärt.«

»Ich kann's aber nicht ausstehen. Immy ist schon schlimm genug, aber Irmy!« Imogen schüttelte sich in übertriebenem Grauen. »Brrr!«

»Imogen ist ein anspruchsvoller Name, in den mußt du erst reinwachsen.«

Auch das hatte Imogen schon oft genug gehört. »Ja, und dich hat man als Kind Cläuschen genannt! Weil dein Vater sich eigentlich einen Sohn gewünscht hat.« Sie wandte sich ihrer Mutter zu.

Claudia stand auf. »Ja, und weil ich ziemlich jungenhaft war.« Sie nahm Kamm und Bürste von der Ablage.

»Ich will aber nicht jungenhaft sein!« rief Imogen protestierend.

»Bist du ja auch gar nicht.«

Claudia ging in das Zimmer hinüber, nahm die Tagesdecke vom Bett, schlug es auf und setzte sich auf den Rand. Imogen holte einen Hocker und stellte ihn vor sie hin. Während Claudia ihr die breite Spange aus dem Haar nahm, mit der sie es am Hinterkopf zusammengefaßt hatte, zog das Mädchen, auf dem Hocker sitzend, sich Schuhe und Söckchen aus.

»Deine Haare sind wirklich prächtig«, sagte die Mutter, während sie sie bürstete.

»Ich hätte lieber dunkle wie du!«

»Du kannst sie später tönen. Das geht mit meinen nicht. Ich müßte sie erst ganz einfärben lassen, und das wäre vielleicht eine Prozedur!«

»Quatsch wäre das!«

»Ich hab's ja auch gar nicht vor. Und eigentlich meine ich, du solltest es auch nicht tun. Deine Haare sind schön, wie sie sind.« Sie begann zwei lockere Zöpfe zu flechten. »Übrigens sind wir jetzt beim Weihnachtskatalog.«

»Ja? Schon? Kann ich mitmachen?«

»Wenn du es wirklich willst.«

»Aber klar doch!«

»Das letzte Mal hast du geschworen, du würdest nie mehr Fotos von dir machen lassen.«

»Das letzte Mal war es ja auch ganz schön anstrengend!«

»Leichter wird es diesmal auch nicht werden. Du wirst in den Wintersachen ganz schön ins Schwitzen kommen.«

»Wenn bloß nicht wieder dieser gräßliche Klaus dabei ist!«

»Nicht mal das kann ich dir versprechen. Also überleg es dir gut. Ein Muß ist es nicht. So, fertig, mein Liebes!« Sie stand auf und hob Imogen hoch. »Ins Bett mit dir!«

»Ohne Nachthemd?«

»Bei der Hitze kannst du ruhig mal ohne schlafen.«

»Ganz nackig? Nein, das könnte ich nicht. Dabei käme ich mir komisch vor.«

Claudia stellte ihre Tochter wieder auf die Beine. »Na, wie du willst.«

Während Imogen ihr Höschen abstreifte und in ihr Nachthemd

schlüpfte, stellte Claudia ihre Schuhe ordentlich nebeneinander hin und schmiß die Söckchen noch in den Wäschepuff. Sie löschte das Licht im Bad, und als sie zurückkam, lag Imogen schon im Bett und streckte ihr beide Arme entgegen. Claudia beugte sich über sie und küßte sie auf die Stirn.

Imogen umarmte sie. »Hab' dich lieb«, murmelte sie.

»Ich dich auch«, erwiderte Claudia.

»Und Michael!«

Claudia befreite sich aus ihrem Griff. »Jetzt schlaf schön, Liebes!«

»Gute Nacht, Mutti!« Imogen rollte sich zur Seite.

Claudia knipste das Licht aus und verließ leise den Raum; sie wußte, daß Imogen in wenigen Minuten eingeschlafen sein würde.

Knut und die Gäste hatten es sich auf der Terrasse neben dem Haus bequem gemacht. Es war immer noch sehr heiß, und nur ein ganz leichter Luftzug bewegte die Flammen der Windlichter.

Als Claudia erschien, standen Knut und Sven höflich auf. Auch Professor Weber machte Anstalten, sich zu erheben.

»Bitte nicht, Herr Professor!« wehrte Claudia ab. »Ich bin es gar nicht gewohnt, daß man Umstände um mich macht.«

»Meine Schwägerin ist eine berufstätige Frau«, erklärte Lydia; sie brachte es fertig, diese an sich harmlose Bemerkung in spitzem Ton zu bringen.

»Wie interessant!« rief Frau Weber. »Darf man fragen, mit was Sie sich befassen?«

Claudia setzte sich auf den freien Sessel neben ihren Mann. »Ich texte Kataloge.«

Knut schenkte ihr ein Glas Bowle ein, und sie zündete sich eine Zigarette an.

»Für das Versandhaus *Cosmos*«, sagte Lydia abfällig.

»Na, na, na!« sagte Sven tadelnd und warf seiner Frau einen mißbilligenden Blick zu.

»Claudia ist Cheftexterin«, stellte Knut richtig, »sie hat eine ganze Menge Leute unter sich.«

»Wie wird man denn so etwas?« fragte Frau Weber.

»Das kann ich Ihnen nicht so genau sagen, liebe Frau Weber. Ich jedenfalls habe einige Semester Philologie, Romanistik und Anglistik studiert.«

»Und diese Kenntnisse können Sie in Ihrem Beruf tatsächlich verwerten?« wollte der Professor wissen.

»Ja, Herr Professor. Die Kataloge erscheinen auch in Englisch und Französisch. Ich muß zwar nicht selber übersetzen, aber doch wenigstens über so viel Sprachkenntnisse verfügen, daß ich die Übersetzungen beurteilen kann.«

»Nun sag bloß nicht«, rief Lydia, »du hast studiert, um Texterin zu werden!«

Claudia zog es vor, auf diese Bemerkung nicht einzugehen.

»Du weißt sehr wohl, daß sie die Mitarbeit in einem Sachbuchverlag anstrebte«, erwiderte Knut an ihrer Statt.

Der teilnahmsvoll fragende Blick von Frau Weber entlockte Claudia dann doch eine Äußerung. »Eine Notlage zwang mich, mein Studium abzubrechen und mir eine Arbeit zu suchen«, sagte sie.

»Aber die Aufgabe macht Ihnen Freude, nicht wahr, Frau Kröger?« meinte Professor Weber. »Sie brauchen mir das nicht zu bejahen, es liegt auf der Hand, denn andernfalls hätten Sie sie inzwischen aufgegeben. Für mich ist das einer dieser Fälle, in denen ganz deutlich wird, daß das Schicksal eines Menschen nicht nur von der Persönlichkeit, von seinen Fähigkeiten und vom Charakter bestimmt wird, sondern von Komponenten, auf die er keinen Einfluß hat.«

»Ich wollte immer Arzt werden«, erklärte Knut.

»Und du hast es durchgesetzt«, stimmte Sven ihm zu, »unserer alten Familientradition zum Trotz, nach der alle männlichen Nachkommen Kaufleute zu werden hatten.«

»Ich weiß, daß ich unseren Vater sehr enttäuscht habe«, bekannte Knut, »aber ich konnte nicht anders. So sehr ich mich zur Heilkunst hingezogen fühle, ist mir das Handeln zuwider.«

»Sie haben sich gewiß richtig entschieden«, erklärte Professor Weber, »zumal Ihr Bruder ja erfolgreich, wie ich denke, in die Fußstapfen seiner Vorfahren getreten ist.«

»Leider sind die Zeiten nicht mehr die, die sie waren. Die deutsche

Reederei, der Stolz unserer Väter, liegt im argen. Zu hohe Lohn- und Sozialkosten machen uns wettbewerbsunfähig.«

Claudia lächelte ihrem Schwager zu. »Trotzdem verstehst du es immer noch, dein Schäfchen ins Trockene zu bringen.«

Sven klopfte sich selbstgefällig auf den Magen. »Das muß wohl so sein. Im übrigen profitiert ihr ja auch davon.«

»Wie käme ich dazu, dir einen Vorwurf zu machen, Sven!« Claudia griff nach einer Zigarette, und Knut gab ihr Feuer. »Ich meine nur, wenn auch die goldenen Zeiten vorüber sind, verstehen wir alle es doch ganz gut, uns in der heutigen einzurichten. Dem Großteil der Menschheit, das wirst du mir zugeben, geht es entschieden schlechter als uns. Ich will damit gar nicht an die sogenannte Dritte Welt erinnern, sondern an die vielen sehr bescheiden, wenn nicht gar in Armut lebenden Menschen in unserem Land.«

»Sie wollen damit sagen«, hakte Professor Weber nach, »daß die einen kein Recht haben, sehr reich zu sein, wenn ihre Mitbürger arm sind?«

»Wer dauernd zu Krethi und Plethi hinschielt«, warf Lydia ein, »wird nie was werden.«

»Nein«, antwortete Claudia, »man sollte die Maßstäbe nicht verlieren. Wenn man Erfolg hat, und das trifft sicher auf meinen Schwager zu, besteht kein Grund, sich zu beklagen, auch wenn er hart erarbeitet werden muß, was ich ihm durchaus einräume.«

»Dann will ich dir noch mal verzeihen, Claudia«, sagte Sven lächelnd.

»Wie lieb von dir«, konterte sie.

»Das Jammern, auch wenn es einem gutgeht – gerade wenn es einem gutgeht –, hat sicherlich atavistische Gründe«, behauptete Professor Weber. »Man will damit die bösen Mächte besänftigen.«

»Die bösen Mächte?« wiederholte Claudia. »Ob es die wirklich gibt?«

»Jedenfalls in der Vorstellung der Menschen. Daran hat auch das angeblich erlösende Christentum nichts geändert. Es hat ja den Teufel nicht ausgerottet, sondern ihn, im Gegenteil, auf eine Art Piedestal gesetzt.«

Claudia drückte ihre Zigarette aus. »Ich kann mir nicht vorstellen, daß ein modern denkender Mensch sich noch vor dem Teufel fürchtet.«

»Weil Sie ein gutes Gewissen haben«, sagte Frau Weber heiter.

»Oh! Darüber habe ich nie nachgedacht.«

»Sie sind mit sich im reinen, weil Sie keinem Menschen weh zu tun brauchen. Ihr Mann, sehen Sie, wird sich doch manchmal fragen müssen, ob ihm bei Diagnose oder Behandlung vielleicht ein Fehler unterlaufen ist. Und – obwohl ich nichts von geschäftlichen Dingen verstehe – möchte ich doch glauben, daß man es dabei mehr als einmal darauf anlegt, seinen Partner übers Ohr zu hauen, und daß man es, wo es möglich ist, auch tatsächlich tut.«

Sven lachte auf. »Wenn ich mir darüber Gedanken machen wollte!«

Frau Weber ließ sich nicht unterbrechen. »Aber Sie, Frau Kröger, tun keiner Fliege was zuleide. Jetzt werden Sie mir entgegnen, daß Sie zuweilen Waren anpreisen, die Sie selber für Schund halten, habe ich recht?«

Claudia nickte.

»Aber soviel ich weiß, besteht doch ein, wenn auch zeitlich begrenztes, Rückgaberecht aller Waren?«

»Außer bei Unterwäsche, Badeanzügen und Hygieneartikeln«, bestätigte Claudia.

Alle lachten. Claudia wußte nicht recht warum. Knut stand auf, nahm den schweren Krug und machte sich daran, ringsum Bowle nachzuschenken.

»Danke, für mich nicht mehr«, wehrte Frau Weber ab.

»Wir müssen sehen, daß wir unbeschadet in unser Hotel kommen«, stimmte ihr Mann zu.

Knut blieb mit dem Krug in der Hand vor ihnen stehen. »Aber wir bleiben doch noch beisammen, und außerdem wird unser Chauffeur Sie abholen, zum Hotel fahren und, wenn es nötig sein sollte, zu Ihrem Zimmer führen.« Er schenkte nach.

»Ihr Chauffeur? Mitten in der Nacht? Ist das zumutbar?« fragte Frau Weber. »Wir können genausogut ein Taxi nehmen.«

»Das wäre nicht genausogut, sondern eine Notlösung. Halten Sie mich bitte nicht für unsozial, gnädige Frau. Braake ist froh, wenn er was zu tun hat.« Knut stellte den Krug wieder auf den Tisch.

»Das ist schwer zu glauben«, meinte Professor Weber.

»Aber es stimmt!« sagte Claudia. »Anfangs hat er geradezu rotiert. Er mußte mich täglich in die Firma fahren und Imogen zur Schule. Inzwischen will sie nicht mehr mit dem Auto gebracht werden, der anderen Kinder wegen. Außerdem ist sie groß genug, um zu Fuß zu gehen. Auch ich fahre lieber selber, wenn ich nicht gerade die S-Bahn benutze. Meinem Mann geht es genauso. Also hat Braake wenig Gelegenheit, sich nützlich zu machen, falls nicht gerade im Haus und im Garten zu tun ist. Er hängt oft herum.«

»Warum«, fragte Frau Weber erstaunt, »halten Sie sich dann überhaupt einen Chauffeur?«

»Für Gelegenheiten wie diese«, erklärte Knut lächelnd.

»Er ist seit undenklichen Zeiten bei meinem Mann«, sagte Claudia, »wir können ihn nicht einfach vor die Tür setzen. Er würde nur schwer eine neue Stellung bekommen.«

»Bestimmt nicht eine so angenehme wie bei euch«, fügte Sven hinzu.

»Sie halten Ihren Chauffeur also, um Ihr Gewissen nicht zu belasten?« wollte Professor Weber wissen.

»Ich habe nie auch nur daran gedacht, ihm zu kündigen«, erklärte Knut.

»Ich auch nicht«, stimmte Claudia ihm zu.

»Seitdem es Arbeitslosengeld, Sozialfürsorge und Rente gibt, braucht ein Arbeitgeber kein Gewissen mehr zu haben«, behauptete Sven.

»Ja«, sagte Claudia, »in der guten alten Zeit war das anders. Da wurden die Leute geschunden und ausgenutzt.«

»Ohne daß jemand Skrupel dabei empfunden hätte«, meinte Knut.

»So möchte ich das nicht im Raum stehenlassen!« erklärte Professor Weber. »Es gab immer auch Menschen, die daran Anstoß genommen haben, allerdings waren es nur einige wenige. Das Moralempfinden jedes einzelnen war immer sehr verschieden.«

»Moral«, behauptete Claudia, »ist ja nur eine Sache der Mode.« Sie lächelte entwaffnend, als alle Blicke sich auf sie richteten. »Ist doch wahr!« fügte sie hinzu. »Mord zum Beispiel ist zweifellos verwerflich. Aber im Krieg ist er nicht nur erlaubt, sondern er wird zur Pflicht des kämpfenden Soldaten.«

Professor Weber sah sie mit einem merkwürdigen Ausdruck an. »Sie leugnen also, daß es ein moralisches Gesetz in uns gibt?«

Claudia war nahe daran, einen Rückzieher zu machen, gab sich dann aber doch nicht geschlagen. »Entschieden ja!« behauptete sie. »Alle Gesetze sind von den Herrschenden – mit Unterstützung der Kirche – nur aufgestellt worden, um das Volk an die Kandare zu bekommen.«

Professor Weber schüttelte sachte den Kopf. »Das sind gefährliche Ansichten, meine liebe gnädige Frau.«

»Sie denkt nicht wirklich so«, erklärte Knut.

Claudia fuhr zu ihm herum. »Woher willst du das wissen?«

»Weil ich dich kenne!«

»Vielleicht doch nicht so gut«, sagte sie herausfordernd.

»Du selber könntest kein Wässerchen trüben. Ich erinnere mich noch gut, wie du dich geweigert hast, ein paar Flaschen Aquavit aus Dänemark durch den Zoll zu schmuggeln. Ich bin ein ziemlich korrekter Mensch, aber ich hätte kein Verbrechen darin gesehen.«

»Es war es mir einfach nicht wert, mich wegen einer solchen Geringfügigkeit strafbar zu machen.«

»Nein, es beweist, daß du dich an Gesetze hältst, seien sie nun staatlicher oder moralischer Art – darüber ließe sich noch streiten. Du würdest sie jedenfalls nicht als willkürlich erachten.«

Claudia zuckte die schönen Schultern. »Na ja«, räumte sie ein, »ich bin eben keine Revolutionärin. Aber Sie werden mir doch zugeben, Herr Professor, daß meine Ansichten nicht ganz aus der Luft gegriffen sind. Wie wäre es sonst zu erklären, daß zum Beispiel Naturvölker eine ganz andere Moral haben als wir Zivilisierten?«

»Es liegt auf der Hand, gnädige Frau, daß ein primitives Volk auch nur eine primitive Moral haben kann. Doch Grundbegriffe von Anstand und Ehrlichkeit sind auch dort gegeben. Sie liegen in der Natur jedes Menschen.«

»Ein so schöner Abend«, sagte Frau Weber mit leichtem Tadel, »und ein so ernstes Thema!«

»Das finde ich auch«, stimmte Lydia ihr zu. »Wer hat eigentlich damit angefangen?«

Professor Weber wandte sich seiner Frau zu. »Ich fand es ganz interessant. Aber du hast recht, Liebes. Darüber sollte man nur am hellen Tag und mit klarem Kopf diskutieren.« Er lächelte Claudia zu. »Dann würden wir auch gewiß zu einem befriedigenden Konsens kommen.«

Claudia fand es an der Zeit nachzugeben. »Ich bin nicht unbelehrbar, Herr Professor.«

Es war Knut, der das Thema nicht sogleich aufgeben wollte. »Hat Kant nicht sogar das moralische Gesetz in uns als Beweis einer göttlichen Macht angesehen?«

»Ja, das stimmt durchaus. Das moralische Gesetz in uns und der gestirnte Himmel über uns gaben ihm diese Gewißheit. Aber da wir nun bei dem alten Philosophen aus Königsberg gelandet sind, möchte ich abschließend auf seinen berühmten ›Kategorischen Imperativ‹ hinweisen.« Er legte eine kleine Kunstpause ein.

Überraschenderweise war es Lydia, die um eine Erklärung bat, während es Knut anzumerken war, daß er ein Gähnen nur schwer unterdrücken konnte.

»Er lautet«, fuhr Professor Weber fort, »wenn ich ihn wortwörtlich zitieren darf: ›Handle so, daß die Maxime deines Willens jederzeit zugleich als Prinzip einer allgemeinen Gesetzgebung gelten könne.‹«

»Klingt beeindruckend!« sagte Lydia. »Aber ich muß zugeben, ganz habe ich es nicht verstanden.«

»Damit wird alles Tun und Treiben untersagt, von dem man nicht will, daß auch andere oder gar die Allgemeinheit genauso handeln.«

»Aha! Was du nicht willst, das man dir tu, das füg auch keinem andern zu.«

»Sehr gut, gnädige Frau«, sagte Professor Weber ein wenig gönnerhaft, »das trifft nicht ganz, kommt der Sache aber schon sehr nahe.«

›Wenn der Mensch wirklich ein moralisches Gesetz in sich hat‹, dachte Claudia, ›dann ist es doch merkwürdig, daß er es jederzeit so leichten Herzens übertritt!‹ – Aber sie sprach es nicht aus, denn sie war froh, daß das Gespräch sich jetzt anderen, weniger ernsten Themen zuwandte.

Dann wurde Frau Weber müde – vielleicht tat sie auch nur so, um ihrem Mann den Aufbruch zu erleichtern –, jedenfalls lehnte sie den Kaffee, den Claudia ihr noch anbieten wollte, entschieden ab.

Sie stand auf. »Es war ein langer Tag, und wir müssen morgen früh aus den Federn.«

Knut bedauerte, daß sie schon gehen wollten – darin stimmten ihm die anderen, und nicht nur aus Höflichkeit, zu –, versicherte aber gleichzeitig, daß Braake gewiß schon da sei.

Man verabschiedete sich. Knut und Sven brachten das alte Ehepaar zum Auto. Claudia und Lydia blieben zurück.

Lydia zündete sich eine Zigarette an. »Man raucht viel zuviel an einem solchen Abend«, bemerkte sie.

Claudia gab ihr recht. »Aber es ist ja eine Ausnahme«, fügte sie, sich selber entschuldigend, hinzu. Sie hätte liebend gerne aufgeräumt, die Aschenbecher geleert und die überzähligen, benutzten Gläser in die Küche gebracht. Aber das hätte auf ihre Schwägerin ungemütlich wirken können. Also unterließ sie es und setzte sich wieder.

»Das vorhin«, sagte Lydia und blies Rauch durch die Nasenlöcher, »war ziemlich peinlich.«

Claudia war erstaunt. »Ich weiß nicht, auf was du anspielst.«

»Als Frau Weber Irmy für Knuts Tochter hielt.«

»Ach das! Ich fand es nicht so schlimm.«

»Dann mußt du eine wahre Elefantenhaut haben.«

Es war eine so schöne Nacht. Der Himmel stand voller Sterne. Sie hatten gut gegessen und nicht zu viel getrunken. Claudia hatte keine Lust, sich mit der Schwägerin zu streiten. Friedfertig sagte sie: »Mag sein.«

Aber Lydia ließ nicht locker. »Ich verstehe nicht, warum er sie nicht endlich adoptiert.«

»Ohne Einwilligung ihres leiblichen Vaters geht das nicht.«

»Kümmert der sich denn überhaupt um das Kind?«

»Er holt sie immer mal wieder für ein Wochenende. Sie hängt an ihm.«

»Trotz allem?«

»Sie war ja erst zwei, als wir uns scheiden ließen – zu jung, um etwas von unseren Schwierigkeiten mitzubekommen.«

»Was für Schwierigkeiten?«

»Ach Lydia!«

»Du solltest wirklich mal dein Herz ausschütten.«

»Das ist doch alles längst vorbei und abgetan.«

»Wenn du es so siehst!«

»Ja«, sagte Claudia und dachte: ›Du wärst der letzte Mensch, dem ich mich anvertrauen würde.‹

Lydia drückte ihre Zigarette aus. »Es gibt noch etwas, über das ich immer schon mit dir reden wollte.«

»Ach ja?«

»Wenn du schon deine Stellung bei diesem mediokren Versandhaus nicht aufgeben willst...«

»Ich sehe nicht ein, warum ich das sollte!«

»Weil du es nicht mehr nötig hast zu arbeiten. Es würde deiner Ehe bestimmt guttun, wenn du zu Hause bliebest.«

»Und nichts mit mir anzufangen wüßte? Wie Rosalind? Knut ist es sehr recht, daß ich in meinem Beruf weitermache.«

»Das ist schließlich eure Angelegenheit. Aber daß du Irmy mit hineinziehst...«

Jetzt konnte Claudia nicht länger an sich halten. »Ich wäre dir sehr, sehr dankbar, wenn du endlich aufhören würdest, sie Irmy zu nennen. Du weißt, sie heißt Imogen.«

»Wichtigkeit.«

»Du wärst sicher auch nicht begeistert, wenn wir Lyssi oder Lieserl zu dir sagen würden.«

»Du lenkst ab, Claudia. Du weißt ganz genau, worauf ich hinauswill. Es ist eine Schande, daß du das Kind in deinen Katalogen posieren läßt.«

Claudia stand auf. »Ich will mal sehen, wo Knut bleibt.«

»Du kannst die Männer ruhig sich selbst überlassen. Sie werden schon wiederkommen, wenn sie Lust dazu haben.«

Claudia sah ein, daß ihre Schwägerin mit dieser Behauptung recht hatte, und setzte sich mit einem schweren Seufzer.

Lydia nahm den Bowlenkrug, schüttelte ihn, um festzustellen, ob noch etwas darin war, und schenkte sich ein. »Du auch?«

»Ja, bitte!« Claudia nahm ihr den Krug aus der Hand.

»Du verkaufst dein Kind!« beschuldigte Lydia sie.

»Das ist nun gewiß nicht wahr. Das Honorar bekommt sie selber.«

»Hat sie das nötig? Du solltest doch in der Lage sein, ihr genügend Taschengeld zu geben.«

»Es stärkt das Selbstvertrauen, wenn man Geld nicht nur von der Mutter zugesteckt bekommt, sondern es sich selbst verdienen kann.«

»Indem man sich prostituiert?«

»Erlaube mal, Lydia! Das geht jetzt entschieden zu weit!«

»Du willst es nicht wahrhaben! Aber ich habe sie im letzten Katalog gesehen – halbnackt in einem Badeanzug und dazu noch geschminkt!«

»Die Kinder werden geschminkt – auch die Jungen –, damit sie auf den Farbfotos besser herauskommen, und ich weiß wirklich nicht, was anstößig daran sein soll, wenn man einen Badeanzug vorführt. Niemand außer dir würde etwas dabei finden.«

»Da irrst du dich schwer, meine Liebe! Die meisten Damen aus unseren Kreisen finden es absolut schockierend. Dir sagt man das natürlich nicht ins Gesicht.«

»Sollen sie doch hinter meinem Rücken reden, was sie wollen.«

»Es wäre an der Zeit, daß du Rücksicht auf Knuts gesellschaftliche Stellung nähmest – und auch auf unsere!«

»Lydia, ich versichere dir, ich habe niemals daran gedacht, daß diese Fotos Knut oder euch schaden könnten...«

»Darum mache ich dich ja darauf aufmerksam!«

Claudia ließ sich nicht unterbrechen. »... sie sind absolut harmlos. Jede Familie hat solche Bilder im Fotoalbum, du kannst sie in jeder Illustrierten finden. Du kannst mir nicht einreden, daß es sich dabei um Pornographie handelt!«

»Mir scheint, du kennst die Welt nicht, Claudia. Es gibt lüsterne Männer, die...«

»... auf jedes Stückchen nacktes Fleisch luren, doch, das weiß ich. Aber wenn du immer nur daran denkst, müßtest du selbst deinen Körper beim Baden verhüllen wie Anno dunnemals. Tatsächlich zeigst du dich aber im Bikini!« – ›Obwohl‹, setzte Claudia für sich hinzu, ›du entschieden besser daran tätest, darauf zu verzichten, denn deine Figur ist nicht mehr ganz danach!‹

Lydia beharrte auf ihrem Standpunkt. »Ich stelle mich darin nicht zur Schau, das ist der Unterschied. Du erziehst Irmy... pardon, Imogen... zur Schamlosigkeit.«

»Es tut mir leid, wenn du das so siehst.«

»Mach dem ein Ende, Claudia!«

»Na schön«, sagte Claudia und lauschte, ob die Männer nicht endlich zurückkämen, »aber nur dir zuliebe, nicht weil ich es einsähe: Ich verspreche dir, Imogen nie mehr im Badeanzug ablichten zu lassen. In naher Zukunft kann ja sowieso nicht davon die Rede sein. Jetzt kommen die Anoraks dran, Rodel und Skier.«

»Du solltest sie grundsätzlich nicht mehr vor der Kamera posieren lassen. Damit machst du sie nur eitel.«

»Aber keineswegs. Sie ist mit ihrem Aussehen durchaus nicht zufrieden.«

»Ein Kind sollte sich so akzeptieren, wie es ist, und noch nicht darüber nachdenken.«

»Sind Kinder wirklich so, wie sie deiner Meinung nach sein sollten? Von mir weiß ich jedenfalls, daß ich mich in Imogens Alter schon sehr häufig kritisch im Spiegel betrachtet habe.«

»Willst du denn, daß sie Mannequin wird?«

»Daran habe ich noch nie gedacht. Aber wenn sie das später wirklich will – ich hätte nichts dagegen. Mannequin ist ein sehr ehrenwerter Beruf, sehr viel anstrengender als die meisten anderen.« Claudia trank ihr Glas leer und stand endgültig auf. »So«, sagte sie, »und jetzt könnte ich eine Tasse Kaffee brauchen! Du auch?«

Am Sonntag war es nicht mehr ganz so heiß, aber immer noch warm genug, um sich im Freien aufzuhalten. Bevor die Gäste kamen, hatten Claudia und Imogen schon bunte Kissen im Schatten einer Ulme ausgebreitet, auf einem Rasenstück, das vom großen Haus aus nicht einsehbar war.

Natürlich wäre es sehr viel bequemer gewesen, auf der Terrasse zu essen, aber sie fanden, daß ein richtiges Picknick nur auf dem Boden stattfinden könnte. Mutter und Tochter trugen ihre ältesten Jeans, dazu einfache T-Shirts, aber Sandra hatte es sich nicht nehmen lassen, sich und ihre Familie für den Besuch bei den reichen Verwandten feinzumachen.

Knut Kröger kam erst zur Begrüßung aus dem Haus. Er war, mit einem offenen hellblauen Hemd, Leinenhosen und dunkelblauem Blazer, leger und bequem gekleidet. Sandra hatte ihren Albert auch in einen Blazer gesteckt, und das machte unglücklicherweise den Unterschied zwischen den beiden Männern noch deutlicher. Alberts Jacke, von der Stange gekauft, saß recht und schlecht, Knuts dagegen, maßgeschneidert, tadellos.

Claudia mußte einmal mehr den Takt ihres Mannes bewundern.

Kaum hatte er Albert die Hand geschüttelt, zog er auch schon seinen Blazer aus und ermunterte seinen Schwager, das gleiche zu tun. »Leg ab, Albert, sonst wird dir noch zu heiß!«

In ihren sauberen, frisch gebügelten Hemden paßten die beiden Männer, fast gleichaltrig, besser zueinander, wenn auch Knuts Körper sportlich durchtrainiert war, während Albert, der Stubenhocker, einen Ansatz von Bauch zeigte. Eine Brille mit runden Gläsern gab seinem farblosen Gesicht etwas Kindliches.

»Gehen wir ins Haus und genehmigen wir uns einen!« schlug Knut vor.

Kersten, in einem etwas zu kurzen Sommerkleidchen, und Imogen waren schon davongetollt. Christian, in einem auf Zuwachs gekauften Flanelljackett und Jeans, stand etwas unglücklich herum.

»Du kannst uns beim Decken helfen, Krischan!« schlug Sandra vor, die noch immer die Schachtel mit dem selbstgebackenen Kuchen herumbalancierte.

»Ich weiß was Besseres!« sagte Claudia. »Steck doch schon die

Strecke fürs Krocket ab. Die Mädchen können dir helfen.« Laut rief sie: »Imogen! Kersten!«

Hüpfend kamen die beiden zum Vorschein.

Claudia nahm Sandra den Kuchen ab, und die Schwester folgte ihr in die Küche. Auf dem Tisch standen schon die tags zuvor von Frau Beer bereiteten Speisen in flachen Körben: Schüsseln mit Kartoffel- und Gurkensalat, panierte Koteletts, hartgekochte Eier, rote Grutze. Claudia hatte sie schon aus dem Kühlschrank genommen. Jetzt packte sie Sandras Apfelkuchen aus und stellte ihn dazu.

»Wenn wir das alles aufkriegen wollen«, bemerkte Sandra, »werden wir platzen.«

»Halb so schlimm!« entgegnete Claudia. »Was wir nicht vertilgen, können wir für den Abend oder für morgen aufbewahren.«

»Ihr eßt Reste?« fragte Sandra erstaunt.

Claudia lachte. »Was hast du denn gedacht? Daß wir sie in den Mülleimer werfen? Oder ein Schwein damit mästen?«

»Natürlich nicht. Nur – ich kann mir nicht vorstellen, daß ein Mann wie Knut zweimal dasselbe ißt.«

»Du kennst ihn schlecht. So eigen ist er gar nicht. Bei den anderen Krögers dagegen...«, sie machte eine Kopfbewegung zum Stammhaus hin, »...kommt sicher niemals zweimal das gleiche auf den Tisch. Die haben allerdings auch genügend Personal, dem sie die Reste vorsetzen können. Wollen wir jetzt decken oder uns auch erst mal einen Schluck gönnen?«

»Die Kinder werden Hunger haben.«

»Imogen hat vor Aufregung zum Frühstuck fast nichts runtergebracht.«

»Wir haben das Frühstück heute ganz ausfallen lassen«, gestand Sandra, »und dafür ausnahmsweise mal länger geschlafen. Jedenfalls Albert und ich.«

»Warum machst du dir dann Sorgen, daß etwas übrigbleiben könnte?« Claudia nahm zwei der Körbe. »Komm, hilf mir! Den Kuchen und die rote Grütze lassen wir erst noch drinnen.«

Sandra trug das schon auf einem Tablett zurechtgestellte Geschirr hinter der Schwester her in den Garten.

Gemeinsam breiteten sie ein großes weißes Tischtuch mit gelackter Oberfläche zwischen den Kissen aus.

»Das ist neu, nicht wahr?« fragte Sandra.

»Eine Spezial-Picknick-Tischdecke. Ich habe sie von *Cosmos.*«

»Die haben also tatsächlich auch praktische Sachen.«

»Nun tu nicht so! Ich weiß gar nicht, warum alle Welt sich so gegen *Cosmos* aufspielen muß. Wenn das keine ordentliche Firma wäre, würde ich bestimmt nicht dort arbeiten.«

»Entschuldige. Ich wollte dich nicht kränken. Das sollte ein Scherz sein.«

»Wer liebt schon Scherze auf eigene Kosten?«

»Identifizierst du dich etwa mit dem Versandhaus?«

»Aber sicher. Das ist doch ganz natürlich. Jeder identifiziert sich mit der Arbeit, die er liebt, mit der Familie, der Wohnung, der Stadt, in der er lebt, ja sogar mit dem Auto. Auf das, was zu einem gehört, will man nichts kommen lassen.«

Während die Schwestern so miteinander plauderten und stichelten, trugen sie die Speisen auf und verteilten Teller, Gläser, Besteck und Servietten. Die Stimmen der Kinder – Christians gewollt tiefe, die manchmal ins Hohe kickste, und die hellen der beiden Mädchen – untermalten die Unterhaltung. Dann trugen sie die Körbe und Tabletts in die Küche und holten die Kühlboxen mit Wein und Limonade.

»Herbei, herbei!« rief Claudia laut. »Wir können essen! Wer sagt den Herren Bescheid?«

»Wir!« riefen Imogen und Kersten fast gleichzeitig und rannten miteinander los, durch die Küche und die Diele.

Imogen riß die Tür zum Wohnzimmer auf.

Kersten schrie: »Bescheid!«

Dann stoben sie kichernd davon, beide in dem Gefühl, einen guten Witz gemacht zu haben.

Als die beiden Männer ihnen folgten – Albert jetzt schon mit geröteten Wangen –, hatten Claudia, Sandra und die beiden Mädchen es sich, so gut es gehen wollte, auf den Kissen bequem gemacht. Knut ließ sich ohne Mühe, Albert leicht ächzend nieder.

»Wenn du jetzt um Erlaubnis bittest, deine Hose öffnen zu dürfen, Schwager«, erklärte Knut mit gutmütigem Spott, »die kriegst du nicht. Das wäre die Zwanglosigkeit auf den Gipfel getrieben.«

Alberts Kopf wurde noch röter, aber er lächelte, während die Frauen und Mädchen laut herausplatzten.

Christian suchte sich als letzter seinen Platz; er hatte inzwischen auch sein Jackett ausgezogen und die Ärmel aufgekrempelt. »Ich find's kindisch, sich zum Essen auf den Boden zu setzen«, murmelte er.

»Auf den Rasen«, verbesserte Imogen.

»Es ist eben ein Picknick«, erklärte Kersten.

»Ich dachte, gerade deine Generation wäre für so etwas«, sagte sein Vater.

Christian setzte sich mit übertriebener Umständlichkeit. »Das mußt du verwechseln!«

Knut zog eine Weinflasche aus der Kühlbox neben sich. »Reicht mir die Gläser!« Er schenkte reihum ein.

Claudia versorgte die Kinder mit Limonade. Die Schüsseln kreisten von einem zum anderen. Alle prosteten sich zu. Die Stimmung stieg. Die Eier wurden aus den Schalen geklopft und gepellt.

Christian bemühte sich, sein Kotelett mit Messer und Gabel zu bearbeiten.

Seine Schwester gab ihm einen leichten Stoß in die Rippen. »Doch nicht so, du Blödian! Nimm's in die Hand!«

Um seine Verlegenheit zu bemänteln, schrie er: »Aua!« und tat, als fiele er um.

»Heute darf ausnahmsweise mal mit den Händen gegessen werden«, bestätigte Claudia Kerstens Bemerkung. Sie saß mühelos im Schneidersitz, während Sandra wegen ihres Sommerkleides die Beine seitwärts zusammenklemmen mußte.

»Auch den Salat?« rief Kersten und fuhr mit allen fünf Fingern hinein.

»Aber Kersten!« mahnte ihre Mutter.

Die anderen lachten, und das Mädchen leckte sich einen Finger nach dem anderen genüßlich ab.

Später war auch Kersten es, der das Unvermeidliche passieren mußte: sie stieß ihr Glas um. Als sich der gelbe Saft über die lackierte Decke ergoß, war sie dann doch betroffen und sprang auf, um ihr Kleid zu retten. »Oh! Tut mir leid!«

»Macht doch nichts«, sagte Imogen und versuchte, das Rinnsal mit ihrer Serviette aufzutupfen.

»He!« rief Claudia ihr zu. »Nimm lieber das!« Sie wartete, bis Imogen zu ihr aufblickte, und warf ihr dann ein noch zusammengefaltetes Küchentuch zu.

Imogen fing es geschickt. Aber sie wischte mit der ohnehin schon nassen Serviette weiter, entfaltete dann das trockene Geschirrtuch und legte es sich über den Schoß.

Kersten, die noch stand, nahm ihr die entweihte Serviette ab und warf sie in einen leeren Picknickkorb.

»Bring mir dein Glas!« sagte Claudia. »Du hast nichts mehr zu trinken.«

»Ich auch!« bat Imogen.

Kersten trug beide Gläser zu Claudia und ließ sie sich auffüllen. »Danke, Tante Claudia!« Sehr vorsichtig balancierte sie sie zu ihrem Platz zurück und ließ sich, in jeder Hand ein Glas, auf ihr Kissen sinken.

Knut, der den Vorgang beobachtet hatte, rief: »Bravo, Kersten, das war eine bühnenreife Leistung!«

Imogen applaudierte, bevor sie ihr das eine Glas abnahm. Kersten grinste, stolz und vergnügt.

So ging es hin und her; es wurde ein sehr vergnügliches Picknick. Selbst Christians Laune stieg, als er feststellte, daß die Koteletts nicht abgezählt waren und jeder so viel essen konnte, wie er wollte. Er nutzte den Umstand weidlich, und Sandra, die es bemerkte, verzichtete darauf, ihn zur Zurückhaltung zu mahnen, um ihn nicht vor den anderen zu blamieren.

Kersten verkündete als erste: »Ich kann nicht mehr!« und klopfte sich, um diese Tatsache zu unterstreichen, auf das vorgestreckte Bäuchlein.

»Ich glaube, wir sind alle gesättigt!« stimmte Knut ihr zu.

»Es gibt noch rote Grütze!« gab Claudia zu bedenken.

»Mit Vanillesauce?« rief Kersten begeistert.

»Wahlweise mit Sahne!«

»Aber mir nur ganz ein bißchen«, sagte Imogen.

»Kommst du mit mir?« fragte Claudia und sprang aus dem Schneidersitz auf die Füße.

»Toll!« staunte ihre Schwester.

Imogen machte es der Mutter nach.

»Das kann ich auch!« behauptete Kersten, versuchte es ihr gleichzutun, schaffte es aber erst nach mehreren mißglückten Ansätzen.

Claudia, das Tablett schwenkend, und Imogen liefen indessen schon aufs Haus zu. Die anderen schoben ihre Teller, das benutzte Besteck und die halb geleerten Schüsseln Sandra zu, die, mit Kerstens Hilfe, alles in den Picknickkörben verstaute.

Claudia brachte die Schüssel mit der roten Grütze, einen Krug Vanillesauce und einen mit kalter Sahne auf einem Tablett zum Picknickplatz. Imogen trug die Dessertschälchen und die Löffel. Sandra nahm die beiden Krüge vom Tablett und stellte sie mitten auf die gelackte Decke.

Claudia setzte sich wieder und begann die rote Grütze auszuteilen. Imogen blieb neben ihr stehen, um gleich zwei Portionen, eine große für Kersten, eine kleine für sich selber, zu ergattern.

»Danke. Mir nichts!« wehrte Knut ab, als Claudia ihm ein Schälchen reichen wollte. »Ihr wißt, ich mache mir nichts aus Süßem.«

»Aber rote Grütze ist doch nicht süß!« rief Kersten entgeistert.

»Süß-sauer, Onkel Knut«, bestätigte Imogen und trug zwei Schälchen zu ihrem alten Platz.

Kersten fuhr sofort mit dem Löffel hinein. »Und es sind ganze Kirschen drin!« Sie steckte einen Löffel voll in den Mund und sah sich dann erst nach der Vanillesauce um.

»Sauerkirschen«, erklärte Claudia.

»Klingt fabelhaft«, gab Knut zu, »aber ihr könnt mich trotzdem nicht verlocken.« Er zündete sich eine Zigarette an. »Laßt es euch nur schmecken. Es stört mich nicht beim Rauchen.«

Claudia lachte glücklich. Daß der sonst immer etwas steife und formelle Knut sich über eine gesellschaftliche Gepflogenheit hinwegsetzte, nahm sie als Zeichen, daß er sich wohl fühlte. Sie reichte ihm einen Aschenbecher.

»Ich sollte eigentlich auch nicht«, meinte Albert, konnte dem Genuß dann aber doch nicht entsagen, ja, ließ sich sogar noch ein zweites Mal auftun. »Köstlich!«

»Ja«, sagte Claudia, »du müßtest weit laufen, bis du eine zweite Köchin wie unsere Frau Beer fändest.«

»Und was nun?« rief Kersten, als sie fertig gegessen hatte.

»Ihr könnt schon aufstehen«, bestimmte Claudia, »tragt aber eure Kissen ins Haus! Imogen weiß, wo sie hingehören.«

Die Mädchen sprangen hoch und rafften ihre Kissen zusammen. Christian folgte, betont lässig, ihrem Beispiel.

Knut drückte seine Zigarette aus. »Es tut mir leid, aber ich fürchte, ich werde alt. Vielleicht habe ich auch nur zu viel gegessen.« Er erhob sich schwerfällig, als mache es ihm große Mühe.

»Das heißt im Klartext: du möchtest jetzt ein Nickerchen machen?« fragte Claudia; sie lächelte, obwohl sie es nicht sehr nett fand, daß er sich so rasch ihrer Familie entzog.

»Wenn ihr mir nicht allzu böse seid?«

Als alle ihm versicherten, daß dies ganz und gar nicht der Fall sei, wandte er sich ab, schritt in seinem gewohnten elastischen Gang aufs Haus zu, drehte sich noch einmal um, winkte und entschwand.

»Ist er wirklich müde?« fragte Sandra die Schwester.

»Aber hör mal!« Albert rappelte sich hoch. »Das geht uns doch nichts an.«

»Ich nehme eher an, daß er noch etwas arbeiten will«, erklärte Claudia, »er schreibt an einer wissenschaftlichen Abhandlung. Für ihn gibt es kein größeres Vergnügen als die Arbeit.«

»Glücklicher Mann.« Albert warf einen Blick auf seine Armbanduhr. »Ich glaube, ich werde jetzt einen Spaziergang an der Elbe machen. Mal sehen, was sie wieder ans Land geworfen hat. Ob Christian wohl mitkommen will?«

»Frag ihn!« sagte Sandra. »Aber ich bin ziemlich sicher. Er fühlt sich zu erhaben, um mit den Mädchen zu spielen.«

»Aber zum Kaffee seid bitte zurück!« sagte Claudia.

»Um wieviel Uhr?«

»Einfach dann, wenn ihr im Magen wieder Platz für ein Stück von Sandras Apfelkuchen habt!«

So löste die kleine Gesellschaft sich denn auf. Albert und Christian verließen den Garten, Claudia und Sandra räumten den Picknickplatz auf und ließen sich von ihren Töchtern dabei helfen. Sie füllten den Kartoffel- und den Gurkensalat in kleinere Schüsseln, schlugen die übriggebliebenen Koteletts in Folie und stellten alles, auch Grütze, Sahne und Vanillesauce, in den Kühlschrank. Claudia hätte gerne einen Teil der Reste ihrer Schwester mitgegeben, aber sie unterließ es, weil Sandra eine Kränkung darin hätte sehen können. Geschirr, Gläser und Bestecke verschwanden in der Spülmaschine, die sogleich angestellt wurde. Tischtuch und Servietten wurden von den Mädchen ins Wäschezimmer gebracht.

Danach fanden es alle zu heiß für die geplante Krocketpartie; sie beschlossen, sie auf den späteren Nachmittag zu verschieben.

»Wir gehen lieber nach oben«, verkündete Imogen.

Als dieser Vorschlag bei den Müttern Zustimmung gefunden hatte, verschwanden die Mädchen eilig.

»Ich will mir jetzt doch ein Kleid anziehen!« erklärte Claudia. »Leistest du mir Gesellschaft, Sandra?«

»Mit Vergnügen!«

In Claudias Schlafzimmer war es angenehm kühl. Das Licht des Sommertages drang nur gedämpft durch die dünnen mattgelben Vorhänge, die Claudia, bevor sie am Morgen den Raum verlassen hatte, vorsorglich zugezogen hatte. Sie fühlte sich leicht verschwitzt und hätte jetzt gern geduscht, verzichtete aber darauf, weil sie ihrer Schwester keine Vorstellung geben wollte. So weit reichte ihre Intimität nicht.

»Mach dir's bequem!« sagte sie und wies auf den zierlichen Schaukelstuhl neben dem Fenster, außer dem Bett und dem Hocker vor der Frisiertoilette die einzige Sitzgelegenheit in dem großen, eleganten Raum.

»Knut war froh, als es überstanden war«, behauptete Sandra.

»So darfst du das nicht sehen«, widersprach Claudia rasch.

Sandra setzte sich und begann sachte vor- und zurückzuschaukeln. »Aber du wirst zugeben, es machte ganz den Eindruck.«

»Das war nicht gegen euch gerichtet. Er ist immer so.« Claudia zog sich ihr T-Shirt über den Kopf.

»Das glaube ich dir nicht.«

»Solltest du aber. Er ist auch zu mir und Imogen so, und in Gesellschaft nicht anders. Er ist freundlich, aufmerksam, ja, auch unterhaltsam – aber immer nur für eine beschränkte Zeit. Dann schaltet er ab oder zieht sich, wenn es irgend möglich ist, zu seiner Arbeit zurück. Die ist nämlich das einzige, was ihn wirklich interessiert.«

»Warum hat er dich dann überhaupt geheiratet?« Sandra betrachtete die Schwester, die inzwischen aus ihren Jeans gestiegen war, mit neidvoller Anerkennung. »Ich gebe zu, daß du schön bist...«

Claudia unterbrach sie lachend. »Aber das ist eine vergängliche Gabe, nicht wahr?«

»Für den Haushalt braucht er dich jedenfalls nicht.«

»Stimmt. Dafür hat er Frau Beer.«

»Aber dann...«

»Augenblick!« Claudia verschwand, Hose und Hemd über dem Arm, im Bad. Als sie zurückkam, sagte sie: »Vielleicht, weil ich eine Frau bin, die ihn nicht belastet.«

Claudia hatte ihr einmal in einer schwachen Stunde von Ralf erzählt, und es ärgerte sie immer noch. So unterbrach sie die Schwester hastig: »Er wird es nicht erfahren, und selbst wenn – ich glaube, er würde es ganz gut verkraften.«

»Das redest du dir doch nur ein!«

Claudia setzte sich vor den Frisierspiegel und begann, ihr Gesicht mit einem Wattebausch zu säubern. »Aber nein. Du wirst lachen. Gerade heute mittag bei unserem Picknick habe ich mir vorgestellt, daß Ralf genau in unseren Kreis gepaßt hätte. Knut könnte gut Freund mit Ralf sein – natürlich auf die ihm eigene distanzierte Weise.«

»Du lebst gefährlich, Claudia«, warnte Sandra eindringlich.

»Ein ganz klein bißchen. Mag sein. Aber sonst wäre das Leben doch zu langweilig.«

»Du langweilst dich also mit Knut?«

Claudia ließ die Hand sinken und starrte nachdenklich, ohne wirklich etwas zu sehen, auf ihr Spiegelbild. »Nein«, sagte sie, »eigentlich nicht. Er hört mir zu, wenn ich etwas erzähle, und ich interessiere mich für seine Forschung, so weit ich es verstehen kann.«

»Um was geht es dabei eigentlich?«

»Im Augenblick darum, wie man Hormonpräparate bei unfruchtbaren Frauen so dosieren kann, daß es nicht zu Mehrlingsgeburten kommt.«

»Ach ja?« sagte Sandra, wenig beeindruckt.

»Das ist ein Thema, das ihn persönlich angeht. Rosalind hatte in den ersten Jahren ihrer Ehe eine Fehlgeburt und konnte danach nicht mehr schwanger werden. Vor einer Hormonbehandlung, die vielleicht hätte helfen können, hatte sie panische Angst, gerade wegen der Gefahr, dann Zwillinge oder gar Drillinge zu bekommen. Dem wäre sie auch seiner Ansicht nach gar nicht gewachsen gewesen.«

»Ich glaube«, sagte Sandra, »auch eine kinderlose Ehe kann glücklich sein. Man hat dann einen Haufen Probleme weniger.«

Claudia hatte ihr Gesicht gesäubert und warf die Watte jetzt in einen kleinen Papierkorb. »Da stimme ich dir völlig zu, Schwester. Aber Rosalind hatte sich wohl in die Idee verrannt, keine richtige Frau zu sein, Knut nicht geben zu können, was er wollte. Sie litt unter immer stärkeren Depressionen, und das muß natürlich auch sein Leben verdüstert haben.« Claudia lächelte ihrem Spiegelbild zu. »Da hat er es doch mit mir munteren Person entschieden besser.«

»Und warum habt ihr immer noch keine Kinder?«

Claudia zuckte die schönen Schultern. »Wir würden uns beide freuen, aber wir legen es nicht darauf an.«

»Du solltest ein Kind von ihm haben. Wenn du es nur wirklich wolltest, würde es schon klappen.«

»Sei nicht so streng mit mir, große Schwester!«

»Irgend jemand muß dir doch Vernunft predigen, Claudia. Du kannst nicht auf diese Art und Weise weiterleben.«

Claudia schraubte den Deckel eines Tiegels auf. »In Sünde, meinst du?« – Sie hob ironisch die dunklen, klar gezeichneten Augenbrauen.

»Das ist ein altmodischer Ausdruck, ich gebe es zu, aber es trifft den Tatbestand haargenau.«

Jetzt drehte sich Claudia ihr zu. »Was gibt dir das Recht, so verdammt erhaben zu sein? Du bist nicht besser als ich, dir fehlt nur der Mut zur Liebe!«

»Ich liebe meinen Mann.«

»Das ist längst keine Liebe mehr, das ist eine reine Gewohnheitssache. Ich liebe wirklich! Ich liebe Knut, und ich liebe Ralf, jeden auf seine Weise, und ich kann dir versichern, daß beide sich verdammt wohl dabei fühlen.« Sie drehte sich wieder dem Spiegel zu und cremte ihr Gesicht ein.

»Niemand kann zwei Menschen lieben.«

»Ein Vorurteil! Du liebst ja auch Christian und Kersten.«

»Das ist keine sexuelle Liebe.«

»Jede Art von Liebe hat auch etwas mit körperlicher Anziehung zu tun. Die meisten Männer haben eine Geliebte oder gehen fremd, und niemand findet etwas dabei, sie selber am wenigsten. Sie rühmen sich dessen sogar voreinander.«

»Albert nicht. Ich meine, ich bin sicher, er hat keine andere.«

»Nur weil er zu bequem ist.« Sie wartete auf Sandras Widerspruch. Als er nicht kam, fuhr sie fort: »Die Männer haben seit jeher der Gesellschaft Gesetze aufgedrückt, an die sie selber sich nicht halten, denen wir Frauen uns aber unterwerfen sollen.«

Sandra war verunsichert. »So habe ich das nie gesehen«, gab sie zu.

»Dann versuch's mal. Übrigens haben auch Frauen zu allen Zeiten Liebhaber gehabt, auch wenn sie finanziell von ihren Männern völlig abhängig waren. Das ist mir immer schon ziemlich fragwürdig erschienen. Aber warum sollte ich es mir nicht erlauben, ich, die ich im Grunde ganz unabhängig bin. Notfalls könnte ich allein für mich und mein Kind sorgen.«

»Willst du deshalb deinen Beruf nicht aufgeben?«

Claudia schraubte den Cremetiegel wieder zu, betrachtete kritisch ihr Gesicht und entschied: »Kein Make-up heute.«

»Das hast du nicht nötig!« stimmte die Schwester ihr zu. »Aber ich habe dich etwas gefragt.«

Claudia begann ihre dichte schwarze Mähne mit der Bürste zu bearbeiten. »Darauf ergibt sich die Antwort ganz von selber. Ich will mir eine gewisse Selbständigkeit bewahren, in jeder Beziehung.«

»Du hast es gut«, sagte Sandra seufzend.

»Du auch. Du hast keinen Grund, mit dem Schicksal zu hadern.«

»Das tu' ich auch gar nicht. Nur – immer, wenn ich mit dir zusammen bin, komme ich mir so alt vor.«

Claudia ließ die Bürste sinken und drehte sich zu ihrer Schwester um. Sandra sah ihr so ähnlich. Die Augen nicht ganz so blau wie die ihren, das Haar nicht ganz so schwarz und glänzend, die Figur ein wenig aus dem Leim gegangen. – ›Werde ich auch so aussehen, wenn ich fünf Jahre älter bin?‹ fragte sich Claudia und entschied dann: ›Nein. Niemals. Ich werde es nicht dazu kommen lassen.‹

»Was siehst du mich so kritisch an?« fragte Sandra.

»Du solltest was für dich tun!« erklärte Claudia. »Du hast ja Zeit genug. Du könntest dich in einem Fitneßcenter einschreiben...«

»Aber das kostet Geld!« fiel Sandra ihr ins Wort.

»... fang an zu joggen oder geh regelmäßig schwimmen oder mach Gymnastik.«

Sandra hörte auf zu schaukeln. »Albert gefalle ich so, wie ich bin«, sagte sie trotzig.

»Mir auch, meine Liebe!« versicherte Claudia. »Aber du solltest deinetwegen etwas unternehmen. Oder bist du mit dir zufrieden, wenn du in den Spiegel schaust?«

»Doch. Bin ich!« behauptete Sandra.

»Dann nehme ich alles zurück.« Claudia stand auf. »Einen Moment mal.«

Sie ging ins Ankleidezimmer hinüber und musterte nachdenklich ihre nebeneinander aufgereihten Sommerkleider, nahm das eine oder andere mit dem Bügel von der Stange und entschied sich dann für ein ganz einfaches, schon leicht verwaschenes und verschossenes blaues Baumwollkleid, das sie bereits einige Jahre getragen hatte. Sie öffnete den rückwärtigen Reißverschluß und stieg von oben hinein, um ihre

Frisur nicht zu zerstören. Dann zog sie den Reißverschluß hoch, betrachtete sich zufrieden in dem wandhohen Spiegel und kehrte ins Schlafzimmer zurück.

Bei ihrem Anblick sprang Sandra auf. »Nur wenn ich mit dir zusammen bin, kriege ich Minderwertigkeitskomplexe!« rief sie.

»Das ist die gerechte Strafe«, behauptete Claudia, »du könntest entschieden besser aussehen, wenn du dich nicht so hängen ließest. Das ist keine Sache des Geldes, sondern der inneren Einstellung.« Sie trat vor ihre Frisiertoilette und zog sich die Lippen nach.

»Du warst immer die Hübschere von uns beiden«, beklagte sich Sandra.

»Es hat keinen Sinn, darüber zu reden«, sagte Claudia, »du willst meinen Rat nicht annehmen, du willst ihn nicht einmal hören.« Sie stellte den Lippenstift in das Sortiment zurück. »Fertig. Was nun? Holen wir die Mädchen.«

»Nein«, sagte Sandra, »wozu?«

»Wir wollten Krocket spielen.«

»Das können wir später immer noch. Solange sie sich selber beschäftigen, ist doch alles in Ordnung.«

»Auch wieder wahr. Dann machen wir uns jetzt einen Kaffee.« Als Sandra Einspruch erheben wollte, fügte sie rasch hinzu: »Einen Verdauungskaffee. Nur für uns beide. Das große Kaffeetrinken veranstalten wir dann, wenn deine Männer zurück sind.«

Nebeneinander liefen sie die Treppe hinunter.

»Wie war eigentlich dein Diner?« erkundigte sich Sandra.

»Frau Beer hat sich wieder einmal selbst übertroffen.«

»Und sonst?«

»Nett und unterhaltsam. Es wäre ein gelungener Abend gewesen, wenn Lydia mich nicht in die Mangel genommen hätte.«

»Aber wieso denn?«

Sie durchquerten die Diele und traten in die Küche.

»Sie findet es unpassend, daß ›Irmy‹, wie sie die arme Imogen zu nennen beliebt, sich hin und wieder für *Cosmos* fotografieren läßt beziehungsweise daß ich es zulasse. Hast du Töne?« Sie lachte auf und sah ihre Schwester beifallheischend an.

»Ich finde, sie hätte dir das nicht vor den anderen sagen dürfen ...«

»Hat sie nicht«, stellte Claudia richtig, »wir waren einige Zeit allein.«

»... aber in der Sache hat sie recht.«

Claudia war verblüfft. Sie war sicher gewesen, daß die Schwester Lydias Bedenken genauso lächerlich finden würde wie sie selber. Sandra, die Lydia nur sehr flüchtig kannte, hatte bisher kaum ein gutes Haar an ihr gelassen. Zu den beliebtesten Unterhaltungen der Schwestern hatte es immer gehört, sich über Lydias Benehmen, ihre Ansichten und Äußerungen lustig zu machen.

»Ich kann es dir nicht so genau erklären, aber es gehört sich irgendwie nicht«, sagte Sandra, vom fassungslosen Blick der anderen ein wenig eingeschüchtert.

»Aber ich mache es doch auch, wenn es sich mal ergibt.«

»Das ist was anderes. Du bist erwachsen. Aber es ist irgendwie ungesund, wenn ein Kind sich zur Schau stellt.«

»Das tun unsere kleinen Models doch gar nicht! Sie repräsentieren unsere Angebote. Weder ihre Gesichter noch ihre Körper sollen die Blicke der Kunden auf sich ziehen, sondern die Artikel, die sie zeigen.«

»Ich sehe da keinen Unterschied«, beharrte Sandra.

»Weil du nichts davon verstehst!« erwiderte Claudia heftiger, als sie es wollte.

Sandra schwieg mit beleidigtem Gesicht.

In diesem Moment spürte Claudia plötzlich, daß sie ihre Schwester gründlich satt hatte. Das Beisammensein hatte zu lang gedauert. Sie konnte es kaum noch erwarten, bis Sandra und die Ihren endlich abzogen.

Sehnsucht nach Ralf überfiel sie. Am liebsten hätte sie alles stehen- und liegengelassen und wäre zu ihm gefahren, jetzt, auf der Stelle. Aber sie mußte einsehen, daß das unmöglich war.

So machte sie denn weiter, tat eine Filtertüte in die Kaffeemaschine, goß Wasser ein und tröstete sich mit dem Gedanken an einen ruhigen Abend mit ihrem Mann, entschlossen, es so einzurichten, daß sie Ralf spätestens morgen wiedersehen würde.

Als Sandra und ihre Familie dann endlich fort waren, half Imogen ihrer Mutter, das Geschirr von der Terrasse in die Küche zu bringen. Knut Kröger hatte sich schon früher zurückgezogen.

»Was wollen wir denn heute zu Abend essen?« fragte Claudia.

»Essen und immer wieder essen! Ich habe überhaupt keinen Hunger!« schrie Imogen. Mit dem Gefühl, sich im Ton vergriffen zu haben, fügte sie rasch hinzu: »'tschuldige, bitte!«

Aber Claudia lachte nur. »Ich ja auch nicht, mein Liebes. Ich versuche nur gerade, eine treusorgende Hausfrau zu sein.«

»Hast du gar nicht nötig.«

»Lassen wir also das Abendessen ausfallen und fragen später Knut, ob er was will.«

»Können wir dann jetzt fernsehen? Ich meine, wenn wir mit der Küche fertig sind.«

»Du ja. Ich hoffe, du brauchst dabei nicht meine Gesellschaft.«

Imogen ordnete die Teller in den Geschirrspüler. »Sandra hat dich genervt, oder?« fragte sie unvermittelt.

Claudia hielt betroffen in der Bewegung inne. »Wenn man mir das angemerkt hat, war ich schlecht.«

»Die anderen wahrscheinlich gar nicht, nur ich – weil ich dich am besten kenne.«

Claudia kämpfte gegen den Impuls, ihre Tochter in die Arme zu nehmen und abzuküssen, aber dazu schien sie ihr schon zu erwachsen. »Mein Liebes!« sagte sie nur und reichte ihr den nächsten Teller.

»Was war denn?« fragte Imogen, ohne sie anzusehen.

»Es war alles ein bißchen viel für mich, gestern das Diner und heute...« Sie unterbrach sich. »Du verstehst schon.«

»Hm«, machte Imogen, nicht gerade überzeugt.

»Sie findet es falsch, und Tante Lydia übrigens auch, daß ich dich als Model posieren lasse.«

»Was geht die das denn an?«

»Wäre es nicht möglich, daß sie recht haben?«

»Aber wieso denn?«

»Was sagen denn die Kinder aus deiner Klasse dazu? Schließlich kriegen doch ziemlich viele Leute unseren Katalog.«

Imogen zuckte die Achseln. »Was schon?«

»Das frage ich dich.«

Imogen richtete sich auf, legte einen Finger an die Nase und dachte nach. »Na, manche sind schon neidisch. Sie sagen: ›So schön bist du ja gar nicht!‹ Aber das weiß ich ja selber. Und: ›Beziehungen muß man haben.‹ Das stimmt ja auch. Und eine, die dicke Leni, hat gefragt, ob ich das Krokodil hätte behalten dürfen.«

Claudia wußte sofort, was damit gemeint war: Imogen hatte zusammen mit dem »unausstehlichen« Klaus ein riesengroßes aufblasbares Krokodil vorgestellt. »Ja, hättest du es denn gern gehabt?«

»Ich bin doch kein kleines Kind mehr!«

»Nein. Bist du nicht. Deshalb kannst du dich auch selbst entscheiden. Sag ehrlich: Willst du nun Modell stehen? Ja oder nein?«

Imogen sah ihre Mutter aus großen Augen an. »Haben wir das nicht schon längst entschieden?«

»Ich fürchte, ich habe dich dabei zu stark beeinflußt. Wenn es nur wegen des Geldes ist... Dein Taschengeld können wir auch auf andere Weise aufmotzen, und ich bin auch bereit, dir extra was ins Sparschwein zu stopfen.«

»Aber das wäre doch nicht selbst verdient.«

»Nein. Wäre es nicht.«

Inzwischen waren das Besteck, alle Teller und Tassen in der Spülmaschine verstaut. Imogen füllte Reinigungspulver ein und stellte die Maschine an. Das gab ihr Zeit zum Nachdenken.

»Die Frage ist«, fuhr Claudia fort, »hast du das nötig? Als meine Tochter? Als Stieftochter von Professor Doktor Knut Kröger?«

»Als Tochter des Cartoonisten Michael von Geldern?« ergänzte Imogen.

»Ja, das auch«, gab Claudia widerwillig zu und spülte die Kaffeekanne mit heißem Wasser aus.

Imogen hob die blonden Augenbrauen. »Soll das heißen, ich schnappe anderen Mädchen, die Geld brauchen, die Arbeit weg?«

»So würde ich das nicht sehen. Die Kinder, die von Agenturen angeboten werden, sind meist nicht mehr natürlich genug für den Job.«

»Also: Willst du nun, daß ich es mache? Ja oder nein?«

»Das mußt du selber wissen. Nicht meinetwegen jedenfalls. Du hast mir mal gestanden, daß dir davor graust.«

Imogen machte sich daran, das Spülbecken zu polieren. Ohne aufzusehen, gestand sie: »Ach, weißt du, Claudia, das ist komisch. Vor jeder Ballettaufführung habe ich immer einen Riesenbammel. Am liebsten würde ich mich drücken. Aber dann mache ich doch mit, und wenn auch mal etwas nicht ganz so klappt, ist es schließlich doch ein Spaß. Und nachher, wenn es überstanden ist... ja, dann ist es ein ganz tolles Gefühl.«

»Was geleistet zu haben?«

»Ja, ich glaube schon. Es ist doch nicht leicht, Modell zu stehen? Ich meine – nicht jeder kann das?«

»Es ist eine anstrengende Arbeit. Man braucht dafür Geduld, Konzentration und nicht zuletzt Begabung.«

»Also dann will ich es auch tun!«

Es gab bei *Cosmos* zur Zeit zwei Fotografen, beide waren sie jung, und beide waren sie eifrig. Ansonsten unterschieden sie sich stark voneinander. Hans-Peter Hinz war ein typischer Hamburger, groß, blond, schlaksig, mit einem schmalen Gesicht und hellen Augen. Sein Kollege Giacomo Gora, Sohn eines italienischen Gastarbeiters, in Deutschland geboren, war untersetzt und rundlich, aber von der Natur mit wunderbaren schwarzen Augen, langen, sanft gebogenen Wimpern und einem dunklen Lockenkopf ausgestattet. Ihre Aufgabe bestand vornehmlich darin, Artikel, die den gleichen Fond hatten, zu gruppieren und dann hintereinander zu schießen. Fünf Assistenten standen ihnen dabei zur Seite. Für viele Fotos mußte eine gewisse Stimmung geschaffen werden. Das geschah mit Hilfe von Requisiten – Bauklötzen, Obst, Blumen und dergleichen. Es wurde auch mit gewissen Tricks gearbeitet. Frotteetücher etwa wurden um Bücher gewickelt, damit der Stoß dicker und flauschiger wirkte, Sahne wurde, wenn sie sich nicht befriedigend schlagen ließ, durch einen weißen Schaum anderer Art ersetzt. Schmuck, Bettwäsche, Handtücher, Besteck und Geschirr waren besonders arbeitsreiche Gegenstände, die oft eine tagelange Vorbereitung erforderten.

Gerade bei der Präsentation von Haushaltsartikeln hatten die jungen Fotografen aus Unkenntnis besondere Schwierigkeiten. Texterinnen und Grafikerinnen schauten hier gern nach dem Rechten, auch weil die beiden einem kleinen Flirt oder einem Spaß nie abgeneigt waren.

Claudia mochte die Fotografen gut leiden, schon deshalb, weil es ihr schmeichelte, weil Hinz und Gora lieber sie um Rat fragten als ihren gemeinsamen Chef, Kurt Nachmann, den Leiter der Werbeabteilung, der etwas hochtrabend als Marketing Manager bezeichnet wurde. Ihm gegenüber mochten sie sich nur ungern eine Blöße geben, während sie bei ihr sicher sein konnten, daß sie ihnen Fehler und Hilflosigkeit nicht ankreidete.

Als Claudia am Mittwochnachmittag das Fotostudio mit ihrer Tochter betrat – Braake hatte Imogen zum Versandhaus gebracht, und Claudia hatte sie beim Pförtner abgeholt –, war alles schon vorbereitet. Der Fond war abgerollt, er bedeckte eine Wand und einen Teil des Fußbodens. Die Lampen waren aufgestellt und die Lichtstärke gemessen. Der »unausstehliche« Klaus war dabei, zusammen mit Gora eine Verkaufsbude für »Hamburger«, Nachfahre des ehemals so beliebten Kinderkaufladens, aufzubauen. Klaus, elf Jahre alt, Sohn einer Packerin, hatte struppiges blondes Haar und ein Lausbubengesicht mit Stupsnase. Mit anderen Jungen kam er gut zurecht, Erwachsene sahen in ihm ein »reizendes Kerlchen«. Aber er befand sich in einer Entwicklungsphase, in der er mit Mädchen nichts anfangen konnte, ja, sie sogar ablehnte. Das war es, was ihn für Imogen so »unausstehlich« machte. Die Fotografen hatten die beiden noch nie dazu bringen können, sich auch nur bei der Hand zu halten. Rein äußerlich wirkten sie wie ein Geschwisterpaar und ergänzten sich blendend vor der Kamera.

Imogen hatte das Fotostudio, einen leichten Koffer mit Anziehsachen in der Hand, mit einem stets wiederkehrenden Gefühl von Entzücken und Grausen betreten. Sie wartete darauf, daß es einmal anders sein würde, daß sie Gleichgültigkeit oder gar Überlegenheit empfinden könnte. Doch vielleicht würde das nie geschehen, bis jetzt war es jedenfalls noch nicht soweit. Der verwinkelte Raum war sehr groß, groß genug, daß zwei bis drei Produkte gleichzeitig aufgenommen werden konnten. Es gab in ihm nichts Besonderes zu sehen, außer den vielen Lampen, dem aufgerollten oder herabgezogenen Fond, einem hohen Spiegel, einem Paravent, einem Spülbecken und einer offenen Requisitenkammer. Es war die Atmosphäre der fieberhaften und doch zielbewußten Tätigkeit aller Anwesenden, die Imogen so beeindruckte.

Im Augenblick war Hinz dabei, eine schöne, stark geschminkte junge Frau mit einer Kopfbedeckung zu fotografieren, die später im Katalog als »hocheleganter Hut aus wunderschönem, fellähnlichem Material« bezeichnet werden würde. Hinz ließ die Frau lächelnd und ernsthaft, im Profil und en face unaufhörlich posieren.

»Hallo, Gora!« sagte Claudia munter.

Der Fotograf murmelte etwas Unverständliches, blickte dann zu Imogen auf. »Da bist du ja, Kleine!«

Sie hatte eine freundlichere Begrüßung erwartet, sagte aber artig, mit der Andeutung eines Knickses: »Guten Tag, Herr Gora!«

»Stimmt was nicht, Gora?« forschte Claudia.

»Ach, verdammte...« Gora mäßigte sich mitten im Satz: »So ein Mist! Nachmann will, daß wir den Mottenschrank vom letzten Herbst neu aufnehmen. Ihm paßt der Hintergrund nicht mehr.«

»Das stimmt leider.«

»Wo sollen wir die Zeit dazu hernehmen? Ich weiß nicht einmal, wo das verdammte Ding jetzt steckt.«

»Imogen und ich werden es holen... nicht wahr, Imogen?«

Imogen nickte.

»Und jetzt setzen Sie gefälligst ein anderes Gesicht auf, Gora! Diese Leichenbittermiene paßt absolut nicht zu Ihnen. Sie verschüchtern damit nur die Kinder.«

»Mich nicht!« behauptete Klaus.

Claudia lachte nur.

»Jetzt macht mal allein weiter!« befahl Gora einem dicklichen Assistenten und Klaus. »Ihr wißt ja, wie das Ding aussehen soll.« Er trat auf Claudia und Imogen zu.

»Gehen wir ans Fenster«, schlug Claudia vor. Sie nahm ihrer Tochter den Koffer ab und öffnete ihn. Als erstes zog sie das weiße Kleid mit der rosa Schärpe heraus, das Imogen bei dem Diner mit den Webers getragen hatte. »Das gefiele mir am besten. Es würde eine festliche Atmosphäre vermitteln. Heiligabend in der Familie.«

»Weiß kommt nicht so gut«, meinte Gora zweifelnd.

»Auch wieder wahr!« gab Claudia zu. »Wie wäre es denn mit dem ›Hamburger Schulmädchenkleid‹?« Sie zeigte dem Fotografen das bunt karierte Kleid mit Lackgürtel und Rüschenkragen. »Wirkt auch recht festlich.«

»Etwas Lustiges wäre mir lieber. Dieses verdammte Holzgestell...«

Claudia unterbrach ihn. »Kein Holz, Gora! Holzähnliches Material!«

»Egal. Jedenfalls muß es gewaltig aufgemotzt werden, wenn es die Herzen der Kinder höher schlagen lassen soll, wie es so schön heißt.«

»Hübscher Text. Werde ich mir merken.« Claudia legte die Kleider sorgfältig über den Rand des Paravents. »Dann bleiben uns nur noch Trikot und Tutu.« Sie hielt ihm Imogens Ballettröckchen vor die Nase. »Das kleine Tutu, in dem sie übt, oder...« Sie wechselte die Ballettröckchen aus. »...das supergroße, in dem sie aufgetreten ist.«

»Als was?« fragte Gora interessiert.

»Ich muß Sie enttäuschen, Gora. Imogen ist keine Primaballerina und soll es auch gar nicht werden. Ihre Gruppe hat nach dem Coppelia-Walzer getanzt.«

»Na, immerhin.« Gora nahm Claudia das federleichte Röckchen aus der Hand. »Versuchen wir es damit, ja? Das kann ganz frech und lustig wirken.« Er gab das Tutu an Imogen weiter. »Einverstanden?«

»Warum nicht? Jedenfalls werde ich darin nicht schwitzen.«

»Du bist ein sehr vernünftiges Mädchen. Ich mag Menschen, die die Dinge realistisch sehen.« Gora ging zum Verkaufsstand zurück.

Hinter dem Paravent half Claudia, damit es schneller ging, Imogen, sich umzuziehen. Dann bürstete sie ihr langes, am Abend zuvor gewaschenes Haar, bis es ihr glänzend über die Schultern fiel, puderte ihr die Nase, zog die hellen Augenbrauen mit einem grauen Stift nach und die Lippen in einem sanften Rot.

Imogen genierte sich ein wenig, als Claudia sie an der Hand hinter dem Paravent hervorzog, und verstand selber nicht warum. Bei den Ballettübungen war es ihr durchaus nicht peinlich, den Oberkörper nur mit einem Trikot bedeckt, zu tanzen, nicht einmal bei den Aufführungen, denen doch fremde Menschen zusahen. Aber hier im Fotostudio kam sie sich auf einmal halbnackt vor.

Ihre Befangenheit legte sich auch nicht, als der Fotograf sich begeistert zeigte.

»Bravo!« rief er. »Wunderbar! Genauso habe ich mir das vorgestellt.« Dann fuhr er sich mit der Hand durch die schwarzen Locken. »Aber etwas fehlt noch!«

»Wieso denn?« widersprach Claudia. »Sie ist perfekt.«

»Nein, nein, lassen Sie mich überlegen!« Er zog Imogen, die sich halb hinter der Mutter verborgen hielt, vor und musterte sie wie ein Objekt. »Eine Schleife!« rief er. »Das ist es! Sie braucht eine große Schleife im Haar. Das rundet ihre Erscheinung ab und wird ihr was von einer Marketenderin geben.«

»Eine Marketenderin im Tutu«, meinte Claudia skeptisch.

Gora ließ sich nicht beirren. »Haben Sie eine Schleife dabei? Eine Masche, wie immer Sie es nennen wollen?«

»Bestimmt keine von dem Ausmaß, wie sie Ihnen vorschwebt.«

Gora wandte sich an den dicklichen Assistenten. »Sieh in der Requisite...« Er unterbrach sich. »Nein, das mache ich lieber selber. Was man nicht selber tut, ist reine Zeitverschwendung.«

Der Verkaufsstand war inzwischen aufgebaut worden, überdacht und mit einem bunten Schild versehen, auf dem in verschnörkelter Schrift »Heiße Hamburger« zu lesen war, wirkte er sehr ansprechend. Stapel von bunten Papierservietten, Plastiktellern und -bechern dienten sowohl als Zubehör wie als Schmuck.

Gora kam mit einer steifen roten Schleife an einer Spange aus der Requisitenkammer zurück. Claudia wollte sie an Imogens Hinterkopf befestigen. Aber der Fotograf bestand darauf, daß die Schleife gut sichtbar oben im Haar des Mädchens sitzen sollte, und so geschah es dann auch.

Claudia fand den Aufputz übertrieben, aber um das Selbstvertrauen ihrer Tochter zu stärken, behauptete sie: »Wirklich hübsch sieht das aus.«

Skeptisch betrachtete sich Imogen in dem hohen Spiegel. »Findest du?«

»Ja. Du sollst damit ja nicht auf der Straße herumlaufen.«

»Das würde ich nie.«

Sie wandte sich wieder dem Verkaufsstand zu, und mit Genugtuung stellte sie fest, daß Klaus sich nicht mehr so wohl in seiner Haut fühlte. Man hatte ihn inzwischen in einen matt schimmernden Samtanzug gesteckt, ein rotes Seidentuch malerisch um den Hals drapiert. Die Kinder wurden angewiesen, sich beim Verkaufsstand aufzustellen, sie mußte die Rolle der Verkäuferin übernehmen, er die des Käufers. Es dauerte eine ganze Weile, bis es Giacomo Gora, der seinen ganzen Charme einsetzte und ein Witzchen nach dem anderen losließ, gelang, ihre Befangenheit abzubauen. Dann erst nahm er die Kamera in die Hand und begann, unter ständigen Ermahnungen, ein Bild nach dem anderen zu schießen. »Mach kein Gesicht, als wenn du in eine Zitrone gebissen hättest, Imogen... lächle, lächle, du amüsierst dich! Nimm mal eine tänzerische Pose ein, das kannst du doch! So, sehr schön... tu so, als wolltest du eine Pirouette tanzen! Klaus, nicht so steif! Du hast Hunger, greif zu! Ja, so ist's recht! Klopf ihm ruhig auf die Finger, Kleine! Er soll ja nicht klauen, sondern kaufen!«

Erst als er drei Filme – schwarzweiß – verknipst hatte, gab er sich zufrieden. »Das wär's«, sagte er, holte den letzten Film aus der Kamera und übergab alle drei dem dicken Assistenten. »Laß sie ins Labor bringen, Pit!«

Für die Models wäre jetzt eine Pause in der Cafeteria fällig gewesen. Aber Claudia, die beobachtend dabeigestanden hatte, erinnerte sich an das Versprechen, das sie Gora gegeben hatte. »Wir holen jetzt den Mottenschrank, Imogen!« erklärte sie. »Kommst du mit, Klaus?«

»Nö«, sagte der Junge.

»Zieh dir dein T-Shirt über, Imogen!«

»Darf ich mir auch den gräßlichen Propeller 'runtertun?« Imogen nestelte an ihrem Haar.

»Aber ja doch.« Claudia half ihr, sich von der Schleife zu befreien.

Imogen schlüpfte in ihr Hemd, und gemeinsam verließen sie das Fotostudio, durchquerten den Raum der Grafik, in dem niemand sie beachtete, und den der Textredaktion, in der man Imogen ermunternde Worte zurief. »Na, wie ist's denn gegangen?« – »Du siehst ganz schön erhitzt aus!« – »Was würden unsere Fotofritzen machen, wenn sie dich nicht hätten, Imogen!«

Imogen quittierte die gutgemeinten Bemerkungen mit einem Lächeln und bemühte sich, mit den langen Beinen ihrer Mutter Schritt zu halten. Claudia hatte keine Geduld, auf den Aufzug zu warten, sondern lief mit Imogen die Treppe hinunter einen Stock tiefer.

»Ich wußte gar nicht«, sagte das Mädchen atemlos, »daß du dazu da bist, einen alten Mottenschrank zu suchen.«

»Nein, das gehört wirklich nicht zu meinen Pflichten.«

»Aber du tust es Gora zuliebe?«

»Das auch. Aber vor allen Dingen dachte ich, es würde dir Spaß machen zu sehen, wie es bei uns zugeht.« Sie blieb vor der Tür zur oberen Packerei stehen. »Oder hast du keine Lust?«

»Doch. Ja«, behauptete Imogen, die sich schon auf ein Hefestück in der Cafeteria gefreut hatte.

Claudia trat ein, und Imogen folgte ihr. Während die Mutter sich an den Aufseher wandte und sich den Code des Mottenschranks heraussuchen ließ, blieb das Mädchen staunend stehen. Durch den riesigen Raum – er umfaßte das ganze Stockwerk und wurde nur von einigen Deckenstützen unterbrochen – zog sich, geräuschvoll lärmend, ein Fließband, das große, kleine und mittlere Kartons beförderte. Frauen in bunten Kitteln, viele mit Kopftüchern, standen daran, nahmen die Bestellscheine, die in den Kartons lagen, heraus, überprüften sie mit raschem Blick, warfen sie wieder zurück, falls sie die gewünschte Ware nicht hatten, oder nahmen die Kartons herunter. Dann traten sie an die tiefen Regale, die sich die Wände des Raumes entlangzogen, nahmen die entsprechenden Artikel heraus, legten sie in den Karton und machten mit einem Kugelschreiber, den sie hinter dem Ohr oder in der Brusttasche ihres Kittels hatten, einen Vermerk auf den Bestellschein. Danach stellten sie den gefüllten Karton wieder auf das Fließband zurück und nahmen den nächsten. So ging es ununterbrochen. Über das Quietschen und Surren des Fließbandes hinweg schrien sie sich Bemerkungen zu, die Imogen nur bruchstückhaft verstand. »Nächstes Wochenende will ich...« – »Mein Mann kann mich...« – »Ich müßte unbedingt zum Friseur!« Manche redeten in Sprachen, die Imogen überhaupt nicht verstand; sie schätzte, daß es sich um Griechisch, Türkisch oder Serbokroatisch handelte.

Sie schreckte zusammen, als die Mutter sie sacht berührte. »Da staunst du, was?« fragte Claudia lächelnd.

»Geht das den ganzen Tag so?«

»Von früh bis abends.« Claudia schob ihre Tochter aus dem Packraum.

In der wohltuenden Stille des Ganges rieb Imogen sich die Ohren. »Und wo fahren die ganzen Kartons hin?«

»Durch alle Etagen bis ganz nach oben. Dort wird der Inhalt noch einmal kontrolliert. Dann werden sie geschlossen, zugepappt und frankiert. Du wirst es gleich sehen.«

»Das ist schlimmer als Modell stehen!«

Claudia hatte sich schon wieder der Treppe zugewandt. »Das kann man wohl sagen. Hier oben ist es noch harmlos. Da kommen die Kartons ja leer an. Aber je tiefer es geht, desto voller werden sie.«

»Die müssen aber viel verdienen.«

»Nein, tun sie nicht. Es sind ungelernte Hilfskräfte, weißt du.«

Mutter und Tochter liefen nebeneinander die Treppe hinunter, Claudia mit großen, elastischen Schritten, Imogen hüpfend.

»Das ist schlimm«, meinte das Mädchen.

»Nein, gar nicht. Diese Frauen sind froh, daß sie etwas verdienen können. Eines Tages wird das alles vielleicht elektronisch vor sich gehen. Dann werden sie ihre Arbeitsplätze verlieren. Aber vorläufig ist es noch nicht so weit.«

»Und was ist mit dir? Wirst du dann auch nicht mehr gebraucht, wenn alles elektronisch geht?«

Claudia lachte. »Bestimmt nicht! Mach dir um mich keine Sorgen. Das Herstellen eines Katalogs ist eine mächtig komplizierte Angelegenheit. Bis das ein Computer übernimmt, dauert es noch.«

Unten, in der eigentlichen Packerei, war der Lärm des Fließbandes nicht so laut wie oben, oder er wurde erfolgreich durch Instrumentalmusik übertönt, die aus Lautsprechern in allen Ecken kam. Trotzdem versuchten die Frauen auch hier, sich miteinander zu unterhalten. Die Betriebsamkeit war eher noch größer als oben. Stämmige Packerinnen, auch sie in Kitteln, einige aber auch in Overalls oder Latzhosen, hoben die vollen Kartons vom Band. Andere, meist junge Mädchen oder auch schwangere Frauen, stellten auf der anderen Seite leere Kartons zur Fahrt nach oben bereit und warfen die entsprechenden Bestellzettel hinein. Zwei von ihnen waren nur damit beschäftigt, flache Pappstücke zu Kartons aufzurichten und sie mit einem Klebeband über die Seiten und den Boden zu befestigen.

›Wenn ich das den ganzen Tag machen müßte‹, dachte Imogen, ›würde ich eingehen.‹ Sie sagte es ihrer Mutter, als sie sich, den verpackten Mottenschrank unterm Arm, ihr wieder zuwandte.

»Mußt du ja nicht. Aber es ist ganz gut, daß du mal erlebst, wie wichtig es für eine Frau ist, einen richtigen Beruf zu erlernen.«

»Aber ich weiß doch noch gar nicht, was ich werden will.«

»Du hast ja auch noch viel Zeit. Komm, beeilen wir uns. Vielleicht hat Gora schon die Abzüge.«

Um nach oben zu kommen, benutzten sie den Aufzug.

»Aber im Katalog«, sagte Imogen, »gibt es doch immer auch richtig schwere Sachen – Schränke und Truhen und so was...«

Claudia verstand, was sie fragen wollte. »Die werden direkt vom Hersteller ausgeliefert.«

»Ach so.«

»Vielleicht würde es dir später auch Spaß machen, bei *Cosmos* zu arbeiten – natürlich nicht als Packerin, sondern auf einem interessanten Posten.«

»Möchtest du das?«

»Es geht nicht um mich, sondern um dich! Ich finde es lustig hier. Aber vielleicht fällt dir etwas viel Besseres ein.«

Imogen konnte gut zeichnen. Sie war sicher, daß sie das Talent von ihrem Vater geerbt hatte. Aber sie wußte, daß die Mutter das nicht gern hörte. Also sprach sie es nicht aus. Außerdem lag ihr auch nichts daran, in der Grafik für den Katalog des Versandhauses tätig zu sein. Sie fand das fast so geisttötend wie die Arbeit am Fließband.

Ihr schwebte etwas weit Künstlerischeres vor, sie wußte nur noch nicht, was genau. Cartoons zeichnen wie ihr Vater würde sie jedenfalls nie können; dazu war sie nicht witzig genug.

Als sie das Fotostudio erreichten und nicht ohne Stolz den Mottenschrank ablieferten, meinte Gora, daß sie ihn nun auch gleich aufstellen könnten. Die Fotoabzüge waren noch nicht zurück. Doch Claudia bestand darauf, Imogen für die restliche Pause eine Erholung zu gönnen. So fuhren sie denn in den ersten Stock zur Cafeteria hinunter. Es blieb Imogen gerade noch Zeit für eine Hefeschnecke und eine Cola, Claudia für ein Glas Wasser – der Kaffee war hier abscheulich – und eine Zigarette. Dann wurden sie ins Studio zurückgerufen.

Gora hatte inzwischen die ansprechenden Fotos herausgesucht, und Imogen und Klaus mußten sie, so gut es gehen wollte, noch einmal nachstellen. Gora verschoß von dem teuren Farbfilm weniger Bilder, Haltung und Stellung der Models wurden zwischendurch unentwegt verbessert. Imogens Strumpfhose durfte keine Falten werfen, genausowenig wie der Samtanzug von Klaus. Der dicke Pit zupfte immer wieder an ihrem Tutu herum, damit es nur ja recht bauschig saß. Alle atmeten auf, als der Fotograf endlich zufrieden war. Es wurde ausgemacht, daß Imogen und Klaus am nächsten Nachmittag noch einmal kommen sollten, um eine Schlacht in künstlichem Schnee in Anoraks, Skihosen, Mützen und Schals von *Cosmos* zu stellen.

Als Imogen sich hinter dem Paravent wieder umzog, sagte Claudia: »Du kannst allein zum Pförtner hinunterfahren, nicht wahr?«

»Kommst du nicht mit?«

»Nein. Ich kann noch nicht. Braake wird dich fahren.«

Imogen verbarg ihre Enttäuschung hinter einem gleichmütigen »Na schön«.

Claudia haßte sich, weil sie ihre Tochter belog, zwar nicht direkt, aber Imogen mußte annehmen, daß sie jetzt noch zu arbeiten hatte, vielleicht die durch die Aufnahmen verlorene Zeit nachholen wollte. Tatsächlich aber hatte Claudia versprochen, ihren Liebhaber zu treffen, und sie mochte ihn nicht enttäuschen. Sie beruhigte ihr Gewissen damit, daß der Chauffeur ja tatsächlich unten wartete und daß Imogen sich zu Hause in ihr Zimmer und zu ihren Schularbeiten zurückziehen würde.

»In spätestens ein, zwei Stunden komme ich nach, Liebes«, sagte sie, »dann machen wir uns einen gemütlichen Abend.«

Als Claudia an der Antiquitätenhandlung vorbeiging, sah sie Ralf und seinen Vater, einen sehr distinguierten Herrn in mittleren Jahren, im Laden stehen. Sie unterhielten sich lebhaft miteinander, möglicherweise stritten sie sogar. Kundschaft war nicht anwesend. Flüchtig schoß ihr der Gedanke durch den Kopf, daß das Geschäft vielleicht nicht so florierte, wie sie bisher angenommen hatte.

Sie überlegte, ob sie eintreten und die beiden Männer begrüßen sollte, entschied sich dann aber, ihren Schlüssel und den Privateingang zu benutzen. Ralf würde sicher über kurz oder lang von selber nach oben kommen, und sie konnte die Gelegenheit nutzen, unter die Dusche zu gehen.

Aber kaum hatte sie seine Wohnung betreten, als er schon auf der Schwelle stand. Leidenschaftlich fielen sie sich in die Arme.

Als er sie freigab, hielt er sie ein wenig auf Abstand und musterte sie prüfend. »Du siehst abgespannt aus!«

Das hörte Claudia nicht gern; sie setzte alles daran, stets strahlend, selbstsicher und begehrenswert zu wirken. Aber sie wußte um die tiefen Schatten unter ihren Augen, rang sich ein Lächeln ab und gab zu: »Ich bin es.«

Dennoch spürte er ihr Gekränktsein. »Aber schöner denn je, Geliebte!« Er wollte sie wieder an sich ziehen.

Sie entzog sich ihm. »Laß mich erst mal duschen...«

»O ja, ich komme mit!«

Sie fuhr ihm spielerisch mit der Hand durch die weichen Locken. »Brau du lieber deinen Zaubertee!«

Aber als sie dann unter der Dusche stand und gerade begonnen hatte, sich unter dem heißen Strahl zu entspannen, drängte er sich zu ihr in die Kabine, nackt und gutaussehend mit seinen schmalen Hüften und den sanft geschwungenen Schultern, schön und sehr männlich. Überrascht schrie sie auf, denn sie war es nicht gewohnt, daß er die Initiative ergriff.

Er lachte. »Ich will dir ja bloß den Rücken waschen! Das kannst du nicht allein!«

»Kann ich doch!«

Sie rangelten miteinander unter dem fließenden Wasser, er schäumte sie ein, vom Hals bis zu den Füßen, und ließ es zu, daß sie ihm den gleichen Dienst erwies. Sie lachten und küßten sich, spritzten und streichelten sich, hielten sich aneinander fest, um nicht auszurutschen, und liebten sich im heißen Dunst.

Claudia dachte, daß es vielleicht das war, was ihr bei ihrem Mann fehlte – wenn es denn überhaupt etwas gab –, daß sie mit ihm nie ausgelassen sein konnte. Knut erwartete von ihr, daß sie sich so maßvoll gab, wie er selber war. Nachher nahm sie sich Zeit, ihre Haare zu waschen, die nun ohnehin naß geworden waren, trocknete sich gründlich ab und schlüpfte in Ralfs kurzen weißen Bademantel. Im Wohnzimmer war der Tisch zum Tee bereits gedeckt, die Kanne stand auf dem Stövchen, und Ralf, schon wieder in Hemd und Hose, wenn auch barfuß, schenkte ihr ein.

Aufseufzend ließ sie sich neben ihn auf das schmale Sofa nieder, nahm einen Schluck Tee, zündete sich eine Zigarette an und begann zu erzählen. »Ich weiß nicht, ob es wirklich richtig ist, Imogen vor der Kamera posieren zu lassen«, schloß sie.

»Sie will es doch von sich aus.«

»Ja, schon. Aber kann sie beurteilen, was für sie richtig ist? Es ist so anstrengend, und als der fette Assistent dauernd an ihrem Tutu herumzupfte, wurde mir ganz anders.«

»Hättest du nicht eingreifen können?«

»Ich war nahe daran. Aber ich fürchtete, die Situation dadurch nur noch zu verschärfen. Imogen schien sich gar nichts daraus zu machen.«

»Na also«, sagte er beruhigend.

Sie drückte ihre Zigarette aus und kuschelte sich an ihn. »Nun erzähl du mal!«

»Was?«

»Du hast doch bestimmt auch etwas erlebt.«

»Ja, sogar etwas ganz Komisches. Heute früh war ich allein im Laden, da kam eine kleine alte Dame herein – eine wirkliche Dame, weißt du, großer Stil. Sie wollte ein Brillantcollier samt Ohrgehängen verkaufen. Eine sehr hübsche Arbeit, nicht besonders wertvoll, ein Hochzeitsgeschenk ihres Mannes, sagte sie. Sie tat mir leid, und ich bot ihr einen annehmbaren Preis an. Sie war gleich einverstanden, versuchte gar nicht zu handeln. Auch das machte mich nicht stutzig. ›Sie ist eben zu sehr Dame, um zu feilschen‹, dachte ich. Aber als ich sie um Namen und Adresse fragte, wollte sie nicht mit der Sprache herausrücken. – ›Muß das sein?‹ fragte sie. ›Nein, das möchte ich nicht. Wenn es jemand erfährt – also, das wäre mir doch zu peinlich!‹ – Ich versicherte ihr, daß außer mir und meinem Vater niemand je Einblick in unsere Geschäftsunterlagen bekäme, aber sie bestand darauf, den Namen für sich zu behalten.«

»Und«, fragte Claudia, »hast du ihr nachgegeben?«

»Nein, das konnte ich nicht. In unserem Geschäft muß man äußerst vorsichtig sein, weißt du.«

»Sie ist also unverrichteter Dinge gegangen? Wie schade.«

»Gleich als sie fort war, habe ich mir die neuen Listen der gestohlenen Schmuckstücke noch einmal vorgenommen. Das Collier und die Ohrgehänge waren aufgeführt.«

»Bist du ganz sicher?«

»Hundertprozentig.«

»Es ist aber doch unvorstellbar, daß eine Dame... und du sagtest doch, sie wäre eine wirkliche Dame gewesen...«

»Sie braucht sie ja nicht unbedingt selbst geklaut zu haben. Jemand kann sie ihr zugeschustert haben – ihr Sohn vielleicht, ein Neffe oder, wie es heutzutage so schön heißt, ein Lebensgefährte. Jedenfalls muß sie gewußt haben, daß die Ware heiß war, andernfalls hätte sie sich doch ihre Adresse entlocken lassen.«

»Sie hätte ja auch eine falsche angeben können.«

»Sinnlos. Dann hätte ich natürlich auch einen Ausweis verlangt. Bei Käufen im Wert von über tausend Mark ist das so Usus.«

»Sie hatte also gar keine Chance?«

»Bei uns nicht. Aber nicht alle Antiquitätenhändler sind so seriös wie ›Hayd & Sohn‹.«

»Du glaubst also, sie wird es weiter probieren?«

»Davon bin ich überzeugt.«

»Dagegen hättest du doch was unternehmen müssen.«

»Das habe ich mir auch überlegt. Ich war schon halb und halb entschlossen, die Polizei zu verständigen. Aber dann habe ich es doch nicht getan. Sie tat mir leid, weißt du, und ich mochte sie.«

»Und was hat dein Vater dazu gesagt?«

Ralf grinste jungenhaft. »Dem habe ich vorsichtshalber gar nichts davon erzählt. Der ist zu korrekt, weißt du, noch ganz alte Schule.«

»Was denkt er eigentlich über uns?« fragte sie und sah ihn aufmerksam an.

»Keine Ahnung.«

»Aber er muß es doch wissen. Ich komme ja manchmal durch den Laden rauf.«

»Sicherlich weiß er es. Aber er spricht nicht darüber.«

»Geht es ihm gegen den Strich?«

Ralf setzte eine Miene angestrengten Nachdenkens auf. »Nein, glaube ich nicht«, sagte er endlich, »ich nehme an, es läßt ihn kalt. Aufregen würde er sich wohl erst, wenn ich Heiratspläne hätte, vor allem wenn diejenige welche die Falsche wäre – in seinen Augen.«

»Das beruhigt mich.«

»Hast du etwa gefürchtet, er könnte uns Scherereien machen?«

»Es wäre mir unangenehm, wenn du meintwegen Ärger hättest.«

»Habe ich nicht. Sei versichert! Aber du wärst mir jeden Ärger wert.«

»Du bist sehr lieb.« Sanft berührte sie seine Hand.

Er umschloß ihre Finger und hielt sie fest. »Es ist so schön, dich bei mir zu haben.«

»Und leider muß ich schon wieder gehen.« Sie lächelte ihn liebevoll an, um ihm die bittere Pille zu versüßen. »Ich lasse Imogen nicht gern allein im Haus.«

Er gab sie nicht frei. »Aber dein Mann...«

»Ich weiß nicht, wann der nach Hause kommt, und Frau Beer ist jetzt schon gegangen. Nein, bitte, laß mich! Ich habe keine Ruhe mehr. Ich föne mir jetzt rasch die Haare, und dann bin ich auf und davon.«

Es kam der Samstag, an dem Michael von Geldern seine Tochter abholen sollte.

Claudia, die bemüht war, ihren geschiedenen Mann aus dem Gedächtnis zu streichen, hätte es vergessen, wenn Imogen sie nicht daran erinnert hätte. Wie immer war sie am Abend zuvor aufgeregt gewesen. Sie hatte sich das lange Haar gewaschen, gefönt und gebürstet, was eine sehr langwierige Prozedur war. Claudia hatte das ziemlich lächerlich gefunden, denn was immer man an Gutem oder Bösem Michael nachsagen konnte, ein sehr gepflegter Mann war er gewiß nicht. Er wäre mit seiner kleinen Tochter bestimmt auch zufrieden gewesen, wenn sie nicht wie aus dem Ei gepellt erschien. Am Sonntagabend würde sie dann, erfahrungsgemäß das Äußere ein wenig ramponiert, heimkommen.

Als Claudia zum Frühstück herunterkam, saß Knut schon am Tisch. Er stand auf, als sie eintrat, und sie begrüßten sich mit einem Kuß.

Frau Beer brachte die Kaffeekanne herein. »Guten Morgen, gnädige Frau«, sagte sie mit bewegungsloser Miene.

»Guten Morgen, Frau Beer!« erwiderte Claudia und fügte mit etwas gezwungener Freundlichkeit hinzu: »Scheint ein schöner Tag zu werden.« Sie wollte sich setzen.

Frau Beer schenkte Knut Kaffee ein. »Herr von Geldern wartet.«

»Schon?«

»Noch nicht lange.«

Claudia wandte sich ihrem Mann zu. »Entschuldige mich, bitte.«

»Soll ich mitkommen?« fragte er.

»Nein, nicht nötig. Lieb von dir, aber wirklich nicht. Fang ruhig schon an zu frühstücken.« Claudia ging zur Tür.

Lange Zeit hatte sie es als Ärgernis empfunden, daß Michael darauf bestand, das Haus nur durch die Hintertür zu betreten und in der Küche auf seine Tochter zu warten. Immer wieder hatte sie ihn ins Haus gebeten, aber er war bei seiner ablehnenden Haltung geblieben. »Ich weiß, wo ich hingehöre«, hatte er argumentiert, »in diese Nobelvilla jedenfalls nicht.«

Claudia hatte nicht auf ihrem Wunsch bestanden. Tatsächlich hatte es ja wenig Sinn, ihn zu ein paar unbehaglichen Minuten krampfhafter Konversation zu zwingen. Dennoch erschien ihr Michaels Auftreten als unpassend. Oft war sie nahe daran, ihn überhaupt nicht zu begrüßen, sich darauf zu beschränken, ihm Imogen zu schicken und sie mit ihm abziehen zu lassen. Aber das wäre eine Brüskierung gewesen, die sie ihm sehr wohl zugemutet hätte, für die sie sich aber vor Imogen nur schlecht hätte rechtfertigen können. Sie wollte ihre Tochter nicht verletzen und fand es schlimm genug, daß das Mädchen sich mit dem Treffpunkt in der Küche abfinden mußte.

Er hatte eine Tasse Kaffee vor sich, eine brennende Zigarette in der Hand und lächelte ihr freundschaftlich entgegen.

Der flammende Zorn, der sie bei seinem Anblick überfiel, überraschte sie stets aufs neue. Am liebsten hätte sie ihm den Inhalt der Tasse ins Gesicht geschüttet, obwohl sie sehr wohl wußte, daß Frau Beer ihm den Kaffee aufgedrängt hatte. Seltsamerweise hatte die Haushälterin eine Schwäche für ihn.

Es kostete Claudia Anstrengung, mit einigermaßen beherrschter Stimme »Hallo, Michael!« zu sagen.

Sein Lächeln verstärkte sich. »Hei, Claudia!«

›Wie jemand lächeln kann und immer lächeln und doch ein Schurke sein!‹ schoß Claudia ein Zitat aus *Hamlet* durch den Kopf. Laut sagte sie: »Imogen kommt gleich.«

Er war zur Begrüßung nicht aufgestanden, und sie reichten sich auch nicht die Hand.

»Zigarette?« Er schob ihr sein Päckchen hin.

»Du weißt, ich rauche nicht auf nüchternen Magen.«

»Frau Beer würde dir bestimmt eine Tasse Kaffee einschenken.«

»Danke. Ich frühstücke mit meinem Mann.«

»Und wie geht es dem hochverehrten Herrn Professor?«

»Ich nehme nicht an, daß du dich wirklich dafür interessierst.«

Er rauchte scheinbar genüßlich. »Und – möchtest du nicht wissen, wie es mir geht?« Seine schönen, langfingrigen Hände wiesen schwarze Spuren auf.

Claudia wußte, daß sie vom ständigen Umgang mit Kohlestiften und Tusche herrührten, aber sie dachte, daß er sich die Fingernägel wenigstens hätte kurz schneiden können. »Nein«, sagte sie kalt, »und wie es um Imogen steht, wirst du ja gleich von ihr selber erfahren.«

Er wurde ernst. »Mehr haben wir uns also nicht zu sagen«, stellte er fest.

»Was hattest du dir erwartet?«

Er zuckte die Achseln. »Weiß nicht. Man versucht's.«

»Was?«

»Wenigstens auf einen normalen Umgangston zu kommen.«

»Das wird nach unserer alles andere als normalen Beziehung nicht möglich sein.«

Er senkte den Blick auf seine Kaffeetasse. Sie stand ihm gegenüber und starrte ihn an. Er sah immer noch in gewisser Weise gut aus mit der hohen Stirn, die noch eindrucksvoller schien, da das blonde Haar aus ihr zurückwich. Er trug es zu lang für ihren Geschmack; es krauste sich bis auf den Kragen seiner abgewetzten braunen Lederjacke. Die Nase war kräftig und ausdrucksvoll. Das zurückweichende Kinn verdarb den Eindruck; es wirkte schwach.

›Was habe ich bloß an ihm gefunden, damals?‹ fragte sie sich. ›Wie ist es ihm gelungen, mich so verrückt zu machen? Er war charmant, spritzig, witzig. Aber konnte das genügen, mich so zu verblenden?‹

Er sah zu ihr auf, den traurigen Blick eines Jagdhundes in den braunen Augen. Ja, die Lachfältchen, die sie einst so geliebt hatte, waren immer noch da, aber sie waren zu ausgeprägten Falten geworden. Michael und sie waren im gleichen Jahr geboren, und doch wirkte er wesentlich älter als sie. ›Kein Wunder bei dem Leben, das er führt‹, dachte sie.

Sie atmete auf, als Frau Beer Imogen in die Küche schob und damit der unerquicklichen Szene ein Ende machte.

Imogen strahlte. »Michael«, rief sie verhalten.

Er hatte seine Zigarette ausgedrückt und sprang auf; es war ihm anzusehen, daß er sie am liebsten hochgenommen und durch die Luft geschwenkt hätte. Aber für solche Späße war sie nun doch schon zu groß. So beschränkte er sich denn darauf, sie neckend am Haar zu zupfen. »Hallo, Kleines!« sagte er.

Imogen sah reizend aus. Da es ein kühler, nebliger Morgen war, hatte sie einen Schottenrock gewählt, weiße Bluse und blauen Blazer. In einer hellen Leinentasche mit Lederblende trug sie ihre Übernachtungssachen bei sich.

»Dann also – macht's gut, ihr beiden!« Claudia hätte Imogen am liebsten geküßt, wollte aber vor Michael keine Schau abziehen und legte ihr nur mit leichtem Druck die Hand auf die Schulter.

Dann drehte sie sich um und ging zurück ins Speisezimmer.

Knut legte die aufgeschlagene Morgenzeitung aus der Hand und stand auf.

»Jetzt freue ich mich auf eine Tasse Kaffee«, sagte sie.

Er nahm die Kanne vom Stövchen, schenkte ihr und sich selber ein, bevor er sich wieder setzte. Dann faltete er die Zeitung zusammen und reichte ihr den Brotkorb.

»Tut mir leid«, sagte sie mit einem kleinen, verzerrten Lächeln, »ich habe keinen Hunger.« Jedesmal, wenn Imogen mit ihrem Vater abzog, fühlte sie sich elend; sie hätte viel darum gegeben, es verhindern zu können.

Knut verstand sie. Er zog sein goldenes Etui aus der Tasche und ließ es vor ihr aufspringen. »Zigarette?«

»O ja, danke!« Claudia griff zu, zögerte aber, als er ihr Feuer geben wollte. »Wenn es dich nicht stört.«

»Keineswegs, meine Liebe.« Er zündete ihr die Zigarette an.

Sie trank schluckweise den heißen schwarzen Kaffee und inhalierte so tief, daß sie husten mußte. Er warf ihr einen besorgten Blick zu, unterdrückte aber jede Bemerkung und begann mit vorgegebenem Appetit zu frühstücken.

»Hast du heute etwas Besonderes vor?« fragte er endlich.

Sie dachte kurz daran, sich mit Ralf zu treffen, verwarf die Idee aber im gleichen Augenblick; es wäre ein Fehler gewesen, ihn mit ihrer trüben Stimmung zu belasten. »Nein. Wieso?« erwiderte sie.

»Ich dachte, wir könnten segeln gehen. In spätestens einer Stunde klart es auf.«

Sie konnte ihre Niedergeschlagenheit so schnell nicht überwinden. »Hast du denn Lust?« fragte sie zögernd.

Er wischte sich den Mund ab und faltete seine Serviette zusammen. »Sehr sogar.«

»Mußt du nicht arbeiten?«

»Wenn ich warte, bis ich alles erledigt habe, was ich plane, bin ich ein alter Mann. Nein, nein, meine Liebe, mach dir nur deswegen keine Gedanken. Es wird mir sehr guttun, mir mal den Wind um die Ohren blasen zu lassen – uns beiden.«

»Du tust das doch nur mir zuliebe?«

»Wäre das denn so schlimm?« fragte er, ohne sie anzusehen.

»Es ist mir unangenehm.«

»Ich kann dich beruhigen. So ist es nicht. Seit langem wollte ich schon wieder mal hinaus. Aber irgendwie hat es sich nicht ergeben. Heute, meine ich, sollten wir die Gelegenheit beim Schopfe packen.«

»Vielleicht hast du recht.«

Jetzt sah er zu ihr auf. »Wenn du nicht möchtest, brauchst du einfach nur nein zu sagen.«

»Würdest du denn allein fahren?«

»Ja!« behauptete er, ohne mit der Wimper zu zucken.

Sie sah ihn ungläubig an.

»Allerdings nur sehr ungern«, fügte er hinzu.

»Du segelst doch nie allein.«

»Gerade deshalb bitte ich dich ja mitzukommen. Wir lassen uns von Frau Beer ein paar Brote machen und eine Thermosflasche mitgeben. Dann können wir über Mittag draußen bleiben, und abends essen wir im Club.«

»Dann kommt die Gute endlich mal früh nach Hause.« Claudias Miene hatte sich aufgehellt. »Weißt du was? Ich glaube, jetzt kann ich doch was essen.«

»Ist recht, mein Liebes. Und zur Abwechslung werde ich dir dabei was vorrauchen.« Er ließ sein Zigarettenetui aufspringen und bediente sich.

Für Imogen waren die Tage mit dem Vater stets ein Abenteuer. Schon die Fahrt mit der S-Bahn quer durch die Stadt nach Wellingsbüttel war ein Vergnügen. Kaum daß sie Platz gefunden hatten, pflegte er einen Notizblock aus der Tasche zu ziehen, einen Bleistift mit weicher Mine zu zücken und die Mitfahrenden zu konterfeien – den pickligen Jungen mit der Baseballmütze, die dicke Frau mit dem Korb auf dem Schoß und den alten Mann mit Schnapsnase.

Imogen blickte ihm dabei aufmerksam zu und konnte ein Kichern kaum unterdrücken. Wenn die unfreiwilligen Modelle ausgestiegen waren, platzte sie laut heraus.

»Alles, was du zeichnest, wird immer so komisch!« sagte sie leise zu ihm, nachdem sie sich wieder gefaßt hatte. »Wie machst du das?«

»Es liegt an den Menschen. Wir sind alle komisch.«

»Manche sind aber auch traurig.«

»Die sind auch komisch. Weil sie sich selbst zu ernst nehmen.«

»Du bist selbst komisch, Michael!« behauptete sie und berührte sachte seine Wange.

»Ja?«

»Immer läßt du ein paar Stoppeln stehen.«

»Das passiert nun mal beim Rasieren.«

»Onkel Knut nie.«

»Der ist ja auch ein feiner Pinkel.«

Imogen lachte. »Der ist doch keine dicke fette Wurst!«

»Pinkel bedeutet noch etwas anderes.«

»Ja? Was denn?«

»Na ja, eben...« Er suchte nach dem passenden Ausdruck. »... Lackaffe.«

»Lackaffe ist er auch nicht. Er ist sehr nett.«

Michael verzog unbehaglich das Gesicht. »So? Ist er das?«

Imogen wußte, daß sie auf ein Thema gekommen waren, das ihrem Vater nicht gefiel. Trotzdem fuhr sie tapfer fort: »Du würdest ihn sicher mögen, wenn du mal mit ihm reden würdest.«

»Ich wüßte nicht, worüber.«

»Man kann über alles mögliche mit ihm reden.«

»Hast du ihn lieb?«

»Ja!« sagte Imogen aufrichtig, fügte dann aber hastig hinzu: »Nicht so wie dich natürlich. Dich liebe ich am allermeisten.«

»Mehr als Claudia?« fragte er und verbesserte sich sofort: »Das war eine ganz dumme Frage. Darauf brauchst du mir keine Antwort zu geben. Vergiß sie sofort!«

»Dich und Claudia!« erklärte Imogen. »Und dann noch Tante Sandra und Kersten und Frau Meister und ein bißchen Onkel Albert und ein ganz klein bißchen Frau Beer.«

»Na, dann hast du ja eine ganze Menagerie zum Liebhaben.«

»Den Herrn Professor Weber und seine Frau, die könnte ich auch liebhaben. Die sind wie Großeltern. Aber Onkel Sven tut immer so, als wäre er der Größte, und Tante Lydia kann ich überhaupt nicht leiden. Die sagt immer Irmy zu mir.«

»Sehr ungezogen von ihr. Aber wer sind denn diese Webers? Und woher kennst du sie?«

Imogen erzählte ihm von jenem denkwürdigen Abend, an dem sie beim Diner der Erwachsenen hatte dabeisein dürfen. Aber sie vermied es, über Claudia zu sprechen – wie schön sie gewesen war, wie selbstsicher und wie elegant –, denn sie wußte, daß das ihren Vater traurig gestimmt hätte. Überhaupt hatte sie gelernt, weit über ihre Jahre hinaus diplomatisch zu sein. Sie hatte sich angewöhnt, weder mit ihrem Vater über Claudia zu sprechen noch mit ihr über den Vater. Wenn Claudia sie fragte, wie es denn bei Michael gewesen sei, pflegte sie zu antworten: »Nett!« oder »Lustig!« Damit gab sich Claudia meist zufrieden, denn so genau wollte sie es gar nicht wissen. Wenn sie ausnahmsweise doch nachhakte: »Was habt ihr denn unternommen?«, bekam sie die mehr oder weniger ausweichende Antwort: »Ach, so allerhand.«

Tatsächlich gehörte Michael nicht zu jenen geschiedenen Vätern, die sich bemüßigt fühlten, ihre Kinder in den Tiergarten zu führen, ins Puppentheater oder ins Kino, ihnen Pizzas zu spendieren, riesige Eisportionen oder Luftballons zu schenken. Ohne darüber nachzudenken, schreckte er vor jedem Bestechungsversuch zurück. Es genügte ihm, Imogen bei sich zu haben, und er ging davon aus, daß auch sie zufrieden war, mit ihm zusammensein zu dürfen.

Seine Wohnung, immer ein wenig unaufgeräumt, obwohl er, bevor sie zu Besuch kam, putzte und Ordnung schaffte, lag unter dem Dach und war, alles in allem, nicht viel größer als Imogens Zimmer in Blankenese. Es gab kein eigenes Bett für sie, sondern sie mußte im Wohnzimmer auf der Couch schlafen. Statt einer Badewanne gab es nur eine nachträglich eingebaute Dusche neben der Toilette. Aber er besaß etwas, was Imogen zu Hause nicht hatte: eine kleine Küche. Frau Beer duldete sie selten neben sich, und unter ihren kritischen Augen mußte sie stets fürchten, daß ihr alles danebengeriet. Aber in Michaels Küche durfte sie schalten und walten, und wenn er ihr assistierte oder sie ihm, so waren sie ein treffliches Team.

Meist hatten sie nicht gefrühstückt, bevor sie sich trafen, und so stürzte sie sich, kaum daß sie ihre Jacke ausgezogen hatte, in die Küche und band sich eine von Michaels für sie viel zu großen Schürzen vor. Sie machte sich daran, Rühreier zu bereiten – nicht, weil sie ihr so besonders gut schmeckten, sondern weil es so viel Spaß machte, Eier und Sahne in der Pfanne stocken zu lassen und die Masse dann im genau richtigen Moment vom Boden zu lösen. Nebenbei brühte sie Kaffee für ihren Vater auf. Er verfügte über keine Kaffeemaschine, aber kochendes Wasser nach und nach durch den Filter zu gießen war für Imogen kein Kunststück.

Danach aßen sie zusammen an dem großen Tisch im Wohnzimmer. Er stand unter dem Fenster und war in erster Linie Michaels Arbeitsplatz. Imogen trank ein Glas Cola dazu, was sie zu Hause nie bekommen hätte.

Natürlich lobte er ihre Kochkunst und fügte, was er sogleich bereute, hinzu: »Schade, daß du nicht öfter bei mir sein kannst!«

»Rühreier kannst du dir doch auch selber machen.«

»Ja. Schon. Aber sie schmecken nicht wie deine.«

»Wahrscheinlich vergißt du den Muskat.«

Er mußte lachen. »Mach' ich nicht. Aber wenn man allein ißt, schmeckt's einfach nicht.«

Ihre Augen wurden groß vor Mitgefühl. »Armer Michael!«

»Bitte verzeih, Kleines! Es ist nicht fair von mir, dir etwas vorzujammern.«

»Du hättest dich mit Claudia eben nicht verkrachen dürfen«, bemerkte sie, bemüht, seine Lage nüchtern zu betrachten.

»Da hast du recht. Es ist meine eigene Schuld.«

»Wenn zwei sich zanken, sind immer beide inschuld«, erklärte sie weise.

Der kindliche Ausdruck »inschuld« berührte ihn genauso stark wie ihr ungebrochenes Vertrauen. »In unserem Fall nicht«, bekannte er, »das mußt du mir glauben. Deine Mutter hatte eine Engelsgeduld mit mir. Ich allein war der Bösewicht.«

»Gibt's doch gar nicht.«

»Vielleicht war ich auch nicht wirklich böse. Ich war krank, verrückt, wahnsinnig.«

»Aber jetzt bist du wieder gesund?«

»Ja.«

»Ganz gesund?«

»Ja, Kleines.«

Imogen hätte gern gewußt, worin seine Krankheit denn bestanden und wie sie sich ausgewirkt hatte. Aber das war der Punkt, über den er in seinen Erklärungen nie hinausgehen wollte, und so verzichtete sie darauf, weiterzubohren. »Hast du eigentlich eine Freundin?« fragte sie und stopfte sich rasch eine Gabel gehäuft mit Rührei in den Mund, um ihre Verlegenheit zu überspielen.

»Möchtest du das denn?«

»Nein!« sagte sie ehrlich. »Aber es wäre gut für dich.«

»Wie kommst du darauf?«

»Ich kann mir gar nicht vorstellen, wie das ist, so ganz allein zu leben. Ich könnte es jedenfalls nicht.«

»Wenn du erst mal erwachsen bist...«

»Nein. Nie. Ich bleibe schon allein, wenn Claudia und Onkel Knut mal ausgehen. Das macht mir nichts aus. Aber immer allein sein, abends in eine Wohnung kommen, in der niemand ist – das bringe ich nicht.«

»Wie wäre es, wenn du zu mir zögest?« schlug er vor und wußte, daß dies nun wirklich unfair war. »Wir müßten natürlich eine größere Wohnung nehmen.«

Sie sah ihn ungläubig an. »Du meinst, ich soll Claudia verlassen?«

»Sie hat ja Onkel Knut.«

»Aber das ist doch nicht dasselbe.«

»Das Gericht hat bei der Scheidung entschieden, daß du bei deiner Mutter bleibst, aber wenn du erst etwas älter bist...«

Sie ließ ihn nicht aussprechen. »Wolltest du mich denn damals haben?«

Unter ihrem Unschuldsblick wurde er sehr verlegen. »Ich... es ging nicht, weil... ich hätte nicht für dich sorgen können.« Mit einer abrupten Bewegung stieß er seinen leeren Teller von sich. »Vergiß, was ich eben gesagt habe! Es war eine ganz dumme Idee von mir. Wer weiß, ob wir überhaupt miteinander auskommen würden, wenn wir Tag für Tag zusammen wären.«

»Ich hätte bestimmt Sehnsucht nach Claudia.«

»Hör mal, Kleines, du wirst ihr doch nichts verraten?«

»Ich bin doch nicht blöd!«

»Du würdest sie nur ganz unnötig aufregen. Es war auch gar nicht ernst gemeint.«

»Weiß ich doch, Michael.« Imogen stand auf und begann den Tisch abzuräumen.

Sie trug das gebrauchte Geschirr in die Küche. Aber zum Spülen blieb jetzt keine Zeit. Erst mußten sie einkaufen gehen.

Das gehörte auch zu ihren gemeinsamen Vergnügungen, gemütlich durch den Supermarkt zu schlendern, dies und das aus den Regalen zu nehmen, wieder zurückzustellen und sich dann für etwas ganz anderes zu entscheiden. Dabei beobachteten sie die anderen Leute, die es alle ganz wahnsinnig eilig zu haben schienen, sich stießen und schoben. Imogen, die das Wägelchen schob, empfand sich dabei ganz als Hausfrau. Besonders den quengelnden Kindern gegenüber, die von ihren Müttern weitergezerrt wurden, fühlte sie sich sehr erhaben.

»Wenn ich größer bin«, meinte sie, »werden mich bestimmt alle für deine Freundin halten.«

Er lachte. »Du vergißt, daß ich bis dahin auch älter sein werde.«

»Macht nichts. Auch ein älterer Mann kann ja eine Freundin haben.«

An der Kasse mußten sie Schlange stehen.

»Wie alt bist du eigentlich, Michael?«

»Dreißig.«

Sie unterdrückte eine Bemerkung. In ihren Augen war er der bestaussehende Mann auf der Welt, aber sie hatte geglaubt, daß er wesentlich älter wäre als ihre Mutter. ›Wahrscheinlich liegt's daran‹, überlegte sie, ›daß er vorne keine Haare mehr hat.‹

Mit Tüten beladen kehrten sie dann in Michaels kleine Wohnung zurück, albern und ausgelassen. Imogen wurde sich bewußt, daß sie jetzt schon nicht mehr dem Mädchen glich, das am Morgen das Haus in Blankenese verlassen hatte. Ihre Hände waren schmutzig geworden, die Haare zerzaust, und ein Zipfel ihrer Bluse – da es warm geworden war, hatte sie darauf verzichtet, ihren Blazer überzuziehen – war ihr aus dem Rock geschlüpft. ›Es ist komisch‹, dachte sie, ›ich brauche bloß ein paar Stunden mit Michael zusammenzusein, und schon löse ich mich auf. Ich muß daran denken, mich wieder ordentlich herzurichten, bevor ich nach Hause fahre.‹ Aber sie empfand es als angenehm und erholsam, sich einmal gehenzulassen, ohne Angst vor einer Mahnung oder einem vorwurfsvollen Blick.

Sie nahm ihrem Vater die Arbeit ab, die Einkäufe in seiner Küche zu verstauen.

Aber spülen wollte er sie immer noch nicht lassen. »Das lohnt sich nicht«, erklärte er, »das machen wir nach dem Mittagessen.«

Da sie beide noch nicht hungrig waren, hatten sie auch keine Lust zu kochen. Er wollte ihr seine neuen Zeichnungen zeigen, und sie wechselte den Schottenrock gegen Jeans, denn sie pflegten sich dazu bäuchlings auf den Boden zu legen. Michael arbeitete zur Zeit an einer Serie »Spitzmaus und ihre Freunde«, in der Tiere untierischen Unsinn trieben. Imogen fand Blatt für Blatt äußerst komisch und lachte begeistert.

In seinen großflächigen, schwungvoll gezeichneten Entwürfen kam alles noch viel besser heraus als in den pedantischen kleinen Drucken, wie sie dann im Jugendteil einer Sonntagszeitung gebracht wurden.

Imogen sagte es ihm, und er gab ihr recht.

»Das, wo die Spitzmaus sich mit ihrer Nachbarin streitet, finde ich besonders gut«, meinte sie.

»Möchtest du es haben?« fragte er, und als er ihren überraschten Ausdruck sah, fügte er hinzu: »Nimm es ruhig, ich brauche es nicht mehr.«

Liebend gern hätte sie es sich in ihr Zimmer gehängt, doch sie sagte: »Ich darf mir nichts an die Wände pappen.«

»Ich könnte es für dich rahmen lassen.«

Imogen sprang auf die Füße und klopfte sich die Jeans ab. »Ich habe jetzt Hunger.«

Michael schob die Blätter zusammen. »Du willst also keins?«

»Nein. Danke.«

Michael fühlte sich gekränkt, ärgerte sich über seine Empfindlichkeit, doch dann begriff er. »Herrgott, was bin ich für ein Esel!« rief er und klatschte sich die Hand auf die hohe Stirn. »Was mußt du bloß von mir denken?«

»Daß du ein Esel bist!« Imogens Lächeln fiel zittrig aus.

Michael stand auf und verstaute die Mappe mit den Zeichnungen auf der Ablage unter dem Tisch. »Ich könnte mich ohrfeigen. Claudia und ich, wir zerren an dir herum wie zwei Hunde an einem Knochen.«

»Nein, das tut ihr gar nicht. Aber es ist schwer, zwei Menschen zu lieben, die sich spinnefeind sind.«

»Du irrst dich. Es ist nicht so, daß ich deine Mutter hasse. Dazu habe ich auch gar keinen Grund.«

»Wenn du es sagst.«

»Hör mal, Kleines, das mußt du mir glauben.«

»Aber sie mag dich bestimmt nicht.«

»Hat sie dir das gesagt?«

»Nein.«

»Woher willst du es dann wissen?«

»Weißt du es nicht?«

Michael seufzte.

»Und doch willst du ihr deine Zeichnung direkt vor die Nase hängen.«

»In dein Zimmer«, stellte er richtig.

»Das ist das gleiche. Es würde ihr weh tun. Verstehst du denn nicht?«

»Mir fehlt es an Takt, wie? Das hat mir deine Mutter auch immer vorgehalten. Es war der harmloseste ihrer Vorwürfe.«

»Wollen wir jetzt endlich anfangen zu kochen?«

Ihm wurde deutlich, wieviel ihr daran lag, dieses Gespräch zu beenden. Ein Schatten war über ihr frohes Beisammensein gefallen, und er gestand sich ein: durch seine Schuld. Er zerbrach sich den Kopf, wie er sie wieder heiter stimmen könnte.

Während sie das Wasser für die Nudeln aufstellte, kommentierte er den Vorgang mit übertriebener Begeisterung. »... und hier, meine Damen und Herren, liebe Kinder, sehen Sie unsere Meisterköchin am Werk! Jetzt gibt sie einen Teelöffel Salz in das Wasser, drei Tropfen jungfräuliches Olivenöl...«

»Du brauchst nicht den Clown zu spielen!« sagte Imogen.

Sie drehte sich zu ihm um, und mit Erleichterung stellte er fest, daß sie lachte.

»Ich habe dich trotzdem lieb«, erklärte sie.

»Weil ich dein Vater bin?«

»Weil du du bist!« Sie gab ihm einen raschen Kuß auf die Wange. »Du darfst die Zwiebel schneiden.«

Am Montagmorgen stürmte und regnete es.

Als Claudia, in Trenchcoat und Stiefeln, den imprägnierten Gabardinehut tief in die Stirn gezogen und die Handtasche unter den Arm geklemmt, das Haus in Blankenese verließ, um zur Garage hinüberzugehen, fuhr die schwere Limousine ihres Mannes, Braake am Steuer, in das Krögersche Grundstück ein. Wasser spritzte auf, als er vor der Garage bremste.

Claudia winkte dem Fahrer zu und steckte den Schlüssel ins Garagentor.

Braake, in grauer Livree, sprang aus dem Auto und riß sich, ungeachtet des Regens, die Schirmmütze vom Kopf. »Guten Morgen, gnädige Frau!« grüßte er, fast salutierend.

»Guten Morgen, Herr Braake«, gab Claudia freundlich zurück und ließ das Garagentor hochschwingen.

Braake trat auf sie zu, die Mütze in der Hand; das schüttere Haar klebte naß an seinem runden Schädel. »Gnädige Frau, darf ich Sie in die Stadt fahren?«

»Nein, danke!« wehrte Claudia ab. »Gehen Sie lieber ins Haus und lassen Sie sich von Frau Beer was Heißes zu trinken geben.«

Braakes teigiges Gesicht verzog sich flehend. »Aber bei diesem Wetter...«

Claudia ließ ihn nicht aussprechen. »Gerade bei diesem Wetter müssen Sie aufpassen, daß Sie sich nicht erkälten.«

»Tut nicht not, gnädige Frau. Ich bin abgehärtet.«

»Ich auch, Herr Braake.« Claudia öffnete die Tür ihres Cabriolets.

Er kam ihr nach, beugte sich zu ihr herab und sagte eindringlich: »Am ›Halbmond‹ hat es einen Unfall gegeben. Ein schlimmer Stau.«

»Durch den kommen Sie mit Ihrem dicken Wagen auch nicht schneller durch als ich.« Claudia zog ihm vor der Nase die Tür ins Schloß.

Als sie zurücksetzte, sprang er zur Seite, als müßte er sich in Sicherheit bringen. Dann beeilte er sich, die Limousine auf ihren Stellplatz zu fahren, damit Claudia Platz zum Wenden hatte.

›Lästiger Kerl!‹ dachte sie, als sie auf die Straße hinausfuhr. Sie gestand sich, daß Braake stets freundlich und beflissen war. Dennoch konnte sie ihn nicht leiden; sie wußte selber nicht, warum.

Heftige Böen von dem freien Land und der Elbe her brachten ihren kleinen Wagen fast zum Schleudern. Sie umklammerte das Steuer, brauchte Kraft, um ihn auf der Bahn zu halten. Regen prasselte gegen die Windschutzscheibe, und obwohl die Wischer sich unablässig hin und her bewegten, mußte Claudia sich vorbeugen, um überhaupt etwas zu sehen.

›Vielleicht wäre es doch klüger gewesen, sich von Braake fahren zu lassen‹, dachte sie. Aber dann hätte er bestimmt darauf bestanden, sie nach Feierabend aus der Firma abzuholen. Mit welchem Argument hätte sie ihm das verweigern können? Aber genau das wollte sie nicht. Sie wollte nicht, daß er vor dem Versandhaus auf sie wartete,

Stunden zu warten schien ihm nichts auszumachen, das war etwas, über das sie sich schon immer gewundert hatte – und sie so, gewollt oder ungewollt, kontrollierte. Sie mußte Ralf heute noch sehen, und sie war nicht gewillt, sich auf ein Versteckspiel mit dem neugierigen Braake einzulassen.

Nein, sie hatte sich richtig entschieden. Es war besser, die anstrengende Autofahrt auf sich zu nehmen und dadurch Unabhängigkeit zu wahren. Sobald sich die ersten Häuserzeilen zwischen ihr Auto und die Elbe schoben, würden Regen und Sturm nicht mehr ganz so aggressiv wüten, und was den Stau betraf – der konnte sich inzwischen längst aufgelöst haben. Falls denn Braake ihn nicht einfach erfunden hatte. Das traute sie ihm durchaus zu.

Am Spätnachmittag windete und regnete es immer noch, aber nicht mehr ganz so stark wie am Morgen. Es war fast sieben Uhr, als Claudia das Versandhaus verließ. Es war ein langer Arbeitstag für sie gewesen. Den Kopf gesenkt, die Tasche fest unter den Arm geklemmt, kämpfte sie sich in Richtung Fischmarkt.

Als sie die Antiquitätenhandlung »Hayd & Sohn« erreichte, waren die eisernen Gitter vor Schaufenster und Ladentür bereits niedergegangen. Sie benutzte den Privateingang, nachdem sie unten geklingelt hatte, und stieg die schmale hölzerne Stiege hinauf.

Ralf wartete schon vor seiner Wohnung. In einer blauen Flanellhose und einem weißen Seidenpulli sah er besser denn je aus. Seine Augen leuchteten bei ihrem Anblick auf, und er breitete beide Arme aus.

Ihr Herz tat einen Sprung. Dennoch wich sie zurück, als er sie an sich reißen wollte. »Vorsicht! Ich bin ganz naß.«

»Das macht nichts.«

»O doch!« widersprach sie. »Ich komme nur gerade auf einen Sprung vorbei. Da will ich dir nicht auch noch deinen schönen Pulli ruinieren.«

Er warf einen Blick auf seine Armbanduhr. »Du hast keine Zeit? Das fürchtete ich schon.«

Sie riß sich den Hut vom Kopf und schüttelte ihn aus. »Eigentlich hätte ich gar nicht kommen dürfen. Aber ich wollte dich wenigstens sehen.«

Sie küßten sich, ohne sich zu berühren, leidenschaftlich wie über einen Abgrund hinweg.

Ralfs Wohnung hatte keine Diele. Vom Treppenhaus gelangte man gleich in das große, elegant möblierte Zimmer. Er half ihr aus dem Trench und hing ihn an den antiken Garderobenständer gleich neben der Tür. Sie stülpte ihren Hut darüber. Er nahm sie in die Arme.

Aber sie versteifte sich. »Bitte, nicht!«

»Wie lange kannst du bleiben?« fragte er, um Sachlichkeit bemüht.

Sie fuhr sich mit beiden Händen in ihre dunkle Mähne, um sie aufzulockern. »Auf eine Zigarettenlänge.«

»Aber eine Tasse Tee trinkst du doch mit mir? Ich habe ihn extra für dich aufgebrüht.«

Sie sah, daß der kleine Tisch mit dem ausgesucht schönen englischen Silber schon gedeckt war. Die Teekanne stand auf dem Stövchen. »Und wie gerne!« sagte sie und ließ sich in den bequemen, mit grauem Samt bezogenen Sessel sinken. »Ich habe einen schlimmen Tag hinter mir.«

»Armes Mädchen!« sagte er, während er ihr dunklen Tee mit Kandis und dicker Sahne anbot.

Sie nahm einen Schluck Tee. »Ah, das tut gut!« Sie zündete sich eine Zigarette an.

Er bediente sich aus ihrem Päckchen. »Erzähl!«

Sie zog eine Grimasse. »Ich bin zum Chef zitiert worden.«

»War es schlimm?« fragte er mitfühlend.

»Nicht gerade angenehm.«

»Hast du was vermasselt?«

Claudia zog die Schultern hoch. »Es ist so schön hier bei dir. Laß uns lieber von was anderem reden.«

Es war wirklich anheimelnd in dem elegant möblierten Raum. Die Jalousien, halb geöffnet, filterten das Tageslicht und ließen alle Konturen weich erscheinen. Der Unterschied zu Claudias rauher Arbeitswelt war vollkommen. Schon begann sie sich wohler zu fühlen.

Aber er bestand darauf, daß sie sich aussprach. »Ich möchte alles von dir wissen.«

»Ach«, sagte sie und machte, die Zigarette in der Hand, eine wegwerfende Geste, »eigentlich ist es gar nicht so wichtig. Ich begreife nicht mehr, warum ich mich so aufgeregt habe.«

»Also – was war?« fragte er, während er sie mit Sahne, Kandis und Tee versorgte.

»Ich bin zum Big Boss zitiert worden«, platzte sie heraus und spürte, daß der Ärger sie erneut zu übermannen drohte.

»Hat etwas mit den Fotos nicht gestimmt?«

»Nein. Die sind ganz ausgezeichnet geworden. Eines – das mit der Schneeballschlacht – will die Grafik sogar als U Eins nehmen, also als Titelblatt.«

»Gratuliere! Aber was dann? Irgendwas muß doch schiefgegangen sein. Du wirkst nicht gerade, als hätte dein Chef dich gelobt.«

Claudia lachte bitter auf und stieß Rauch durch die Nasenlöcher. »Das kann man wirklich nicht behaupten. Er hat so getan, als wenn ich hinter dem Mond lebte.«

»Du?« fragte er erstaunt.

»Ja, ich. Er hat mir vorgeworfen, daß ich mich dagegenstelle, sogenannte moderne Adjektive in den Katalog zu nehmen.«

»Wie kommt er denn darauf?«

»Ich habe so eine junge Ratte unter meinen Textern, einen Typ namens Bornemann. Er ist tüchtig in seiner Art, aber er stänkert und intrigiert gegen mich. Wahrscheinlich ist er scharf auf meinen Posten.« Sie nahm einen kräftigen Schluck Tee, um sich zu beruhigen, und hätte sich dabei fast den Mund verbrannt.

»Kannst du nichts dagegen tun?«

»Doch. Ich lasse mir nichts von ihm gefallen. An mir wird er sich noch die Hörner abstoßen.«

»Dann ist ja alles gut.«

»So gut nun auch wieder nicht. Erst hat er mich bei Nachmann anzuschwärzen versucht, du weißt, unserem Marketing Manager. Der hat mich natürlich gewarnt. Aber weder er noch ich hätten gedacht, daß er bis zum Chef vorstoßen würde. Das ist glatter Verrat!«

»Der Big Boss hat sich also auf seine Seite gestellt?«

»Bornemann hat ihn eingewickelt. Nichts leichter als das. Und ich war drauf und dran, in die Luft zu gehen! So eine Dummheit, nach all den Jahren. Bestimmt war's mir anzusehen, wie wütend ich war. Aber im letzten Moment habe ich mich dann doch noch zusammengerissen. Ich wollte Bornemann nicht den Gefallen tun, seinetwegen geschaßt zu werden.«

»Sehr klug von dir.«

»Ich habe dem Big Boss ganz sachlich und in aller Ruhe erklärt, daß unsere bürgerlich-kleinbürgerliche Kundschaft einen solchen Gassenjargon zwar möglicherweise selbst verwendet, ihn aber bestimmt nicht in unserem Katalog lesen will, den sie ja für seriös hält. Zudem liegen die Hefte meist tagelang in der Küche oder in der guten Stube auf, auch die Kinder blättern darin – kurzum, daß wir es uns einfach nicht erlauben dürfen, solche Töne anzuschlagen.«

»Das hat er eingesehen?«

»Nicht ganz. Bornemann hatte ihn zu sehr in der Mache. Wir haben einen Kompromiß geschlossen – ohne Kompromisse geht es in solchen Fällen ja selten ab. Der Weihnachtskatalog bleibt jedenfalls sauber. Über den Frühjahrskatalog werde ich mit mir reden lassen – vorausgesetzt, daß er, der Big Boss, persönlich die Verantwortung übernimmt und bereit ist, für die negativen Folgen geradezustehen.«

»Falls dieser ›Gassenjargon‹ entgegen deiner Warnung gut ankommt, stehst du dumm da.«

»Darüber mache ich mir keine Sorgen. Selbst wenn einige Kunden es ganz witzig finden, werden sie deshalb doch nicht mehr bestellen. Andere werden sich dagegen verwehren, unsere Kataloge überhaupt noch ins Haus zu lassen. Mit Sicherheit würden wir Verluste haben.« Sie zögerte einen Augenblick, griff dann aber doch noch nach einer neuen Zigarette.

Ralf gab ihr Feuer.

»Wahrscheinlich wird aus der ganzen Sache sowieso nichts werden. Wie ich unseren Boss kenne, wird er im letzten Augenblick kneifen.«

»Warum regst du dich dann so auf?«

»Weil diese Affäre zeigt, daß der Boss mir und auch Nachmann nicht voll vertraut, und weil sie die ganze Atmosphäre in der Abteilung vergiftet. Wir müssen ständig auf eine neue Attacke Bornemanns gefaßt sein und wissen nicht, aus welcher Richtung sie das nächste Mal kommen wird.«

»Mein armer Liebling!« sagte er und zog sie noch enger an sich.

Sie lächelte ihn reuevoll an. »Tut mir leid, daß ich dich mit dem ganzen Quatsch belabere. Aber jetzt geht's mir schon besser.«

Es regnete nicht mehr, als Claudia am späten Nachmittag nach Blankenese fuhr. Aber von der Elbe her war ein feiner grauer Nebel aufgekommen, der die weite Landschaft, Häuser und Bäume wie mit einem Spinnenetz überzog. Tief über das Steuer gebeugt, hatte sie nur Sicht bis zum Rücklicht des vor ihr fahrenden Wagens. Sie atmete auf, als sie die Einfahrt erreichte und das breite Tor vor ihr aufsprang. Doch auch als sich das Tor hinter ihr schloß, war vom Haus selber nichts zu sehen. Es lag im Nebel verborgen. Im Schrittempo fuhr sie ihr Cabriolet weiter bis zur Garage.

Sie liebte es heimzukommen, wenn das Haus im Abendsonnenschein gebadet dalag, oder auch im Winter, wenn aus den Fenstern goldenes Licht auf den vielleicht sogar mit Schnee bedeckten Rasen fiel. Aber heute schien es sie nicht willkommen zu heißen. Es lag da wie ausgestorben.

Claudia fröstelte, obwohl die Luft nur feucht, nicht eigentlich kalt war.

Niemand schien daran gedacht zu haben, die Außenbeleuchtung – die Lampen über der Haustür und an der Ecke – einzuschalten. Auch aus dem halbrunden Fenster von Imogens Zimmer drang kein Licht. War es von hier unten aus nicht zu sehen? Hatte sie die Vorhänge vorgezogen, was nicht ihre Gewohnheit war? Oder war sie am Ende noch gar nicht nach Hause gekommen? Claudia wehrte sich gegen ein aufsteigendes Angstgefühl. Sie tastete sich die glitschigen Stufen hinauf, suchte nervös nach ihrem Schlüsselbund und öffnete die Tür. Drinnen war es dunkel.

Claudia knipste das Dielenlicht an, stürmte, ohne ihren Mantel auszuziehen, die Treppen hinauf und riß die Tür zu Imogens Zimmer auf. Der Raum lag im Halbdunkel. Nur die Lampe auf Imogens Schreibtisch brannte. Wohlbehalten saß das Mädchen da, ein aufgeschlagenes Heft vor sich, einen Kugelschreiber in der Hand, die Schulmappe auf dem Boden.

Claudia hätte aufstöhnen mögen vor Erleichterung. Sie mußte sich sehr zusammennehmen, um ihre Tochter nicht zu erschrecken. Trotzdem fuhr Imogen bei ihrem Eintritt zusammen. Rasch streckte sie die linke Hand aus und schaltete das Radio ab. Sie wußte, daß Claudia es nicht mochte, wenn sie beim Lernen Musik hörte.

»Bin gleich fertig«, sagte sie entschuldigend.

Aber nichts hätte Claudia in diesem Moment ferner gelegen, als Imogen zu tadeln. Sie konnte dem Kind, womöglich ganz allein in dem großen Haus, nicht übelnehmen, daß es sich vom Radio Gesellschaft leisten ließ.

»Hallo, Liebes!« sagte sie, spürte, daß ihre Stimme unnatürlich laut war, und räusperte sich. »Bist du gut heimgekommen?«

»Warum nicht?« fragte Imogen erstaunt.

»Es ist ganz schön neblig.«

»Vorhin nicht.«

»Ist Knut da?«

»Weiß nicht.«

Seine Limousine hatte in der Garage gestanden, aber das besagte nichts. Es war fraglich, ob er sich von Braake hatte fahren lassen. Nach seiner Stieftochter zu sehen war nicht seine Art.

»Hast du ein Auto vorfahren hören? Oder die Haustür?«

Imogen zuckte die Achseln. »Hab' nicht darauf geachtet.« Sie steckte das stumpfe Ende ihres Kugelschreibers in den Mund.

»Wie lange brauchst du noch?«

»Höchstens zehn Minütchen.«

»Komm nach unten, wenn du fertig bist, ja?«

Imogen nickte.

Claudia zog sich zurück. Sie wußte, daß ihre Tochter das Radio sofort wieder einschalten würde, sobald sie außer Hörweite war. Doch was machte das schon aus. Sie war unsäglich froh, daß der Kleinen nichts zugestoßen war.

Aber was hatte sie eigentlich befürchtet? Was hätte ihr mit einem so zuverlässigen und umsichtigen Fahrer wie Braake passieren können? Nichts. Überhaupt nichts. Ihre Angst war albern gewesen, ein Hirngespinst, möglicherweise ein Zeichen dafür, daß sie überarbeitet war oder ihre Nerven überreizt. Aber weder das eine noch das andere traf zu. Bei *Cosmos* war gerade jetzt viel zu tun, doch das schaffte sie leicht, und über den Zustand ihrer Nerven hatte sie sich nie Gedanken machen müssen. Vielleicht hatte sie einfach zuviel Phantasie, und deshalb hatte ihr die Heimkehr in das scheinbar ausgestorbene Haus so sehr zu schaffen gemacht.

Als sie die Treppen wieder hinunterlief, kam ihr dieser Anflug einer irrationalen Furcht geradezu lächerlich vor. In der Diele hängte sie ihren Mantel über einen Bügel, brachte ihren Hut in Form und legte ihn in das dafür bestimmte Fach. Kurz musterte sie sich im Spiegel, entdeckte einen Ausdruck von Verstörtheit in den tiefblauen Augen, die immer noch umschattet waren, und fand sich zu blaß. Sie kämmte sich durch das dichte schwarze Haar und setzte versuchsweise ein Lächeln auf. So wirkte sie schon akzeptabler. Entschlossen klopfte sie an das Arbeitszimmer ihres Mannes und trat ein.

Er saß wohlbehalten hinter seinem Schreibtisch – auch er! – und blickte freundlich und zerstreut zu ihr hoch. Er hatte sein Jackett gegen eine bequeme Hausjacke mit Lederflecken auf den Ellbogen getauscht. Sein blondes Haar war zerzaust, weil er es sich während des Nachdenkens unwillkürlich zu raufen pflegte, und im Schein der Schreibtischlampe waren vor ihm Stöße von Büchern und Stapel von Papier aufgebaut. Höflich stand er auf und kam auf sie zu.

»Tut mir leid, daß es so spät geworden ist«, sagte sie.

Er warf einen Blick auf seine Armbanduhr. »Ist es das?«

Sie küßte ihn leicht auf die Wange. »Jedenfalls hatte ich früher kommen wollen. Die Fahrt war ziemlich schlimm.«

»Du hättest dich von Braake fahren lassen oder dir ein Taxi nehmen sollen.«

»Das wäre auch nicht schneller gegangen.«

»Gewiß nicht.« Er sah sie prüfend an. »Aber es hätte dich nicht so angestrengt.«

»Ich weiß, ich sehe schrecklich aus.«

»Erschöpft, würde ich sagen.«

»Halb so schlimm. Jetzt mache ich mich rasch frisch, und dann gibt es Abendbrot. In einer halben Stunde? Wäre dir das recht?«

»Wann immer du soweit bist.«

»Ich habe also noch Zeit, ein Bad zu nehmen?«

»Das würde ich für eine gute Idee halten.«

Sie küßte ihn noch einmal. »Du bist sehr lieb, Knut.« Dann ließ sie ihn allein.

Eine knappe Stunde später saßen Claudia, ihr Mann und ihre Tochter im Speisezimmer um den Tisch. Alle Lichter brannten, und zusätzlich hatte Claudia noch die Kerzen in den silbernen Leuchtern angesteckt, wie um die Schatten zu bannen. Sie trug einen weich fließenden Hausanzug aus einem leichten, fliederfarbenen Wollstoff, der das Blau ihrer Augen noch betonte. Ihr Gesicht, das sie sorgfältig zurechtgemacht hatte, wirkte glatt und blühend. Die Erinnerung an das vom Nebel verschluckte tote Haus war jetzt nichts mehr als ein schlechter Traum.

Sie aßen Hummerschwänze, von Frau Beer in einer feinen Sauce Vinaigrette mit Kräutern eingelegt, verschiedene Sorten Käse, Weißbrot und Pumpernickel. Knut und Claudia tranken dazu einen leichten herben Weißwein, Imogen ein Glas frische Milch.

Claudia hob das Glas ihrem Mann und ihrer Tochter entgegen. »Ich bin froh, daß ich euch habe!« sagte sie unwillkürlich.

»Die Freude liegt ganz auf unserer Seite«, entgegnete Knut, »nicht wahr, Imogen?« Er stieß mit Claudia an.

Auch Imogen ließ ihr Glas an das der Eltern klirren. »Prost, Kuhmilch!« sagte sie vergnügt.

Knut zerlegte einen Hummerschwanz mit der Sorgfalt, als seziere er ein Organ. »Habe ich euch erzählt, daß ich eine Einladung zu einer Vernissage bekommen habe? Nein?« Er steckte ein Stück Hummer in den Mund, kaute und schluckte es bedächtig.

»Wann?« fragte Claudia.

»Ach, schon vor ein oder zwei Wochen. Aber inzwischen habe ich mir überlegt, daß wir doch hingehen könnten. Diese Karina Köser soll sehr gut sein, hat man mir gesagt.«

»Wir?« vergewisserte sich Imogen und rutschte auf ihrem Stuhl. »Ich auch? Darf ich mitkommen?«

Claudia legte ihrer Tochter beruhigend die Hand auf den Arm. »Ich denke, dazu bist du noch zu klein.«

»Aber wieso denn?« fragte Knut. »Bilder anzusehen ist doch ein unschuldiges Vergnügen, und Imogen liebt Bilder, nicht wahr?«

»O ja!« rief Imogen begeistert. »Wenn sie hübsch sind – sehr!«

»Außerdem ist die Eröffnung nachmittags«, erklärte Knut, nachdem er ein weiteres Stück Hummerschwanz mit einem Schluck Wein hinuntergespült hatte.

»Wann?« fragten Mutter und Tochter fast gleichzeitig.

»Am Freitag.«

»Oh, da habe ich Ballett«, sagte Imogen enttäuscht.

»Und ich muß arbeiten«, erklärte Claudia. Das stimmte. Jetzt, da es darum ging, den Weihnachtskatalog zu gestalten, war es auch für die Werbeabteilung aus mit den freien Freitagnachmittagen. Claudia mußte nach dem Mittagessen in der Redaktion bleiben. Außerdem hatte sie vorgehabt, Ralf anschließend zu besuchen.

»Also keine Lust?« fragte Knut, anscheinend sehr mit seinem Hummer beschäftigt, ohne sie anzusehen.

»Ich schon!« Imogen zappelte vor Aufregung. »Könnte ich die Ballettstunden nicht ausnahmsweise einmal schwänzen?«

»Um wieviel Uhr ist die Vernissage?« wollte Claudia wissen.

»Sie beginnt um achtzehn Uhr. Es reicht also allemal, wenn wir eine halbe Stunde später da sind.«

Claudia überlegte. Wenn sie sofort nach der Arbeit nach Hause fuhr, Imogen unterwegs bei der Schwester abholte und sie sich sehr rasch umzogen, war es zu schaffen. Das Treffen mit Ralf mußte dann allerdings unter den Tisch fallen. »Mit knapper Not wird es gehen«, sagte sie.

»Ich möchte nicht, daß ihr euch meinetwegen abhetzt.«

›Wenn er bloß nicht immer so entsetzlich rücksichtsvoll wäre‹, dachte Claudia. Laut sagte sie: »Es ist ganz einfach eine Frage der Organisation.«

»Zweifellos«, bemerkte Knut trocken.

Plötzlich fürchtete sie, ihn durch mangelnde Begeisterung gekränkt zu haben. Sie hatte sich zu Beginn ihrer Beziehung zu Ralf fest vorgenommen, ihre ehelichen Pflichten nie zu vernachlässigen. Abgesehen von ihrem Treuebruch, von dem er nichts erfahren würde, sollte er in keiner Weise hintanstehen müssen. Sie war entschlossen gewesen, eine gute Ehe zu führen und ihn glücklich zu machen.

»Sei mir bitte nicht böse, Knut«, sagte sie reuevoll, »daß ich nicht gleich vor Freude in die Luft gesprungen bin. Aber dein Vorschlag kam für mich überraschend. Wenn ich früher von dieser Einladung gewußt hätte, wäre ich besser darauf eingestellt gewesen. Ich war überzeugt, daß ich Spontanität liebe. Aber anscheinend werde ich alt.«

»Unfug, Liebling.«

»Also gehen wir nun dort hin?« fragte Imogen. »Ja oder nein?«

»Natürlich gehen wir, Liebes, das heißt, wir lassen uns von Braake fahren. Unsere Kleider kann uns Frau Beer schon rauslegen, damit es schneller geht.«

»Was soll ich anziehen?«

»Dein Schulmädchenkleid, denke ich.«

»Och! Paßt für so eine Vernissage nicht besser was Modernes?«

»Du gefällst mir in dem Karierten besonders gut«, betonte Knut, »und ich will auch nicht, daß du wie ein junges Mädchen wirkst, das möglichst schnell erwachsen werden und was erleben will, sondern wie ein artiges Kind, das von seinen Eltern mitgenommen worden ist.«

»Na schön.« Imogen zuckte die Achseln. »Und außerdem«, tröstete sie sich selber, »ist es ja auch gar nicht wichtig. Hauptsache, die Bilder sind schön.«

»Wo findet diese Ausstellung eigentlich statt?« fragte Claudia; sie hätte sich gerne eine Zigarette angezündet, aber da Knut und Imogen noch aßen, versagte sie es sich.

»In der *Galerie Schittenhelm* auf dem Jungfernstieg. Wie wäre es, wenn wir uns für später einen Tisch im Grillroom vom *Vier Jahreszeiten* reservieren ließen?«

»Ganz, ganz prima, Onkel Knut!« rief Imogen begeistert. »Du hast wirklich die allerbesten Ideen!«

Er lächelte sie freundlich an. »Deine Zustimmung ehrt mich.«

Claudia leerte ihr Glas. »Jetzt freue ich mich auch, Knut! Ich bin sicher, es wird wunderbar werden.«

Er schenkte ihr nach. »Endlich einmal wieder eine Gelegenheit, mit meinen beiden schönen Frauen zu renommieren.« Er zwinkerte Imogen zu.

Das Mädchen kicherte. »Du machst ja bloß Spaß, Onkel Knut! Ich bin ja noch gar keine Frau.«

»Aber im Begriff, eine zu werden, und die Anzeichen späterer Schönheit sind nicht mehr zu übersehen.«

Imogen errötete, aber sie freute sich. Natürlich wußte sie, daß Knut scherzte, aber sie spürte auch, wie sehr er sie mochte.

Claudia spielte mit dem Gedanken, ihren Liebhaber nicht davon zu unterrichten, daß sie am Freitag nicht zu ihm kommen würde. Vielleicht, dachte sie, würde es ihrer Beziehung ganz guttun, wenn er einmal vergeblich auf sie warten müßte.

Doch so schnell, wie ihr der Gedanke gekommen war, verwarf sie ihn auch wieder. Es wäre unrecht und unfair ihm gegenüber, der immer für sie Zeit hatte. Er verdiente es nicht, daß sie mit ihm spielte. Am Donnerstag mußte sie zum Friseur, ein Besuch, den sie schon fast zu lange aufgeschoben hatte. Also blieb nichts anderes übrig, als ihn anzurufen.

Von zu Hause aus mochte sie nicht mit ihm telefonieren. Die Vorstellung, bei einem Gespräch von Knut, Frau Beer oder auch nur Imogen überrascht zu werden, schreckte sie ab. Bei *Cosmos* liefen alle Telefonate über eine Vermittlung, und es war nicht auszuschließen, daß die Telefonistin mithörte, wenn ihre Neugier geweckt wurde. So blieb ihr nichts anderes übrig, als das Versandhaus in der Mittagspause zu verlassen und die nächste Telefonzelle aufzusuchen.

Ralfs Vater meldete sich.

»Kann ich bitte den Junior sprechen?« fragte Claudia.

»Er ist im Moment nicht da.«

Claudia überlegte. »Wann wird er zurück sein?«

»Das kann ich nicht mit Bestimmtheit sagen.«

»Würden Sie ihm dann bitte etwas ausrichten?«

»Ja, gerne«, sagte Herr Hayd; es klang freundlich, aber deutlich distanziert.

Claudia zögerte, ihren Namen anzugeben, und nur ihren Vornamen zu nennen schien ihr lächerlich. »Leider kann ich ihn Freitag nicht besuchen«, erklärte sie endlich. Eigentlich erwartete sie jetzt eine Frage.

Aber der Antiquitätenhändler sagte nur: »Ist gut. Ich habe es notiert.«

Danach blieb ihr nur noch, sich zu bedanken und aufzuhängen. ›Was für ein sonderbares Gespräch‹, dachte sie, als sie zum Versandhaus zurückeilte. ›Nennt man so etwas nicht konspirativ?‹ Sie versuchte sich zu versichern, daß alles in Ordnung wäre, aber ein gewisses Unbehagen blieb zurück. Sie hätte so viel lieber mit Ralf selber gesprochen und ihm die Situation erklärt.

Als Imogen und Kersten am nächsten Nachmittag hinter Sandra Hagedorn das Mietshaus in Ottensen betraten, waren sie beide verschwitzt und zerzaust von ihren Ballettstunden. Während des Unterrichts, des Umziehens und der Fahrt waren sie nie allein gewesen.

Aber jetzt, als sie Sandra überholt hatten und vor ihr die Treppen zum dritten Stock hinaufsprangen, tuschelte Kersten: »Du, ich muß dir was erzählen!«

»Dann tu's doch!«

»Was ganz Geheimes!«

»Soll ich stehenbleiben? Dann kannst du es mir ins Ohr flüstern.«

»Nein. Du mußt mit auf mein Zimmer kommen.«

»Du, ich habe überhaupt keine Zeit. Claudia will heute ganz, ganz pünktlich sein.«

»Aber noch ist sie nicht da.«

Das war ein schlagendes Argument. Imogen ließ sich, kaum daß sie ihre Mäntel ausgezogen hatten, in Kerstens Zimmer ziehen. Es war ein sehr kleiner Raum, nicht viel größer als eine Abstellkammer. Mehr als ein Bett, eine Schreibplatte vor dem Fenster und ein Stuhl hatten nicht darin Platz – Kerstens Kleiderschrank stand auf dem Flur –, aber die Wände waren mit bunten Postern bekleistert, wie Kersten es liebte.

»Wollt ihr etwas trinken?« rief Sandra ihnen nach.

»Wir kommen gleich in die Küche«, gab Kersten zurück und knallte die Tür mit Nachdruck zu.

Imogen blieb abwartend stehen. »Also was ist?« fragte sie ohne besondere Neugier, während sie nach draußen lauschte, um die Ankunft der Mutter nur ja nicht zu verpassen.

»Ich kann endlich meine Schulden bezahlen!« erklärte Kersten stolz. »Fast ganz«, fügte sie einschränkend hinzu.

»Wunder gibt es immer wieder.«

»Ich habe dir versprochen, daß ich zahlen werde, und jetzt tu' ich es.«

»Dann gib mal her!«

Kersten griff unter die Schreibtischplatte, holte einen fest zusammengefalteten Geldschein heraus und präsentierte ihn Imogen, als hätte sie ein Zauberkunststück fertiggebracht. »Da!«

Imogen nahm den Schein und faltete ihn auseinander. »Zwanzig Mark. Wo hast du die her?«

»Das ist doch ganz egal.«

»Hat sie dir jemand geschenkt?«

»Das geht dich nichts an!«

»Jetzt hör mal! Wenn mit dem Geld alles in Ordnung wäre, brauchtest du nicht ein solches Geheimnis draus zu machen. Also raus mit der Sprache: Wo hast du das Geld her?«

»Gefunden.«

»Wo?«

»Ist doch egal.«

»Gefundenes Geld gehört einem nicht. Man muß es zum Fundbüro bringen.«

»Quatsch!«

»Überhaupt nicht. Ich weiß das ganz genau.« Imogen wollte Kersten den Geldschein zurückgeben.

Aber ihre Cousine verschränkte die Hände hinter dem Rücken. »Es ist für dich.«

»Erst mußt du mir sagen, woher du es hast.«

»Gefunden. Hab' ich dir doch gesagt.« Aber dann wurde es ihr unter Imogens forschendem Blick unbehaglich. »Na ja«, fügte sie hinzu, »hier in der Wohnung.«

»Dann kann es nur deinem Vater oder deiner Mutter gehören. Krischan hat nicht genügend Geld, um es rumfliegen zu lassen.«

»Aber sie haben es gar nicht vermißt!« rief Kersten. »Ich habe es erst mal unter dem Deckchen auf der Garderobe versteckt. Wenn jemand danach gefragt hätte, hätte ich es natürlich rausgerückt. Ich habe ganze fünf Tage gewartet, bis ich es an mich genommen habe.«

»Das hast du sehr schlau angestellt«, sagte Imogen, nicht ohne Bewunderung.

»Jetzt gehört es mir, und du kannst es haben.«

»Es ist und bleibt geklautes Geld«, erklärte Imogen sehr entschieden und ließ den Schein auf die Bettdecke fallen, »ich will es nicht haben.«

»Aber was soll ich jetzt damit anfangen?«

»Es wird dir schon was einfallen, wie du es zurückgeben kannst.«

»Aber warum denn? Wenn niemand überhaupt bemerkt hat, daß...«

Imogen fiel ihr ins Wort. »Geklaut ist geklaut.«

»Du hast gut reden! Wenn du so wenig Geld hättest wie ich, würdest du deiner Mutter auch ans Portemonnaie gehen!«

Jetzt war Imogen wirklich entsetzt. »Du hast es also aus Tante Sandras Portemonnaie?«

»Habe ich nicht. Es war wirklich so, wie ich es dir erzählt habe!«

»Warum sagst du dann so was?«

»Weil ich mir schon mal eine Mark oder so fische. Nun mach bloß nicht so ein Gesicht. Du würdest das auch, wenn du so wenig hättest wie ich!«

»Würde ich nicht! Würde ich niemals im Leben!«

»Würdest du doch!«

Der Streit wurde so heftig, daß Imogen trotz aller Aufmerksamkeit Claudias Eintreffen überhört hatte.

Draußen auf dem Flur sagte Claudia zu ihrer Schwester: »Bitte Sandra, sei mir nicht böse! Ich habe überhaupt keine Zeit. Nicht einmal eine Sekunde.«

»Wieder mal ein Diner?« Sandra musterte ihre Schwester mit unverhohlenem Neid.

»Nein, das nicht. Hat Imogen dir nichts erzählt? Wir begleiten Knut auf eine Vernissage.«

»Immy etwa auch?«

»Ja. Knut wollte sie dabeihaben.«

»Sie ist doch viel zu klein für so was.«

»Ach was! Sie wird sich schon benehmen.«

»Ihr seid dabei, euch eine altkluge Göre heranzuzüchten.«

Imogen hatte inzwischen die Stimme ihrer Mutter erkannt und kam aus Kerstens Zimmer gestürmt. »Wer ist die altkluge Göre?«

»Du natürlich«, erklärte Sandra mit einem versöhnlichen Lächeln.

Imogen sah ihre Mutter an. »Bin ich das wirklich?«

»Habe ich gar nicht behauptet!« sagte Sandra rasch. »Deine Eltern sind dabei, dich dazu zu erziehen. Dich trifft keine Schuld.«

»Na, dann bin ich aber froh.« Imogen zog sich ihren Mantel über.

»Da hast du es, Claudia!« rief Sandra. »Dieser Sarkasmus! Paßt der etwa zu einem neunjährigen Mädchen?«

»Es gibt Schlimmeres«, meinte Claudia.

»Und ob!« Imogen nahm ihre Leinentasche mit dem Ballettzeug auf. »Können wir?«

»Ja, Liebes, natürlich. Wiedersehen, Sandra! Bis nächste Woche dann.«

»Wiedersehen, Tante Sandra«, sagte Imogen mit bewußt übertriebener Höflichkeit.

»Wo steckt denn eigentlich Kersten?« fragte Claudia.

Imogen drängte sie zur Wohnungstür. »Laß sie! Sie hat auf ihrem Zimmer zu tun.«

Als sie die Treppe hinunterliefen, fragte Claudia: »Warum hast du Tante Sandra nichts von der Vernissage erzählt?«

»Bin nicht dazu gekommen.« Nach einer kleinen Pause rang sie sich zur Wahrheit durch: »Die würden dann doch nur denken, daß ich angeben will.«

»Ich verstehe.«

Imogen kam nicht auf den Gedanken, der Mutter von Kerstens Mopsereien zu berichten. Das wäre in ihren Augen eine verdammungswürdige Petzerei gewesen. Darüber hinaus gab sie sich zu, daß sie mitschuldig an Kerstens Mopsereien war. Sie hätte sich nicht darauf einlassen sollen, um Geld zu spielen. Von wem war die Idee eigentlich gekommen? Von ihr oder von Kersten? Auf alle Fälle mußten sie damit aufhören, ein für allemal.

Gegen ein harmloses Kartenspiel nach Punkten war nichts einzuwenden, davon war Imogen überzeugt. Sie wußte, daß die Mutter ganz und gar dagegen war, aber sie hatte nie genau erklären können, warum eigentlich, und Imogen hatte es nie verstanden oder gar eingesehen. Aber um Geld zu spielen schien verkehrt zu sein, besonders zwischen ihr und der Cousine. Sie war reich, und Kersten war arm, deshalb waren die Chancen zu ungleich verteilt.

Bei dieser Erkenntnis dachte Imogen nicht an das vornehme Haus in Blankenese und die bescheidene kleinbürgerliche Wohnung der Hagedorns, auch nicht an das Einkommen ihrer Mutter oder das Ansehen ihres Stiefvaters, sondern an ihre ganz persönlichen Verhältnisse. Sie besaß ein Sparbuch, von dem sie jederzeit, wenn sie etwas brauchte, mit Einwilligung ihrer Mutter Geld abheben konnte. Daß das so gut wie nie vorkam, änderte nichts an der Tatsache. Kersten dagegen war nur auf ihr spärliches Taschengeld angewiesen. Kein Wunder, daß sie das in Versuchung geführt hatte.

Imogen beschloß, Kersten ihre Schulden zu erlassen. Sie würde der Cousine ein feierliches Dokument dazu überreichen, das sie bestimmt zufriedenstellen würde. Sie mußte Formulierungen finden, durch die Kersten sich nicht gedemütigt fühlen konnte – das Ganze natürlich in Geheimschrift, denn die Erwachsenen ging es nichts an.

Und von jetzt an würde nicht mehr um Geld gespielt werden.

Wenn sie sich mit Punkten auf dem Papier zufriedengaben, würde es vielleicht nicht mehr so lustig sein. Aber es ließ sich sicher etwas anderes ausdenken, irgendeine Dienstleistung, die der Verlierer dem Sieger zu erweisen hatte. Oder die Siegerin durfte die gemeinsame Beschäftigung an einem festgelegten Nachmittag bestimmen. Da gab es eine Menge Möglichkeiten, und schon das Ausarbeiten der neuen Regeln würde ganz schön aufregend sein.

Mit dieser Entschließung fühlte sich Imogen erheblich besser und konnte sich endlich, von Schuldgefühl und Sorgen befreit, auf die Vernissage freuen.

Am Jungfernstieg, Hamburgs vornehmster Straße, nur durch die Fahrbahn und eine Promenade von der Alster getrennt, waren die Lichter noch nicht angegangen, als Braake vorfuhr. Nur die Galerie Schittenhelm, ein Geschäft mit Schaufenstern auf ebener Erde und Ausstellungsräumen im ersten Stock, war hell und festlich erleuchtet. Das Licht flutete in breiter Bahn über den Bürgersteig und machte Gästen und auch unbeteiligten Passanten deutlich, daß hier und heute etwas ganz Besonderes im Gang war.

Imogen sprang nicht, wie gewohnt, gleich aus dem Auto, sondern wartete, bis der Chauffeur – erst Claudia, dann Knut und zuletzt ihr – die Tür öffnete und ihr beim Aussteigen half. Passanten blieben stehen und beobachteten neugierig den Vorgang. Mit hocherhobenem Kopf, ohne nach links und rechts zu sehen, schritten sie an ihnen vorbei und auf die weit geöffnete Eingangstür zu.

Imogen war sich bewußt, daß sie Eindruck machten. Es war ein kühler, aber zum Glück nicht regnerischer Herbsttag. Sie trug einen Blazer mit Silberknöpfen über ihrem karierten Kleid, das lange Haar an den Schläfen zurückgebürstet und am Hinterkopf mit einer Silberspange zusammengehalten. Knut wirkte sehr elegant und wie aus dem Ei gepellt in seinem dunklen Flanellanzug, fliederfarbener Krawatte und blütenweißem Hemd. Claudia sah umwerfend aus. Sie hatte ein gerade geschnittenes Jackenkleid in gedämpftem Blau gewählt und einen genau dazu passenden flachen Hut auf das frisch frisierte dunkle Haar gesetzt. Die Jacke war leicht tailliert und der Ausschnitt spitz und sehr tief. Wenn sie sich gerade hielt wie jetzt, zeigte er nichts als ihre glatte Haut, aber wenn sie sich vorbeugte – was sie später zu Knuts Freude im Grillroom tun würde –, würde er den Ansatz ihres runden Busens freigeben. Um den Hals trug sie an einer Platinkette jenen Diamanten, den Imogen im Vergleich zu Lydias Klunkern winzig gefunden hatte, der aber tatsächlich ein prächtiges Stück mit mehr als zwei Karat war. Beide, Claudia wie auch Imogen, hatten graue Wildlederhandschuhe an, Claudia mit der entsprechenden kleinen Handtasche. So zogen sie an den staunenden Bummlern vorbei und verschwanden im Haus, während Braake schon weiterfuhr, um dem nächsten Wagen Platz zu machen.

In den Ausstellungsräumen erregten sie keinen Eindruck. Hier drängte sich das elegante, schick und auch supermodisch gekleidete Publikum. Es gab die tollsten Frisuren, die ausgefallensten Gewänder zu sehen, und die meisten Frauen waren so stark geschminkt, daß Claudias sorgfältiges Make-up dagegen geradezu natürlich wirkte.

Sie zog ihre Handschuhe aus, als ein Mädchen im Minirock ihr auf einem Tablett Getränke kredenzte – Gläser mit Sekt, Orangensaft oder Sekt und Orange. Imogen folgte dem Beispiel ihrer Mutter und nahm ein Glas Orangensaft. Knut wehrte lächelnd ab.

›Was für Typen!‹ dachte Imogen, die sehr viel Mühe hatte, die Anwesenden nicht mit allzu unverhohlener Neugier anzustarren. ›Das wäre was für Michael! Wenn der mit seinem Zeichenblock da wäre, dann bekäme er Material für eine ganze Serie zusammen.‹ Sie wunderte sich, daß die Gäste rauchend und trinkend umhergingen, sich gegenseitig begrüßten oder in Gruppen und Grüppchen beisammen standen, ohne den riesigen Gemälden, die an Wänden und Schiebewänden hingen, besondere Aufmerksamkeit zu schenken.

»Sehen wir uns erst einmal die Bilder an!« schlug Claudia vor.

»Einverstanden«, sagte Knut.

Imogen liebte sie beide dafür. Es müßte schrecklich sein für die Malerin, dachte sie, wenn ihre Gemälde, für die sie viel Zeit und vielleicht Kraft aufgebracht hatte, so im allgemeinen Trubel untergingen. Ob sie wohl anwesend war? Wenn ja, konnte Imogen sie im Trubel nicht ausmachen.

Claudia, Knut und Imogen zogen von einem Gemälde zum anderen und versuchten sie zu betrachten, was gar nicht so einfach war, denn sie mußten sich durchdrängen, und oft waren die Bilder von anderen Menschen halb verdeckt. Dauernd trafen sie auf Freunde und mehr oder weniger flüchtige Bekannte, wurden gegrüßt und mußten wieder grüßen, oft sogar für ein kurzes Gespräch stehenbleiben. Imogen pflegte dann einen angedeuteten Knicks zu machen, mit halbem Ohr auf die nichtssagende Unterhaltung zu lauschen und ihre Aufmerksamkeit auf die Gemälde zu richten. Es handelte sich um übergroße ornamentartige Darstellungen von Blumen, Gräsern und Laub, in sehr starken, leuchtenden oder auch zarten Farben. Imogen gefielen sie, aber sie wußte, daß sie sie nicht beurteilen konnte. Sie hoffte, daß sie den Vater bewegen könnte, am Wochenende noch einmal mit ihr hinzugehen.

»Da ist Schittenhelm«, sagte Knut mit einer Kopfbewegung zu einem untersetzten, sehr breitschultrigen Mann hin, »wir wollen ihn begrüßen.«

›Dieser Schittenhelm‹, dachte Imogen, ›wäre auch so ein Typ für Michael.‹ Mit seiner mächtigen Glatze, umgeben von einer Mähne weiß-grauen Lockenhaares, erinnerte er sie an ein Tier. Sie konnte nur nicht entscheiden, ob an einen Löwen oder einen Hammel. Neben ihm stand eine hagere Frau in schwarzem Smoking mit Binder, das schlohweiße Haar kurz geschnitten und glatt aus dem Gesicht gekämmt. Die beiden waren mit noch einem Herrn ins Gespräch vertieft, das der Galeriebesitzer aber sofort unterbrach, als er Knut und seine Familie auf sich zusteuern sah.

»Herr Professor!« rief er. »Wie schön, daß Sie kommen konnten!« Er verbeugte sich vor Claudia. »Gnädige Frau!«

Claudia hatte die Vernissage als ein angenehmes Erlebnis empfunden. Weder die Bilder noch die Begegnungen hatten ihr viel gesagt, aber es war erhebend gewesen, mit ihrem angesehenen Mann und ihrer gut erzogenen Tochter aufzutreten, wohl wissend, daß sie eine der schönsten Frauen in dieser Gesellschaft war, die Bewunderung der Männer und den Neid der Geschlechtsgenossinnen auf sich ziehend. Der Orangensaft hatte ihr nicht geschmeckt, und sie war Imogens

Beispiel gefolgt und hatte ihr Glas, sobald es möglich war, auf einem Beistelltisch abgestellt.

Jetzt legte sie dem Mädchen die Hand leicht auf die Schulter und sagte: »Imogen von Geldern, meine Tochter. Du kannst die Jacke ausziehen, wenn es dir zu heiß ist.«

Schittenhelm fuhr mit der Vorstellung fort. »Karina Köser, die Künstlerin!«

Frau Köser neigte ihr strenges Haupt.

»Sie malen wundervoll«, bemerkte Knut höflich.

Der Mann, der neben dem Galeriebesitzer und der Malerin gestanden hatte, drehte sich zu den Krögers um. Es war Ralf Hayd. Unbefangen lächelnd, in den grünen Augen einen Schimmer von Spottlust, sah er sie an.

Claudia war auf eine solche Begegnung so wenig gefaßt gewesen, daß ihr der Atem stockte. Sie fühlte sich von einem Augenblick zum anderen bloßgestellt, nackt, unmittelbar gefährdet.

»Ralf Hayd«, sagte Schittenhelm, »ein Freund von mir.«

»Wir kennen uns«, erklärte Claudia und wunderte sich, daß ihre Stimme nichts von dem Aufruhr in ihrem Inneren verriet.

»Tatsächlich?« fragte Knut überrascht, aber keineswegs mißtrauisch.

»Ich habe eine Antiquitätenhandlung nahe dem Fischmarkt«, erzählte Ralf, »Frau Kröger-Wolff sieht von Zeit zu Zeit bei mir herein, um ein bißchen herumzustöbern.«

Knut sah Claudia an. »Davon weiß ich ja gar nichts.«

Sie zuckte die Achseln. »Ist ja auch belanglos.«

Zu Claudias Erleichterung wechselte Knut das Thema. »Die Kritiken werden sicher ausgezeichnet sein – wie steht es denn mit dem Verkaufserfolg?«

»Nicht schlecht«, erwiderte Schittenhelm, »Interessenten gibt es genug. Nur stören sich viele an dem großen Format. In modernen Wohnungen läßt sich nur schwer ein geeigneter Platz für solche Gemälde finden.«

»Ein Künstler kann und darf sich nicht nach dem Markt richten«, behauptete Frau Köser.

»Soviel ich weiß«, sagte Claudia, »haben die Künstler vergangener Tage doch sehr stark die Wünsche ihrer Mäzene berücksichtigt.«

»Diese Mäzene waren große Herren, die das Recht hatten, Ansprüche zu stellen.«

»Oder reiche Pfeffersäcke«, sagte Knut nicht ohne Selbstironie und lachte.

Imogen öffnete den Mund, um eine Frage zu stellen, verzichtete dann aber doch darauf.

Ralf erklärte ihr: »Mäzene sind wohlhabende Kunstliebhaber, die gern etwas springen lassen.«

»Man nennt sie so nach einem alten Römer«, fügte Knut hinzu, »Gaius Maecenas. Der lud die Dichter seiner Zeit in seinen Palast ein. Aber das wirst du später noch in der Schule lernen.«

»Wenn das drankommt, weiß ich dann schon Bescheid.«

Die Herren lachten, und Imogen fragte sich, wo der Witz in ihrer Bemerkung gelegen hatte.

»Was sagst du denn zu meinen Gemälden?« fragte Frau Köser überraschend, und zu den anderen: »Ich gebe viel auf das sichere, unbefangene Urteil von Kindern.«

Imogen mußte scharf nachdenken. »Ich würde gern so malen können«, sagte sie endlich.

»Bravo!« Die Künstlerin war sehr angetan. »Da hören Sie es!«

Andere drängten sich zu der Gruppe, so daß Knut, Claudia und Imogen Gelegenheit hatten, sich zurückzuziehen.

Braake wartete nicht auf sie, sondern sie gingen die kurze Strecke zum Hotel *Vier Jahreszeiten* zu Fuß.

Jetzt waren der *Alsterpavillon*, die Laternen auf der Promenade und die Geschäfte rings um den Fluß hell erleuchtet, und die Lichter spiegelten sich im schwarzen Wasser. Ein Hauch von Nebel, der den Eindruck von Großstadtromantik noch verstärkte, hatte sich gebildet. Die Autos glitten langsam und ohne zu hupen vorbei. Die Luft war frisch, aber noch nicht kalt.

Imogen war wieder in ihren Blazer geschlüpft. »Puh, das war heiß! So viele Menschen in einem Raum.«

»Hat es dir nicht gefallen?« fragte Knut.

»Doch. Schon. Ich freue mich, daß ihr mich mitgenommen habt. Nur der Saft schmeckte scheußlich.«

»Fand ich auch«, stimmte Claudia ihr zu.

»Und diese Malerin war ein bißchen...« Imogen suchte nach dem passenden Ausdruck. »...überspannt, fandet ihr nicht?«

»Eine richtige Ziege«, meinte Claudia.

»Na, na, na«, mahnte Knut, und Imogen lachte.

Claudia verteidigte ihren Standpunkt. »Es ist doch eine Anmaßung, das Kunstwerk an sich schaffen zu wollen. Ein Bild muß doch immer noch Bezug haben zu den Menschen, die man damit erfreuen oder nachdenklich stimmen oder erschrecken will, und zu den Räumen, in die es hineinpassen muß.«

»Ich glaube nicht, daß van Gogh so gedacht hat«, widersprach Knut.

»Deshalb hat er auch nie ein Bild verkauft!« Claudia nahm die Hand ihres Mannes. »Du hast natürlich recht. Aber zwischen van Gogh und Karina Köser ist doch wohl ein Unterschied.«

Knut beugte sich zu seiner Stieftochter. »Van Gogh ist...«

»Ah, ich weiß schon!« rief Imogen. »Van Gogh hat diese berühmten Sonnenblumen gemalt und die Brücke von Arles! Aber an den kann die Köser doch gar nicht mal tippen. Wißt ihr, was ich fast gesagt hätte? Daß ich mir ihre Bilder – nicht die ganz, ganz bunten, sondern die blassen – gut als Tapete vorstellen kann.«

»Da haben wir ja noch mal Glück gehabt«, sagte Claudia.

»Ach, ich habe gar nicht daran gedacht, daß ich euch blamieren könnte. Ich wollte bloß die Malerin nicht beleidigen.«

»Sehr taktvoll von dir«, meinte Knut schmunzelnd.

Claudia war verunsichert. Weder Knut noch Imogen erwähnten die Begegnung mit Ralf Hayd mit einem Wort. Obwohl Claudia also sicher sein konnte, daß sie nichts ahnten, blieb in ihr ein ungutes Gefühl zurück. Zwar faßte sie nicht den Entschluß, mit ihrem Liebhaber zu brechen, aber sie vermied ein Treffen. Sie machte sich vor, daß sie zuviel Arbeit hätte, und es stimmte – jetzt, da die Fertigstellung des Weihnachtskatalogs auf Hochtouren lief, gab es bei *Cosmos* sehr viel zu tun. Immer wieder mußten Texte verändert, gekürzt, verlängert oder umgestellt werden, und oft kam es zu Überstunden. Aber wenn Claudia den festen Willen gehabt hätte, Ralf aufzusuchen, hätte sie es trotz allem ermöglichen können. Sie tat es nicht.

Am Freitagnachmittag erschien sie früher als gewöhnlich bei ihrer Schwester. Sandra hatte die Mädchen gerade erst von der Ballettstunde abgeholt.

»Nanu!« sagte Sandra, als sie ihr die Tür öffnete.

»Was soll das heißen?«

»Daß ich dich noch nicht erwartet hatte.«

»Ich habe mich eben beeilt.«

»Soll das heißen, daß du gleich wieder weg mußt?«

»Im Gegenteil, heute habe ich mal Zeit.« Claudia zog ihren Trench aus und hängte ihn in die Garderobe.

»Dann mache ich eine Tasse Tee. Einverstanden?«

»Tu das! Ich begrüße inzwischen die Kinder.«

Imogen und Kersten sprangen auf, als Claudia eintrat.

»Muß ich schon gehen?« rief Imogen.

»Ach nein, Tante Claudia, laß sie noch ein bißchen bleiben!«

Beide taten harmlos, hatten aber erhitzte Wangen und ein übertriebenes Lächeln.

»Habe ich euch etwa gestört?« fragte Claudia.

»Wie kommst du darauf?« gab Kersten mit gespielter Ahnungslosigkeit zurück.

»Ja, ein bißchen«, gab Imogen zu.

»Dann erzählt mir mal, was ihr da ausheckt!«

»Nichts Besonderes!« behauptete Kersten.

»Wenn es was ganz Gewöhnliches ist, könntet ihr es mir um so eher sagen.«

Die Mädchen sahen sich an.

»Imogen hat sich eine Geheimschrift ausgedacht.«

»Spiegelverkehrt?«

»Nein, nein, nicht so was!« sagte Imogen. »Es ist eine Art Code. Die Buchstaben sind verwechselt.«

»Zeigt doch mal her!«

Sehr widerwillig zog Kersten ein großes Zeichenblatt unter ihrem Kopfkissen hervor, wo sie es vor Claudias Eintritt versteckt hatte. Es war mit eindrucksvoll gemalten schwarzen Buchstaben bedeckt, grün und rot, die ohne Satzzeichen miteinander gruppiert waren.

»Sieht gut aus!« lobte Claudia. »Und was soll das heißen?«

»Das mußt du schon selbst ausknobeln«, verlangte Kersten keck.

»Dann gib her!«

Kersten zog blitzschnell das Blatt zurück und verbarg es hinter ihrem Rücken. »Es gehört mir. Immy hat es mir geschenkt!«

»Ich male dir zu Hause ein anderes!« versprach Imogen. »Dann kannst du dich in aller Ruhe damit befassen.«

»Ihr habt doch nicht etwa Geheimnisse?«

»Ach wo! Ist doch nur Spaß«, behauptete Kersten.

»Dann kannst du mir doch auch sagen, was darin steht.«

»Ich weiß es doch selber noch nicht. Immy hat es mir gerade erst gegeben.«

Claudia wußte nicht recht, wie sie sich verhalten sollte. Ihr schien die Sache nicht ganz geheuer; sie wäre ihr gern auf den Grund gegangen. Aber sie hatte immer Wert auf ein freundschaftliches Verhältnis zu ihrer Tochter gelegt und fühlte, daß es ihr schlecht stehen würde, jetzt die strenge Aufpasserin zu markieren.

Sandra steckte den Kopf durch die Tür. »Kommst du?«

»Na, dann viel Spaß, ihr beiden!« wünschte Claudia halbherzig und folgte der Schwester in das gemütliche Wohnzimmer.

Der Raum war ein wenig altmodisch eingerichtet und erinnerte beide Frauen an ihr früheres Zuhause. Tatsächlich hatte Sandra einige Möbelstücke aus der elterlichen Wohnung übernommen, den großen Eichentisch, die dazugehörigen Sessel und die Vitrine mit den Sammeltassen. Gedeckt hatte sie auf dem niedrigen Tisch vor dem Fernseher, in dem ein Film lief, allerdings ohne Ton.

»Hier sitzt man bequemer«, sagte sie entschuldigend und schenkte ein.

»Stimmt!« Claudia ließ sich in den schweren Sessel fallen, von dem sie wußte, daß er Alberts Stammplatz war. »Warum hast du den Fernseher laufen?«

Sandra zuckte die Achseln. »Aus purer Gewohnheit, nehme ich an. Wenn man den ganzen Tag allein ist...« Sie ließ den letzten Teil des Satzes unausgesprochen und schaltete den Apparat aus.

Claudia goß aus einem Glaskännchen ein paar Tropfen Zitronensaft in ihre Tasse und nippte daran. »Der ist gut!«

Sandra lächelte geschmeichelt und ließ sich neben ihrer Schwester nieder. »Freut mich, daß du das merkst. Es ist eine Extramischung. Nur für besondere Gäste.«

Claudia holte ihr Zigarettenpäckchen und das schwere goldene Feuerzeug aus ihrer Handtasche. »Du auch?«

Sandra schüttelte den Kopf. »Du rauchst zuviel.«

»Bei *Cosmos* überhaupt nicht. Nur in der Cafeteria.« Sie lachte. »Oder mal auf der Toilette.«

»Anordnung von oben?«

»Nein. Eigene Entscheidung. Ich will unseren Nichtrauchern das Leben nicht zu schwer machen.« Claudia steckte sich eine Zigarette zwischen die Lippen und ließ ihr Feuerzeug aufklicken, kickste eine weitere Zigarette aus dem Päckchen und hielt es Sandra hin.

Die Schwester griff zu. »Weil du es bist.«

Claudia gab ihr Feuer. »Weißt du eigentlich, daß unsere Töchter Geheimnisse vor uns haben?«

»Kinderkram.«

»Weißt du, um was es dabei geht?«

»Nein, und es interessiert mich auch nicht. Die beiden sind doch völlig harmlos.«

»Mir gefällt das nicht.«

»Das mußt gerade du sagen!«

»Ich bin eine erwachsene Frau...«

Sandra ließ sie nicht aussprechen. »Du bist eine verheiratete Frau, die ein wirklich schwerwiegendes Geheimnis vor ihrem Mann und vor ihrer Tochter hat. Deshalb vermutest du bei den dummen unschuldigen Dingern gleich etwas Schlechtes.«

»Ich werde Imogen noch einmal ins Verhör nehmen, wenn ich nachher mit ihr allein bin.«

»Tu das nur nicht! Wenn man einen Menschen zu sehr bedrängt, kriegt man leicht Lügen zu hören. Ins Verhör nehmen! Wie das schon klingt! Du bist doch nicht bei der Kripo.«

Claudia seufzte. »Vielleicht hast du sogar recht.«

»Da wir gerade beim Thema sind – wie steht's mit dir und deinem Ralf?«

Claudia schwieg.

»Etwas stimmt doch nicht zwischen euch. Gib es zu!«

Bis zu diesem Augenblick hatte Claudia nicht gewußt, ob sie von der Begegnung auf der Vernissage erzählen sollte oder nicht. Jetzt entschloß sie sich, den Mund zu halten. Die Schwester wußte ohnehin schon zuviel. »Wir haben uns die ganze Woche nicht gesehen«, sagte sie ausweichend.

»Sieh mal einer an!«

»Das bedeutet gar nichts.«

»Die große Leidenschaft scheint abzuklingen. Du mußt dich nicht entschuldigen, Claudia. Es ist ja gut so.«

»So einfach ist das nicht«, meinte Claudia.

»Natürlich ist es das. Gib ihn auf! Du hast einen guten Mann. Wozu brauchst du ihn?«

»Ich kann nicht einfach so von heute auf morgen Schluß machen. Ich brauche ihn eben doch.«

»Keine Frau braucht zwei Männer.«

»Du kannst das nicht verstehen.« Claudia drückte ihre Zigarette in einem Porzellanschälchen aus.

»Versuch es mir zu erklären.«

»Es ist mehr als eine Bettgeschichte. Bei Ralf fühle ich mich jung.«

»Und bei Knut nicht?«

»Du kennst ihn doch, Sandra! Er hat eine gewisse Würde, und die erwartet er auch von mir. Ich muß ständig aufpassen, nicht ins Fettnäpfchen zu treten.«

»Es ist bestimmt nicht seine Art, dir deine Fehler vorzuhalten.«

»Das nicht. Er sieht nachsichtig und gütig darüber hinweg. Aber gerade dadurch wird mir doppelt bewußt, daß ich etwas falsch gemacht habe. Er behandelt mich nicht viel anders als Imogen – ja, wie ein Kind.« Sie griff wieder zu ihren Zigaretten.

Sandra hatte ihre gerade ausgedrückt. »Versuch lieber mal die Makronen. Sie sind selbstgebacken.«

Nachdenklich betrachtete Claudia die goldbraunen Haferflockenmakronen, die die Schwester in einer Porzellanschale, passend zum Aschenbecher und dem Service, auf den Tisch gestellt hatte. »Du hast immer was zum Knabbern im Haus, wie?«

»Der Kinder wegen«, erklärte Sandra, »und Albert mag es natürlich auch.«

»Ich könnte mir den Spaß nicht erlauben.«

»Weil du immer an deine Figur denkst.«

»Du doch auch.«

»Aber deshalb kasteie ich mich nicht. Deiner Immy würde es nur guttun, wenn sie zwischendurch mal was zum Knabbern bekäme. Sie ist ja dünn wie ein Bindfaden.«

»Sie ißt ganz gut. Aber sie setzt nicht an. Wenn das so bei ihr bleibt, kann sie nur von Glück sagen.« Zögernd griff Claudia zu und biß in eine der Makronen. Erst als das knusprig zarte Gebäck ihr im Mund zerging, wurde ihr bewußt, wie hungrig sie war; sie hatte zu Mittag nichts als einen Becher Joghurt und einen Apfel gegessen.

»Na?« fragte Sandra erwartungsvoll.

»Ich muß dir doch nicht sagen, daß sie köstlich schmecken«, erklärte Claudia mit vollem Mund und nahm sich noch eine Makrone. »Was ist da drin?«

»Haferflocken, Eier, Zucker, geriebene Mandeln.«

»Au wei! Kalorien über Kalorien!« Trotzdem konnte Claudia es sich nicht versagen, noch eine dritte Makrone zu essen. Dann wischte sie sich die Finger an einer Papierserviette ab.

Sandra schenkte ihr Tee nach. »Hast du Knut eigentlich nur seiner gesellschaftlichen Stellung wegen geheiratet? Dem Haus in Blankenese und alldem Drum und Dran?«

Claudia reagierte erstaunt. »Wie kommst du darauf?«

»Nach dem, was du mir da erzählst...«

Claudia ließ sie nicht ausreden. »Aber das stimmt ganz und gar nicht! Knut war für mich – und er ist es noch immer – das Ideal eines Mannes. Ich habe niemals einen großzügigeren, verständnisvolleren, zuverlässigeren und ehrenhafteren Menschen kennengelernt. Nach meinen Erfahrungen mit Michael ist er mir geradezu wie ein...« Sie suchte nach dem passenden Ausdruck. »... wie ein, ja, wie ein Erzengel erschienen.«

»Aber inzwischen bist du darauf gekommen, daß es langweilig und anstrengend ist, mit einem Erzengel verheiratet zu sein.«

Claudia zündete sich eine Zigarette an und inhalierte tief. »Ich liebe ihn nach wie vor, und es liegt mir viel an meiner Ehe.«

»Trotzdem setzt du sie aufs Spiel.«

»Genau das versuche ich zu vermeiden.« Wieder war Claudia nahe daran, der Schwester von Ralfs überraschendem Auftauchen in der Galerie Schittenhelm zu erzählen. Es hätte sie erleichtert, sich einmal auszusprechen. Aber das durfte sie sich nicht erlauben. Was hätte Sandra ihr dazu schon sagen können, was sie nicht selber genausogut oder besser wußte? Zum ersten Mal spürte sie, daß ihr Geheimnis sie aus dem Kreis der anderen ausschloß. Es war ihr, als griffe Einsamkeit mit eisigen Fingern nach ihrem Herzen.

»Was ist los mit dir?« fragte Sandra erschrocken. »Du bist ganz blaß geworden.«

»Wahrscheinlich«, sagte Claudia mit einem mühsamen Lächeln, »sind mir deine Makronen doch nicht so gut bekommen. Bitte, sei mir nicht böse, Sandra, natürlich liegt es nicht an deinem Gebäck. Wahrscheinlich habe ich es einfach zu schnell heruntergeschlungen.«

»Ich wußte gar nicht, daß du einen empfindlichen Magen hast.«

»Ich bis jetzt auch noch nicht. Aber, reg dich nicht auf, es wird gleich vorüber sein. Hast du zufällig Rum im Haus?«

»Nur Verschnitt.«

»Der tut's auch.«

Sandra sprang auf. »Ich hol' ihn dir.« Sie lief in die Küche und kam gleich darauf mit einer mit Bast umhüllten Flasche zurück.

Claudia nahm sie ihr aus der Hand und tat sich einen kräftigen Schuß in die halb geleerte Tasse. Sie nahm einen Schluck, spürte, wie der Alkohol sie von innen her erhitzte und ihr das Blut zu Kopf trieb. »So, jetzt geht es mir schon wieder besser!« behauptete sie.

»Kann ich dich einen Augenblick allein lassen?«

»Nur zu.«

Sandra griff zur Porzellanschale. »Ich will die Makronen an die Kinder verteilen.« Sie verließ das Zimmer. Als sie zurückkam und sich wieder zu Claudia setzte, berichtete sie: »Die haben sich gefreut.«

»Kann ich mir vorstellen.«

»Inzwischen habe ich nachgedacht.« Sandra griff nach Claudias Zigaretten. »Darf ich?«

»Aber ja doch.« Claudia schob ihr das Feuerzeug zu.

Sandra blies Rauch durch die Nasenlöcher. »Du liebst Ralf und nicht Knut... jedenfalls liebst du Ralf mehr als Knut.«

»Nein. Du irrst dich. Ich liebe alle beide. Das ist ja gerade mein Dilemma, wenn es denn überhaupt eins ist. Es gibt ja genug Frauen, die keinen Mann haben, den sie lieben können. Ich habe zwei. Aber bitte Sandra, laß uns endlich mal von etwas anderem sprechen? Wie geht es Albert? Kommt er voran in seiner Firma? Macht ihm die Arbeit noch Spaß?«

Wohl oder übel mußte Sandra darauf Antwort geben. Für sie gab es kein interessanteres Thema als Claudias Ehe und ihren Liebhaber. Aber immer, wenn sie wieder darauf zu sprechen kommen wollte, wich Claudia geschickt aus. So endete die Teestunde denn in einer belanglosen Plauderei.

»Wann darf ich dich denn das nächste Mal erwarten?« fragte Sandra beim Aufbruch.

»Freitag nachmittag. Wie immer.«

»Früh oder spät?«

»Meine liebe Sandra, das kann ich dir jetzt wirklich noch nicht mit Bestimmtheit sagen. Kommt darauf an.« Sie sah die Neugier in den Augen der Schwester aufblitzen und fügte rasch hinzu: »Wie es mir mit der Arbeit ausgeht. Eher spät.«

»Schade. Es wäre so nett, öfter mit dir zu klönen.«

»Dazu werden wir noch oft genug Gelegenheit haben.«

Als Claudia am Montagnachmittag das Versandhaus verließ, war schon sechs Uhr vorbei. Sie hatte letzte Korrekturen vorgenommen.

In der Früh war der Himmel dunkel und bedeckt gewesen. Jetzt regnete es in Strömen. Sie schaltete die Scheibenwischer ein und fuhr im Schrittempo die Rampe aus der Tiefgarage zur Fahrbahn hinauf.

Ein Schlag gegen das Seitenfenster ließ sie zusammenzucken; unwillkürlich trat sie auf die Bremse. Das Glas war schon beschlagen, und nur undeutlich konnte sie ein Gesicht erkennen, das sich dagegen preßte. Angst überfiel sie. Sie wollte das Gaspedal durchdrücken, als sie begriff, daß es Ralf war, der noch einmal gegen die Scheibe trommelte. Sie beugte sich nach rechts und öffnete ihm die Tür.

Er schlüpfte in den Wagen und drückte einen Kuß auf ihre Lippen.

»Mein Gott, hast du mich erschreckt!« rief sie.

»Was hätte ich denn machen sollen?« sagte er vorwurfsvoll. »Du hast dich seit Tagen nicht mehr blicken lassen, und anrufen darf ich dich ja nicht!« – Er hatte den Kragen seines Regenmantels hochgeschlagen, aber sein Haar war glatt und fast schwarz vor Nässe.

»Wie lange hast du da gestanden? Du wirst dich erkälten.«

»Ich dachte, du hättest um fünf Feierabend.«

»Wir machen Überstunden.« Sie sah im Rückspiegel eine Limousine hinter sich die Rampe heraufkommen, fuhr weiter und gab die Ausfahrt frei.

Die Limousine überholte sie, und der Mann am Steuer gab ein Blinkzeichen. Im schweren Regen war er selber nicht auszumachen, aber sie erkannte das Auto des Verkaufsleiters.

»Verdammt«, sagte sie.

»Was ist?«

»Das war Georg Hart, der Chef vom Einkauf.«

»Macht nichts. Bei dem Wetter hat er nichts gesehen.«

»Du hättest mir nicht auflauern sollen.«

»Bitte, Claudia! Ich hatte doch keine Wahl.«

»Warum hast du nicht einfach gewartet? Ich hätte mich schon wieder gemeldet.«

»Hättest du das? Hättest du das wirklich, Liebling?«

»Sicher.« Sie fuhr langsam weiter.

»Ich hatte solche Angst, es würde aus sein.«

Sein Bekenntnis tat ihr gut. Trotzdem sagte sie: »Wenn einmal

Schluß ist, werde ich es dich wissen lassen. Ich würde mich nicht einfach stillschweigend aus deinem Gesichtskreis verdrücken, und es würde dir auch nichts nützen, wenn du eine Begegnung erzwingen würdest.«

Er zog ein Taschentuch aus der Hose und trocknete sich das Gesicht ab. »Du bist sehr hart, Claudia.«

»Ich sage nur, wie es ist.«

»Überdeutlich.« Er versuchte sich auch das Haar zu trocknen, aber sein Taschentuch war schon durchnäßt.

»Nimm dir eins von mir«, forderte sie ihn auf, mit einer Kopfbewegung zu ihrer Tasche.

Er tat es. »Wo fährst du hin?«

»Nach Hause. Ich bin schon spät dran.«

»Kommst du nicht wenigstens auf einen Sprung mit zu mir?«

»Unmöglich.«

»Aber ich muß mit dir sprechen.«

»Da vorne ist ein Parkplatz. Ich werde anhalten.«

Die nächsten hundert Meter fuhren sie schweigend weiter, er immer noch mit seinem Haar beschäftigt, sie bemüht herauszubringen, wie sie nun zu ihm stand. Der Parkplatz war fast leer, und sie hatte keine Mühe, ihr Cabriolet abzustellen. Aber sie ließ den Motor weiterlaufen, damit die Heizung nicht ausging. Den Scheibenwischer stellte sie ab, so daß der Regen sie wie mit gläsernen Wänden umgab. Er trommelte auf das Verdeck.

Ralf ergriff ihre Hände. »Ach Claudia, Liebling, Geliebte, du kannst dir nicht vorstellen, wie sehr ich mich nach dir gesehnt habe!« Seine Lippen suchten wieder ihren Mund.

Instinktiv wollte sie ihn abwehren, aber der alte Zauber wirkte immer noch. Ihr Schoß wurde heiß, und eine Welle der Leidenschaft drohte sie mitzureißen.

»Du liebst mich noch«, stammelte er, als er sie endlich freigab, »du liebst mich immer noch.«

»Ja«, gab sie zu und versuchte es mit einem Lächeln, »aber für Knutschereien im Auto bin ich entschieden zu alt.«

»Was ist los?« fragte er, die klaren grünen Augen dicht vor ihrem

Gesicht. »Warum hast du mich sitzenlassen? Erzähl mir jetzt bloß nicht, daß es wegen deiner Arbeit war. Du hättest es einrichten können, hast es ja immer gekonnt.«

»Es ging nicht«, sagte sie lahm.

»Du hattest einen Schock, als ich auf der Vernissage plötzlich vor dir stand. Du hast dich zwar fabelhaft gehalten, aber es hat dir einen Schlag versetzt.«

»Hat man mir das angemerkt?«

»Niemand, ganz bestimmt niemand. Nur ich. Weil ich dich kenne und mich in deine Lage versetzen konnte.«

»Es war schlimm.«

»Ich weiß, Liebling. Aber es war nicht meine Schuld. Hätte ich gewußt, daß ihr zu Schittenhelm gehen würdet, wäre ich nicht gekommen.«

»Ich hätte es deinem Vater sagen sollen. Aber ich war irgendwie frustriert, daß ich dich nicht selber sprechen konnte.«

»Das verstehe ich ja, Liebling. Aber hör auf, dir Gedanken zu machen. Es ist ausgestanden.« Als sie nicht gleich etwas darauf erwiderte, fragte er besorgt: »Oder hat er Fragen gestellt?«

»Nein. Er hat den Zwischenfall mit keiner Silbe erwähnt.«

»Na siehst du!«

»Ich habe mich entlarvt gefühlt, bloßgestellt...«

»Aber du hast fabelhaft Haltung bewahrt«, fiel er ihr ins Wort.

Sie ließ sich nicht unterbrechen. »...in dieser Schrecksekunde. Erst später ist mir bewußt geworden, was wir ihm damit angetan haben.«

»Ihm? Das verstehe ich nicht.«

»Du und ich, wir wußten Bescheid, aber er war ganz ahnungslos. Wenn er es jetzt erfährt, wird er sich nicht nur betrogen fühlen, sondern er muß auch denken, daß wir ihn zum Trottel gemacht haben.«

»Er wird es ja nie erfahren – falls du es ihm nicht eines Tages freiwillig sagst.«

»Das werde ich nicht.«

»Dann besteht auch keine Gefahr.«

»Es wäre besser gewesen, wenn ich mein schlechtes Gewissen gezeigt hätte und du nicht so verdammt selbstsicher dagestanden wärst.«

»Das verstehe ich nicht.«

»Hätte er Verdacht geschöpft, hätte ich ihm alles beichten können, und vielleicht – nein, sogar ziemlich sicher – hätte er mir verziehen.«

»Und du hättest mit mir Schluß machen müssen? Claudia, Liebling, das kann doch nicht dein Ernst sein! Ist es etwa das, was du willst?«

»Ich hatte mir bisher fest eingebildet, daß du und er in zwei ganz verschiedenen Welten lebtet, sozusagen in Kreisen, die sich nicht überschneiden könnten. Ich war nicht darauf gefaßt, daß so etwas passieren könnte.«

»Ich weiß, Liebling, das verstehe ich ja. Aber tatsächlich ist es doch gut, daß es so gekommen ist.«

»Gut?« fragte sie verständnislos und blickte ihn mit großen Augen an.

»Ja, überleg doch mal! Jetzt weiß er, daß du mich kennst. Er weiß auch, in welche Kiste er mich stecken muß: Ich bin der Antiquitätenhändler, in dessen Laden du manchmal stöberst. Jetzt können wir uns miteinander sehen lassen. Es wäre ganz natürlich, wenn wir mal ein Bierchen miteinander trinken würden. Auch wenn uns jemand in der Innenstadt zusammen sieht, könntest du ihm erklären, daß wir uns zufällig getroffen hätten, ja, wenn er wieder mal verreist ist, könnte ich dich sogar ins Theater oder in die Oper begleiten.«

»Also das, Ralf, geht mir entschieden zu weit.«

»Wir müssen es ja nicht tun, Liebling, aber wir könnten es jetzt – ohne Angst vor einer Entdeckung haben zu müssen.«

»Für dich«, sagte sie, »ist das alles leicht, weil du selbst ungebunden bist.«

»Ich stehe über der Situation und kann sie deshalb besser beurteilen, glaube mir!«

»Vielleicht hast du recht«, gab sie widerwillig zu, »vielleicht mache ich mir wirklich unnötige Sorgen.«

»Bestimmt sogar. Selbst wenn es mit deiner Ehe schiefgehen sollte... nein, bitte, reg dich jetzt nicht gleich wieder auf, es wird ja nicht passieren... ich will dir nur sagen, selbst wenn, bin ich ja immer noch da. Ich kann dir zwar kein Haus in Blankenese bieten, aber als Partie bin ich doch auch nicht zu verachten.«

»Soll das heißen, du würdest mich heiraten?«

»Auf der Stelle.«

Claudia war gerührt. Zwar konnte sie sich Ralf nicht als Ehemann vorstellen – bei einem Flirt mit einer hübschen Stewardeß, einer Verkäuferin, einer Studentin ohne weiteres –, und die Idee, ihn zu heiraten, schien ihr ganz unmöglich, nicht nur, weil er einige Jahre jünger war als sie. Aber das unerwartete Angebot war doch ein Beweis, wieviel sie ihm bedeutete.

»Danke«, sagte sie, geradezu benommen.

»Hast du das nicht gewußt?«

»Ich habe nie daran gedacht.« Sie kämpfte gegen ihre Bewegung. »Hör mal, wir wollen auch nie wieder darüber sprechen. Unsere Liebe ist etwas Besonderes, nicht wahr, das ist sie doch? Wir dürfen nicht zulassen, daß sie zur Gewohnheit wird, und das würde in einer Ehe unweigerlich geschehen.«

»Es müßte nicht so werden wie mit dir und deinem Professor.«

»Über meine Ehe möchte ich nicht mit dir diskutieren. Das wäre wirklich das Letzte.«

»Verzeih, Liebling, ich wollte dir doch nur klarmachen, daß...«

Sie schnitt ihm das Wort ab. »Schon gut, überlegen wir lieber, wann wir uns das nächste Mal sehen können. Diese Woche...«

»Du mußt es möglich machen!«

»Nein, nein, es würde eine einzige Hetzerei, und darauf will ich es nicht ankommen lassen. Aber nächste Woche muß mein Mann auf einen Kongreß nach San Francisco.«

»Wie lange bleibt er fort?« fragte Ralf begierig.

»Wahrscheinlich übers Wochenende.« Nicht ohne Stolz fügte sie hinzu: »Er ist einer der Hauptredner, und zum Abschluß ist er vom Präsidenten nach Santa Barbara eingeladen. Das wird er sich wohl nicht entgehen lassen wollen.«

»Ein ganzes Wochenende? Claudia, das wäre wundervoll. Wir könnten zusammen verreisen.«

»Ich wollte zu dir kommen.«

»Immerzu in meiner engen Bude hocken, das ist doch nichts. Ich möchte endlich mal mit dir wandern, abends ausgehen, irgend etwas unternehmen.«

»Ich weiß nicht, Ralf«, sagte sie unbehaglich.

»Hast du denn nicht auch Lust dazu?«

»Es wäre zu gefährlich.«

»Aber überhaupt nicht, Liebling! Wir fahren irgendwohin, wo uns niemand kennt.«

»Darauf kann man sich nicht verlassen.«

»Und selbst wenn – was würde es schon ausmachen? Wir fahren in zwei Autos hin, nehmen getrennte Zimmer, ich werde dich schon nicht kompromittieren.«

»Und wohin willst du fahren?«

»Wollen wir fahren!« verbesserte er sie. »Das müssen wir uns noch genau überlegen. Kannst du dich wenigstens diesen Samstag freimachen?«

»Vormittags schon.«

»Ich freue mich! Es gibt nichts Schöneres als Liebe am Vormittag.«

Sie lachte. »Mein süßer Spinner!«

Er nahm ihre Hände und sah ihr beschwörend in die Augen. »Du versprichst es mir.«

»Das mit Samstag ja. Aber ob aus unserer Reise was wird – ich muß versuchen, das zu arrangieren.«

»Wenn du es nur selber willst, schaffst du es auch.«

»Ich wollte, du würdest mit mir in die Staaten fliegen!« sagte Knut.

Sie waren spät von einer Opernpremiere heimgekommen, und jetzt stand er mit dem Rücken zu ihr im Wohnraum und schenkte Whisky in zwei Gläser. Die Stehlampen verbreiteten ein warmes gedämpftes Licht.

Claudia hatte ihre Pumps abgestreift und es sich mit angezogenen Beinen in einem Sessel bequem gemacht. »Ich habe auch schon daran gedacht«, sagte sie.

»Wirklich?« fragte er überrascht. Er nahm mit der silbernen Zange

Eiswürfel aus einem Kübel, tat sie in die Gläser und kam, die Drinks in den Händen, auf sie zu.

Sie nahm ihr Glas entgegen. »Der Weihnachtskatalog ist jetzt fertig, jedenfalls der redaktionelle Teil.« Sie nahm einen Schluck. »Ich könnte mir schon ein paar Tage freinehmen.«

»Dann begleite mich!« sagte er und fügte mit Wärme hinzu: »Bitte.«

»Wenn es eine private Reise wäre«, erwiderte sie, »sofort. Aber du weißt doch, wie ich diese Kongresse liebe.«

Tatsächlich war sie zu Anfang ihrer Ehe so oft wie möglich mit ihm gekommen. Aber tagsüber war sie sich selber überlassen geblieben, und die offiziellen Diners am Abend hatten sie gelangweilt. Die gelehrten Herren hatten außer ein paar oberflächlichen Komplimenten nichts für sie übrig gehabt, den wissenschaftlich gebildeten Damen hatte sie sich nicht gewachsen gefühlt, und der ewige Smalltalk der anderen Frauen – über die letzte Mode und die besten Einkaufsmöglichkeiten – hatte an ihren Nerven gezerrt. Abends waren Knut und sie so ausgelaugt gewesen, daß sie nicht einmal im Gespräch zueinander gefunden hatten.

»Ja, ich weiß«, sagte er fast schuldbewußt. Er zückte sein Päckchen mit Zigaretten, zog zwei halb heraus, bot es ihr an und gab ihr Feuer. »Aber könntest du nicht eine Ausnahme machen? Mir zuliebe! In Santa Barbara wird es bestimmt interessant werden.«

Claudia lächelte ihm durch den Rauch ihrer Zigarette zu. »Ich fürchte, ich bin nicht die richtige Gesprächspartnerin für die Gattin des Präsidenten.«

Er nahm ihr gegenüber Platz. »Versuch mich zu verstehen, Claudia! Wenn man eine so schöne Frau geheiratet hat, möchte man sich auch mit ihr sehen lassen – nicht nur in Hamburg, sondern in der ganzen Welt!«

»Ist das der Hauptgrund, warum du mich geheiratet hast?«

»Claudia!« sagte er indigniert.

»Entschuldige bitte! Die Frage ist mir ganz plötzlich durch den Kopf geschossen. Was wird sein, wenn ich alt und häßlich bin?«

»Älter wirst du werden. Aber häßlich wirst du nie sein.«

»Alte Männer können immer noch sehr gut aussehen, alte Frauen selten.« Sie streifte die Asche ihrer Zigarette ab. »Ich habe das immer als eine Gemeinheit empfunden.«

»Darüber brauchst du dir doch keine Gedanken zu machen.«

Sie ließ die Eiswürfel in ihrem Glas klimpern. »Weißt du, es verletzt mich, wenn du meine Schönheit so betonst. Wenn du gesagt hättest: ›Ich möchte dich vorzeigen, weil du mitreden kannst‹ – aber ich weiß, das kann ich eben nicht. Darum sind mir solche Veranstaltungen auch so zuwider.«

Er seufzte. »Also werde ich warten müssen, bis Imogen soweit ist, daß sie mich begleiten kann.«

»Machst du jetzt Spaß, oder hast du das tatsächlich vor?«

»Halb und halb. Als Studentin wird sie jedenfalls Zeit dafür haben, und vielleicht wird es sie ja auch interessieren.«

Claudia war erstaunt. »Du planst weit voraus.«

»Das ist die Krögersche Art. Die solltest du schon kennen. Übrigens – ist es nicht eigentlich Imogens wegen, daß du nicht mitkommen willst? Das könnte ich verstehen.«

Claudia widerstand der Versuchung, das Stichwort zu nutzen. »Nein«, sagte sie, »Imogen muß ohnehin zu ihrem Vater.«

»Dann wirst du ganz allein sein? Das gefällt mir gar nicht.«

Sie nahm einen kräftigen Schluck Whisky. »Vielleicht werde ich verreisen«, sagte sie leichthin.

»Das finde ich eine sehr gute Idee.«

Sie sah ihn fragend an.

»Es ist bestimmt besser, als zu Hause zu sitzen und Trübsal zu blasen.«

Ein Gefühl von Scham zwang Claudia fast, die Augen niederzuschlagen. Es war so leicht, ihm ihr ausgefallenes Vorhaben plausibel zu machen. Er war so ahnungslos, so voll Vertrauen. Aber sie zwang sich, den Blick fest auf ihn zu richten. »Ja«, sagte sie, »du weißt, es ist immer wieder schwer für mich, Imogen herzugeben.«

»Sollte man nicht etwas dagegen tun? Ich meine, es liegt kein Gerichtsbeschluß vor, nach dem er alle vier Wochen das Kind holen darf.«

»Ich habe es ihm nun einmal gestattet, und ich meine, es ist eine faire Lösung. Er ist immerhin ihr Vater, und sie geht gern zu ihm.«

»Ich möchte nicht, daß du leidest.«

Sie nahm einen letzten Zug aus ihrer Zigarette und drückte sie aus. »Es ist dumm von mir.«

»Ich sehe das nicht so.«

›Warum bist du nur so verständnisvoll?‹ dachte sie. ›Es ist kaum zu ertragen.‹

»Und wo willst du hin?« fragte er und nahm ihr das Glas aus der Hand, um es nachzufüllen.

»Das weiß ich noch nicht so genau. Ich denke, ich fahre einfach los. In Richtung Nordsee. Jetzt, außerhalb der Saison, werde ich bestimmt überall ein Zimmer kriegen.«

Wieder stand er mit dem Rücken zu ihr, schenkte Whisky ein und tat Eis dazu.

»Es wäre mir lieber, du hättest jemand zur Begleitung.«

Sie sagte nichts dazu, denn es widerstrebte ihr, ihn direkt zu belügen.

Er brachte ihr das frische Glas.

»Vielleicht würde Sandra mitkommen.«

Sie nahm es entgegen. »Danke, Knut. Aber nein, das möchte ich nicht. Wenn wir länger zusammen sind, geht sie mir auf die Nerven. Schockiert dich das?«

»Nein, überhaupt nicht. Wahrscheinlich steht ihr euch zu nahe.«

»Ich werde dich anrufen, sobald ich ein Quartier gefunden habe.«

»Es wird schwer sein, mich zu erreichen. Du weißt, wie es zugeht, und dann die Zeitverschiebung.«

»Gut, dann verzichte ich darauf. Du könntest mir ja doch nicht helfen.« Sie nahm einen Schluck. »Ich meine, wenn ich eine Panne hätte oder so etwas.«

»Gib dein Auto auf alle Fälle vorher zur Inspektion.«

»Werde ich. Aber so wortwörtlich habe ich das nicht gemeint.«

»Wollen wir uns nicht doch lieber in San Francisco treffen? Nach dem Kongreß? Wir könnten zusammen zurückfliegen.«

»Ziemlich strapaziös, nicht wahr?«

»Ich merke schon, du hast keine Lust.«

»Du bist mir doch hoffentlich nicht böse?«

»Nein. Eher beneide ich dich. Es muß angenehm sein, ohne Ziel und ohne Zeitdruck durch die Gegend zu zuckeln.«

»Das stelle ich mir jedenfalls vor.«

»Ich wünsche dir viel Spaß.«

Sie hob ihm ihr Glas entgegen. »Ich dir auch – in den Staaten!«

»Für mich wird es eine Strapaze.«

»Heuchler! Als wenn du deine Kongresse nicht genössest!«

Er lachte. »Zugegeben. Wir Männer lieben nun mal das feindliche Leben, in das wir uns stürzen müssen!«

»Es ist also ganz leicht gegangen«, sagte Ralf.

Sie lagen auf dem breiten Messingbett in seinem Schlafzimmer. Claudia hatte ihren Kopf an seine Schulter gekuschelt. Durch die Jalousien, die den Einblick von der dicht gegenüberliegenden Häuserzeile verwehrten, fiel trügerisch goldenes Licht.

»Hm, hm«, machte Claudia nur und streichelte seine glatte Brust; ihr war nicht nach sprechen zumute.

»Fast zu leicht«, fügte er hinzu.

Alarmiert hob sie den Kopf und blickte ihm in die funkelnden Augen. »Wie meinst du das?«

»Na, findest du es nicht auch komisch, daß er dich so ohne weiteres ziehen läßt?«

»Nein, ganz und gar nicht. Er hat mir immer eine gewisse Unabhängigkeit gelassen.«

»Hältst du es nicht für möglich, daß er eine andere in die Staaten mitnimmt?«

»Nein. Das würde er nicht riskieren. Er ist viel zu sehr auf sein Ansehen bedacht.«

Ralf ließ nicht locker. »Oder daß er drüben nach... na, sagen wir mal... verbotenen Abenteuern sucht?«

»Du weißt nicht, wie es auf solchen Kongressen zugeht. Er war abends immer vollkommen erledigt.«

»Ja, wenn du bei ihm warst.«

Ärgerlich löste sie sich von ihm. »Sag mal, was soll das ganze Gerede? Warum willst du Knut anschwärzen? Soll ich eifersüchtig werden?«

»Ich will nur, daß du ihn ganz realistisch siehst, so wie er ist.«

»Das tue ich ohnehin.«

»Du hältst es also für ganz ausgeschlossen, daß er dich betrügt?«

Sie richtete sich auf. »Nein. Das tue ich nicht«, gab sie zu.

Er beobachtete sie, die Arme hinter dem Kopf verschränkt, mit leiser Ironie.

»Ich denke manchmal, daß er im Bett eine Frau braucht, die ordinärer ist, als ich es sein kann – eine, die ein Mann wie er natürlich nie und nimmer heiraten könnte.«

»Also doch. Du bist dir seiner nicht sicher.«

»Wer könnte schon eines anderen sicher sein? Aber ich weiß, daß er mich liebt und achtet und an mir hängt.«

»Trotzdem läßt er dich allein verreisen.«

»Das war es doch, was wir erreichen wollten. Was paßt dir nun mit einem Mal nicht?«

»Die Tatsache, daß er so schnell einverstanden war, sollte dich stutzig machen.«

»Unsinn.«

»Wenn du meine Frau wärst, würde ich es nicht zulassen.«

»Zum Glück bin ich es nicht.« Sie schwang die langen Beine über die Bettkante und wollte aufstehen.

Fast brutal riß er sie zurück. »Was hast du da gesagt?«

Sie hielt seinem wütenden Blick stand. »Ich habe dich darauf aufmerksam gemacht, daß ich nicht deine Frau bin.«

»Und du bist tatsächlich glücklich darüber?«

»Wenn du dich so aufführst, ganz bestimmt.«

»Ich würde nie einen Trottel von Ehemann abgeben, der sich betrügen läßt.«

»Knut würde sich nie wie ein eifersüchtiger Othello aufführen.«

»Weil ihm nicht wirklich etwas an dir liegt.«

»Laß mich los, du tust mir weh!«

Er gab sie frei. Dort, wo er sie gepackt hatte, waren rote Druckstellen zurückgeblieben. Er legte seine Lippen darauf und murmelte: »Es tut mir leid.«

»Es war deine Idee, daß wir zusammen verreisen sollten«, erinnerte sie ihn zornig, »ich war von Anfang an dagegen. Nun, da wir es können, sieht es ganz so aus, als hättest du keine Lust mehr. Lassen wir es also bleiben.«

»Aber Claudia, wie kannst du so etwas auch nur denken!«

»Anders kann ich mir dein dummes Gerede einfach nicht erklären.« Sie schwang die Füße zu Boden und stand auf.

»Claudia, ich wollte doch nicht...«

Sie schnitt ihm das Wort ab. »Es ist mir egal, ob du es wolltest oder nicht. Jedenfalls hast du es fertiggebracht, mir die Stimmung gründlich zu verderben.«

»Du kannst jetzt keinen Rückzieher machen.«

»Und ob ich das kann!« Sie wandte ihm den Rücken zu und begann sich Strümpfe anzuziehen.

»Bitte, Claudia, sei doch nicht so!« Jetzt klang er wie ein kleiner Junge.

»Ich kann es nicht leiden, wenn du auf meinem Mann herumhackst. Er hat dir nichts getan.«

Ralf war aus dem Bett gestiegen, warf sich vor ihr auf die Knie und umklammerte ihre Schenkel. »Ich kann ihm nicht verzeihen, daß er dein Mann ist«, murmelte er in ihren Schoß.

»Sei kein Idiot!« sagte sie rauh, während sie schon spürte, wie eine süße Schwäche sie zu überwältigen drohte.

»Verzeih mir!«

Sie packte ihn in die braunen Locken und riß seinen Kopf zurück. Er blickte zu ihr auf, und aus seinen grünen Augen war jeder Schimmer von Ironie und Bosheit verschwunden. Nur noch Flehen lag darin und Anbetung. Ihr Widerstand schmolz dahin, und sie ließ sich zu ihm auf den Boden sinken. Sie umfingen einander, und das Feuer ihrer Leidenschaft loderte erneut auf. –

Später sagte sie: »Nein, kein Tee jetzt, kein neuer Streit und keine Versöhnung. Ich muß mich beeilen.«

Fasziniert sah er ihr zu, wie sie ihre Strümpfe glattstrich.

»Nicht einmal mehr frisch machen kann ich mich«, beklagte sie sich, »das muß ich zu Hause nachholen.«

»Ich weiß gar nicht, was mir eingefallen ist.«

»Aber ich weiß es.« Sie zog sich ihr Kleid über den Kopf. »Du wolltest mich auf die Palme bringen.« Sie verrenkte sich, um den Reißverschluß zuzuziehen.

Mit einem Satz war er auf den Beinen. »Laß mich das machen.« Als er es getan hatte, küßte er sie in den Nacken.

»Nicht«, bat sie, »nicht schon wieder!« Sie schlüpfte in ihre hochhackigen Schuhe, holte ihre Handtasche aus dem Wohnzimmer und ging ins Bad, um sich zu frisieren und ihr Make-up zu überprüfen. Als er ihr folgte, hatte er seinen braunseidenen Hausmantel übergezogen.

»Dabei«, sagte sie, den Blick auf den Spiegel gerichtet, »kann ich dir seine Haltung ganz leicht erklären.« Sie zog die Lidschatten nach. »Er weiß, wie es mir zusetzt, wenn Imogen bei ihrem Vater ist. Deshalb ist er froh, wenn ich gerade dann etwas unternehme, um mich zu zerstreuen. Seine erste Frau... du weißt ja, Rosalind... litt unter schweren Depressionen. Mehr als alles andere fürchtet er, ihm könnte noch einmal dergleichen zustoßen.«

»Ist ja schon gut«, sagte er, »wir müssen froh sein, daß er so ist, wie er ist.«

»Welch edle Einsicht.«

»Ich weiß auch schon, wohin wir fahren. Wir fahren doch, Claudia?«

»Wie ausgemacht.«

»Nach Büsum. Dort muß es auch jetzt im November sehr erholsam sein. Erst hatte ich an Plön gedacht...«

»Nein, Büsum ist schon in Ordnung.« Claudia fuhr sich mit dem Kamm durch ihr dichtes dunkles Haar.

»Dann müssen wir uns nur noch für ein Hotel entscheiden. Wenn wir schon nicht zusammen eintreffen, sollten wir doch wenigstens im gleichen Haus wohnen.«

»Kennst du dich aus in Büsum?«

»Ich war schon einige Male dort.«

»Dann wirst du sicher das Richtige wählen.« Sie bot ihm ihren noch ungeschminkten Mund zum Kuß.

Zärtlich berührten sie seine Lippen. »Ich werde mir etwas einfallen lassen«, versprach er.

»Gut. Nimm mir das ab! Wir treffen uns, wenn Knut abgeflogen ist.« Sie legte Lippenstift auf. »Du, soll ich dir was sagen? Ich freue mich!«

»Wäre auch noch schöner, wenn nicht!« Er wollte sie noch einmal in die Arme nehmen, aber sie wehrte ihn ab, indem sie sich mit beiden Händen gegen seine Brust stemmte. »Nicht der richtige Zeitpunkt, Ralf, wirklich nicht. Wir sehen uns dann Montag abend, ja?«

Am Montagmorgen war Claudia früher aufgestanden als gewöhnlich, um mit ihrem Mann zu frühstücken, bevor Braake ihn zum Flughafen brachte. Aber sie hatten sich nicht viel zu sagen. Er gab sich höflich und aufmerksam, war jedoch in Gedanken schon weit fort. Sie fühlte sich beklommen.

»Du bist doch nicht etwa traurig?« fragte er.

»Doch. Ich glaube schon.«

»Ich bleibe ja nicht viel länger als eine Woche.«

»Ja, ich weiß. Das ist es auch nicht. Es macht mich unglücklich, daß ich so gar nichts für dich tun kann.«

»Du könntest es mit einem fröhlichen Gesicht versuchen.«

»Ich hätte so gerne deine Koffer gepackt.«

»Also hör mal, Liebes, das ist wirklich keine Aufgabe für dich. Das wollen wir doch auch in Zukunft lieber unserer trefflichen Frau Beer überlassen.«

»Natürlich kann sie das besser als ich.« Claudia zog mit der Gabel Spuren auf der weißen Tischdecke.

Er nahm ihre Hand und hielt sie fest. »Sie vergißt schon auch mal was.«

Claudia sah zu ihm auf. »Ja, wirklich? Oder sagst du das nur, um mich zu trösten?«

»Nein, es passiert, und ich gebe zu, es ärgert mich. Ich verfluche sie dann aus ganzem Herzen. Sehr viel besser, als wenn ich auf dich böse wäre, wie?«

Jetzt lächelte sie. »Ich kann mir kaum vorstellen, wie du in einem Hotelzimmer stehst und laut fluchst.«

»Laut natürlich nicht. Ich möchte mich doch nicht zum Narren machen. Aber innerlich, und ich fürchte, manchmal murmele ich sogar vor mich hin.«

Sie lachte auf. »Eine amüsante Vorstellung.«

»Ich finde das gar nicht so lustig. Halt mir die Däumchen, daß es mir diesmal nicht passiert.« Er ließ ihre Hand los und stand auf.

Auch sie erhob sich. »Darf ich dich nicht doch zum Flughafen begleiten?«

»Du weißt, ich hasse lange Abschiede.«

»Ich würde dich bestimmt nicht stören, und ich steige nicht einmal mit aus, sondern lasse mich von Braake gleich in die Firma fahren.«

»Du vergißt, daß der gute Braake sich erst einmal um mein Gepäck kümmern muß. Nein, nein, Claudia, ich weiß schon, was du wirklich willst.«

Sie standen sich dicht gegenüber und sahen sich in die Augen.

»Was will ich denn?« fragte sie, ohne die Lider zu senken.

»Mir das Herz schwermachen.«

»Sag so etwas nicht!« Sie schlang ihm die Arme um den Hals und küßte ihn auf die Wange.

Sanft löste er sich aus ihrem Griff. »Mach's gut, Liebes! Du wirst dich ohne mich schon nicht langweilen.«

»Nein, Knut, das habe ich auch nicht vor.« Sie begleitete ihn in die Diele.

Imogen kam, noch in Nachthemd und Pantoffeln, die Treppe heruntergesprungen. »Onkel Knut«, rief sie, »Onkel Knut! Du hattest versprochen, mir auf Wiedersehen zu sagen!«

Lächelnd wandte er sich ihr zu. »Das können wir jetzt ja auch tun.«

»Ja, weil ich so rasch aufgestanden bin. Du wärst einfach so abgefahren.«

»Du weißt, daß es nicht meine Art ist, kleine Mädchen aus dem Schlaf zu reißen.«

»Du hättest Frau Beer schicken können.«

»Ist das Abschiednehmen denn so wichtig?«

»Ja, das Abschiednehmen und das Wiederkommen.« Am liebsten hätte sie sich auf die Zehen gereckt und ihn geküßt. Aber er sah so makellos und distanziert aus in seinem maßgeschneiderten grauen Anzug, mit Weste, Krawatte und weißem Hemd, daß sie sich nicht traute. So reichte sie ihm nur die Hand und machte einen Knicks.

»Was soll ich dir mitbringen?«

»Nichts, Onkel Knut. Danke. Ich brauche nichts.«

»So etwas hört man gern aus dem Mund einer heranwachsenden jungen Dame. Aber ich werde zusehen, ob ich nicht doch etwas für dich finden kann. Und wie steht es mit dir, Claudia?«

»Ich schließe mich den Worten meiner Vorrednerin an.«

»Also dann lebt wohl, ihr beiden, oder besser – auf Wiedersehen. Amüsier dich gut, Claudia, und du, Imogen, paß auf deine Mutter auf!«

»Wird gemacht, Onkel Knut!«

Sie begleiteten ihn beide zur Haustür. Braake stand, gebügelt und geschniegelt in grauer Uniform, neben der geöffneten Beifahrertür der Limousine, Frau Beer, die Hände wegen der Kälte unter ihrer weißen Schürze verborgen, wenige Schritte entfernt.

Claudia und Imogen sahen von der geöffneten Haustür her zu, wie er sich mit Handschlag von der Haushälterin verabschiedete, die fast wie Imogen einen Knicks gemacht hätte. Kurz bevor er einstieg, winkte er ihnen, schon halb gebückt, zu, und Frau und Tochter winkten zurück. Dann stieg auch Braake ein, und kurz darauf fuhr der Wagen durch das große Tor auf die Straße und verschwand hinter der hohen Mauer aus ihrem Blick.

»Onkel Knut ist ein richtig netter Mensch«, sagte Imogen.

Claudia zog sie ins Haus hinein und schloß die Tür. »Ja, das ist er.«

»Als Stiefvater ist er einsame Spitze.«

»Als Ehemann auch.«

»Dann haben wir es doch gut getroffen.«

»Ja, das stimmt. Jetzt lauf hinauf und zieh dich an! Oder wollen wir erst zusammen frühstücken?«

»Aber du hast doch schon. Mit Onkel Knut.«

»Da habe ich kaum einen Bissen heruntergebracht.«

»Bist du so traurig, weil er fort ist?«

»Nicht wirklich traurig, aber irgendwie belämmert.«

»Dann essen wir erst mal was«, entschied Imogen, »mit vollem Magen wirst du dich gleich besser fühlen.«

Claudia und Ralf entschieden sich für ein Hotel in Büsum, das den schönen Namen *Zum Krabbenfischer* hatte. Es war ein kleines Haus, nicht viel mehr als eine Pension, aber jedes der nur zehn Zimmer hatte ein eigenes Bad. Hier würden sie, so dachten sie, kaum Gefahr laufen, jemandem aus Hamburg, der sie kannte, zu begegnen.

Nun stand Claudia noch bevor, Michael anzurufen und ihn zu bitten, seine Tochter schon am Freitag abzuholen. Das war ihr unangenehm, sie wußte selber nicht genau warum. Vielleicht, weil sie ihn nach ihrer Scheidung niemals mehr um etwas gebeten hatte und sich auch nicht hatte vorstellen können, daß sie es je tun müßte.

Sie rief ihn an und war geradezu erleichtert, als er sich nicht meldete. Dann begriff sie, wie dumm ihre Einstellung war. Es war unumgänglich, daß sie ihn benachrichtigte, und es gab nichts, was sie zu befürchten hatte. Das Schlimmste, was ihr passieren konnte, war, daß er sich nicht einverstanden erklärte. Dann würde Ralf eben den ersten Abend allein in Büsum verbringen müssen und sie erst am Samstagmorgen nachfahren können. Auch das wäre absolut kein Beinbruch gewesen.

Immer wieder versuchte sie ihn zu erreichen, allerdings nur von Blankenese aus. Im Versandhaus konnte sie keine ungestörten Gespräche führen. Aber erst am Donnerstagabend bekam sie ihn an den Apparat. Sie verbiß sich die Frage, wo er denn die ganze Zeit gesteckt habe, denn sie mußte sich eingestehen, daß sie das nichts anging.

»Hallo, Michael«, sagte sie statt dessen nur so gelassen wie möglich.

Er erkannte sie sofort. »Du Claudia?« fragte er bestürzt.

»Ja, ich«, erwiderte sie und überlegte noch, wie sie ihre Bitte vorbringen sollte.

»Was ist mit Imogen?«

»Nichts, gar nichts. Es ist ihr nichts passiert oder so.«

»Gott sei Dank!« sagte er aus tiefstem Herzen.

»Tut mir leid, wenn ich dir einen Schreck eingejagt habe...«

»Das kann man wohl sagen!«

»...aber natürlich rufe ich dich ihretwegen an. Ich...«

»Also doch!«

»Nun laß mich doch erst mal ausreden! Ich will dich nur fragen, ob du sie nicht ausnahmsweise schon Freitagnachmittag abholen kannst.«

»Freitag?« wiederholte er überrascht und ein wenig töricht. »Sie könnte also zwei Nächte bei mir bleiben?«

»Das hast du sehr klug errechnet. Bravo.«

Er überhörte ihren Spott. »Das würde mich natürlich freuen. Nur muß ich Freitag eine neue Serie abliefern. Ich bin unter Druck. Wenn ich sie mit der Post schicke, kommt sie zu spät.«

›Typisch für dich!‹ dachte Claudia. »Es reicht auch, wenn du abends kommst«, sagte sie, »am Nachmittag hat sie ohnehin ihr Ballett. Natürlich sollte es nicht zu spät sein.«

»Ich werde mich beeilen!« versprach er.

»Wenn es irgendwelche Schwierigkeiten macht, bleiben wir lieber beim Samstag.«

»Nein, nein, ich schaffe das schon. Sag Imogen, daß ich mich freue.«

Auch Imogen freute sich über das verlängerte Wochenende bei ihrem Vater. Sie versuchte es zu verbergen, um die Mutter nicht zu verletzen. Am liebsten hätte sie ihre Ballettstunde geschwänzt.

Aber Claudia redete es ihr aus. »Wahrscheinlich kommt er erst am Abend«, sagte sie.

Aber als sie dann nach Hause kamen, stand er schon vor dem hohen schmiedeeisernen Tor und bot, die Hände in den Hosentaschen, die Schultern in der unvermeidlichen Lederjacke hochgezogen und die abgeschabte Zeichenmappe unter den Arm geklemmt, ein Bild des Jammers. Es war ein kalter, verhangener Tag.

»Michael!« rief Imogen. »Da steht Michael!«

Claudia stoppte den Wagen. »Ich habe ihn auch gesehen.« Sie öffnete die Tür des Beifahrersitzes. »Steig ein!«

Er folgte ihrer Aufforderung, schloß die Tür und drehte sich zu Imogen um. »Ich konnte es kaum erwarten, Kleines!«

Sie strich ihm mit dem Handrücken über die Wange. »Du bist ja eiskalt!«

Claudia war schon wieder angefahren. »Warum legst du dir nicht endlich einen warmen Mantel zu?«

»Ach, Mäntel sind so lästig. Sie engen einen ein.«

Imogen lachte nachsichtig.

»Und ohne«, sagte Claudia, »wirst du dir noch deine edelsten Körperteile verkühlen.«

»Keine Angst. Ich trage warme Unterhosen.«

»So genau wollte ich es nicht wissen.« Claudia hielt vor der Garage, stellte den Motor ab und stieg aus.

Imogen kletterte vom Rücksitz. »Wir können gleich los, Michael!« verkündete sie und schwenkte ihren Beutel mit den Ballettsachen. »Ich muß bloß noch meinen Koffer holen.«

»So eilig ist es doch nicht«, sagte Claudia, »ich meine, du solltest erst noch ein Bad nehmen oder wenigstens unter die Dusche gehen und dich umziehen.«

»Duschen kann ich auch bei Michael!«

Auch er war inzwischen ausgestiegen. »Ich glaube, du solltest tun, was Claudia dir sagt.«

»Und du? Was machst du inzwischen?«

»Ich setze mich in die Küche und warte.« Er steuerte schon auf den seitlichen Eingang zu.

»Da wirst du kein Glück haben!« rief Claudia ihm nach.

Er drehte sich zu ihr um. »Wieso nicht?«

»Deine liebe Frau Beer ist schon gegangen. Sie hat ein freies Wochenende.«

»Dann warte ich draußen.«

»Wenn du so stur bist, ist es doch wohl besser, du nimmst Imogen gleich mit. Besser, sie ist verschwitzt als du erkältet.« Claudia schloß die Haustür auf. »Willst du nicht wenigstens mit in die Diele kommen?«

Imogen rannte schon mit Ballettbeutel und Schultasche die Treppe hinauf.

»Ich habe nicht den leisesten Wunsch, deinem Mann zu begegnen.«

»Das wird dir auch kaum gelingen. Er ist in San Francisco.« Sie hielt ihm weiter die Tür offen.

Er trat ein. »Warum hast du das nicht gleich gesagt? Wenn das so ist, hätte ich gern eine Tasse Kaffee. Ich bin doch ziemlich durchgefroren.«

»Dann geh in die Küche und mach dir einen!«

Imogen kam schon, ihren Koffer in der Hand, die Treppe herunter.

»Du hast doch noch Zeit für ein Bad!« rief Claudia ihr zu. »Dein Vater will erst einen Kaffee trinken.«

Das Mädchen zuckte die Achseln, stellte den Koffer ab und lief wieder nach oben.

Michael wollte Claudia aus ihrem gefütterten Trench helfen.

Mit einer brüsken Bewegung lehnte sie ab. »Danke. Das kann ich allein.«

»Ich weiß. Du kannst so ziemlich alles allein.«

»Das Leben hat mich gezwungen, es zu lernen.«

»Das soll wohl heißen, daß ich daran schuld bin.«

»Ich glaube, das war das Beste an unserer Beziehung – daß ich durch dich gelernt habe, selbständig zu werden.«

»Leider bin ich immer noch nicht so selbständig wie du.«

Sie sah ihn prüfend an. »Ich dachte, es wäre dir in letzter Zeit ganz gutgegangen.«

»Weil ich pünktlich für Imogen zahle?«

»Du weißt, du brauchtest das nicht. Ich lege dein Geld für sie zur Seite.«

»Das finde ich auch nicht schlecht.«

Claudia wandte sich der Treppe zu. »Also mach schon. Ich denke, du findest den Weg zur Küche auch von hier aus.«

»Das schon.«

»Ich muß mich ebenfalls umziehen.«

»Tut mir leid. Aber ich kenne mich mit eurer Kaffeemaschine nicht aus.«

»Ich bitte dich, damit kommt doch ein Kind zurecht!« Sie wollte ihn schon stehenlassen, aber als sie ihn so vor sich sah – groß, hager, fast schlaksig und deutlich durchgefroren –, tat er ihr plötzlich leid. »Na gut, ich werfe dir die Maschine an.« Sie führte ihn in die Küche.

»Du hast es wirklich schön hier«, sagte er, als sie durch das Speisezimmer gingen.

»Ja, nicht wahr?«

»Und Imogen mag deinen Mann.«

»Ja, das tut sie.«

In der Küche nahm Claudia eine Dose mit Kaffeebohnen aus dem Schrank, füllte eine Handvoll in die elektrische Kaffeemühle und füllte den Trichter der Kaffeemaschine damit. Michael hatte mit größter Selbstverständlichkeit am Küchentisch Platz genommen. ›Manieren‹, dachte sie, die es nicht gewohnt war, daß sich die Männer in ihrer Gesellschaft vor ihr setzten, ›hat er immer noch nicht gelernt.‹ Aber sie gestand sich ein, daß er trotz seiner Saloppheit, seines eher schäbigen Aufzugs auf unnachahmliche Weise elegant wirkte.

»Nimm dir ein Gedeck«, sagte sie über den Lärm der Kaffeemühle hinweg, »du mußt ja inzwischen wissen, wo alles steht. Bestimmt findest du im Kühlschrank auch Sahne.«

Er entflocht seine langen Beine und federte vom Stuhl. »Imogen ist netter zu mir.«

Wortlos hantierte sie weiter, gab das Kaffeemehl in den Filter und stellte die Kaffeemaschine an. »Jetzt brauchst du nur noch abzuwarten, bis das Wasser durchgelaufen ist. Vergiß bitte nicht, die Maschine auszustellen. Hier ist der Knopf.« Sie wandte sich zur Tür.

»Du willst mich jetzt doch nicht etwa allein lassen?«

»Doch.«

»Kannst du mir nicht wenigstens auf eine Zigarettenlänge Gesellschaft leisten?«

»Nein.«

»Claudia, bitte! Wir haben so selten Gelegenheit, miteinander zu reden.«

»Warum sollten wir auch!« entgegnete sie, schenkte sich aber trotzdem ein Glas Mineralwasser ein und setzte sich an den Tisch. »Nur weil ich tatsächlich Lust habe zu rauchen.« In ihrem Schlafzimmer tat sie das prinzipiell nicht, und es schien ihr albern, sich in den Wohnraum zurückzuziehen.

»Da habe ich aber Glück gehabt.« Er zog ein angeknülltes Päckchen aus seiner Lederjacke und bot ihr eine Zigarette an.

»Danke. Ich nehme lieber eine von meinen.« Sie kramte die Pakkung aus ihrer Handtasche und ließ ihr goldenes Feuerzeug aufspringen, ehe er ihr zuvorkommen konnte.

Resigniert bediente er sich selber. »Sag mal, wann soll ich die Kleine denn zurückbringen?« fragte er, mit dem Rücken zu ihr, die Zigarette im Mund, während er sich Tasse und Untertasse aus einem Hängeschrank holte.

»Wie üblich.«

»Ich meine, wir können ja auch später kommen.«

»Nicht nötig.«

Er stellte das Geschirr auf den Tisch und nahm die Zigarette aus dem Mund. »Du hast doch sicher etwas vor.«

»Bitte, besorg uns auch einen Aschenbecher!«

Er brauchte nicht nachzudenken, um ihn zu finden; er hatte oft genug in Frau Beers Küche gesessen.

»Ich habe dich was gefragt.«

»So? Ist mir gar nicht aufgefallen.«

»Warum ich das Kind heute schon abholen kann. Du mußt doch etwas vorhaben.«

Sie hob die Augenbrauen, und das Blau ihrer Iris wirkte noch tiefer als gewöhnlich. »Darüber bin ich dir keine Rechenschaft schuldig.«

»Ist mir vollkommen klar.«

»Dann spar dir deine Fragen. Dein Kaffee ist übrigens fertig.«

Der Rauch der Zigarette in seinem Mundwinkel ließ ihn die Augen leicht zusammenkneifen, während er sich eingoß.

»Damit du nicht denkst, daß ich die Geheimnisvolle spielen will – es ist mir zu öde, ganz allein zu Hause zu sitzen. Deshalb fahre ich ein bißchen fort.«

Er setzte sich ihr gegenüber, nahm die Zigarette aus dem Mund und sah sie prüfend an. »Heute abend«, sagte er, »wärst du ja noch nicht allein gewesen.«

»Haarscharf erkannt. Aber für zwei Tage lohnt es sich doch gar nicht wegzufahren.«

Er trank seinen Kaffee. »Ausgezeichnet! Willst du nicht auch einen Schluck?«

Sie hätte sein Angebot gern angenommen, aber es schien ihr zu intim, mit ihm aus einer Tasse zu trinken. »Nein, danke.«

»Es ist noch Kaffee da. Ich kann dir eine frische Tasse holen.«

»Nein, danke«, sagte sie schärfer als zuvor; sie wollte das unerquickliche Beisammensein mit ihrem Geschiedenen nicht ausdehnen.

»Und wo willst du hin? Du brauchst mir nicht zu antworten. Es interessiert mich nur so. Ganz allgemein.«

»Richtung Nordsee. Vielleicht nach Büsum.«

»Eine gute Idee.«

»Ich freue mich, daß sie deine Zustimmung findet.« Claudia drückte ihre Zigarette aus und stand auf.

Er erhob sich ebenfalls. »Warum nimmst du uns nicht mit? Mich und Imogen?«

Sie zuckte zusammen, als hätte er sie geschlagen. »Das kann doch nicht dein Ernst sein!«

»Warum denn nicht? Was wäre schon dabei? Imogen würde sich riesig freuen, und für mich... für mich wäre es ganz wunderbar.«

»Aber nicht für mich«, sagte sie hart.

»Claudia! Wirst du denn nie vergessen...«

»Nein. Ich kann es nicht, und ich will es auch gar nicht.«

»Können wir nicht ohne Haß miteinander umgehen? Wie normale Menschen miteinander verkehren? Schon wegen Imogen?«

»Wenn du es genau wissen willst: mir wäre wohler, wenn ich dich überhaupt nicht mehr sehen müßte.«

»Wünschst du mir den Tod?«

Sie dachte nach. »Nein, das nicht. Aber ich würde aufatmen, wenn du für immer aus meinem Blickfeld verschwinden würdest.«

»Den Gefallen kann ich dir nicht tun.«

»Damit habe ich auch nicht gerechnet.«

»Aber bald wird Imogen groß genug sein, daß sie allein zu mir fahren kann.«

»Ich glaube nicht, daß du einen guten Einfluß auf sie hast.«

»Sie liebt mich.«

»Das macht die Sache auch nicht besser.«

Sie standen sich plötzlich so nahe gegenüber, daß sie sich hätten berühren können. Aber beiden wurde bewußt, daß es Welten waren, die sie trennten.

»Laß das alles nur stehen und liegen«, sagte Claudia mit gleichgültiger Stimme und machte eine Geste zum Tisch hin, »ich räume später auf.« Sie nahm ihre Handtasche und verließ die Küche.

Michael ließ sich auf seinen Stuhl sinken, stützte die Ellenbogen auf und verbarg das Gesicht in den Händen. So saß er lange da, bis ihm einfiel, daß Imogen jeden Augenblick erscheinen konnte. Er richtete sich auf und atmete tief durch. Seine erste Zigarette war im Aschenbecher verqualmt. Er zündete sich eine neue an. Der Kaffee war inzwischen kalt geworden. Aber er trank ihn trotzdem.

Als Claudia in Büsum eintraf, war es bereits dunkel. Die Fahrt in die Nacht hinein hatte ihre ganze Aufmerksamkeit verlangt und ihren Ärger über Michaels Dreistigkeit verdrängt. Das Hotel *Zum Krabbenfischer* war nicht leicht zu finden, und sie mußte an einer Tankstelle anhalten und nach dem Weg fragen. Sie nutzte die Gelegenheit, ihr Kabriolett auftanken und die Windschutzscheibe putzen zu lassen.

Auf dem letzten Stück kamen ihr Bedenken, ob das Hotel vielleicht über den Winter geschlossen haben könnte. Wie sollten sie und Ralf sich dann finden? Er konnte nicht gut nach ihr oder sie nach ihm fragen. Es sollte ja wie eine Zufallsbegegnung wirken.

Dann sah sie, etwas außerhalb des Ortes, das Hotel vor sich liegen.

Der Eingang war hell erleuchtet, und durch einige Fenster fiel gedämpftes Licht. Ihr schien, daß das Hotel – aus einigen alten Fischerhäusern in rotem Backstein mit Rieddächern zusammengebaut – sie mit Wärme empfing. Es wurde ihr wohl zumute.

Auf dem Parkplatz seitlich des Hotels standen nur einige Autos. Sie ordnete ihr Cabriolet ein und nahm ihren Koffer vom Rücksitz. Sich nach Ralfs Wagen umzusehen verbot sie sich. Es hätte einen merkwürdigen Eindruck gemacht, wenn sie dabei beobachtet worden wäre. Statt dessen schritt sie geradewegs auf die Eingangstür zu, drückte die Messingklinke nieder und ging hinein.

Der Vorraum, holzgetäfelt mit niedriger Decke, war nur schwach beleuchtet. Niemand stand hinter dem Empfangstisch. Claudia trat näher, wollte schon rufen, als sie eine Glocke entdeckte. Sie nahm sie zur Hand und läutete. Es klang hell und melodisch.

Kurz darauf öffnete sich die Tür hinter dem Pult, und eine dicke Frau mit blondem, stark gekrausten Haar und rotem Gesicht erschien. Sie lächelte Claudia freundlich zu, während ihre hellen Augen sie abschätzend musterten.

Claudia hielt ihrem Blick stand. Sie hatte sich bewußt einfach angezogen – graue Flanellhose und grauer Rollkragenpullover unter ihrem gefütterten Trench, kein Schmuck – und nur wenig geschminkt. »Guten Abend!« sagte sie. »Ich suche ein Zimmer für zwei Nächte. Es sollte ruhig sein und, wenn es geht, einigermaßen gemütlich. Ich will das Wochenende nutzen, um mich zu erholen.«

»Dann möchte ich Ihnen unsere Suite empfehlen.« Als Claudia, ein wenig irritiert, die Augenbrauen hob, fügte sie rasch hinzu: »Die ist nicht prunkvoll und um diese Jahreszeit auch nicht besonders teuer. Aber es gehört ein Wohnzimmer mit offenem Kamin dazu.«

»Das klingt gut. Ich werde zwar die meiste Zeit draußen sein ...«

»Sie werden sehen, wie angenehm es ist, sich nach einer Wanderung am Feuer zu wärmen.«

»Das glaube ich Ihnen. Ich bin einverstanden.«

»Wir haben nur die eine im ganzen Haus. Deshalb ist sie auch nicht im Prospekt aufgeführt. Wenn Sie sich bitte einschreiben würden.« Die Frau schob Claudia das aufgeschlagene Gästebuch zu, indem sie es gleichzeitig umdrehte.

Bevor Claudia sich mit ihrem Mädchennamen eintrug – Claudia Wolff, Hamburg –, überflog sie die anderen Namen auf der aufgeschlagenen Seite. Ralf Hayd war nicht darunter.

Die Frau drehte das Buch wieder zu sich herum. »Danke, Frau Wolff. Ich bin übrigens Klara Kruse, die Hausdame. Um diese Jahreszeit leite ich das Hotel. Sollten Sie irgendwelche Wünsche oder Fragen haben, wenden Sie sich, ohne zu zögern, immer an mich.«

»Das werde ich tun. Vielen Dank.«

Frau Kruse nahm zwei Schlüssel vom Brett. Sie betätigte die Glocke, und ein blonder, glatthaariger Junge in einer Andeutung von Uniform kam herbeigelaufen und wollte Claudia, auf einen Wink der Hausdame, den Koffer aus der Hand nehmen.

»Nein danke, lassen Sie nur!« wehrte Claudia ab. »Der ist ganz leicht.«

»Wird wohl so sein«, stimmte Frau Kruse zu, »aber der Jung muß was zu tun haben.«

Claudia gab ihren Koffer ab. Sie folgte der Hausdame durch einen Aufenthaltsraum, in dem ein altes Ehepaar im Licht einer Stehlampe saß – er hatte ein Buch vor sich, sie eine Strickarbeit, die Deckenlichter waren nicht eingeschaltet –, eine Treppe hinauf. Danach ging es durch einen düsteren, verwinkelten Gang, immer wieder ein paar Stufen hinauf und dann wieder hinunter. Der Junge mit dem Koffer hielt sich hinter ihnen.

»Sie müssen schon entschuldigen, Frau Wolff«, sagte Frau Kruse, sich halb umwendend, »aber unser Hotel ist mehrmals vergrößert worden. Sie werden sich hoffentlich zurechtfinden.«

»Das hoffe ich doch sehr«, sagte Claudia, die sich dessen gar nicht so sicher war.

Endlich schloß die Hausdame eine der Türen auf, die Zutritt zu einem kleinen Vorraum mit einem Schrank und einer Kofferablage gab. Frau Kruse knipste das Licht an. Der Junge stellte den Koffer ab, Claudia gab ihm ein Trinkgeld. Er bedankte sich und zog sich zurück.

Die Hausdame öffnete erst die Tür rechter Hand und ließ Claudia in ein gut ausgestattetes Bad mit Bidet und Toilette sehen. Es war weiß gekachelt. Dann machte sie eine zweite Tür auf, die in das Wohnzimmer führte, und knipste auch hier Licht an. Der behagliche Raum war mit einem runden Tisch, einem Sofa, zwei Sesseln und einem kleinen Schreibtisch mit Stuhl möbliert. Im offenen Kamin war

Holz geschichtet. Es roch intensiv nach kaltem Rauch, aber Claudia hoffte, daß sich das geben würde, wenn erst einmal ein Feuer brannte.

»Es gefällt mir«, erklärte sie.

»Das freut mich. Es ist unsere Hochzeitssuite.«

»Aber ich bin doch allein!«

»Zur Zeit haben wir hier keine Paare, sonst hätte ich sie Ihnen gar nicht anbieten können.« Die Hausdame öffnete die Tür zum Schlafraum, der fast zur Hälfte von einem breiten Himmelbett mit rotseidenem Baldachin eingenommen wurde. Zwei kleine Nachttische, eine Kommode aus poliertem Holz und ein bemalter Bauernschrank füllten den Raum.

Claudia sah sich um. »Sehr schön, aber für eine Person etwas zu üppig, meinen Sie nicht auch?«

»Es sind unsere ruhigsten Räume, aber wenn ich Ihnen etwas anderes zeigen soll...«

»Danke, nein. Es gefällt mir schon, nur... ich hatte so etwas nicht erwartet.«

»Warum sollten Sie sich nicht mal verwöhnen? Das Mädchen wird Ihnen später eine Wärmflasche ins Bett legen.«

Das war ein Angebot, das Claudia für ganz unnötig hielt, aber sie mochte es nicht ausschlagen.

»Radio und Fernsehen haben wir hier nicht«, erklärte Frau Kruse geradezu mit Stolz. »Die Leute aus der Stadt sollen sich bei uns mal richtig erholen.«

»Das finde ich gut.«

»Telefon steht auf dem Schreibtisch, vielleicht haben Sie es ja schon gesehen. Wenn Sie ein Gespräch nach auswärts haben wollen, müssen Sie es über die Zentrale laufen lassen.«

»Ich beabsichtige nicht zu telefonieren.«

»Um so besser. Wir haben im Moment nicht sehr viele Angestellte im Haus.«

»Also, ich nehme die Suite, und ich danke Ihnen für Ihre Freundlichkeit, Frau Kruse. Daß Sie sie mir gezeigt haben, meine ich. Von selber hätte ich nicht danach verlangt.«

»Sie sind eine Dame, der es zusteht.«

»Wie kommen Sie darauf? Ich bin eine berufstätige Frau.«

»In gehobener Position, nicht wahr? Lassen Sie nur, ich kenne mich aus.«

Diese Einschätzung der Hausdame war Claudia alles andere als angenehm. Sie hatte gehofft, wie eine bescheidene graue Maus zu wirken. Aber anonym zu bleiben schien schwerer, als sie gedacht hatte.

»Soll ich Ihnen den Jungen schicken, damit er Feuer macht?« fragte Frau Kruse.

Claudia dachte nach. »Danke. Vielleicht später. Erst werde ich mal ein Bad nehmen und dann – kann ich im Haus noch eine Kleinigkeit essen?«

»Bis neun Uhr ist die Küche offen, danach gibt es leider nur noch kalt.« Die Hausdame blickte auf ihre Armbanduhr. »Aber ich könnte Ihnen auch gleich etwas heraufschicken.«

Das war ein verlockendes Angebot, doch Claudia konnte nicht darauf eingehen, weil sie die Begegnung mit Ralf inszenieren mußte. Sie hoffte nur, daß er nicht verhindert wäre.

»Nein danke«, sagte sie, »ich schaff' das schon bis dahin – und wenn nicht, begnüge ich mich eben mit einem Schnittchen.«

Während dieses Gespräches waren sie durch das Wohnzimmer zurück in den Vorraum gegangen. Jetzt übergab die Hausdame Claudia den Schlüssel, der an einem schön geschnitzten Holztäfelchen befestigt war. Sie nahm ihn dankend entgegen. Er trug die Nummer zwölf.

»Eine Tür vom Schlafzimmer zum Gang gibt es nicht mehr. Die Öffnung ist zugemauert worden.« Frau Kruse sah an Claudia vorbei. »Aus naheliegenden Gründen.«

»Natürlich«, sagte Claudia nur.

»Dann lasse ich Sie jetzt allein, Frau Wolff. Ich wünsche Ihnen einen angenehmen Aufenthalt.« Frau Kruse verließ den Vorraum.

Claudia schloß hinter ihr ab. Dann zog sie ihren Trench aus und hängte ihn in den Schrank. Während sie sich ein Bad einlaufen ließ, packte sie ihren Koffer aus und verteilte Kleidung und Utensilien im Schlafzimmer, Vorraum und Bad.

Danach zog sie sich gemächlich aus, reinigte ihr Gesicht und cremte es ein, gab einen Pflegezusatz ins Wasser und ließ sich in die Wanne gleiten. Sie hatte nicht vor, sich abzuhetzen, weder wegen des warmen Abendessens noch Ralf zuliebe. Mochte er nur warten, wenn er denn inzwischen eingetroffen war. Und wenn nicht – der Gedanke schreckte sie nicht. Sie spürte, daß sie sich auch allein hier sehr wohl fühlen würde. Ganz entspannt schloß sie die Augen und ließ die Minuten verrinnen.

Es war neun Uhr vorbei, als Claudia ihre Suite verließ. Trotz ihrer Bedenken fand sie ohne Schwierigkeiten den Weg in die Halle zurück. Sie hatte ihr Gesicht frisch hergerichtet und trug jetzt ein fließendes blaues Wollkleid, Seidenstrümpfe und hochhackige Schuhe.

Frau Kruse erwartete sie an der Rezeption und nahm ihren Schlüssel entgegen. »Ich dachte mir schon, daß es etwas später werden würde«, sagte sie, »aber ich könnte Ihnen noch eine dänische Krabbensuppe anbieten. Die wird Ihnen bestimmt guttun. Wir haben Rotbarsch und Krabben frisch geliefert bekommen.«

»Wegen mir sollte sich die Küche keine Umstände machen«, sagte Claudia, die sich gern mit einer Kleinigkeit begnügt hätte.

»Aber nein, es ist alles schon vorbereitet.«

»Sie sind wirklich sehr nett zu mir«, sagte Claudia, von so viel Freundlichkeit betroffen.

»Zum Speisezimmer geht es geradeaus. Gehen Sie nur durch die Halle!«

In der Halle saß immer noch das alte Ehepaar unter der Stehlampe. Claudia schien es, als blickte die Frau neugierig von ihrer Strickerei auf, als sie vorbeiging. Claudia schritt rasch weiter und wäre beinahe gestolpert, weil es zum Speisezimmer eine Stufe hinaufging. Auch hier war es ziemlich dunkel. Aber der holzgetäfelte Raum mit den goldbraunen, vom Boden bis zur Decke reichenden fest zugezogenen Vorhängen wirkte gemütlich. Es gab nur sechs Tische, sie waren mit buntem Tuch bedeckt. Auf einigen von ihnen leuchteten Lampen. Außer Claudia war nur ein anderer Gast im Raum, ein Mann in einem Rollkragenpullover, der in ein Buch vertieft war und, ein Glas Bier vor sich, gleichzeitig Käsebrote in sich hineinschob.

Claudia setzte sich, mit dem Rücken zur Wand, an einen Ecktisch.

Ein dünnes junges Mädchen in einfachem Baumwollkleid und Stiefeletten, eine weiße Tändelschürze vorgebunden, näherte sich ihr und reichte ihr eine Speisekarte. »Guten Abend! Unsere Küche ist leider schon...«

»Ja, ich weiß. Aber Frau Kruse hat mir trotzdem eine dänische Krabbensuppe versprochen.«

»Ach, Sie sind die Dame! Entschuldigen Sie, das hätte ich wissen müssen.«

»Nein, aber wieso denn? Bringen Sie mir dazu bitte einen weißen trockenen Wein.«

»Eine ganze Flasche?«

»Haben Sie nur ganze Flaschen?«

»Ja. Von den guten Tropfen schon.«

»Bringen Sie sie nur her. Ich brauche sie ja nicht heute abend auszutrinken, und ein Mineralwasser dazu, aber bitte schnell. Ich bin ganz verdurstet.«

»Sofort!« Das Mädchen sputete sich.

Claudia suchte in ihrer Handtasche nach Zigaretten und Feuerzeug. Es wurde ihr bewußt, daß sie mehr als deutliche Spuren gelegt hatte. Frau Kruse würde sich an sie erinnern. ›Ja, eine große, schlanke Frau mit sehr dunklem Haar und auffallend blauen Augen. Ich habe ihr unsere Hochzeitssuite gegeben.‹ – Die Bedienung: ›Ja, natürlich, die Küche war schon zu, aber sie hat trotzdem eine Krabbensuppe verlangt und eine ganze Flasche Wein.‹ – Claudia begriff, daß es ihr nicht möglich war, unauffällig zu sein oder sich gar unsichtbar zu machen. Damit mußte sie leben. Aber es war unsinnig, sich deswegen Gedanken zu machen. Knut war nicht der Mann, der seine Frau beschatten ließ. Niemand war ihr gefolgt, und niemand würde ihr nachschnüffeln.

Das Mädchen kam zurück und brachte ein Tablett mit dem Mineralwasser, dem Wein und Gläsern. Sie schenkte Claudia ein Glas Wasser ein, das sie durstig leerte, und hielt ihr das Etikett der Weinflasche hin, so daß sie es lesen konnte.

»Sehr gut!« sagte Claudia, während das Mädchen sich bemühte, die Flasche zu öffnen. »Würden Sie bitte dafür sorgen, daß mir eine Flasche Wasser – nein, besser zwei – auf mein Zimmer gebracht werden?«

»Ja, gerne. Zimmer zwölf, nicht wahr?«

»Ganz richtig.«

Das Mädchen schenkte Claudia einen Schluck Wein ein und sah sie erwartungsvoll an, während sie probierte.

»Ja, danke. Der ist in Ordnung.«

Das Mädchen schenkte ihr das Glas voll. »Ist er kühl genug? Er kommt aus dem Keller.«

»Ja, er hat genau die richtige Temperatur.«

Claudia zündete sich eine Zigarette an; es war die erste seit vielen Stunden, und sie inhalierte vorsichtig, um nicht husten zu müssen. Sie rauchte langsam und mit Genuß, zündete sich gleich danach eine zweite an, nur um beschäftigt zu sein.

Es war dumm, so allein dazusitzen und auf das Essen zu warten. Sie erinnerte sich nicht, wann sie das letzte Mal eine ähnliche Situation erlebt hatte. Gedankenvoll stieß sie den Rauch in die Luft und wünschte sich, sie hätte ein Buch dabei, um ihre Nase hineinzustekken.

Zu allem Überfluß bemerkte sie, daß der junge Mann im Rollkragenpullover sie zu fixieren begonnen hatte. Er war nicht mehr in seine Lektüre vertieft, sondern hob immer wieder den Kopf, um sie anzublicken. Einmal versuchte er es sogar mit einem Lächeln.

Claudia sah an ihm vorbei oder durch ihn hindurch. Er schien ganz nett zu sein, aber an nichts war ihr jetzt weniger gelegen als an einer Zufallsbekanntschaft. Dennoch konnte sie nicht umhin, alles zu bemerken, was er tat. Er schluckte den letzten Bissen seines Käsebrotes hinunter, nahm einen Schluck Bier und zog ein Zigarettenpäckchen aus der Hosentasche. Danach begann er demonstrativ nach Streichhölzern zu suchen.

Claudia wußte, wenn sie ihn auch nur mit einem Wimpernschlag ermutigte, würde er aufstehen, an ihren Tisch kommen und sie um Feuer bitten. Aber sie tat ihm nicht den Gefallen, sondern betrachtete scheinbar angelegentlich ein Ölgemälde, das einen Kutter bei hohem

Wellengang darstellte. Endlich begriff der junge Mann, daß es ihm nicht vergönnt war, ihre Aufmerksamkeit auf sich zu ziehen, und winkte der Bedienung. Das Mädchen trat an seinen Tisch und zog nach kurzem Wortwechsel ein Streichholzbriefchen aus ihrer Schürzentasche, gab ihm Feuer und überließ ihm das angebrochene Briefchen, bevor sie ein Gedeck für Claudia auflegte. Er klappte sein Buch zu und betrachtete, während er rauchte, mit unverhohlenem, aufdringlichen Interesse den neuangekommenen Gast.

Claudia war erleichtert, als das junge Mädchen ihr die Suppe servierte, eine Terrine, aus der sie ihr den heißen Sud mit Fischstückchen und Krabben in den Teller tat. Dazu gab es Toast, der in eine Serviette geschlagen war.

Das Mädchen wünschte guten Appetit und blieb abwartend stehen, bis Claudia den ersten Löffel probiert hatte. Die Suppe, mit Weißwein und Curry gewürzt, schmeckte köstlich, und Claudia sagte es ihr.

Das Gesicht des Mädchens strahlte auf. »Da wird sich die Frau Kruse freuen!«

»Hat sie die Suppe etwa selber gekocht?«

»O ja, es ist ihre Spezialität.«

In diesem Augenblick betrat Ralf Hayd das Speisezimmer.

Claudia, die ihre Suppe löffelte und mit dem Mädchen plauderte, bemerkte ihn nicht sofort. Erst als er ihren Namen rief, wandte sie den Blick in seine Richtung. Es fiel ihr nicht schwer, Überraschung vorzutäuschen, denn sie hatte – sie wußte selber nicht, warum – nicht mehr mit ihm gerechnet.

»Claudia, Sie sind es wirklich?« rief Ralf hoch erfreut. »Wie kommen Sie denn hierher?«

Claudia fand, daß er des Guten zuviel tat, und bemerkte trocken: »Mit dem Auto.«

Er lachte: »Na, versteht sich, daß Sie nicht zu Fuß oder mit dem Flugzeug unterwegs sind! Ich frage mich nur, was Sie ausgerechnet nach Büsum gezogen hat.«

»Ich wollte mal ein Wochenende raus aus der Stadt.«

»Genau wie ich!« sagte er begeistert. »So ein Zufall!«

Er sah, wie immer, sehr gut aus, ein wenig zu geschniegelt, wie Claudia fand, in seinem grauen, seidig schimmernden Anzug, weißem Hemd und grüner Seidenkrawatte.

»Ich möchte meine Suppe nicht kalt werden lassen«, sagte sie.

»Das sollen Sie auch nicht, natürlich nicht. Aber freuen Sie sich denn gar nicht?«

»Doch, ja. Setzen Sie sich zu mir!«

Das Mädchen, das die Szene beobachtet hatte, trat wieder heran. »Was darf ich Ihnen bringen, mein Herr?«

»Noch ein Gedeck!« bat Claudia. »Die Suppe schaffe ich ohnehin nicht allein – und vielleicht noch etwas warmes Röstbrot!«

»Ja, gern!« Das Mädchen eilte davon.

»Die Suppe wird Ihnen schmecken, Ralf«, erklärte Claudia, »Dänische Krabbensuppe. Sie ist ganz fabelhaft.«

»Mir hat man gesagt, es gebe nichts Warmes mehr.«

»Für mich schon. Ich habe hier einen Sonderstatus.«

»Wieso das?«

Sie zuckte die Achseln. »Weiß ich selber nicht.«

Ralf nahm ihr Weinglas, sagte: »Sie erlauben doch« und nahm einen kräftigen Schluck.

»Das finde ich nicht so gut«, bemerkte Claudia.

»Was?«

»Daß Sie aus meinem Glas trinken, Ralf. Das macht den Eindruck, als wären wir sehr vertraut miteinander.«

»Ich finde es wesentlich schlimmer, daß Sie hier gleich die ›Gnädige‹ spielen mußten.«

»Das habe ich nicht getan!« verteidigte sich Claudia heftig.

»Aber sicher haben Sie das! Wie sonst wären Sie zu einem Sonderstatus gekommen?«

Wütend sahen sie sich in die Augen.

Dann lachte Claudia auf. »Das ist doch Unsinn, Ralf, total verrückt, wenn wir unsere Begegnung gleich mit einem Streit beginnen.«

»Ich lasse mich nicht gerne maßregeln«, sagte er, immer noch böse.

»Wer liebt das schon? Entschuldige bitte. Ich war gereizt.«

»Weil du hast warten müssen?« fragte er halblaut, schon milder gestimmt.

»Wahrscheinlich«, gab sie zu.

»Ich kann dir alles erklären.«

»Scht«, machte Claudia, als die Bedienung zurückkam, frischen Toast brachte und ein zweites Gedeck auflegte. Sie tat Ralf Suppe auf.

»Jetzt essen Sie erst einmal, Ralf«, forderte Claudia ihn auf, »danach werden Sie sich bestimmt wohler fühlen.«

Er nahm den ersten Löffel, sagte: »Ah, gut!« lächelte Claudia an und fügte hinzu: »Ich fühle mich jetzt schon famos.«

»Na, wunderbar.«

Der junge Mann im Rollkragenpullover zahlte und stand auf. Im Vorbeigehen verneigte er sich mit ironisch übertriebener Hochachtung vor Claudia. Sie nickte ihm herablassend zu.

»Was war denn das für ein Komiker?« wollte Ralf wissen.

»Ich kenne ihn nicht.«

»Warum dann diese Reverenz?«

»Dein Auftauchen hat ihn wohl darüber hinweggetröstet, daß es ihm nicht gelungen ist, mich anzumachen.«

»Hat er es denn versucht?«

»Ziemlich schwächlich. Mit Anstarren und so. Aber ich habe ihn abblitzen lassen.«

»Du bildest dir wohl ein, daß jeder Mann auf dich fliegt?«

»Nimm dir noch Suppe!« sagte sie freundlich.

»Ach, Claudia, verzeih mir! Es war gräßlich. Kurz vor Ladenschluß – Vater war schon gegangen, und ich wollte gerade zumachen – kam ein Ehepaar ins Geschäft. Natürlich habe ich gleich versucht die beiden hinauszukomplimentieren – in Gedanken war ich ja längst hier und bei dir! Aber weißt du, wofür sie sich interessiert haben? Ausgerechnet für das barocke Ungetüm von Schrank, das wir nicht loswerden können, weil es in keine normale Wohnung paßt. Sie haben sich, wie sie erzählten, ein Wasserschloß gekauft – ausgerechnet ein Wasserschloß, kannst du dir so eine Extravaganz vorstellen? Jetzt sind sie auf der Suche nach dekorativen Möbeln für die riesigen Räume, und dekorativ ist unser Schrank ja schon.«

»Er ist wunderbar.«

»Ja, aber viel zu groß. Es war blöd von uns, ihn zu ersteigern. Kleine Möbel gehen immer, aber dieses Ungetüm...«

Sie fiel ihm ins Wort. »Sie haben ihn also nicht genommen?«

»Noch ist nichts entschieden. Sie haben ihn ausgemessen und wollen wiederkommen. Vielleicht hätte ich sie überzeugen können, wenn ich bei der Sache gewesen wäre. Aber ich stand wie auf heißen Kohlen.«

»Dann habe ich dir also das Geschäft vermasselt?«

»Das kann man so nicht sagen. Vielleicht ist es auch ein Anreiz für sie, daß ich nicht unbedingt darauf aus war, das Ding loszuwerden.«

Sie plauderten miteinander, ließen es sich schmecken und tranken den guten Wein dazu. Der jähe Streit war schon vergessen.

Imogen und Michael von Geldern zeichneten im Licht der starken Arbeitslampe um die Wette. Dabei befolgten sie ein bestimmtes Ritual. Erst dachten sie sich ein Sujet aus, das sie auf das dicke, feste Zeichenpapier bannen wollten. Jedesmal gab es vorher eine Diskussion.

»Laß uns mal ein Pferd versuchen«, schlug Imogen vor.

»Viel zu schwer für dich!« hielt ihr der Vater entgegen. »Daran würde ich mich nicht einmal trauen.«

»Einen Hund?«

»Nehmen wir lieber einen Apfel. Sieh mal her, ich habe welche da. Jeder kann einen abzeichnen.«

»Das ist doch piepeleicht!«

»Versuch es!«

»Aber danach eine Katze?«

»In Katzen bin ich Fachmann.«

»Ja, ich weiß. Aber du kannst ja alles besser als ich.«

»Weil ich mehr Übung habe als du.«

Imogen sah ihn forschend an. »Glaubst du, daß ich es eines Tages auch so gut kann wie du?«

»Vielleicht sogar besser – falls du nicht vorher die Lust daran verlierst.«

»Wie kommst du auf so was?«

»Bei Mädchen ist das oft so. Manche schaffen die tollsten Sachen, und dann, von heute auf morgen, interessieren sie sich nur noch für Jungen. Es liegt ihnen nichts mehr daran, etwas zu leisten. Sie wollen nur noch gefallen.«

Sie hatten sich die Äpfel zurechtgelegt und begannen zu zeichnen. Michael nahm mit dem Bleistift Maß, und Imogen tat es ihm nach.

»Es gibt nichts Langweiligeres als Jungs«, behauptete sie.

»Noch.«

»Ich glaube nicht, daß sie später interessanter werden.«

»Aber du wirst sie mit anderen Augen sehen.«

»Meine Augen sind meine Augen und werden immer meine Augen bleiben.«

»Warte es ab!«

Das Abzeichnen des Apfels erwies sich dann doch als nicht so einfach, wie Imogen es sich vorgestellt hatte. »Mein Apfel sieht aus wie ein Ball mit Stiel«, klagte sie.

Er zeigte ihr sein Kunstwerk. »Du mußt ihn schraffieren, Licht und Schatten mit einbeziehen.«

Imogen bemühte sich mit solchem Eifer, daß sie dabei die Zungenspitze aus dem Mund streckte.

»Beiß sie dir nicht ab!« sagte Michael.

Imogen fuhr hoch. »Wie? Was?«

»Deine Zunge.«

Imogen brauchte einige Sekunden, bis sie begriff. »Das finde ich gar nicht witzig«, sagte sie; Tränen stiegen ihr in die Augen, und sie senkte rasch den Kopf, damit der Vater sie nicht sehen konnte.

»Verzeih mir, Kleines«, sagte er, »ich bin ein taktloser Mensch.« Er hoffte, daß sie ihm widersprechen würde.

Aber sie sagte, freudlos strichelnd: »Manchmal schon.«

›Was bin ich nur für ein Trottel!‹ dachte er. ›Wir hatten es so nett miteinander, und nun habe ich es verdorben.‹

Imogen hatte sich wieder gefaßt. Ihre Stimme klang noch ein wenig erstickt, aber sie erklärte tapfer: »Mach dir nichts daraus, Michael. Ich habe dich trotzdem lieb. Aber mit dem blöden Apfel möchte ich nicht mehr weitermachen.«

Ihr Großmut beschämte ihn, doch er wußte nicht, wie er es ihr gegenüber hätte ausdrücken können. »Laß mal sehen!« sagte er und wollte ihr Blatt an sich ziehen.

Da sie mit ihrer Arbeit nicht zufrieden war, hielt sie es fest, und schon war es zerrissen. Er hielt das Stück mit der Zeichnung in der Hand. »Ist doch ganz gut geworden«, behauptete er.

»Gar nicht.« Sie riß ihm das Papier aus der Hand und warf es, zusammen mit ihrem Fetzen, zu Boden, wie er selber es mit mißglückten Zeichnungen zu tun pflegte. »Jetzt eine Katze!«

»Einverstanden.« Er gab ihr einen neuen Bogen Papier, und sie machten sich wieder an die Arbeit. Ihm gelang es mit wenigen Strichen, während sie sich noch abmühte, einen buckelnden Kater mit hoch erhobenem Schwanz zu skizzieren.

»Eines finde ich komisch«, sagte er.

»Ja? Was?« fragte sie, ohne sich ablenken zu lassen.

»Daß Claudia verreist ist.«

»Die meisten Leute verreisen hin und wieder.«

»Sehr weise gesprochen. Aber Claudia hat es noch nie getan. Jedenfalls nicht allein.«

»Vielleicht ist sie gar nicht allein«, meinte Imogen arglos.

Unwillkürlich packte er sie bei der Schulter und schüttelte sie: »Was sagst du da?«

»Aua!« schrie sie empört. »Du tust mir weh!«

Er ließ sie sofort los. »Entschuldige, Kleines!«

»Jetzt ist mir der Bleistift ausgerutscht.« Sie griff nach dem Radiergummi.

»Das macht doch nichts, macht gar nichts.« Michael rauchte wenig, wenn seine Tochter bei ihm zu Besuch war, aber nun zündete er sich, um sich zu beruhigen, doch eine Zigarette an. »Wie kommst du darauf, daß Claudia nicht allein weggefahren ist?«

»Es ist mir bloß so eingefallen.«

»Hat sie etwas davon gesagt?«

»Nein.«

»Warum glaubst du es dann?«

»Es könnte doch sein – oder nicht?«

»Jedenfalls würde es manches erklären.«

Imogen, ganz mit ihrem Kater beschäftigt, stellte keine Fragen.

»Es würde erklären«, spann Michael seinen Gedanken weiter, »warum sie uns nicht mitgenommen hat.«

Imogen hob den Blick von der Zeichnung und sah ihn erstaunt an. »Aber dies ist doch unser Wochenende, Michael.«

»Wir hätten es doch ausnahmsweise alle drei zusammen verbringen können!«

»Das wäre nicht dasselbe.«

»Es muß ja nicht immer dasselbe sein. Es kann doch auch einmal eine Abwechslung geben.«

»Wenn sie sagen würde, abwechslungshalber kommt Imogen diesmal nicht zu dir, sie bleibt zu Hause, dann würde dir das wohl auch nicht passen.«

»Wärst du denn nicht gern mit uns beiden verreist?«

Imogen steckte das stumpfe Ende ihres Bleistifts in den Mund und kaute nachdenklich darauf herum. »Ich weiß nicht«, sagte sie schließlich.

»Ich hätte es jedenfalls gern getan. Ich habe es ihr sogar vorgeschlagen. Aber sie hat nein gesagt.«

»Weil sie sich nicht mehr mit dir zanken will. Das weiß ich genau. Sie will sich nicht mehr mit dir streiten.«

»Wir hätten aber doch auch ganz friedlich zusammensein können.«

Imogen legte den Kopf schief und sah ihren Vater skeptisch an.

»Du glaubst mir nicht?«

»Nein.«

»Das ist wenigstens eine ehrliche Antwort.«

Imogen gefiel das Gespräch ganz und gar nicht. Um abzulenken, hielt sie ihm ihre Zeichnung hin. »Sieh dir mal meinen Kater an!«

Er begutachtete ihn länger, als es nötig gewesen wäre. »Der gefällt mir. Gut getroffen. Tatsächlich.«

»Schwierige Sachen kann ich eben besser als leichte«, stellte Imogen befriedigt fest.

Er zog noch einmal fest an seiner Zigarette und drückte sie dann in einer Blechschachtel aus. »Du hast vorhin gesagt, Claudia wäre nicht allein verreist...«

»O ja!« rief sie. »Hätte ich bloß den Mund gehalten!«

»Kannst du dir auch vorstellen, mit wem?«

»Nein!«

»Aber du mußt dir doch etwas dabei gedacht haben.«

»Das, was ich gesagt habe.« Sie gähnte übertrieben, um dem Vater zu verstehen zu geben, daß sie müde war.

»Wen könnte sie denn mitgenommen haben? Denk nach!«

»Vielleicht – jemand aus der Firma.«

»Jemand Bestimmten?«

Imogen zuckte die Achseln.

»Einen Mann? Oder eine Frau?«

»Weiß ich doch nicht.«

»Du hältst es also für möglich, daß sie mit einem Mann unterwegs ist?«

Imogen hielt sich die Ohren zu. »Hör auf damit! Hör auf! Ich weiß nichts, gar nichts! Du bist wirklich schlimm! Jetzt weiß ich, warum Claudia es nicht mit dir ausgehalten hat.«

Er nahm sie in die Arme. »Kleines, bitte, reg dich doch nicht auf!«

Sie ließ die Hände sinken und lehnte sich an ihn.

»Es ist doch nur natürlich, daß ich wissen möchte, ob...«

Sie riß sich los, stieß ihn von sich und schrie: »Es geht dich nichts an! Claudia kann tun, was sie will – es geht dich nichts an!«

»Aber Imogen«, sagte er ganz erschüttert, »so habe ich dich ja noch nie erlebt!«

»Weil du auch noch nie so schlimm warst!«

Er hätte sie gerne gefragt, ob sie nicht selber bei dem Gedanken beunruhigt war, daß ihre Mutter mit einem anderen Mann herumziehe – aber vielleicht regte sie sich gerade deshalb so sehr über dieses Thema auf. Jedenfalls mußte er aufhören, mit ihr darüber zu diskutieren, wenn er nicht Gefahr laufen wollte, sie zu verlieren wie Claudia.

»Du darfst nicht denken, daß ich neugierig bin«, sagte er versöhnlich.

Imogen stampfte mit dem Fuß auf. »Bist du doch!«

»Ich mache mir nur Sorgen.«

»Sorgen? Warum?«

»Das kann ich dir nicht erklären. Es war dumm von mir, daß ich überhaupt damit angefangen habe.«

»Du bist wirklich dumm, wenn du es nicht mal erklären kannst.«

»Du solltest nicht so mit mir sprechen.«

»Und du solltest nicht versuchen mich auszuquetschen.«

»Ich habe dir schon gesagt, daß es mir leid tut.«

»Hast du nicht.«

»Nun denn – es tut mir schrecklich leid, und ich verspreche dir: es soll nie wieder vorkommen.«

Sie sah ihn mit schräg geneigtem Kopf mißtrauisch an. »Großes Ehrenwort?«

»Wenn es noch einmal passiert, darfst du ›Idiot‹ zu mir sagen.«

Jetzt mußte sie lächeln. »Ja, das bist du.«

»Wenn es mir noch einmal passiert, habe ich gesagt. Jetzt sind wir wieder versöhnt, ja? Wir wollen uns doch nicht unser Wochenende verderben – oder?«

»Nicht wegen Claudia«, erklärte Imogen mit Entschiedenheit.

Aber denken mußte sie doch an Claudia – später, als sie sich auf die Couch im Wohnzimmer schlafen gelegt und Michael sich in seine Kammer zurückgezogen hatte.

Bevor er darüber gesprochen hatte, war ihr die Reise ihrer Mutter als etwas ganz Natürliches erschienen. Sie hatte gut verstanden, daß es ihr keinen Spaß machen konnte, ganz allein zu Hause zu sein. Daß sie wegfuhr, hatte sogar ihr Gewissen entlastet. Nie wäre sie auf den Gedanken gekommen, daß ein Mann dabei im Spiel sein könnte. Es wurde ihr klar, daß Michael das dachte. Er war eifersüchtig, obwohl das dumm war, denn er war doch schon so lange von Claudia geschieden. Trotzdem war er es. Er liebte sie eben noch immer, und deshalb stänkerte er ja auch gerne gegen Onkel Knut, obwohl der ihm gar nichts getan hatte. Wenn sie es zuließe, würde er regelrecht über ihn herziehen.

Nun also war er eifersüchtig auf einen Unbekannten. Ob es den wirklich gab? Imogen erinnerte sich schwach, daß Claudia früher den einen oder anderen Freund gehabt hatte. Es hatte nie einer bei ihnen übernachtet, aber es hatte Männer gegeben, die sie abgeholt und erst sehr spät nach Hause gebracht hatten. Manchmal hatte sie dann schon geschlafen und es gar nicht mehr bemerkt.

Es war ihr nicht angenehm gewesen, abends allein zu bleiben. Aber sie hatte nie – oder vielleicht doch manchmal – versucht die Mutter zurückzuhalten. Sie hatte ihr nicht zur Last fallen wollen. Sie hatte verstanden, daß Claudia nicht immer nur mit ihr zusammensein, sondern sich auch mit Erwachsenen unterhalten wollte. Es war ja auch natürlich, daß Männer sie bewunderten und sich in sie verliebten.

Aber seit sie Onkel Knut kennengelernt hatte, war es damit vorbei gewesen. Sie war immer nur mit ihm ausgegangen, und wenn er verreist war, höchstens mal mit Onkel Sven und Tante Lydia. Für eine verheiratete Frau gehörte sich das auch wohl so.

War es möglich, daß sie jetzt doch wieder einen Freund hatte? Sie war doch mit Onkel Knut so glücklich, nie gab es Streit und Tränen. Das war nicht in allen Familien so. Imogen wußte das sehr gut. Es gab sogar Eltern, die sich schlugen. Aber zwischen Claudia und Onkel Knut fiel nie ein böses Wort, sie waren nicht einmal gereizt aufeinander. Wozu brauchte sie dann einen anderen Mann?

Es stimmte, daß Onkel Knut sehr viel arbeitete, und er verreiste häufig. Aber Claudia hatte sich nie darüber beklagt. Sie war ja auch nie allein geblieben, denn immer hatte Imogen ihr Gesellschaft geleistet. Nur gerade dieses Wochenende nicht. Aber der Gedanke, daß Claudia sich nur deswegen einen Freund genommen haben könnte, war wirklich zu dumm. Nur jemand wie Michael konnte auf so etwas kommen. In seiner Eifersucht hatte er sich das ausgedacht.

Natürlich war sie allein verreist, auch nicht mit einer Freundin, denn sonst hätte sie das ja gesagt. Vielleicht sollte sie ihm das morgen erklären. Aber wenn sich jemand etwas einbildete, dann war er nur schwer vom Gegenteil zu überzeugen. Die Erfahrung hatte sie schon gemacht. Besser, sie hielten sich an ihre Abmachung: kein Wort mehr über Claudia.

Arme Claudia! Jetzt fuhr sie also ganz allein in der Gegend herum. Nein, dazu war es schon zu spät. Sie hatte bestimmt schon ein Hotel erreicht. Vielleicht war sie mit einem Buch zu Bett gegangen. Allein.

Klüger wäre es natürlich von ihr, sie würde versuchen jemanden kennenzulernen. In einem Hotel machte man ja leicht Bekanntschaften. Wenn sie sich die Mutter vorstellte, wie sie mit ein paar netten Leuten zusammen war, mit ihnen lachte und scherzte, wurde ihr gleich leichter ums Herz. Es tat ihr auch nicht weh, wenn sie sich ausmalte, daß Claudia einem Mann begegnet war, der ihr gefiel. Michael würde bei so einem Gedanken verrückt werden. Sie nicht. Sie gönnte ihr, daß sie sich amüsierte. Hoffentlich tat sie es auch.

Es war schlimm, sich vorzustellen, daß Claudia allein war und traurig, und das aus ihrer Schuld. Sie hätte nicht den Vater besuchen dürfen, während Onkel Knut verreist war. Sie hatte nicht darüber nachgedacht, aber das war keine Entschuldigung. Das durfte nicht wieder vorkommen. Das Wochenende mit Michael konnte doch einfach verschoben werden.

›Nie, nie wieder werde ich Claudia allein lassen, wenn Onkel Knut auch nicht da ist‹, dachte Imogen.

Und mit diesem Vorsatz schlief sie endlich ein.

Claudia und Ralf genossen ihr gemeinsames Wochenende. Sie unternahmen Wattwanderungen, aßen geräucherten Stör am Hafen, fuhren auch einmal mit einem Fischerboot auf die See, tanzten in der Diskothek und liebten sich stürmisch – im prachtvollen Himmelbett und auch vor dem Feuer im Kamin. Zum ersten Mal verbrachten sie halbe Nächte miteinander und schliefen aneinandergeschmiegt. In der Frühe, bevor das Hotel erwachte, mußte Ralf sich dann in sein eigenes Zimmer zurückschleichen.

Er beklagte sich darüber, aber Claudia war es ganz recht so. Ihr tat es wohl, noch ein paar Stunden wirklichen Schlaf zu finden und sich frisch machen zu können, bis sie ihn wieder traf.

Die Zeit raste dahin, und nur zu schnell kam die Stunde des Abschieds.

Am Sonntagnachmittag – sie hatten schon gezahlt, und ihre gepackten Koffer standen im Eingang – tranken sie noch eine letzte Tasse Kaffee in der gemütlichen Halle.

»Es ist so schade«, meinte Claudia nachdenklich.

»Daß wir uns trennen müssen? Wir können uns doch schon morgen wiedersehen.«

»Aber nie mehr hier.« Sie nahm sich eine Zigarette. »Dabei waren alle so nett zu uns.«

»Wer weiß«, sagte er und gab ihr Feuer.

»Einmal konnten wir sie an einen Zufall glauben lassen ...« Sie unterbrach sich. »Haben sie es wohl geschluckt?«

»Das ist doch ganz gleichgültig.«

»Mir nicht. Nicht so ganz, weißt du.«

»Hör auf, dir Gedanken zu machen. Der *Krabbenfischer* ist nicht das Paradies auf Erden. Es gibt noch tausend Plätze auf dieser Welt, an denen wir glücklich sein können.«

»Du hast ja recht.« Sie lächelte ihn durch den Rauch ihrer Zigarette an. »Aber hier waren wir doch besonders glücklich, nicht wahr? Wir haben uns so gut wie nicht gezankt.«

»Das ist doch nicht der Maßstab des Glücks.«

»Ja, natürlich. Ich weiß nicht, wie ich es ausdrücken soll, was ich empfinde. Mir fehlen einfach die Worte.«

»Ein sehr seltener Zustand bei dir.«

»Ich fühle mich seltsam. Irgendwie durcheinander.«

»Ich habe etwas für dich, das dir den Abschied versüßen wird.« Er bückte sich und öffnete sein Köfferchen. »Zur Erinnerung an Büsum.« Aus einer Seitentasche holte er ein mit dunkelblauem Samt umspanntes Etui und reichte es ihr.

Sie ahnte, daß es einen Schmuck enthalten würde, und fragte irritiert: »Was ist das?«

»Sieh es dir an!«

Sie drückte ihre Zigarette aus und ließ das Etui aufschnappen. Auf weißer Seide lag ein kunstvoll gearbeitetes Collier aus Saphiren und Brillanten. Sie starrte es wortlos an.

»Frankreich«, erklärte er, »achtzehntes Jahrhundert. Es paßt genau zu deinen Augen.«

»Es ist wundervoll«, sagte sie, »aber ich kann es unmöglich annehmen.«

»Und warum nicht?«

»Es sieht so kostbar aus.«

»Es ist kostbar. Aber mach dir keine Gedanken deswegen. Ich habe es verhältnismäßig billig erstanden.«

»Wo hast du es her?«

Er lachte. »Nicht aus Büsum. Ich hatte es die ganze Zeit dabei. Aber es ergab sich komischerweise keine Gelegenheit, es dir zu geben.«

Sie ließ das Etui zuschnappen und legte es auf den kleinen Tisch. »Du darfst nicht denken, daß ich mich nicht freue. Es greift mir ans Herz, daß du mir so etwas Wunderschönes schenken willst. Aber wie sollte ich irgend jemandem erklären, woher ich es habe?«

»Mußt du das denn?«

»Natürlich müßte ich es, sonst könnte ich es ja nicht tragen. Selbst wenn ich es in meiner Schmuckkassette ließe – und das wäre ja nicht der Sinn der Sache –, könnte es Knut in die Hände fallen. Er hat seine Manschettenknöpfe darin und eine Krawattennadel.«

»Sag einfach, daß du dir das Collier selbst gekauft hast.«

»Das würde er mir nicht glauben. Er kennt mich zu gut. Er weiß, daß ich so etwas nie tun würde.«

»Warum denn nicht? Du hast das Collier irgendwo gesehen, es hat dir gefallen, du konntest nicht widerstehen, und du hast es gekauft.« Er öffnete das Etui wieder. »Du hättest doch genug Geld, um dir so etwas zu kaufen.«

»Das ist nicht der springende Punkt.«

»Doch. Absolut. Du kannst mit deinem Geld anfangen, was du willst.«

»Aber ich würde es nie für Schmuck ausgeben. Ich bringe alles auf die Bank.«

»Alles – was?«

»Was ich beiseite legen kann. Knut kommt ja für alles auf, für den Haushalt, die Angestellten, die Versicherungen und so weiter. Ich zahle nur meine und Imogens Kleider, und auch das nicht immer.«

»Also hast du zigtausend auf deinem Konto...«

»Nicht auf dem Konto, sondern in Wertpapieren«, verbesserte sie ihn.

»... warum solltest du nicht etwas davon in Schmuck anlegen?«

»Für ein so ausgefallenes Stück, das ich höchstens ein- bis zweimal im Jahr tragen könnte?«

»Du magst es also nicht«, stellte Ralf fest und schloß das Etui.

»Das ist es nicht, Ralf. Warum willst du mich denn nicht verstehen? Ich kann kein so teures Geschenk von dir annehmen. Das wäre falsch. Ich käme mir wie eine Kokotte vor.«

»Unsinn.«

»Ist es nicht. Du kannst das nicht einfach so abtun. Und wenn ich dazu noch einen Haufen Lügen erfinden müßte, würde es mir die Freude vollends vergällen.«

Er seufzte. »Und ich dachte, du würdest begeistert darüber sein. Jede normale Frau wäre es.«

»Es tut mir weh, daß ich dich so enttauschen muß.«

Er wog das Etui in der Hand. »Willst du es dir nicht wenigstens noch überlegen?«

»Nein, Ralf. Steck es weg.«

Er verstaute es in der Seitentasche seines kleinen Koffers. Als er sich aufrichtete, sagte er: »Es sollte ein Beweis meiner Liebe sein.«

»Die brauchst du mir nicht zu beweisen, Ralf.« Sie blickte ihn zärtlich an.

Er nahm ihre Hand. »Sag, daß es dir leid tut.«

»Was?«

»Daß du mich gekränkt hast.«

»Ich habe es nicht mit Absicht getan, und das weißt du.«

»Aber du hast es getan. Was, glaubst du, wie ich mir das alles ausgemalt hatte – dein fassungsloses Gesicht, deinen Jubel, deine Begeisterung! Und jetzt komme ich mir vor wie jemand, der ins Fettnäpfchen getreten hat.«

»Es tut mir leid, Ralf.«

»Sag, daß du es wiedergutmachen willst.«

»Wie könnte ich das?«

»Höchst einfach. Wir bleiben noch eine Nacht. Laß mich jetzt ausreden, bitte! Du rufst einfach deinen Geschiedenen an, ich meinen Vater, die Kruse wird froh sein, wenn wir bleiben...« Jetzt endlich mußte er eine kleine Pause zum Atemholen einlegen.

»Nein, Ralf, nein«, erklärte sie, »das kommt nicht in Frage.«

»Und warum nicht?«

»Weil ich es hasse, Pläne umzuwerfen.«

»Weil du mich nicht genügend liebst.«

»Vielleicht, Ralf, tue ich das wirklich nicht. Wenn du so wie jetzt anfängst, nervst du mich jedenfalls erheblich. Es war alles so schön. Warum mußt du mir noch ganz zuletzt eine Szene machen? Wir hatten doch fest ausgemacht, wie lange wir bleiben wollten. Warum willst du jetzt alles über den Haufen werfen?«

»Ich dachte, es fiele dir schwer abzureisen.«

»Es würde mir morgen nicht leichter fallen.« Sie steckte das Zigarettenpäckchen und ihr Feuerzeug ein und stand auf.

»Wo willst du hin?«

»Zu meinem Auto.«

»Wir haben doch noch Zeit.«

»Zu einem Streit ja, aber nicht mehr zur Versöhnung.«

Er war aufgesprungen. »Claudia, bitte!«

»Wie ich es hasse, wenn du im letzten Moment einen Streit heraufbeschwörst!« sagte sie böse, aber sehr leise, denn sie waren nicht die einzigen Gäste, die sich in der Halle aufhielten.

Wären sie es gewesen, hätte er sie in die Arme nehmen und begütigen können. So stand er nur hilflos da und sah sie mit jenem anbetenden Blick an, der sie immer wieder rührte und doch auch reizte. Sie bedauerte ihre Schroffheit, und er tat ihr leid.

»Vielleicht wirst du es dir doch noch abgewöhnen, oder ich werde mich daran gewöhnen«, sagte sie sanfter, »wer weiß. Also – bis dann!« Sie hob ihren Koffer auf.

Er wollte ihn ihr aus der Hand nehmen. »Ich darf dich doch wenigstens hinausbegleiten?«

»Danke. Nicht nötig.« Mit einer Kopfbewegung zu dem gedeckten Tisch fügte sie hinzu: »Du mußt ja auch noch zahlen.«

»Das werde ich später.«

»Nein, lieber nicht. Man könnte uns für Zechpreller halten, und das wollen wir doch vermeiden.« Sie drehte sich um und ging.

Unwillkürlich machte er ein paar Schritte hinter ihr her und blieb erst stehen, als ein blonder Junge mit rotem Halstuch auf sie zustürzte. Sie gab ihm ihren Koffer und nannte ihre Autonummer.

An der Rezeption stand Frau Kruse mit hochroten Wangen in einem sonntäglichen Seidenkleid. Claudia wollte mit einem kurzen Nicken an ihr vorbeigehen, aber die Hausdame sah sie so erwartungsvoll an, daß sie doch vor ihr stehenblieb.

»Auf Wiedersehen, Frau Kruse!« sagte sie. »Es war sehr schön bei Ihnen. Ich danke Ihnen für alles.«

»Wann dürfen wir Sie wieder erwarten?«

Claudia hätte ›bald‹ sagen können, und damit wäre die Sache erledigt gewesen. Aber sie war der Heimlichkeiten so überdrüssig, daß sie nicht zu lügen vermochte. »Nicht so bald«, sagte sie ausweichend.

»Das ist schade.«

»Bis zum Fest gibt es immer so viel zu tun«, behauptete Claudia und wurde sich voll Ärger bewußt, daß sie trotz allem in eine Schwindelei geraten war.

»Also nach den Feiertagen?« fragte Frau Kruse.

Claudia reichte ihr die Hand. »Ich will sehen, was sich machen läßt!«

Sie spürte den Blick der Hausdame in ihrem Rücken, als sie dem Ausgang zustrebte, und es war ihr, als hätte sie ein Kapitel ihres Lebens abgeschlossen.

Der Weihnachtskatalog des Versandhauses konnte pünktlich Anfang Dezember ausgeliefert werden. Wie üblich waren alle, die an seiner Entstehung mitgewirkt hatten, stolz auf ihre Leistung und – wie ebenfalls üblich – fanden alle etwas auszusetzen. Ein bestimmtes Rot hätte roter herauskommen sollen, ein Gelb gelber, der Weihnachtsbaum wirkte zu aufgeputzt, und die Schrift hätte größer, die Texte kürzer sein können. Es kam zu aufgeregten Diskussionen, an denen Claudia sich nicht beteiligte. Sie ließ die anderen reden, weil sie ein

Ventil brauchten, und wartete ab, bis sich die Gemüter einigermaßen wieder beruhigt hatten.

Erst dann erklärte sie: »Jetzt ist es genug. Es läßt sich nichts mehr ändern. Gehen wir an die neue Arbeit.«

Die Erfahrung hatte sie gelehrt, daß es auch gar nicht auf den künstlerischen oder ästhetischen Wert eines Kataloges ankam. Ausschlaggebend für den Erfolg waren die angebotenen Waren, ihre Preise, die Kaufkraft der Kunden und ihre Stimmung. Es hatte ausgezeichnete Kataloge gegeben, die dann doch nicht das große Geschäft eingeläutet hatten, und andere, die als mittelmäßig oder schwach empfunden worden waren und die dann überraschend eingeschlagen hatten. Sie beurteilte den vorliegenden Katalog als gut, wenn auch nicht hervorragend, und merkte sich Schwächen – allerdings nicht im Text, sondern im Layout, für das sie nicht verantwortlich zeichnete –, die das nächste Mal vermieden werden mußten.

Nachmann, der Marketing Manager, zeigte sich vorsichtig zufrieden. Auch er wartete die einlaufenden Bestellungen ab und würde erst dann Lob und Tadel aussprechen. Die Fotos mit Imogen jedenfalls waren hübsch geworden; gegen sie wurde kein einziger Einwand erhoben.

Imogen wurde rot vor Freude, als sie sie sah, sagte aber nur: »Klaus sieht viel netter aus als in Wirklichkeit.«

»Ja, er ist eben fotogen.«

Sie saßen nebeneinander auf der Bank unter dem halbrunden Fenster in Imogens Zimmer und blätterten im Katalog.

»Ob Kersten wohl auch fotogen ist?«

»Warum fragst du mich das?«

»Sie möchte unbedingt auch mal in den Katalog.«

»Tatsächlich?« fragte Claudia erstaunt. »Für so eitel hätte ich sie nicht gehalten.«

»Nicht aus Eitelkeit. Sie braucht Geld. Bitte, Claudia, kannst du sie nicht das nächste Mal nehmen? Ich würde dann verzichten.«

»Hast du keine Lust mehr?«

»Doch. Schon. Aber ich habe mir ziemlich viel erspart, und Kersten kriegt nur ihr Taschengeld, und das ist weniger als meins.«

»Es ehrt dich, daß du deiner Cousine helfen willst.«

»Sie ist ja auch meine Freundin!«

»Ja, sicher. Aber ich fürchte, da ist nichts zu machen.«

»Ihr könntet es mit ihr doch wenigstens versuchen!«

»Nicht ohne die Erlaubnis von Tante Sandra und Onkel Albert, und die sind schon dagegen, daß du dich fotografieren läßt. Ich fürchte, sie werden nicht einverstanden sein.«

»Sprich wenigstens mit ihnen!«

Claudia schüttelte den Kopf. »Es wäre zwecklos.«

»Du willst einfach nicht!«

»Da hast du recht. Ich habe mir schon vor langem abgewöhnt, etwas zu wollen, was unerreichbar ist. Aber ich mache dir einen anderen Vorschlag, wenn er auch nicht ganz fair ist...«

»Wieso nicht fair?« fiel Imogen ihr ins Wort.

»Weil ich sicher bin, daß meine Schwester sich nicht erweichen lassen wird. Aber Kersten kann es versuchen. Sie kann ihren Eltern sagen, daß ich mich für sie einsetzen werde.«

»Lieb von dir, Claudia.«

»Mach dir nur keine falschen Hoffnungen! Niemand kann über seinen eigenen Schatten springen.«

»Das verstehe ich nicht.«

»Tante Sandra hat sich völlig in die Idee verrannt, daß Modellstehen für Kinder schädlich ist. Sie kann jetzt, wenn es um Kersten geht, nicht einfach einen Rückzieher machen.«

»Aber jeder ändert doch mal seine Meinung.«

»Ja, wenn man ihm Beweise dafür bringt, daß er sich geirrt hat – oder wenn man ihn wenigstens dazu bringt, die Sachlage in einem anderen Licht zu sehen. Das ist in diesem Fall nicht möglich. Sag mal, wofür braucht Kersten eigentlich soviel Geld?«

Imogen schlug die Augen nieder und tat ungemein interessiert an dem Foto, das sie und Klaus bei einer Schneeballschlacht zeigte. »Nicht viel Geld, sondern mehr Geld«, erklärte sie.

»Wozu?«

»Für alles mögliche. Ich kriege fast doppelt soviel Taschengeld wie sie und gebe immer alles aus.«

Claudia stand auf. »Ich könnte ihr Geld zu Weihnachten schenken...«

Imogen sprang auf. »Wirklich? Wirst du das?«

»Ich würde es gern tun, aber es wäre ziemlich ordinär, und Tante Sandra und Onkel Albert könnten es beleidigend finden.«

»Ach, die!«

»Man muß immer Rücksicht auf die Gefühle seiner Mitmenschen nehmen.«

»Pah! Und um die Bedürfnisse von Kersten kümmert sich niemand.«

Lächelnd fuhr Claudia ihrer Tochter durch das lange, seidige Haar. »Gut gebrüllt, Löwe.«

»Wie kommt es, daß die einen Geld haben und die anderen nicht? Ich finde das ungerecht.«

»Je eher du merkst, daß es nicht gerecht zugeht auf dieser Welt, desto besser für dich. Darauf muß man sich einstellen, wenn man sich Enttäuschungen ersparen will. Aber wenn du uns und Kerstens Familie miteinander vergleichst – und darauf läuft deine Frage wohl hinaus –, ist es gar nicht so schwer zu erklären: Ich bin berufstätig, und Tante Sandra kümmert sich nur um die Familie.«

»Warum sucht sie sich nicht auch eine Arbeit?«

»Darüber habe ich auch schon mit ihr gesprochen. Sie meint, es sei nicht gut für die Kinder.«

»So was Dummes! Die sind doch beide schon groß.«

»Groß genug, um tagsüber allein zu sein? Ich weiß es nicht. Wir haben ja Frau Beer.«

»Ich könnte bestimmt tagsüber allein sein und mir auch selber was kochen – wenn ich nur wüßte, daß du jeden Abend nach Hause kommst.«

»Du bist eben ein tapferes, kluges Mädchen.«

»Kersten könnte es bestimmt auch.«

»Vielleicht hast du sogar recht. Aber meine Schwester ist nun einmal anders als ich und sieht die Dinge anders. Jeder versucht sein Leben so einzurichten, wie es ihm am besten gefällt. Wir dürfen uns da nicht einmischen.«

»Aber reden dürfen wir doch darüber?«

»Du und ich – jederzeit. Aber Kersten gegenüber halte bitte den Mund. Sie wäre fähig, ihrer Mutter gute Ratschläge zu geben oder sogar Vorhaltungen zu machen.«

»Hm, ja«, sagte Imogen wenig überzeugt.

»Das ist der Unterschied zwischen Kindern und Erwachsenen, und wenn sie noch so offen miteinander umgehen, wie wir beide es tun: ich will mir durchaus nicht von dir sagen lassen, was ich falsch mache.«

Imogens Augen wurden groß. »Machst du denn etwas falsch?«

Claudia beugte sich zu Imogens Toilettenspiegel und begutachtete ihr schönes, geschickt geschminktes Gesicht. »Schon möglich, Liebling. Jeder Mensch erliegt mal einem Irrtum oder begeht einen Fehler.«

»Du doch nicht, Claudia!«

»Da würde ich mir an deiner Stelle nicht so sicher sein.« Claudia glättete mit dem angefeuchteten Zeigefinger ihre Augenbrauen und richtete sich wieder auf.

»Für mich«, erklärte Imogen überzeugt, »bist du die beste, liebste und klügste Mutter auf der Welt!«

Claudia wußte nicht, warum sie bei dieser Beteuerung ein Gefühl des Unbehagens überfiel; rasch wandte sie sich ab, um zu verhindern, daß Imogen es merkte. »Komm jetzt«, sagte sie, »es wird Zeit zum Abendessen.«

Am 23. Dezember sollte im Versandhaus *Cosmos* die Weihnachtsfeier stattfinden. Da zur gleichen Zeit auch in der Ballettschule gefeiert wurde, war abgemacht, daß diesmal Braake die Mädchen vom Ballett abholen und nach Blankenese bringen sollte. Kersten würde die Nacht bei ihrer Cousine verbringen. Sandra steckte schon tief in den Vorbereitungen für den Heiligen Abend und war froh, ihre Tochter für eine Weile aus dem Weg zu haben. Später würde der Chauffeur Claudia aus der Firma abholen. Sie hätte an diesem Tag zwar lieber die öffentlichen Verkehrsmittel benutzt, aber Knut hatte darauf bestanden.

»Bei solchen Gelegenheiten wird erfahrungsgemäß viel getrunken, und ich will nicht, daß du in nicht mehr nüchternem Zustand durch die Stadt irrst.«

Claudia hatte gelacht. »Den Weg zum Nobistor werde ich in jedem Fall noch finden.«

»Warum willst du dir das zumuten? Mit Auto und Chauffeur hast du es doch viel bequemer. Außerdem ist das Wetter miserabel.«

Das war eine Tatsache, die Claudia nicht hatte leugnen können. Sie hatte vorgehabt, Ralf nach der Betriebsfeier aufzusuchen, aber es war ihr nichts eingefallen, Knuts Angebot abzulehnen.

»Tu es mir zuliebe!« hatte er ihr zugesetzt. »Du weißt, ich lasse dir jede Freiheit, aber in diesem Fall muß ich darauf bestehen, daß du dich fahren läßt. Ich hätte sonst den ganzen Tag ein ungutes Gefühl.«

»Du würdest dir doch nicht etwa Sorgen um mich machen?«

»Doch, Liebling, genau das würde ich.«

»Wenn du darauf bestehst«, hatte sie zögernd gesagt.

»Ja, das tue ich«, hatte er mit einer Bestimmtheit erklärt, die er sonst selten an den Tag legte.

Claudia hatte nachgegeben. Später war sie froh darüber. Den ganzen Tag war ein eiskalter Regen niedergegangen, der sehr viel aggressiver war, als Schnee es hätte sein können. Die Vorstellung, sich bei diesen Bedingungen durch die Straßen kämpfen zu müssen, war alles andere als angenehm. So aber wußte sie, daß Braake mit der Limousine auf sie wartete, um sie sicher heimzufahren. Sie konnte die kleine Feier sorglos genießen.

Es begann damit, daß sich Kurt Nachmann, die Fotografen Hinz und Gora, die Grafiker, Hacker, der Chefeinkäufer und Claudia in dem von den Sekretärinnen geschmückten Konferenzzimmer versammelten. Sie standen herum, Gläser mit Wein oder Sekt in der Hand, und plauderten in gedämpftem Ton miteinander. Auch die Weihnachtslieder, die aus einem Lautsprecher drangen, vermochten die Stimmung nicht zu heben. Alle warteten auf den Big Boss, Dr. Carolus Meyer.

Eine junge Frau, sehr nervös, mit glühenden Wangen, hielt sich, ganz für sich allein, in einer Ecke auf. Claudia war die einzige, der sie auffiel. Sie machte Nachmann auf sie aufmerksam, und beide traten auf sie zu.

»Hübsch dekoriert der Raum, nicht wahr?« sagte Claudia.

Die Angesprochene stotterte, daß sie es sehr, sehr hübsch fände.

»Wollen Sie denn nichts trinken?« fragte Nachmann.

»Nein, ich... bitte nicht... ich vertrage keinen Alkohol.«

»Aber an einem Tag wie heute...«

»Warten Sie, ich hole Ihnen ein Glas Orangensaft«, erbot sich Claudia.

»Bitte nicht, Frau Wolff... es wäre nicht richtig, wenn Sie...«

»Ich übernehme das«, erklärte Nachmann und war schon verschwunden.

Claudia lächelte ihr ermutigend zu. »Sie sind doch... lassen Sie mich überlegen...«

»Ilona Metzner. Ich arbeite in der Packerei.«

»Von daher kenne ich Sie!«

»Es ist mein erstes Jahr bei *Cosmos*, und... ich hätte lieber mit den anderen gefeiert.«

»Dazu werden Sie später bestimmt noch Gelegenheit haben.«

Kurt Nachmann kam, sein Glas Wein in der einen, ein Glas Orangensaft in der anderen Hand, zu ihnen zurück. Ilona Metzner nahm das Glas mit sehr viel Dankesgestotter entgegen. Sie stießen miteinander an.

»Auf Ihren Erfolg, Frau Metzner!« sagte Claudia.

»Auf meinen... ich verstehe nicht...«

»Aber Sie werden doch wissen, daß man Sie für eine Belobigung heraufgeschickt hat.«

»Ja, der Meister sagte... aber ich kann es noch nicht glauben...«

»Sie werden schon sehen.«

Abrupt verstummte alles Geplauder. Claudia drehte sich zur Tür. Wie sie erwartet hatte, war in diesem Augenblick Dr. Meyer eingetreten, ein schlanker, fast hagerer Mann mit grauem schütteren Haar und einer goldgefaßten Brille. Er konnte nicht verbergen, daß es ihm unangenehm war, im Mittelpunkt der allgemeinen Aufmerksamkeit zu stehen. Er liebte es mehr, sich seine Mitarbeiter und Untergebenen einzeln vorzunehmen. Jetzt nestelte er nervös an seiner dezenten Krawatte, zupfte an seinen makellosen Manschetten und räusperte sich. Jemand stellte den Lautsprecher leiser, so daß die Weihnachtslieder nur noch als schwache Hintergrundmusik ertönten.

»Meine Damen und Herren«, begann der Big Boss, »ich bin sehr erfreut, Sie alle hier beisammen zu sehen. Tatsächlich sehr erfreut. Aber, bitte, setzen wir uns doch.« Er selber nahm am Kopfende des Tisches Platz, in einem etwas größeren, etwas bequemeren Sessel als die anderen. Alle folgten seinem Beispiel.

Dr. Carolus Meyer nippte vorsichtig an dem Wein, räusperte sich noch einmal und absolvierte dann seine Ansprache wie jedes Jahr. Claudia, die sie fast wortwörtlich kannte, brachte es dennoch fertig, ein ungemein interessiertes Gesicht zu machen. Ilona Metzner, der jungen Packerin, war alles ganz neu, trotzdem wetzte sie unruhig auf ihrem Sitz hin und her. Die anderen versuchten, mehr oder weniger gekonnt, Aufmerksamkeit zu mimen. Zu lächeln oder gar zu gähnen wagte niemand.

Der Chef sprach ausführlich über die Erfolge von *Cosmos*, den unternehmerischen Geist, der die Firma beherrschte, Tatkraft und Umsicht der Führungsspitze und ermahnte die Anwesenden, die stellvertretend für die gesamte Belegschaft an »unserer kleinen Feier« teilnahmen, in Zukunft noch mehr Tatkraft, noch mehr Initiative und Ideenreichtum zu entwickeln. Nur so könne das Unternehmen »in einer Zeit wie der heutigen« der immer stärkeren Konkurrenz standhalten.

Danach ließ er sich ausführlich über das soziale Engagement der Firma aus, die übertarifliche Bezahlung und die großzügige Vergabe von Prämien, mit denen langjährige Mitarbeiter für ihre Treue und junge Kräfte für besondere Leistungen bedacht würden.

Auf dieses Stichwort hin stand seine Sekretärin auf, die hinter ihm auf einem Stuhl an der Wand gesessen hatte, und legte einen Zettel vor ihn hin.

»Es ist mir eine ganz besondere Freude«, sagte er, »bei dieser Gelegenheit...« Er räusperte sich und las ab: »Frau Ilona Metzner mit einem Goldbarren auszuzeichnen.«

Alle klatschten, und Ilona Metzner erhob sich, wobei sie ein Gesicht machte, als wüßte sie nicht, ob sie weinen oder lachen sollte.

»Frau Metzner«, fuhr der Chef fort und öffnete eine kleine Schatulle, die seine Sekretärin vor ihn hingelegt hatte, »war es, die im vergangenen Jahr die größte Zahl von Paketen abgefertigt hat.«

Wieder erklang Beifall.

Die Sekretärin winkte Ilona Metzner heran, die zögernd zum oberen Ende des Tisches trat. Dr. Carolus Meyer öffnete die Schatulle, damit die junge Packerin einen Blick auf den kleinen Goldbarren werfen konnte, bevor er sie wieder zuschnappen ließ und sie ihr übergab.

»Danke«, stammelte sie, »vielen, vielen Dank!«

Claudia merkte, daß der Chef überlegte, ob er ihr die Hand geben sollte oder nicht. Dann verzichtete er aber doch darauf, wahrscheinlich weil er nicht sicher war, wie sie in ihrer Verlegenheit darauf reagieren würde. Er beschränkte sich darauf, sie zu ermahnen, weiterhin recht fleißig zu sein, und wünschte ihr viel Erfolg.

Frau Metzner stand da, die Schatulle mit beiden Händen vor sich haltend, und wußte nicht, wie es jetzt weitergehen sollte.

Die Sekretärin kam ihr zu Hilfe. »Sie können sich jetzt wieder setzen«, flüsterte sie ihr vernehmlich zu, »oder zu Ihren Kollegen zurückgehen.«

»Danke, dann gehe ich lieber«, entschied sich Frau Metzner und stürzte fast aus dem Konferenzraum.

Bei diesem Abgang kam einiges Gelächter auf.

Das paßte gut, denn der Chef erklärte, daß man nun zum gemütlichen Teil »unserer kleinen Feier« übergehen wolle.

Die Gläser wurden erneut gefüllt, und man prostete sich zu, und einige Hände griffen nach dem Weihnachtsgebäck, das in kleinen Schüsseln über den Tisch verteilt war. Die Musik wurde jetzt, nach bewährter Methode, so laut eingestellt, daß man die überall aufkommenden Gespräche nur bruchstückhaft mitbekommen konnte. Das erweckte den Eindruck einer lebhaften Unterhaltung, obwohl man sich tatsächlich in diesem Kreis und im Beisein des Chefs kaum etwas zu sagen hatte. Um über Privates zu reden, stand man sich nicht nahe genug, und geschäftliche Dinge zu berühren hätte leicht zu Diskussionen geführt, die nicht in den weihnachtlichen Rahmen gepaßt hätten.

Alle atmeten auf, als Dr. Carolus Meyer endlich aufstand und erklärte: »Meine Damen und Herren, Sie müssen mich jetzt leider entschuldigen, Sie werden verstehen. Ich wünsche Ihnen weiterhin viel Spaß und natürlich ein frohes Fest!«

»Frohe Weihnachten, Herr Doktor!« schallte es in den verschiedensten Variationen zurück.

Kaum daß der Big Boss mit den beiden Sekretärinnen den Raum verlassen hatte, sprangen die anderen auf und hatten es eilig, in ihre eigenen Abteilungen zu kommen.

Währenddessen kletterte Imogen auf den Rücksitz der Krögerschen Limousine und rutschte einen Platz weiter, so daß Kersten nachrükken konnte. Braake, der ihnen, mit unbedecktem Kopf, die Tür zur Seite des Bürgersteigs hin geöffnet hatte, schloß sie nach ihnen, setzte seine Mütze auf und nahm hinter dem Steuer Platz.

»So ein Sauwetter!« schimpfte Imogen und schüttelte sich die Regentropfen aus dem langen Haar.

»Schlimmer als die Polizei erlaubt!« stimmte Kersten ihr zu. »Deshalb brauchst du mich aber doch nicht anzuspritzen!«

»Entschuldige, bitte!«

Braake hatte, nach einem Blick in den Rückspiegel, gewartet, bis sich eine Gelegenheit ergab, in den Straßenverkehr einzuscheren. Der schwere Wagen setzte sich ohne den leisesten Ruck und mit sanftem Brummen des Motors in Bewegung. »Soll ich das Radio anstellen?« fragte Braake beflissen.

»Bitte ja!« rief Kersten.

»Lieber eine Kassette!« bat Imogen.

»Michael Jackson?« fragte Kersten hoffnungsvoll.

»Haben wir leider nicht«, erklärte Braake, »der Herr Professor liebt klassische Musik – Mozart, Brahms, Beethoven.«

»O je!« stieß Kersten aus. »Dann also doch Radio!«

»Du bist eine Banausin!« sagte Imogen herablassend. »Man kann doch ruhig auch mal was Klassisches hören.«

Braake hatte, ohne den Verkehr außer acht zu lassen, in den Kassetten gewühlt. »Wie wäre es mit Glen Miller?« schlug er vor.

Damit erklärten sich die beiden Mädchen nach kurzem Palaver einverstanden. Braake steckte die Kassette in den Recorder, und gleich darauf erfüllte der Swing des großen Orchesters den Innenraum des Autos, untermalt von dem rhythmischen Geräusch des Scheibenwischers und dem scharfen Regen, der auf das Dach trommelte.

Die Freundinnen kuschelten sich gemütlich zusammen.

»Du, ich freue mich wie wahnsinnig auf Weihnachten«, gestand Kersten.

»Ich nicht«, sagte Imogen trocken.

Kersten riß die runden Augen auf. »Nicht? Wieso nicht?«

»Wir sind am Heiligen Abend bei Tante Lydia. Da geht es immer ganz schrecklich steif zu.« Sie sprach das Adjektiv ironisch mit spitzem »st« aus.

»Hauptsache sind doch die Geschenke! Soll ich dir mal was sagen? Ich habe mir nichts gewünscht, gar nichts – nichts außer Geld!«

»Claudia sagt, das ist ordinär.«

»Ordinär? Die hat ja einen Vo...« Kersten brach mitten im Wort ab. »Entschuldige, Immy, ich wollte deine Mutter nicht beleidigen, aber ich verstehe nicht, warum man sich kein Geld wünschen soll, wenn man es braucht.«

»Jetzt fällt es mir wieder genau ein. Sie hat nicht gesagt, daß es ordinär ist, sich Geld zu wünschen, sondern Geld zu verschenken.« Imogen rieb sich mit dem Zeigefinger über den Rücken der geraden kleinen Nase. »Aber das kommt ja wohl aufs gleiche raus.«

»Was soll das eigentlich heißen – ordinär?«

Imogen dachte nach. »Gewöhnlich, glaube ich. Wir können zu Hause im Lexikon nachschlagen.«

»Gewöhnlich bedeutet doch gar nichts. Man sagt zum Beispiel: ›Gewöhnlich essen wir mittags um eins.‹ Das ist doch auch nichts Schlimmes.«

»Das ist, glaube ich, ein anderes ›gewöhnlich‹. Aber so genau kann ich es dir auch nicht sagen. Warten wir ab, bis wir zu Hause sind.«

»Jedenfalls werde ich nach Weihnachten reich sein. Weißt du, was ich auf meinen Wunschzettel geschrieben habe? ›Geld – Ausrufezeichen! Viel Geld – Ausrufezeichen! Noch mehr Geld – Ausrufezeichen!‹«

»Und was hat deine Mutter dazu gesagt?«

»Gar nichts. Sie hat so getan, als wüßte sie von nichts. Wir legen unsere Wunschzettel immer noch auf die Fensterbank, damit die Engel sie abholen können.«

»Glaubst du das etwa noch?«

»Natürlich nicht. Aber man muß den Erwachsenen auch ihren Spaß lassen. Bis vor zwei Jahren hat mein Vater immer noch den Weihnachtsmann gespielt.«

»Da hätte ich lachen müssen.«

»Ich doch auch. Da ist er ziemlich böse geworden. Nachher hat meine Mutter gesagt, ich hätte den Weihnachtsmann geärgert und zur Strafe käme er nun nicht mehr wieder.«

»Die Großen«, stellte Imogen fest, »können schon ziemlich komisch sein.«

Kersten seufzte tief. »Wem sagst du das.«

»Claudia würde dir Geld schenken, wenn es eben nicht ordinär wäre.«

»Jetzt hör bloß auf mit dem blöden Wort.«

»Sie sagt, deine Mutter würde deswegen beleidigt sein.«

»So ein Quatsch!« rief Kersten impulsiv. Dann, nach einigem Nachdenken, gab sie zu: »Es wäre schon möglich. Sie hat manchmal komische Ansichten.«

»Also sei bloß nicht enttäuscht, wenn es anders kommt, als du denkst!«

»Aber sie müssen mir doch einfach Geld schenken, wenn ich mir nichts anderes wünsche! Wozu wäre ein Wunschzettel sonst überhaupt gut?«

»Das kann ich dir auch nicht sagen.«

»Was hast du dir denn gewünscht?«

»Nichts. Ich schreibe nie einen Wunschzettel, weißt du. Ich lasse mich einfach überraschen.«

»Wie kannst du da sicher sein, daß du das Richtige kriegst?«

»Überhaupt nicht. Geschenke sind ja fast nie das Richtige. Meist wird man enttäuscht, und dann darf man es nicht zeigen und muß so tun als ob. Das ist auch ein Grund, warum ich mich nicht auf Weihnachten freue.«

Die beiden Mädchen schwiegen eine Weile. Imogen warf einen Blick auf Braake. Im Rückspiegel sah sie sein Gesicht. Heute sah er besonders ernst aus und schien ganz auf seine Aufgabe konzentriert. Sie kannte das an ihm. Er hatte die Gabe, so zu tun, als wäre er nicht vorhanden. Frau Beer konnte das übrigens auch.

»Trotzdem«, sagte Kersten, »ich biete dir jede Wette an...«

»Um was?«

»Daß ich mein Geld doch kriege.«

»Darauf solltest du dich nicht verlassen.«

»Ich tu' es aber.«

»Wetten werde ich mit dir jedenfalls nicht.«

»Alter Feigling!«

»Bin ich nicht! Onkel Knut sagt, es ist unmoralisch zu wetten, wenn man weiß, daß man gewinnen wird.«

»So ein Quatsch! Wer wettet schon, wenn er denkt, er wird verlieren?«

»Du tust nur so, als ob du mich nicht verstehst.«

»Und du tust, als wärst du siebengescheit. Du kannst nicht wissen, ob ich das Geld kriege oder nicht.«

»Ich kann es mir an allen zehn Fingern ausrechnen.«

»Nein, kannst du nicht.«

»Jetzt paß mal auf, ich sage dir was: Falls du dein Geld kriegst, zahle ich dir fünf Mark dazu.«

»Und wenn nicht?«

»Hast du eben Pech gehabt.«

»Was muß ich dir dann zahlen?«

»Nichts. Gib zu, das ist ein großzügiges Angebot.«

»Es gefällt mir nicht. Bei einer richtigen Wette müssen beide Parteien ein Risiko eingehen.«

»Deshalb will ich ja nicht mit dir wetten. Weißt du was? Wenn du verlierst, kannst du mir im Frühjahr helfen, mein Rad zu putzen.«

»Soll das ein Nervenkitzel sein? Das tue ich doch gern.«

Imogen lachte. »Ach, Kersten, du bist schon eine Nummer!« Sie stieß die Cousine mit dem Ellbogen in die Rippen. »Gib doch zu, daß wetten und spielen auch Spaß macht, wenn man nichts einsetzt.«

»Nicht halb soviel.«

»Na ja, man strengt sich mehr an, wenn es um mehr geht als um die Ehre.«

Kersten lachte. »Laß solche Sprüche bloß nicht bei den feinen Krögers los! Denen ist doch die Ehre wichtiger als alles andere.«

Imogen runzelte die Stirn. »Glaubst du?«

»Jedenfalls muß nach außen hin alles foin...« Kersten sprach das Wort wieder mit oi aus »... und anständig sein. Mein Vater sagt, in diesen alten Familien hatte man sich früher zu erschießen, wenn die Firma pleite ging.«

»Und heute?« fragte Imogen interessiert, die von dergleichen noch nie gehört hatte.

»Versucht man sich mit einem Bankrott gesundzustoßen«, erklärte Kersten wichtig.

»Wie das?«

»Indem man die Gläubiger hereinlegt. Wie das genau geht, weiß ich auch nicht.«

»Aber das wäre doch eine Gemeinheit!«

»Findest du Selbstmord besser?«

»Nein. Überhaupt nicht gut.«

»Na also.«

»Aber es müßte doch eine Möglichkeit geben, sich mit Anstand aus der Affäre zu ziehen.«

»Um dann mit Anstand zu verhungern?«

»Ach was. Hier bei uns verhungert doch niemand.«

»Da hast du recht. Ich habe schon versucht, meine Schulbrote zu verkaufen.«

Imogen rückte von der Cousine ab, um sie besser ansehen zu können. »Was hast du?«

»Mutter gibt uns immer besonders gute Brote mit. Alle wollen was davon abhaben. Aber bezahlen will niemand.«

»Kersten! Man kann doch nicht seine Brote verkaufen.«

»Ich habe es jedenfalls versucht.«

»Sei mir nicht böse, Kersten, aber du mußt ein ganz klein wenig verrückt sein.«

»Mutter versteht das auch nicht. Ich habe ihr soundso oft gesagt, daß ich lieber Geld als Brote will. Ich kann gut bis mittags hungern. Aber sie behauptet, das ist ungesund. Ich könnte dann vor lauter Hunger nicht dem Unterricht folgen.«

»Vielleicht hat sie recht.«

»Überhaupt nicht. Ich bin ja dick genug, das mußt du zugeben. Vielleicht täte mir ein bißchen Hunger sogar ganz gut.« Kersten seufzte tief. »Wenn sie mir fünfzig Pfennig pro Brot gäbe... statt Brot, meine ich natürlich... dann hätte ich zwanzig Mark im Monat extra.«

»Und würdest dir dafür in der Pause Süßigkeiten kaufen.«

»Nein, würde ich nicht! Ich würde jeden Pfennig beim Sechsundsechzig und beim Mau-Mau einsetzen.«

»Um alles zu verlieren.«

»Wie kannst du das behaupten? Du bist doch wirklich die eingebildetste Trine, die ich kenne.«

»Es ist doch Tatsache, daß meistens ich gewinne.«

»Weil du mehr Geld hast als ich.«

»Das mußt du mir schon erklären.«

»Mein Vater sagt, daß immer nur die Reichen gewinnen. Wenn jemand mit einem dicken Portemonnaie zur Spielbank geht und immer weitersetzen kann, also wenn jemand nur aus Spaß spielt, dann gewinnt er immer. Aber wenn jemand darauf angewiesen ist zu gewinnen, dann verliert er prompt.«

Imogen drehte sich eine Strähne ihres langen Haares um den Zeigefinger und dachte angestrengt nach. »Ja, das wäre möglich. Ich habe mich schon oft gefragt, warum ich mehr Glück im Spiel habe als du.«

»Es ist so, wie mein Vater sagt. Er weiß Bescheid.«

»Dann solltest du eigentlich überhaupt nicht mehr spielen. Jedenfalls nicht um Geld.«

»Das tue ich ja auch schon seit Monaten nicht mehr.«

»Ja, aber nur, weil ich es nicht mehr will.«

»Ja, ja, ich weiß«, sagte Kersten voller Überdruß, »weil du mich nicht ruinieren willst. Aber wenn ich jetzt das große Geld kriege ...«

Imogen fiel ihr ins Wort. »Du kriegst es nicht.«

»Wir werden ja sehen!«

»Ja, das werden wir. Sag mal, können wir uns nicht über was anderes unterhalten?«

»Warum?«

»Einfach nur so.«

»Von mir aus.«

Dann trat eine lange Pause ein, während die Musikkassette sich drehte und der Regen, als sie die Elbe erreichten, mit verstärkter Macht auf die Limousine trommelte.

»Na los, erzähl was!« drängte Imogen.

»Mir fällt nichts ein.«

»Schwach.«

Es war Kersten anzumerken, wie sehr sie sich anstrengen mußte, das Thema zu wechseln. »Siehst du deinen Vater Weihnachten?« fragte sie endlich.

»Nun. Und das ist auch noch ein Grund, warum ich mich nicht auf das Fest freue.«

»Ist er nett?«

»Sehr.«

»Warum haben sich deine Eltern dann scheiden lassen? Ich finde, Claudia ist doch auch nett.«

»Ich weiß es nicht, Kersten, ich weiß es wirklich nicht.« Imogen unterdrückte einen Seufzer. Dann sagte sie: »Weißt du was? Laß uns doch lieber wieder über Geld sprechen. Das macht mehr Spaß.«

»Wenn es auch ordinär ist – was immer das heißen mag«, fügte Kersten hinzu.

Und dann begannen sie beide zu kichern.

»Jetzt brauchen Sie einen Schnaps, schöne Frau«, sagte Georg Hakker, kaum daß sie den Konferenzsaal verlassen hatten.

Claudia strebte der Textredaktion zu. »Ich muß zu meinen Leuten.«

»Müssen Sie nicht. Jedenfalls nicht, bevor Sie sich erholt haben.«

»Seh' ich so mitgenommen aus?«

»Ja, das tun Sie.«

Sie wollte ihre Handtasche öffnen, um einen Blick in den Spiegel zu tun.

Er verhinderte es, indem er ihre Hand festhielt. »Sie dürfen mir schon glauben, Frau Wolff-Kröger.«

»Warum sagen Sie das?«

»Weil ich ja in weiser Voraussicht der Dinge eine Flasche Klaren mitgebracht habe.«

»Warum Sie mich immer Frau Wolff-Kröger nennen. Niemand tut das außer Ihnen.«

»Aber so heißen Sie doch.«

»Ich weiß, wie ich heiße.«

»Kommen Sie erst einmal mit. Wir können uns in aller Ruhe darüber unterhalten.« Er schob seine Hand unter ihren Ellenbogen und dirigierte sie zu den Räumen der Einkaufsabteilung. Claudia ließ es geschehen, weil sie sich tatsächlich etwas zerschlagen fühlte. Die Heuchelei, als die sie die Weihnachtsfeier empfunden hatte, setzte ihr zu.

Die Einkäufer, die sich an den Getränken verlustierten, die ihnen von der Firmenleitung spendiert wurden, waren schon in bester Stimmung. Sie standen in einer Gruppe zwischen den Tischen mit den Computern, Druckern, Rechenmaschinen, Fernschreibern und Telefonen beisammen und lachten auf eine Art, die den Eintretenden deutlich verriet, daß Zoten zum Besten gegeben wurden. Als sie Georg Hacker und Claudia erkannten, verstummten die Männer kurz. Dann brachen sie in ein Hallo aus, hielten ihnen die Gläser entgegen und riefen: »Prost!« – »Frohes Fest!« und: »Auf das Wohl des Hauses!«

»Schon gut, schon gut!« wiegelte Georg Hacker ab. »Ich stoße gleich zu euch!« Er öffnete die Tür zu seinem Büro, das durch Trennwände von dem großen Raum abgeteilt war, und ließ Claudia vor sich eintreten.

Die Wände waren so dünn, daß sie das Stimmengewirr und das Gelächter kaum dämpften. Aber immerhin hatte es ein Fenster und außer dem Schreibtisch eine Sitzecke mit abgeschabten Ledersesseln. Der ebenfalls alte, aber zweifellos echte Perserteppich, mußte wohl aus Hackers persönlichem Besitz stammen. Sie setzte sich, während er eine Flasche aus dem Weihnachtspapier wickelte.

»Oder wäre Ihnen ein Cognac lieber?« fragte er.

»Ein Klarer kommt jetzt gerade recht.« Sie kramte ihr Zigarettenpäckchen und das Goldfeuerzeug aus ihrer Handtasche.

Nebenan war Gelächter und Gebrüll zu hören.

»Die saufen reichlich hastig«, bemerkte sie.

Er grinste sie an, während er mit der Flasche und dem Korkenzieher hantierte. »Ist ihnen nicht zu verdenken. Wann gibt es bei *Cosmos* schon was gratis? Außerdem haben sie es eilig, nach Hause zu kommen.«

»Also trinken sie, solange der Vorrat reicht.«

»So ist es.« Mit einem leichten Plopp zog er den Kork aus der Flasche, bückte sich hinter seinen Schreibtisch und brachte zwei Gläser zum Vorschein. Er stellte sie auf den niedrigen dreibeinigen Tisch mit der runden Platte und schenkte ein. Die Flasche trug kein Etikett.

»Was ist das?« fragte Claudia, hob ihr Glas an die Nase und schnupperte.

»Ein selbstgebrannter Korn. Ein Onkel vom Lande pflegt ihn mir zu besonderen Gelegenheiten zu schenken.« Er ließ sich in den Sessel neben ihr sinken.

Sie hoben ihre Gläser und tranken. Zu ihrer eigenen Überraschung leerte sie das Glas in einem Zug.

»Noch einen?« fragte er.

»Warum nicht?«

Er füllte die Gläser.

»Auf den Onkel vom Lande!« sagte sie, bevor sie trank – diesmal allerdings nur einen Schluck. Sie klopfte sich eine Zigarette aus ihrem Päckchen. Noch bevor sie zu ihrem Feuerzeug greifen konnte, hatte er ein Streichholz angerissen.

»Danke«, sagte sie und inhalierte mit Genuß.

Er zog aus der Innentasche seines tadellos sitzenden grauen Jacketts ein flaches Lederetui, nahm eine Zigarre heraus, schnippte die Spitze ab und schnupperte daran.

»Ich wußte gar nicht, daß Sie Zigarren rauchen«, sagte sie überrascht.

»Nur bei besonderen Gelegenheiten«, erklärte er, steckte sich die Zigarre zwischen die vollen Lippen und zündete sie mit einem zweiten Streichholz sehr sorgfältig rundherum an.

Sie beobachtete ihn durch den Rauch ihrer Zigarette. Seine großen Hände waren manikürt, er war gut rasiert, und der bläuliche Schimmer des nachwachsenden Haares rund um das Kinn verstärkte noch den Eindruck von Männlichkeit, den er ausstrahlte. Das aus der Stirn zurückweichende schwarze Haar verlieh ihm einen Anschein von Intelligenz – bei diesem Gedanken unterbrach sich Claudia. – ›Sei nicht boshaft!‹ ermahnte sie sich. ›Er ist intelligent, und das weißt du. Sonst könnte er sich nicht seit Jahren in leitender Position bei uns halten.‹ – Der Duft des Herrenparfums wirkte eigentlich gar nicht aufdringlich, und wahrscheinlich benutzte er es nur, um den Geruch seiner Zigarre zu kaschieren. Was war es denn, was sie so an ihm störte? Seine so offen zur Schau gestellte Selbstgefälligkeit.

Jetzt brannte seine Zigarre endlich. Er paffte ein paarmal, während er sie mit Daumen und Zeigefinger hielt. Dann ließ er die Hand zum Kinn sinken. »Na«, sagte er, »Musterung vollzogen?«

Sie ließ sich nicht anmerken, daß sie sich durchschaut fühlte, sondern tat, als verstünde sie seine Bemerkung nicht. »Sie wollten mir erklären, warum Sie mich so penetrant mit meinem Doppelnamen anreden.«

Seine dunklen Augen funkelten amüsiert. »Ich konnte nicht ahnen, daß Sie das als penetrant empfinden.«

»Sie sind der einzige, der mich bei *Cosmos* so anspricht.«

»Wahrscheinlich bin ich der einzige hier, der auf Korrektheit Wert legt.« Wieder führte er die Zigarre zum Mund. »Sagen Sie mir mal, meine liebe Frau Wolff-Kröger, warum haben Sie sich eigentlich einen Doppelnamen zugelegt, wenn Sie ihn dann nicht gerne hören wollen?«

»Weil man in Deutschland seinen Mädchennamen nicht behalten kann.«

»Auf den legen Sie so viel Wert?«

»Ja. Ich will ich selbst bleiben.«

»Ich weiß nicht, aus welcher Ecke Sie kommen – guter Mittelstand, würde ich sagen –, aber die Krögers sind mit Sicherheit eine hochangesehene Familie.«

»Es ist nicht so wichtig, woher man kommt, sondern was man aus sich macht.«

»Interessant«, sagte er und betrachtete den wachsenden Aschenkegel seiner Zigarre.

»Langsam gewinne ich den Eindruck, Sie haben mich nur zum Schnaps eingeladen, um mich zu ärgern.«

»Ganz im Gegenteil, meine liebe...« Er unterbrach sich. »Nein, das wollen Sie ja nicht hören. Darf ich Sie dann Claudia nennen?«

»Von mir aus.« Sie leerte ihr Glas.

Ohne zu fragen, schenkte er nach. »Das klingt zwar nicht gerade liebenswürdig, aber ich werde von Ihrer Erlaubnis Gebrauch machen – Claudia!« Er trank ihr zu.

Sie tat es ihm nach. »Georg!« sagte sie, weil sie nicht daran dachte, sich von ihm in eine Position der Unterlegenheit drängen zu lassen.

Er nahm es mit Gleichmut auf. »Das wäre denn also erledigt, Claudia. Und um eine weitere Frage zu beantworten: Ich habe Sie zum Schnaps aufgefordert, um einige Mißverständnisse zu klären.«

Sie sah ihn aus großen Augen an.

»Sie sehen in mir einen Feind«, fuhr er fort, »widersprechen Sie mir jetzt bitte nicht – jedenfalls behandeln Sie mich so.«

»Das ist mir nie bewußt geworden«, behauptete sie, obwohl sie ihm innerlich recht geben mußte.

»Aber das bin ich nicht«, fuhr er fort. »Sie sollten sich endlich klarmachen, daß ich nicht das geringste Interesse daran haben kann, Ihnen an den Karren zu fahren. Zugegeben, Sie ärgern mich manchmal durch Ihre unqualifizierte Kritik...«

»Unqualifiziert?« rief sie empört und drückte ihre Zigarette in einem Keramikaschenbecher mit Reklameaufdruck aus.

»Ja, unqualifiziert, ich kann das nur wiederholen, denn Sie haben ja keine Ahnung von der Höhe unseres Etats und damit unseren Möglichkeiten.«

Das mußte sie zugeben; sie schwieg betroffen.

»Es paßt Ihnen nicht, daß wir auch das eine oder andere Mal billiges Zeug einkaufen...«

Sie hatte sich wieder gefaßt. »Ramsch«, warf sie ein.

»Einverstanden«, sagte er überraschend, »nennen wir es Ramsch. Aber Sie wissen genausogut wie ich, daß in einem populären Versandhaus wie *Cosmos* eine gewisse Vielfalt der Artikel geboten sein muß.«

»Da haben Sie recht, Georg«, sagte sie und kam sich wie ein abgekanzeltes Schulmädchen vor.

Er grinste. »Fein, Claudia, in diesem Punkt sind wir uns also einig. Sie können nicht erwarten, daß wir Waren einer Qualität vermarkten, wie sie im Haushalt Professor Krögers üblich ist.«

»Lassen Sie meinen Haushalt aus dem Spiel!«

»Der ist doch wohl nicht so ganz der Ihre, sondern der des Professors.«

»Das geht Sie nichts an.«

Er betrachtete liebevoll den lang gewordenen Aschenkegel, bevor er ihn sehr behutsam abstreifte. »Aber Sie geben zu, daß Sie keine Hausfrau sind.«

»Ich könnte es sein, wenn ich es müßte.«

»Stimmt. Es gibt nichts, was Sie nicht könnten, wenn Sie nur wollten.«

Claudia holte Atem. »Worauf wollen Sie eigentlich hinaus?«

»Gut, daß Sie mich daran erinnern. Fast hätte ich es vergessen. Man plaudert so nett mit Ihnen.«

Sie griff nach einer Zigarette, und diesmal war sie schneller mit ihrem Feuerzeug als er mit seinen Streichhölzern. »Woher wissen Sie überhaupt so viel über mich?«

»Das liegt doch wohl auf der Hand: weil Sie mich interessieren. Haben Sie das noch nicht bemerkt? Sie interessieren mich, ich bewundere Sie, und ich mag Sie. Ich bin nicht Ihr Feind, Claudia.«

»Gut. Ich glaube es Ihnen, Georg.«

Er sah sie aufmerksam an. »Wie kommen Sie nachher nach Hause?«

»Der Chauffeur...« Sie verbesserte sich: »Professor Krögers Chauffeur holt mich mit dem Wagen meines Mannes ab.«

»Sehr gut. Dann dürfen Sie noch ein Gläschen trinken.« Er schenkte beide Gläser voll.

»Und was ist mit Ihnen?«

»Unter Umständen lasse ich mir ein Taxi kommen und hole dann morgen mein Auto aus der Tiefgarage.«

»Sehr vernünftig.«

»Ich bin ein vernünftiger Mensch. Können Sie sich wirklich vorstellen, daß ich Bornemann lieber in Ihrer Position sähe?«

»Warum nicht?«

»Nach allem, was ich Ihnen bisher erklärt habe?«

»Das schließt ja nicht aus, daß Sie Bornemann schätzen.«

»Er ist ein Grünschnabel, ein Besserwisser und ein Intrigant.«

Diese Beurteilung ihres Gegners tat Claudia wohler als alle vorhergegangenen Sympathiekundgebungen, die sie innerlich als Schmeicheleien abgetan hatte; sie hatte Mühe, es sich nicht anmerken zu lassen. »Persönlich«, behauptete sie, »habe ich gar nichts gegen ihn.«

»Aber Sie wissen, daß er an Ihrem Stuhl sägt.«

»Woher wissen Sie...?«

»Er läuft durchs Haus und sucht Bundesgenossen.«

»Daß er so weit gehen würde, hätte ich nicht gedacht. Hat er sich tatsächlich auch an Sie gewandt?«

»Auf die denkbar plumpeste Art, so etwa nach dem Motto: Wir Männer müssen zusammenhalten.«

»Oje.«

»Ich habe ihn übrigens nicht abblitzen lassen, sondern mir seine Argumente in aller Ruhe angehört und dazu mit dem Kopf genickt. Zwar habe ich ihm nicht zugestimmt, aber er wird sich einbilden, mich für sich gewonnen zu haben. Typen wie er machen sich gerne selbst etwas vor.«

»Er hält meine Textgestaltung für altmodisch.«

»Das ist nur ein Vorwand. Er möchte Sie, meine liebe Claudia, aus der Firma drücken und sich selber – jung und dynamisch, wie er sich sieht – auf den Redaktionssessel schwingen.«

»Das wird ihm nicht gelingen.«

»Ich fürchte, bloße Verteidigung genügt da nicht mehr. Ich weiß, daß Sie bei Ihren Mitarbeitern sehr beliebt sind. Aber das wird Ihnen nur wenig nützen, wenn es hart auf hart kommt. Keiner von diesen guten Leutchen hat irgendwelchen Einfluß, und keiner von ihnen kann sich erlauben, den Krempel hinzuwerfen, wenn man Sie entläßt.«

Claudia protestierte. »Die Gefahr besteht doch wohl kaum!«

»Täuschen Sie sich nicht! Wenn Bornemann nur beharrlich genug ist, wird er es auch schaffen.«

Sie drückte ihre Zigarette aus. »Was soll ich also tun?«

»Das fragen Sie mich?«

»Ja, Georg. Ich bin sicher, daß Sie mir einen Ratschlag geben können und auch wollen.«

Er schmunzelte. »Schlaues Mädchen!«

»Was also?«

»Stellen Sie ihm eine Falle!«

Als Claudia später die Redaktion betrat, war die Stimmung dort auf dem Höhepunkt. Ihre eigenen Mitarbeiter, die Fotografen und Grafiker hatten sich bunt gemischt. Alle hatten Gläser in der Hand und plauderten mit erhobenen Stimmen. Wäre nicht die Weihnachtsmusik gewesen, hätte man eher an eine Silvester- oder Karnevalsparty denken können als an eine Weihnachtsfeier. Hans-Peter Hinz hatte sich einen Tischpapierkorb auf das blonde Haupt gestülpt, und Gora hatte eine junge Fotografin in die Ecke gedrängt, die Arme links und rechts neben sie gegen die Wand gestützt, so daß es für sie kein Entrinnen gab. Immer wieder machte sie einen Versuch unten durchzuschlüpfen, aber ihrem Kichern war zu entnehmen, daß sie die Situation doch auch genoß. Bornemann hatte sich an Kurt Nachmann herangemacht und redete eifrig auf ihn ein, während der Marketing Manager eine so geistesabwesende Miene zeigte, daß nicht sicher war, ob er tatsächlich zuhörte. Auch er schien schon ziemlich beschwipst zu sein.

Claudia war froh, dieser Szene nicht nüchtern ausgesetzt zu sein. Sie stand unschlüssig da und überlegte, ob sie jetzt schon verschwinden konnte. Niemand schien sie vermißt zu haben.

Gerade wollte sie sich zurückziehen, als Nachmann sie erkannte. »Ach, da sind Sie ja!« rief er mit einer Stimme, die vom genossenen Alkohol undeutlich und wie verwaschen klang. »Aber Sie haben ja nichts zu trinken. Bornemann, seien Sie so nett und holen Sie ein Glas für Frau Wolff!« Er hickste. »Sie sehen ja, Frau Wolff hat nichts zu trinken«, fügte er überflüssigerweise hinzu.

»Bin schon unterwegs!« erklärte Klaus Bornemann beflissen. »Was darf es denn sein, Frau Wolff? Wein oder Sekt?« Er wirkte noch sehr nüchtern – ›gefährlich nüchtern‹, dachte Claudia.

»Versuchen Sie doch, bitte, mir ein Glas Mineralwasser zu besorgen.«

»Sehr wohl, gnädige Frau!« Bornemann dienerte übertrieben, was gar nicht zu ihm paßte, denn er war ein sehr stattlicher junger Mann – man erzählte sich, daß er Bodybuilding betrieb –, und um sich auch einen intellektuellen Touch zu geben, trug er eine Brille mit dicken Korngläsern. Der schmale, blasse Marketing Manager wirkte im Vergleich zu ihm geradezu unbedeutend. »Den sind wir für eine Weile los«, konstatierte er.

»Hoffen wir es«, sagte Claudia mit einer Aufrichtigkeit, die sie sich im Büro nicht oft leistete. Sie war sich sicher, daß Nachmann an einem Aufstieg des jungen Texters auch nichts gelegen sein konnte. Sein eigener Sessel würde dann als nächster wackeln.

»Wo haben Sie gesteckt?« fragte er.

»Beim Einkauf.«

»Sehr gut.« Nachmann schwankte leicht. »Einkauf und Verkauf und Werbung – wir alle müssen zusammenhalten.«

»Ja, das müssen wir. Ich würde mich nach den Feiertagen gerne mal mit Ihnen unterhalten.«

»Jederzeit, meine Liebe, jederzeit. Haben Sie ein Problem?«

»Sie auch, Herr Nachmann.«

Trotz seines umnebelten Geistes begriff er überraschend schnell. »Bornemann?«

»Genau der!«

»Wir werden sehn, wir werden sehn.« Nachmann wandte sich der Tür zum Gang zu. »Wenn Sie mich jetzt entschuldigen wollen.«

Claudia war nicht klar, ob er auf die Toilette oder schon nach Hause wollte. Sie machte sich Gedanken darüber, wie er in seinem augenblicklichen Zustand die Fahrt schaffen würde. Aber vielleicht hatte er ja vorsorglich seine Frau gebeten, ihn abzuholen, oder aber er war mit der S-Bahn gekommen. Er war ein erwachsener Mann und würde sich schon zu helfen wissen.

Klaus Bornemann tauchte, ein Glas Wasser wie eine Trophäe vor sich hertragend, vor ihr auf. Sie nahm es dankend entgegen und trank durstig.

»Wieso eigentlich Wasser?« fragte er.

»Weil ich mit Schnaps begonnen habe.«

»Wo?«

›Das möchtest du wohl gerne wissen, du Schlauberger!‹ dachte sie und sagte: »Bei einem freundlichen Mitmenschen.«

»Beneidenswert!«

Sie wußte nur zu gut, daß er sie beneidete, nicht wegen des Schnapses, sondern wegen ihrer Verantwortung und ihres Gehaltes, das wahrscheinlich doppelt so hoch wie das seine war. Sie hatte eine boshafte Replik schon auf der Zunge, schluckte sie aber im letzten Moment hinunter, weil sie einsah, daß eine offene Herausforderung nichts bringen würde.

Bornemann sah sich suchend um. »Wo ist der Chef?«

»Keine Ahnung.«

»Hat er denn nichts gesagt?«

»Wenn Sie so besorgt um ihn sind, sollten Sie auf der Toilette nach ihm schauen. Vielleicht braucht er ja Hilfe, falls er noch im Haus ist.«

Bornemanns rundes, noch unfertiges Gesicht strahlte auf. »Gute Idee!« rief er und war schon verschwunden. Es war ihm anzumerken, wie sehr ihn die Vorstellung begeisterte, seinem Chef den Kopf zu halten, sich damit lieb Kind zu machen und das Geheimnis seiner Schwäche mit ihm zu teilen. Aber der Marketing Manager würde eine solche Art der Hilfeleistung durchaus nicht zu schätzen wissen. Zu ihrer eigenen Überraschung tat Bornemann ihr fast leid. Er war noch verdammt jung, kaum fünfundzwanzig Jahre alt, und sehr naiv. Wer wußte, was für Motive ihn anspornten, so schnell wie möglich und um jeden Preis voranzukommen.

»Hei, schöne Frau, warum so nachdenklich?« rief Hans-Peter Hinz und kam, den kleinen Papierkorb schräg auf dem Kopf, auf sie zu.

»Hat Bornemann eine Freundin?«

»Glaube ich nicht. Der treibt es lieber mit sich selber. Vor dem Spiegel.«

Claudia lachte. »Ganz schön boshaft.«

»Ich dachte, Sie wollten eine ehrliche Antwort hören.« Er nahm ihr Glas und schnupperte daran. »Pfui, Wasser! Das erklärt alles.«

»Was?«

»Daß Sie inmitten der überbordenden Fröhlichkeit ein Gesicht machen, als müßten Sie die Rätsel des Universums lösen.«

»Ein Schluck Wasser tut zwischendurch ganz gut.«

»Sie wollen doch nicht etwa nüchtern bleiben?«

»Ich denke nicht daran.«

»Gut so. Sonst könnten Sie uns und wahrscheinlich auch sich selber kaum ertragen.«

Claudia fiel auf, daß auch er schon einiges intus haben mußte; doch der genossene Alkohol schien seinen Geist aufblitzen zu lassen. »Sie sind selten witzig«, sagte sie.

»Wir feiern ja auch nur einmal im Jahr Weihnachten.«

»Aber das viele Tage lang.«

Sie lachten beide.

Bornemann kam zurück; sein junges Gesicht zeigte deutlich die Enttäuschung, die er empfand. »Ich habe ihn nicht gefunden«, sagte er.

»Wen?« fragte Hinz.

»Dann ist er also schon gegangen. Nachmann, unser Chef, der Marketing Manager«, erklärte Claudia.

»Das bedrückt Sie doch nicht gar?«

Es bedeutete für sie, daß sie sich nicht so leicht verziehen konnte, wie sie gehofft hatte. Jemand mußte dafür sorgen, daß die Party nicht ausuferte. »Nein«, behauptete sie, »wir können uns auch ohne ihn amüsieren. Ich werde mich jetzt ein bißchen unters Volk mischen.«

»Sie können aber niemandem ohne ein gefülltes Glas ein frohes Fest wünschen.«

»Ja, ich weiß, Sie haben recht. Aber all das Zeug ist mir zu labbrig.«

»Ich habe etwas Besseres für Sie!« Hinz stellte sich zwischen Claudia und Bornemann, so daß er dem jungen Texter den Rücken zuwandte, zog einen Flachmann aus der Jackentasche, öffnete ihn blitzschnell und goß ihr einen Schuß goldbrauner Flüssigkeit ins Glas. »Onkel Hinz hat vorgesorgt.« Genauso rasch, wie er die kleine Flasche hervorgezaubert hatte, ließ er sie auch wieder verschwinden.

Bornemann umtanzte sie fast, um mitzubekommen, was vor sich ging. »Was ist los? Was ist los?«

»Gar nichts, mein Junge!« erwiderte Hinz. »Alles ist hübsch angebunden.« Er bot Claudia den Arm. »Wenn Sie nichts dagegen haben, werde ich Sie auf Ihrem Rundgang begleiten.«

»Ich komme mit!« rief Bornemann.

Claudia lächelte ihm zu, besonders freundlich, um die vorhergegangene Heimlichtuerei wiedergutzumachen. »Das wäre mir sehr lieb, Herr Bornemann.«

Während die beiden jungen Männer sich mit Alkohol zum Anstoßen versorgten, nahm Claudia einen Schluck aus ihrem Glas und stellte fest, daß Hinz ihr Whisky eingeschenkt hatte, Whisky einer recht guten Marke sogar. Sie fand das ausgesprochen nett von ihm und hoffte auf eine Gelegenheit, sich bedanken zu können. Sie ergab sich, als er ihr später noch einmal nachschenkte, mit derselben Fixigkeit wie beim ersten Mal.

»Danke, Herr Hinz«, sagte sie. »Sie haben den heutigen Abend für mich gerettet.«

Er sah ihr, entgegen seiner sonstigen Förmlichkeit und Nüchternheit, tief in die Augen. »Es gibt nichts, was ich für Sie nicht tun würde!«

Inzwischen hatte sie mit allen angestoßen und ein paar Worte gewechselt. Claudia hatte das Gefühl, als wenn sich ihr Gesicht in eine lächelnde Maske verwandelt hätte. Sie hoffte auf ein baldiges Ende der Feier, unterdrückte nur aus Höflichkeit den Impuls, auf ihre Armbanduhr zu sehen.

Zuerst verzogen sich die jüngeren Leute, um irgendwo einen Happen zu essen und wahrscheinlich weiterzutrinken. Dann verabschiedeten sich die Verheirateten, die es nach Hause zog, und zum Schluß ging es dann ganz schnell. Die Flaschen waren geleert, das Gebäck vertilgt, und die Räume leerten sich. Nur Hans-Peter Hinz und Klaus Bornemann blieben an Claudias Seite; anscheinend wollte keiner dem anderen das Feld räumen. Hinz versuchte sie zu überreden, noch mit ihm zusammenzubleiben, und Bornemann signalisierte sofort, daß er mitmachen wollte.

Claudia wehrte entschlossen ab. »Schluß für heute. Es ist wirklich genug.« Als sie Hinz' betroffenes Gesicht sah, fügte sie sanfter hinzu: »Vielleicht ein anderes Mal. Bitte, Herr Bornemann, schalten Sie die Musik aus!«

»Wir könnten ihn bestimmt abwimmeln«, sagte Hinz leise.

»Schon möglich«, erwiderte sie achselzuckend, »aber mein Mann erwartet mich.« Sie reichte ihm die Hand. »Bis nach den Feiertagen dann! Sie waren mir eine echte Stütze.«

Hans-Peter Hinz blieb nichts übrig, als sich zurückzuziehen. Es gab ein Krachen in den Lautsprechern. Dann verstummte die Musik.

Als Bornemann zurückkam und sie allein fand, verlor er das Interesse an ihrer Gesellschaft. »Dann werde ich wohl auch gehen«, sagte er etwas unsicher.

»Ja, tun Sie das! Ich knipse nur noch die Lichter aus und schließe ab. Frohes Fest, Herr Bornemann!«

Sie war erleichtert, als sie allein war. Aber es war ein entsetzliches Tohuwabohu, in dem sie zurückblieb. Überall standen leere Flaschen, gefüllte Aschenbecher und Gläser, in denen Kippen schwammen. Es überkam sie der Drang, die Fenster zu öffnen und aufzuräumen. Aber der eisige Regen prasselte gegen die Scheiben, und sie hätte nicht gewußt, wohin mit den Gläsern, die Cafeteria war schon geschlossen.

Also vergewisserte sie sich nur, daß sämtliche Kerzen gelöscht und keine Funken in die Papierkörbe gefallen waren. Alles andere war nicht ihre Aufgabe. Die Putzfrauen würden noch heute nacht Ordnung schaffen. Zuerst sah sie sich in der Grafik um und knipste die Lichter aus, dann im Raum der Fotografen. Sie wollte gerade in die Textredaktion zurück, als sie sah, daß sich die Tür von Kurt Nachmanns Büro öffnete. Erstaunt blieb sie stehen. War es möglich, daß der Marketing Manager sich, im Trubel unbemerkt, in seine eigenen vier Wände zurückgezogen hatte? Sollte sie ihn ansprechen und fragen, ob sie etwas für ihn tun könnte? Oder ihm lieber die Chance geben, sich unerkannt davonzumachen?

Diese Fragen hätte sie sich sparen können, denn es war nicht Nachmann, der das Büro verließ, sondern Giacomo Gora.

Er sah über die Schulter zurück und flüsterte – ganz unnötig, da er sich doch unbeobachtet glaubte: »Sie sind alle fort. Du kannst.«

Hinter ihm erschien die junge Fotoassistentin, mit der er zu Beginn des Abends so heftig geflirtet hatte. Seine Bemühungen waren also von Erfolg gekrönt worden. Die beiden hatten sich im verlassenen Büro des Chefs eine vergnügte Stunde gemacht. Claudia fand das reichlich keck, denn es hätte durchaus passieren können, daß auch ein anderer den Einfall gehabt hätte, dort hineinzugehen. Um die beiden nicht in Verlegenheit zu bringen, blieb sie regungslos in der dunklen Grafik stehen.

Die Erscheinung der jungen Frau wirkte ramponiert; ihre Frisur war zerzaust, das Make-up verschmiert und einer ihrer Strümpfe zerrissen. »O Gott!« jammerte sie. »Wie sehe ich aus?«

»Ganz, ganz süß«, behauptete er.

»So kann ich doch nicht auf die Straße.«

»Aber bis zur Toilette. Dort kannst du dich frisch machen.«

»Und was ist mit meinem Strumpf?« Unwillkürlich bückte sie sich und legte die Hand auf das große Loch.

»Die ziehst du eben aus. Alle beide. Dann merkt kein Aas was.«

»Aber draußen ist es saukalt.«

»Selbst dran schuld«, sagte er herzlos, »du hättest dich nicht so anstellen sollen.«

»Ich wollte wirklich nicht, aber du...«

»Tu bloß nicht so, als wenn es dir nicht auch Spaß gemacht hätte. Na, komm schon, reiß dich zusammen. Alles halb so wild.« Entschlossen durchquerte er den Raum und öffnete die Tür zum Gang. Sie folgte ihm, leicht hinkend. Sie verschwanden, ohne die Tür zu schließen oder das Licht auszuknipsen.

›Passendes Ende einer Weihnachtsfeier‹, dachte Claudia und ließ ihnen Zeit zu verschwinden, bevor sie abschloß und ihnen folgte.

Sie war erst wenige Schritte gegangen, als sie sah, daß die Tür der Damentoilette sich öffnete. Um der jungen Frau eine Peinlichkeit zu ersparen, schlüpfte sie in die gegenüberliegende Telefonzentrale. Sie war verlassen.

In diesem Augenblick kam Claudia die Idee, Ralf Hayd anzurufen. Sie machte Licht, setzte sich an den Schreibtisch gleich neben der Tür und wählte seine Nummer. Sie war froh, daß er selber sich meldete und nicht sein Vater.

»Ich bin es, Claudia«, sagte sie mit ihrer bewußt tiefen Telefonstimme.

»Ach du!« erwiderte er, und es klang durchaus nicht begeistert.

Sie merkte es sofort. »Störe ich?«

»Der Laden ist gesteckt voll.«

»Wie schön für euch. Ich fahre jetzt nach Hause.«

»Ja, tu das! Wir sehen uns nach den Feiertagen.«

Ohne ein weiteres Wort legte sie auf. Sie war mehr als betroffen. Es war das erste Mal, daß Ralf sich ihr gegenüber kühl verhalten hatte. Sollte das der Anfang vom Ende sein? Sie hatte bisher fest damit gerechnet, daß sie es war, die Schluß machen würde, wenn es einmal so kommen sollte. Noch nie zuvor hatte ihr ein Mann den Laufpaß gegeben, und hier und jetzt, in der verlassenen Telefonzelle des Versandhauses, ahnte sie das Gefühl der Demütigung, das ein solches Ereignis in ihr auslösen würde.

Noch war es nicht soweit. Aber sie würde auf der Hut sein müssen. Sie durfte es nicht dazu kommen lassen.

Noch auf der Fahrt nach Blankenese, auf dem Rücksitz der schweren Limousine, Braake am Steuer, war sie deprimiert und irritiert. Sie lehnte es ab, Musik zu hören, weil sie fürchtete, dadurch in eine noch sentimentalere Stimmung zu geraten.

Es dauerte eine Weile, bis sie merkte, daß das Prasseln des Regens aufgehört hatte. Sie blickte zum Fenster und sah überrascht, daß es schneite. Nichts hätte in diesem Moment tröstlicher sein können. Weihnachten im Schnee – wie lange schon hatte es das nicht mehr gegeben. Claudia hoffte von Herzen, daß er liegenbleiben würde.

So plötzlich, wie sich die Welt draußen verwandelt hatte, ging auch eine Veränderung in ihrem Herzen vor. Sie schalt sich eine Närrin, daß Ralfs kurz angebundener Ton sie so geschockt hatte. So lange lebte sie jetzt schon in der Welt der Männer und hatte doch die Empfindsamkeit ihrer Mädchentage noch nicht abgestreift. Ihr Verstand hätte ihr sagen müssen, daß der Antiquitätenverkauf gerade in diesen Tagen auf Hochtouren lief. Wenn überhaupt ein Geschäft zu machen war, dann jetzt, kurz vor dem Fest. Es lag doch auf der Hand, daß Ralf da keine Zeit für Spielchen und zärtliche Worte haben konnte; anders wäre er kein Mann und schon gar kein Kaufmann gewesen. Und sie hatte es als ein Zeichen genommen, daß er sie nicht mehr liebte! Wie dumm von ihr, wie gedankenlos und wie egoistisch.

Als Braake ihr vor dem Haus in Blankenese aus dem Wagen half, strahlte sie. Die Rasenflächen, die Büsche und Bäume waren weiß bepudert, und immer noch fielen leise Flocken.

»Herrlich der Schnee, nicht wahr, Braake!« rief sie fröhlich.

»Na, hoffentlich bleibt er man liegen!«

»Wird er schon, Braake, ich bin sicher.«

Claudia behielt recht. Am nächsten Morgen schneite es weiter. Gleich nach dem Frühstück stürmten Imogen und Kersten, winterlich vermummt, in den Garten, um sich eine Schneeballschlacht zu liefern. Später stieß Claudia dazu und half ihnen, einen großen Schneemann zu bauen. Knut stiftete einen Zylinder als Kopfbedeckung. Die Mädchen jubelten und probierten ihn gleich aus.

»Paßt!« rief Kersten.

Imogen verschob ihn, damit er ein bißchen schief saß. »So sieht der Kerl erst elegant aus.«

Claudia hängte sich bei ihrem Mann ein. »Aber, Knut, ist dein Zylinder nicht viel zu schade?«

»Ich freue mich, wenn ihr solchen Spaß habt.«

Sie gab ihm einen raschen Kuß auf die Wange. »Du bist doch der Beste!«

»Das will ich meinen!« sagte er schmunzelnd. »Aber bewerte meinen Opfermut nicht zu hoch. Es ist nicht mein einziger Zylinder. Zuweilen braucht man so ein Ding ja doch noch.«

»Trotzdem!« sagte Claudia. »Daß du überhaupt daran gedacht hast!«

Nach dem Mittagessen ließ Knut sich von den Mädchen bewegen, mit ihnen und Claudia Monopoly zu spielen. Sie setzten sich an den hohen Tisch im Speisezimmer. Auf einem Beitisch brannten die vier Kerzen des Adventskranzes.

Kersten war mit wildem Eifer bei der Sache, Imogen spielte sehr überlegt, und dennoch konnten die beiden nicht verhindern, daß Knut gewann.

Claudia war schon früh ausgeschieden. »Gratuliere, Knut!« sagte sie. »Du kannst eben nicht verleugnen, daß in deinen Adern immer noch das alte Kaufmannsblut fließt. Trotz aller Gelehrsamkeit.«

»Wenn es um Geld geht«, sagte Kersten enttäuscht, »habe ich eben immer Pech.«

Imogen sortierte die Scheine. »Es ist doch nur Spielgeld.« Dann kam ihr ein Gedanke, und sie machte große Augen. »Im Grunde«, sagte sie, »ist alles Geld nur Spielgeld. Man bedruckt Papier und sagt: ›Das sind jetzt hundert Mark.‹ Aber in Wirklichkeit bleibt es doch immer nur bedrucktes Papier.«

Knut stimmte ihr zu. »Die Zeiten sind lange vorbei, als man mit Gold- und Silbermünzen bezahlte, deren Wert tatsächlich ihrem Preis entsprach.«

»Wie lange?« wollte Imogen wissen.

»Nun, ich denke, die Chinesen benutzten schon im dreizehnten Jahrhundert Papiergeld. In Europa kam es erst im späten Mittelalter in Gebrauch. Zunächst diente es nur als Ersatz für hinterlegte Metallwerte.«

»Damit die reichen Leute nicht so schwer zu schleppen brauchten?«

»Seid mir nicht böse, ihr Lieben«, warf Claudia ein, »aber ich mag dieses Gerede über Geld nicht.«

»Du findest es ordinär«, stellte Kersten fest.

»Wie kommst du darauf?« fragte Claudia erstaunt.

»Weil du Geld schenken ja auch ordinär findest.«

Claudia warf Imogen einen aufmerksamen Blick zu. Aber das Mädchen, das immer noch die Scheine sortierte und in die Fächer des Kartons legte, verzog keine Miene und hielt die Wimpern gesenkt.

»Dabei ist Geld doch eine fabelhafte Sache!« fuhr Kersten fort. »Wenn man Geld hat, kann man sich kaufen, was man will, und ist nicht auf Gnade und Barmherzigkeit anderer Leute und auf doofe Geschenke angewiesen.«

»Darüber könnte man stundenlang diskutieren. Aber für mich ist das kein Thema.«

»Weil du genug Geld hast!«

»Du nicht?« fragte Knut.

»Nein, Onkel Knut, das ist es ja gerade. Ich hoffe bloß, meine Mutter denkt nicht wie Tante Claudia und gibt sich zu Weihnachten wenigstens einen Stoß.«

»Ich bin sehr gespannt, was ich bekomme«, sagte Claudia, um das Thema zu wechseln.

»Nichts Besonderes«, erklärte Imogen.

Claudia tat enttäuscht. »Nicht?«

»Nur was Selbstgemachtes.«

Claudia lächelte ihr zu. »Selbstgemachte Geschenke sind in meinen Augen die schönsten.«

»Dann«, sagte Knut und stand auf, »wird es wohl Zeit für mich, meine Laubsäge aus dem Keller zu holen.«

»Bis zum Abend schaffst du nichts mehr!« rief Kersten.

»Wer weiß«, sagte Knut geheimnisvoll und verließ das Zimmer.

Auch für Kersten wurde es Zeit aufzubrechen. Sie hörten, daß Braake den Wagen aus der Garage fuhr. Claudia löschte die Kerzen des Adventskranzes und schickte die Mädchen nach oben, um Kerstens Tasche zu holen. Sie blieb mit Imogen in der Haustür stehen. Die beiden sahen zu, wie Kersten zum Auto lief. Sie drehte sich, bevor sie einstieg, noch einmal um und winkte ihnen zu. Sie winkten zurück.

»Das war heute ein schöner Tag«, sagte Imogen noch in den offenen Wagen, »viel schöner als Weihnachten.« Braake warf einen bekümmerten Blick in den Rückspiegel.

»Sag doch so etwas nicht!« rief Claudia ihre Tochter zur Raison.

»Fandest du es nicht auch schön?«

»Sehr schön sogar. Aber das besagt doch nicht, daß wir es uns an den Feiertagen nicht auch so gemütlich machen können.«

»Ich glaube, die richtigen Feste, die kann man nicht arrangieren. Die müssen sich einfach so ergeben.«

Claudia zog ihre Tochter ins Haus. »Sprich nicht so weise, Liebling, du wirst mir sonst noch unheimlich.«

Imogen lachte. »Das wäre fein!«

»Was?«

»Wenn ich dir unheimlich würde! Aber ich weiß ja, du machst nur Spaß. Unheimlich sind bloß Gespenster.«

Punkt sieben fand dann die Bescherung im Krögerschen Elternhaus statt.

Zu Beginn ihrer Ehe hatte Claudia sich dagegen gewehrt. Sie hätte den Heiligen Abend lieber bei sich zu Hause, nur mit ihrem Mann und ihrer Tochter, gefeiert. Aber gegen die Familientradition war sie vergebens Sturm gelaufen. Wie schon Rosalind hatte sie sich fügen müssen. Man war immer im »Großen Haus« zusammengekommen, und so sollte es auch in Zukunft bleiben. Auch die späteren Schwiegertöchter würden an der allgemeinen Bescherung teilnehmen müssen.

Inzwischen fand Claudia diese Lösung ganz bequem. Sie ersparte ihr die Aufregung der Vorbereitungen, die große Kocherei und den Weihnachtsbaum. Frau Beer und der Chauffeur hatten über die Feiertage frei.

So waren sie denn, ihre Schuhbeutel in der Hand, durch den

Schnee gestapft – die Wege waren zwar geräumt worden, aber da es nicht aufhören wollte zu schneien, empfahl es sich, die Schuhe zu wechseln. Ihre Geschenke waren schon Tage vorher, bunt verpackt und mit den Namen der Empfänger versehen, hinübergebracht worden.

Claudia hatte sich und ihre Tochter dem Anlaß und Lydias Wünschen entsprechend schön gemacht. Sie trug ein Abendkleid aus matt schimmerndem blauem Samt, um den schmalen Hals eine Platinkette mit ihrem Diamanten. Imogen hatte den ersten langen Rock ihres Lebens bekommen; er war aus schwarzem Samt mit einer dazu passenden farbenfrohen Folklore-Bluse. Knut hatte natürlich seinen Smoking angezogen. Lydia hatte ein tief ausgeschnittenes rotes Seidenkleid gewählt und trug dazu, wie es schien, ihren gesamten Schmuck.

Imogen dachte: ›Sie sieht selber wie ein Weihnachtsbaum aus!‹, aber sie hielt wohlweislich den Mund.

Die beiden Jungen hatten schwarze Anzüge an, die beiden an den Armen und Beinen etwas zu kurz geworden waren. Claudia dachte, daß es nicht mehr lange dauern konnte, bis auch sie im Smoking erscheinen würden.

Bald nach der Begrüßung verschwand Lydia im Musikzimmer. Wenig später öffnete sich die Schiebetür einen Spaltbreit, und sie rief Sven zu sich, wahrscheinlich, weil er ihr helfen sollte, letzte Hand anzulegen. Nicht lange danach wurde auch Knut hereingerufen. Er war der einzige in der Familie, der einigermaßen musikalisch war und Klavier spielen konnte – auch das war eines der Argumente gewesen, mit denen Lydia die Schwägerin bewegt hatte, den Heiligen Abend gemeinsam zu feiern. Denn ein Weihnachtsfest, nur von mechanischen Klängen untermalt, wäre für die Krögers undenkbar gewesen. Es mußte Klavier gespielt und selbst gesungen werden.

Claudia und Imogen blieben mit den beiden Jungen in der riesigen, zwei Stockwerk hohen Halle zurück.

»Na, wie geht es dir denn so, Irmy?« fragte Jens herablassend.

Imogen warf mit einer Kopfbewegung das lange, seidig glänzende Haar, das sie heute ganz offen trug, in den Nacken zurück. »Für dich immer noch Imogen«, erwiderte sie schnippisch.

Jens grinste. »Sieh einer an! Die Kleine entwickelt Temperament.«

»Gar nicht so übel«, stimmte der junge Knut ihm zu.

»Wirst du uns wieder ein hübsches Gedicht vortragen?« erkundigte sich Jens.

»Diesmal nicht.«

»Ein Jammer«, spottete Jens.

»Wo du so schön betonen kannst«, fügte sein Bruder hinzu.

Imogen hatte bis zum vergangenen Jahr Storms »Von drauß' vom Walde komm' ich her...« aufsagen müssen, und sie hatte es gehaßt – nicht das Gedicht und auch nicht das Vortragen, sondern die, wie sie es empfand, herablassende Art, mit der die Erwachsenen ihr zuhörten, und das Feixen der beiden Jungen.

Claudia, die sich nur sehr selten in die Kabbeleien der Kinder einmischte, kam ihr jetzt zu Hilfe. »So gut wie du, Knut«, sagte sie, »war Imogen aber leider nie. Du machtest es mit Bewegung.« Sie tippte sich mit dem Zeigefinger auf die Nase und zitierte: »›... mit rot gefrorenem Näschen!‹«

Der Junge errötete.

»Damals war er ja erst fünf Jahre alt«, sagte sein Bruder nachsichtig.

»Jedenfalls machte er es so fabelhaft, daß er sich auch beim Damenkränzchen eurer Mutter produzieren durfte.«

Imogen lachte. »Und alle haben ihn abgeknuddelt.«

»Ihr seid gemein!« schrie der junge Knut, der sich nur höchst ungern daran erinnern ließ, was für ein entzückendes Kerlchen er gewesen war.

»Du hast damit angefangen«, behauptete Imogen.

»Ich finde es nicht nett, daß ihr versucht, Imogen wegen etwas aufzuziehen, an dem sie ganz unschuldig ist. Zudem gehört es zu eurer vielgepriesenen Familientradition, daß immer das jüngste Kind ein Gedicht rezitiert. Vor Knut warst du an der Reihe, Sven. Erinnerst du dich nicht mehr?«

»Doch. Aber ich bin mir ziemlich blöd dabei vorgekommen.«

»Du sollst sehr steif und würdig aufgetreten sein.«

»Woher weißt du das überhaupt?«

»Eure Mutter erzählt gerne solche Geschichten aus eurer Kindheit.«

»Du lieber Himmel!«

Lydia kam in die Halle und schlug kräftig auf den Messinggong, der die Familie an gewöhnlichen Tagen zum Essen rief. Jetzt strömten die Hausangestellten herbei, die Frauen in schwarzen Kleidern ohne Schürzchen und der Gärtner-Chauffeur in seiner besten Livree. Sven schob die verglaste Schiebetür weit auseinander, und Knut, der Professor, präludierte am Flügel »O du fröhliche...«

Claudia nahm Imogen bei der Hand, und sie betraten als erste das Musikzimmer. Die Brüder folgten ihnen, und danach kam das Personal.

Am Weihnachtsbaum brannten alle Kerzen. Er reichte vom Boden fast bis zur Decke und war so prächtig geschmückt und mit silbernem Lametta behangen, daß vom tiefen Grün der Tanne kaum noch etwas zu sehen war. Unter ihr und neben ihr türmten sich Berge von Weihnachtspäckchen.

Imogen erinnerte sich, daß sie, als sie noch klein war, es kaum hatte abwarten können, bis es endlich daranging, die Geschenke zu öffnen. Sie kam sich ziemlich erwachsen vor, daß es ihr heute nichts mehr ausmachte, erst sämtliche nur denkbaren Weihnachtslieder zu singen. Denn das gehörte dazu. Alle, außer Claudia und Imogen, die sich zurückhielten, gaben ihr Bestes, sangen mehr laut als richtig, aus voller Kehle, während Knut sie am Flügel begleitete. Die ersten Strophen, deren Texte alle kannten, kamen jeweils sehr deutlich heraus, bei den anderen wurde dann ziemlich gemogelt. Der Professor beendete den musikalischen Teil mit einem kräftigen, wohlmodulierten Akkord und schlug den Deckel des Flügels zu. Das war das Zeichen dafür, daß man sich den Geschenken zuwenden durfte.

In den vergangenen Jahren war Imogen zugleich mit den Angestellten vorgestürmt. Diesmal hielt sie sich an der Seite ihrer Mutter zurück, sozusagen als Zeichen ihres früh erreichten Erwachsenseins. Die jungen Frauen und der Chauffeur lösten bunte Schleifen und rissen prachtvolle Bogen Weihnachtspapier von den Kartons. Die Geschenke, die sie dann auswickelten, waren sehr viel weniger beeindruckend als die Verpackung, vorwiegend praktische Dinge: Handschuhe, Schürzen, Pullover. Trotzdem bedankten sie sich freudig.

Claudia fragte sich, ob sie diese Gaben zusätzlich zum dreizehnten Monatsgehalt bekamen, wie Frau Beer und Herr Braake es erhielten. Aber danach zu fragen verbot sich.

Erst als die Angestellten ihre Geschenke, das Papier und die Kartons fortgeräumt und sich zurückgezogen hatten, kam die Bescherung für die Familie. Imogen erwartete sich nichts von den riesigen Schachteln, die für sie aufgebaut waren. Die Erfahrung hatte sie gelehrt, daß der Inhalt ganz unbedeutend sein konnte. Aber diesmal wurde sie doch sehr freudig überrascht. Sie stieß auf die Bausätze einer kompletten Stereoanlage mit Radio, Plattenspieler und Kassettenrecorder. Ihre Würde vergessend hüpfte sie von einem Fuß auf den anderen und schrie: »Seht mal, was ich gekriegt habe! Seht doch nur mal!« Sie stürzte zu ihrer Mutter und umarmte sie heftig, lief zu ihrem Stiefvater, stellte sich auf die Zehen und gab ihm, der sich leicht herabbeugte, einen Kuß auf die Wange. »Danke, danke, vielen, vielen Dank!«

Claudia lachte. »Na, siehst du, Weihnachten ist doch gar nicht so übel.«

»Jetzt weißt du wenigstens, was du mit deinem Geld anfangen kannst«, fügte Professor Kröger hinzu.

»Baust du sie mit mir zusammen, Onkel Knut?«

»Dazu bin ich zu ungeschickt. Laß das man lieber Onkel Albert und Christian machen.«

Alle anderen packten weiter ihre Geschenke aus – persönlich ausgesuchte Dinge, gedankenlos erstandene und liebevoll selbstgemachte –, aber keine große Überraschung war mehr dabei.

Dann stieß Claudia auf ein kleines Päckchen, und als sie das Papier entfernte, kam ein mit schon etwas abgeschabtem dunkelblauem Samt bezogenes Etui zum Vorschein. Sie traute ihren Augen kaum und drehte sich unwillkürlich zu ihrem Mann um, der hinter ihr stand und sie beobachtete.

»Willst du es nicht aufmachen?« fragte er.

Sie tat es, und auf weißer Seide schimmerte ihr das kunstvoll verarbeitete Collier aus Brillanten und Saphiren entgegen, das Ralf Hayd ihr in Büsum hatte schenken wollen.

»Gefällt es dir?« fragte er.

»Es ist wundervoll! Wo hast du es her?«

»Das solltest du wissen.«

»Aus Hayds Antiquitätenladen?«

»Richtig. Der junge Mann verriet mir, daß es dir besonders gefallen hätte.«

»Das stimmt. Aber ich habe nie daran gedacht, es zu besitzen.«

»Auch das hat er mir erzählt.«

Claudia fühlte sich nicht wohl in ihrer Haut. Der Gedanke, daß die beiden Männer miteinander allein gewesen waren und über sie gesprochen hatten, verunsicherte sie stark.

»Was ist?« fragte Knut. »Freust du dich denn nicht?«

»Es ist«, stammelte sie, »zu kostbar.«

»Mach dir deswegen keine Gedanken. Unter uns gesagt: ich habe halb soviel dafür bezahlt, wie du denkst.«

»Ja, wirklich?«

»Der junge Mann hat mit sich handeln lassen. Er hat mir einen Vorzugspreis eingeräumt, weil es ein Geschenk für dich sein sollte.«

Claudias Lachen klang sogar in ihren eigenen Ohren unecht. »Das kann ich mir kaum vorstellen.«

»Doch, meine Liebe, glaube es mir. Er verehrt dich sehr.«

»Ach was.«

»Jedenfalls hatte ich den Eindruck. Willst du es nicht umlegen?«

»Lydia würde vor Neid platzen.«

»Soll sie nur!« Er nahm das Collier aus dem Etui und öffnete den Verschluß. »Sie hat so viel geerbten Schmuck, daß sie eines Tages noch darunter zusammenbrechen wird.« Er legte ihr das Collier von hinten um den Hals und schloß es.

Sie genoß die Berührung seiner Hände auf ihrer nackten Haut. »Steht es mir?«

»Die Saphire haben genau die Farbe deiner Augen.«

Sie drehte sich zu ihm um und küßte ihn auf den Mund. »Du ahnst nicht, was für eine Freude du mir damit gemacht hast.«

Er zog ein Taschentuch und tupfte sich die Lippen ab. »Zuerst sah es gar nicht danach aus.«

»Ich war so überwältigt.«

»Jetzt solltest du aber dein anderes Kettchen abtun. Sonst könnte man dich für neureich halten. Ich helfe dir.« Er löste ihre Platinkette mit dem Diamanten und ließ sie in seine Jackentasche gleiten. »Ich werde sie für dich aufbewahren. Vergiß nicht, wohin ich sie gesteckt habe.«

Jetzt erschien eine der Hausangestellten und servierte auf einem silbernen Tablett Gläser mit Champagner und Orangensaft. Die Spannung löste sich, Zigaretten wurden angezündet. Sven und Lydia bewunderten Claudias Collier, und Professor Kröger freute sich über das Lesezeichen, das Imogen ihm mit sehr viel Liebe und Sorgfalt aus Leder gebastelt hatte.

Danach ging es zu Tisch. Ein reiches Menü mit mehreren Gängen wurde aufgetragen. Obwohl es köstlich schmeckte, hielten sich Imogen und die Damen beim Essen zurück, die Herren und besonders die Jungen langten kräftig zu. Zu jedem Gang gab es einen passenden Wein aus dem Krögerschen Keller, die Gesichter röteten sich, und die Gespräche wurden lebhafter. Gleichzeitig hatte das üppige Essen alle ein wenig träge gemacht, so daß es zu keinen Auseinandersetzungen kam.

Obwohl Imogen allmählich ermüdete, unterdrückte sie doch tapfer das aufkommende Gähnen und hielt sich kerzengerade. Claudia erbot sich, sie nach Hause und zu Bett zu bringen. Aber das lehnte sie ab. Sie wollte der Mutter die Unterbrechung des Beisammenseins und den Gang durch die nächtliche Kälte ersparen. Claudia wäre gerne an die frische Luft gekommen und auch eine Weile für sich allein gewesen. Aber sie wagte es nicht, ihre Tochter zu drängen, weil ihre Absicht sonst für die anderen zu deutlich gewesen wäre.

Erst lange nach Mitternacht kam es zum Aufbruch. Der frische Schnee glitzerte im Scheinwerferlicht des großen Hauses. Doch je weiter Knut und seine zwei Frauen sich vom großen Haus entfernten, desto dunkler wurde die Nacht. In der Ferne tauchten die warmen Lichter ihres eigenen Hauses auf.

Imogen hatte sich zwischen Claudia und Knut eingehängt. »Jetzt bin ich wirklich müde«, gestand sie.

»Wen wundert es? Ich stecke dich sofort ins Bett.«

Knut hatte sich von Imogen gelöst und schloß die Haustür auf. »Nachher«, erklärte er, »werde ich wohl schon schlafen.«

»Oh«, rief Imogen, »ich kann mich auch selber zu Bett bringen.«

Sie betraten die kleine Diele. »Warum«, fragte Claudia und sah von ihrem Mann zu ihrer Tochter, »seid ihr bloß so verdammt taktvoll?«

Knut half ihr aus dem Mantel. »Ich habe keine Ahnung, wovon du sprichst.«

»Denk mal darüber nach!« Sie setzte sich zu Imogen auf die unteren Treppenstufen, um sich die Stiefel auszuziehen. »Natürlich komme ich mit dir, Liebes, sonst schläfst du mir noch beim Zähneputzen ein.«

Imogen lachte. »Das wäre komisch! Morgen früh stünde ich dann noch im Bad, die Zahnbürste in der Hand und sähe mich im Spiegel! Was ich dann denken würde?« Sie stand auf und wünschte ihrem Stiefvater eine gute Nacht.

Claudia bot ihrem Mann die Wange zum Kuß. »Also schlaf gut, mein Lieber – und schlaf, solange du kannst!«

»Du auch, meine Liebe!«

»Warum hast du gesagt, wir wären so verdammt taktvoll?« fragte Imogen auf dem Weg nach oben.

»Ich weiß, du kannst allein zu Bett gehen. Aber doch nicht in einer Nacht wie heute. Du kämst nicht einmal mit deinem Haar zurecht. Trotzdem sagst du ...«

Imogen hatte schon verstanden. »Weil ich dachte, du wolltest noch mit Onkel Knut zusammensein.«

»Genau das nennt man taktvoll.«

»Und was ist ›verdammt‹ daran?«

»Das ist ein Ausdruck, den man nicht gebrauchen sollte. Ich hätte es eben besser gefunden, wenn du gesagt hättest: ›Ja, bitte, Claudia, komm mit!‹«

»Warum?«

»Weil das von einem gesunden Egoismus gezeugt hätte.«

»Ist Egoismus denn so gesund?«

»Jedenfalls ist er natürlich. Wenn jeder sagt, was er will, kann man sich miteinander abstimmen.«

»Aber das tun wir doch immer!«

»Kommt dir nur so vor. Du und Onkel Knut, ihr beschämt mich manchmal.« Sie öffnete die Tür zu Imogens Zimmer und knipste das Licht an. »Ihr gebt mir das Gefühl, ich wäre die einzige Egoistin in diesem Haus.«

»Bist du nicht.«

»Doch. Ich richte mir das Leben ein, wie ich es leben will.«

Imogen hatte sich die Folklorebluse schon über den Kopf gezogen; jetzt stieg sie aus ihrem Rock. »Du bist ja auch erwachsen«, sagte sie.

Claudia hob Rock und Bluse auf, prüfte beide Kleidungsstücke und fand, daß sie in die Reinigung gehörten.

»Und was hat Onkel Knut falsch gemacht?« wollte Imogen wissen.

»Frag mich morgen danach. Jetzt bin ich zu müde, es dir zu erklären.«

»Daß er jetzt sofort schlafen will, ist doch wirklich nicht taktvoll. Er hätte dich fragen sollen, ob du noch mit ihm aufbleiben willst.«

»Ja, eben. Danach hat er mich nicht gefragt. Er hat einfach vorausgesetzt, ich wäre todmüde und hätte keine Lust mehr.«

»Und darüber hast du dich geärgert?«

»Ja. So ungefähr. Aber hör jetzt endlich auf mit den Fragen und dem vielen Gerede. Sonst bist du plötzlich so aufgedreht, daß du nicht mehr einschlafen kannst.«

»Komisch!« rief Imogen. »Ich bin wirklich schon gar nicht mehr müde! Ich könnte die ganze Nacht durchmachen!«

Aber als sie dann endlich im Bett lag, das lange Haar gebürstet und zu einem dicken Zopf geflochten war, fielen ihr doch bald die Augen zu. Claudia blieb, was sie schon lange nicht mehr getan hatte, bei ihr sitzen, um zu warten, bis sie fest eingeschlafen war.

Es war tröstlich zu wissen, daß ihre Tochter sie wenigstens halbwegs verstand – so gut, wie ein Kind ihres Alters einen Erwachsenen verstehen konnte. Tatsächlich hatte sie Knuts Bemerkung als eine deutliche Abweisung empfunden. Daß sie seinen Beweggrund durchschaute, machte es für sie nicht besser.

Es wäre ihr selbstverständlich gewesen, sich ihm heute nacht hinzugeben – aus Liebe, aus Herzensfreude und auch aus Dankbarkeit heraus. Sie war sicher, daß kein anderer Mann sie in einer solchen Situation zurückgewiesen hätte. Aber gerade weil sie ihm dankbar war, dankbar sein mußte, paßte es ihm nicht. Er fürchtete, daß sie diese Dankbarkeit als eine Art moralischen Zwang empfinden könnte, und unterstellte ihr damit eine Feinfühligkeit, die sie gar nicht besaß.

Sie brauchte eine ganze Weile, bis sie über sein Verhalten und ihren Ärger lächeln konnte. ›Oller Spaßverderber‹, dachte sie.

Sie stand auf, beugte sich über ihre Tochter und küßte sie sanft auf die Stirn.

»Liebe, liebe Mutter«, murmelte die Kleine, schon halb im Schlaf.

Claudia knipste die Nachttischlampe aus und lauschte Imogens Atemzügen, die schon sehr bald tief und gleichmäßig wurden. Auf Zehenspitzen verließ sie das Zimmer, schloß lautlos die Tür. ›Ich habe allen Grund, glücklich zu sein‹, dachte sie.

Am Nachmittag des ersten Feiertages kamen die Hagedorns zu Besuch. Claudia und Imogen hatten zuvor den Tisch im Speisezimmer weihnachtlich gedeckt und Kerzen in niedrige Porzellanständer gesteckt. Die beiden Familien begrüßten sich freundschaftlich. Es war nicht üblich, daß die Erwachsenen sich beschenkten, aber Tante Sandra und Onkel Albert hatten für Imogen eine Schallplatte und eine Kassette mit Rockmusik mitgebracht, die Kersten ausgesucht hatte.

»Es ist schwer, etwas für ein Kind zu finden, das schon alles hat«, sagte Sandra anzüglich, als sie ihr die Platte und die Kassette gab.

»Oh, die kann ich jetzt aber wirklich brauchen!« rief Imogen. »Danke, Tante Sandra, danke, Onkel Albert! Habt ihr gewußt, daß ich eine Stereoanlage bekommen würde?«

»Eine Stereoanlage?« wiederholte Kersten. »Ist ja toll!«

»Du wußtest es nicht?«

»Natürlich nicht«, bestätigte Sandra, »sie hätte es dir doch sonst bestimmt verraten, und es sollte ja eine Überraschung sein.«

»Baust du sie mir nachher auf, Krischan? Bitte! Das kann ich nämlich nicht.«

»Wenn Vater mir hilft«, sagte der große Junge.

»Kersten und ich helfen natürlich auch mit. Nicht wahr, Kersten?«

Während dieses Geplauders hatten die Gäste in der hellen Diele ihre Mäntel, Mützen und Schals abgelegt. Draußen schneite es nicht mehr, aber es war sehr kalt geworden.

»Für dich und Kersten habe ich auch etwas«, sagte Knut und holte zwei Päckchen aus der Tasche seines Jacketts, das eine war winzig, das andere etwas größer, beide waren in Weihnachtspapier gewickelt und mit einer dünnen goldenen Kordel umwunden. Er gab das kleinere Kersten, das größere Christian.

Der Junge hielt seins noch erstaunt und zögernd in der Hand, während seine Schwester sofort das Papier entfernte. Ein schwarzes, glänzendes Schächtelchen kam zum Vorschein. Kersten betrachtete es fragend. Imogen empfand einen heftigen Stich und wußte nicht warum.

Kersten drückte auf ein Knöpfchen, und die Schachtel sprang auf. Drinnen glänzte, auf dunkelblauem Grund, Gold auf. »Ist das Gold?« rief sie verblüfft. »Echtes Gold?«

»Es ist der kleinste Goldbarren, den es gibt. Fünf Gramm. Sieh ihn dir nur genau an. Er ist gestempelt.«

Imogen fiel ein Stein vom Herzen, sie begriff, daß sie eifersüchtig gewesen war, weil sie geglaubt hatte, Knut würde Kersten und nicht ihr ein Schmuckstück schenken.

»Und wieviel ist der wert?« fragte Kersten.

»Aber Kersten, ich bitte dich!« mahnte die Mutter.

Knut schmunzelte. »An deiner Stelle würde ich damit zur Bank gehen und mich erkundigen!«

»O ja, das werde ich!« rief Kersten begeistert. »Ich kann ihn doch in Geld umtauschen, nicht wahr?«

Christian hatte inzwischen seinen Barren ausgepackt, der doppelt so groß war wie Kerstens, aber immer noch winzig. »Das mache ich auch«, erklärte er.

»Nichts dergleichen!« bestimmte Sandra. »Über die Feiertage

könnt ihr die Barren behalten, paßt aber gut auf, daß ihr sie nicht verliert. Danach gebt ihr sie mir zur Verwahrung.«

Kersten versteckte ihr Schächtelchen mit dem Barren hinter dem Rücken. »Nein! Er gehört mir!«

»Was soll denn ein Geschenk«, fragte Christian aufgebracht, »wenn man nichts damit anfangen kann?«

»Gold gehört nicht in Kinderhand.«

»Jetzt hör aber auf, Sandra!« bat Claudia. »Du beleidigst Knut.«

»Das wollte ich nicht. Entschuldige, Knut. Trotzdem bleibe ich bei meiner Meinung. Ich werde es für die Kinder aufbewahren. Wenn sie erwachsen sind, bekommen sie es wieder.«

»Wenn wir erwachsen sind?« protestierten Kersten und Christian fast gleichzeitig.

»So lange kann ich nicht warten«, fügte Kersten schmollend hinzu.

Ihr Vater mischte sich ein. »Ich glaube nicht, daß hier und jetzt der richtige Ort und die richtige Zeit ist zu entscheiden, was mit den Barren geschehen soll. Bedankt euch bei Onkel Knut. Es sind großzügige Geschenke, und Schluß mit der Debatte!«

»Ja, laßt uns Kaffee trinken!« schlug Claudia vor. »Für die Kinder gibt es Kakao.«

»Ich möchte bitte auch Kaffee«, sagte Christian.

»Aber ja, das weiß ich doch. Du bist ja schon ein großer Junge.«

»Und bis alles fertig ist, nehmen wir uns einen Kleinen zur Brust, was, Albert?« fragte Knut mit leider nur zu spürbarem Bemühen, so freundlich wie nur möglich zu sein.

»Bitte, hilf mir nicht, Sandra, ich mache das schon allein. Leiste du lieber den Herren Gesellschaft.«

»Brauchst du mich?« fragte Imogen. »Oder kann ich inzwischen Kersten und Christian meine Stereoanlage zeigen?«

»Gut. Von mir aus. Aber nur ein paar Minuten.«

Christian lief in großen Sätzen die Treppe hinauf, während die Freundinnen ihm langsam folgten.

»Weißt du, was ich tue?« fragte Kersten. »Ich werde den Barren verlieren.«

»Und was hast du davon?«

»Verstehst du denn nicht? Ich tu' nur so, als hätte ich ihn verloren, du Dummerjan! Bei so einem kleinen Ding kann das doch leicht passieren.«

»Das wird dir deine Mutter niemals glauben.«

»Soll sie mir erst mal beweisen, daß es nicht stimmt.«

»Kersten, das kannst du nicht machen.«

»Aber er gehört mir, mir allein! Onkel Knut hat ihn mir geschenkt!«

»Ohne Zweifel!« stimmte Imogen einlenkend zu. »Und was hast du sonst noch bekommen?«

»Das Übliche. Ein paar Bücher, einen Pullover, den brauchte ich sowieso, aber er ist sehr schön, Schlittschuhe, ein ziemlich kindisches Würfelspiel und all so 'n Tüddelkram.«

›Also kein Geld‹, dachte Imogen, aber sie sprach es nicht aus und stellte auch keine Fragen. »Das hört sich doch gut an«, sagte sie, »ich finde, du kannst dich nicht beklagen. Außerdem hast du deine Wette gewonnen.«

Kersten blieb vor Überraschung stehen. »Meinst du? Aber wieso denn?«

»Onkel Knut hat dir doch Gold geschenkt. Gold ist so gut wie Geld, eigentlich ist es sogar mehr wert als das bedruckte Papier. Also kriegst du die fünf Mark von mir.«

»Ein schwacher Trost«, meinte Kersten. »Aber immerhin mehr als gar nichts. Weißt du, was du bist, Immy?«

Imogen grinste zurück. »Ich nehme an, du wirst es mir sagen.«

»Ein Schatz bist du, ein richtiger Goldschatz!«

Nach dem Kaffeetrinken – es gab Weihnachtsstollen und, von Frau Beer produziert, Mengen knusprigen, köstlichen Gebäcks – blieb Claudia dann doch mit Sandra allein. Das hatte sie vermeiden wollen, aber es war nicht zu umgehen gewesen. Albert und Christian waren mit den Mädchen hinauf in Imogens Zimmer gegangen, um die Stereoanlage aufzubauen, und Knut hatte die Gelegenheit genutzt, sich zurückzuziehen. Die beiden Schwestern hatten es sich im Wohnzimmer bei einem Glas Cognac gemütlich gemacht.

»Stimmt es, daß Imogen mit Knut nach München fliegt?« fragte Sandra. »Kersten hat mir so etwas erzählt.«

»Ja«, sagte Claudia, »die Webers haben uns eingeladen. Erinnerst du dich? Professor Weber und seine Frau. Es sind sehr liebe Leute. Sie haben ein Landhaus in Oberbayern.«

»Aber du fährst nicht mit?«

»Ich muß arbeiten. Am Wochenende fliege ich nach.«

»Dann hast du ja viel Zeit, dich mit deinem Freund zu amüsieren.«

Claudia zündete sich etwas umständlich eine Zigarette an, um ihren Ärger zu unterdrücken. »Mach dir darüber keine Gedanken, meine liebe Sandra. Dazu finde ich immer Gelegenheit.«

»Wie schön für dich.«

»Danke!«

»Wann wirst du ihn endlich satt haben?«

»Vorläufig jedenfalls nicht. Wir streiten zwar ziemlich oft...«

»Das ist der Anfang vom Ende!«

»Nun laß mich doch bitte ausreden! Du bist völlig auf dem Holzweg. Ich glaube, daß mir gerade das Spaß macht. Mit Knut kann man sich ja nicht zanken. Er ist immer so ausgeglichen und taktvoll.«

»Findest du?« fragte Sandra.

Ihr süffisanter Ton überraschte Claudia. »Du nicht?«

»Nun, den Kindern Goldbarren zu schenken war doch eine Taktlosigkeit sondergleichen, und ich mußte mich sehr zusammennehmen, um ihm das nicht an den Kopf zu werfen.«

»Meine liebe Sandra, da bin ich ganz anderer Meinung. Wir wissen, daß Kersten sich nichts sehnlicher wünscht als Geld...«

»Gerade das ist ein Zug, den man ihr abgewöhnen muß!« warf Sandra dazwischen.

Claudia ließ sich nicht unterbrechen. »... und Knut hat es ihr und ihrem Bruder auf eine sehr taktvolle Art zukommen lassen. Sie sind ihm dankbar dafür, und du solltest es auch sein.«

»Meine Kinder haben alles, was sie brauchen. Ich habe es nachgerechnet. Sie kommen sehr gut mit ihrem Taschengeld aus. Wenn sie mal einen Extrawunsch haben, einen Kinobesuch oder so etwas, erfülle ich ihn.«

»Sandra, ich bitte dich, es ist doch ein Unterschied, ob man so eben gerade über die Runden kommt – das haben wir beide doch in unserer Jugend erlebt! – oder ob man etwas auf der hohen Kante hat, auf das man im Fall des Falles zurückgreifen kann. Ich kenne deine finanziellen Verhältnisse nicht...«

»Sie sind durchaus befriedigend.«

»Das freut mich. Für mich jedenfalls ist es eine große Erleichterung, daß ich Ersparnisse auf der Bank habe, und ich glaube, Imogen empfindet es ebenso. Sie wirft ihr Geld ja nicht mit vollen Händen hinaus, sondern hat es auf ihrem Sparbuch liegen. Aber sie weiß, sie kann davon abheben, wenn sie sich etwas kaufen möchte. Das werden in nächster Zeit wohl Kassetten und Schallplatten sein.«

»Meine Kinder können immer zu mir kommen, wenn sie etwas wollen.«

Claudia begann die Geduld zu verlieren. »Sandra, verdammt, begreifst du denn nicht den Unterschied? Laß ihnen die Barren, laß sie damit auf die Bank gehen und sich nach ihrem Wert erkundigen. Soviel ich weiß, sind sie im Ankauf teurer als im Verkauf. Vielleicht werden sie selber darauf kommen, daß es besser ist, sie zu behalten. Was sollen sie dir oder irgend jemandem nutzen, wenn du sie wegschließt?« Sie drückte ihre Zigarette so heftig aus, als gälte es, einen Feind zu vernichten.

Sandra wurde unsicher. »Für ihre spätere Ausbildung...«

»So ein Unsinn! Der kleine Barren kostet, über den Daumen gepeilt, hundertdreißig Mark, der große das Doppelte. Für ihre Ausbildung könnte das nicht mehr als ein Tropfen auf einen heißen Stein sein! Jetzt brauchen sie das Geld, jetzt können sie etwas damit anfangen!«

Sandra holte tief Atem. »Ich verstehe nicht, über was du dich eigentlich so aufregst. Was gibt dir das Recht, dich so vehement in meine Familienangelegenheiten zu mischen?«

»Deine Undankbarkeit Knut gegenüber. Er ist so gütig...«

»... so gütig, daß er sich von dir auf der Nase herumtanzen läßt!«

Die Schwestern blickten sich an und lasen Haß in den Augen der anderen.

Claudia entspannte sich als erste wieder. Sie brach in Lachen aus, wenn es auch nicht gerade fröhlich klang. »Du lieber Himmel!« rief sie. »Krach am ersten Weihnachtstag! Erinnerst du dich, wie oft wir das zu Hause erlebt haben? Und wie wir uns schworen, daß uns das später nicht passieren würde?«

»Ja, ich weiß«, gab Sandra zu.

»Und jetzt sind wir voll in die Fußstapfen unserer törichten Eltern getreten.«

»Du bist es, die es liebt, sich zu streiten.«

»Aber doch nicht so, Sandra, und nicht über solche Dinge. Bitte verzeih mir, du hast vollkommen recht. Es geht mich nichts an, wie du deine Kinder erziehst. Knut hat es gut gemeint, aber vielleicht doch einen Fehler gemacht. Bist du jetzt zufrieden?«

»Wenn du es ehrlich meinst.«

»Das kannst du mir ruhig glauben, Sandra. Ich weiß gar nicht, was in mich gefahren war. Normalerweise bin ich nicht so. Ich glaube, nur Verwandten gegenüber benimmt man sich derartig blöde.«

»Wahrscheinlich hast du recht. Meine Bemerkungen über deinen Freund und über deinen Mann waren ja auch nicht gerade das Feinste vom Feinen.« Sandra lächelte Claudia versöhnlich zu.

»Also dann – ausgestanden und nie wieder. Hoffentlich wenigstens. Und jetzt laß uns bitte eine Friedenspfeife, sprich Zigarette, rauchen und von etwas ganz anderem reden.«

Sie hielt Sandra ihr Zigarettenpäckchen hin, aus dem die Schwester sich mit spitzen Fingern bediente. Eine Weile rauchten sie schweigend und nippten an ihrem Cognac.

Dann sagte Sandra: »Soll ich dir etwas gestehen? Ich bin froh, wenn die Feiertage vorüber sind. Es ist anstrengend, wenn der Mann und die Kinder den ganzen Tag in der Wohnung sind, und dauernd möchten sie etwas Besonderes zum Essen haben.«

»Kann ich mir vorstellen. Knut ist da ganz anders. Er nutzt jede Gelegenheit, sich zu seinen Forschungen zurückzuziehen. Imogen und ich meinen, daß er ruhig öfter mit uns beisammen sein könnte.«

»Der Urlaub in Bayern wird ihm guttun.«

»Du glaubst, er wird sich da erholen? Nur spazierengehen und so?

Weit gefehlt. Er nimmt einen ganzen Koffer voll Unterlagen mit, und darüber hinaus wird er lange gelehrte Gespräche mit Professor Weber führen.«

»Und Imogen?«

»Sie will skifahren lernen. Außerdem haben Webers Enkelkinder, die auch dort sein werden.«

»Na, wunderbar.«

»Ich weiß, sie ist traurig, daß sie ihren Vater nicht sehen kann – oder vielleicht bedrückt es sie auch, daß ihr Vater deswegen traurig sein könnte. Aber da kann man nichts machen. Sie muß lernen, das Leben so zu nehmen, wie es ist, und es ist nun mal kein Honiglekken.«

»Auch für dich nicht? Du flatterst doch von Blume zu Blume.«

»Nein, auch für mich nicht. Wenn du nur wüßtest, was in der Firma los ist, was für ein Kampf und was für ein Krampf. Aber das interessiert dich sicher nicht.«

»Doch, Claudia. Für mich ist das eine fremde Welt. Aber gerade deshalb... erzähl mir!«

Braake fuhr Professor Kröger und Imogen zum Flughafen. Knut hatte abgelehnt, daß Claudia sie begleitete. »Ich bitte dich, Liebes«, hatte er freundlich, aber bestimmt gesagt, »wegen der paar Tage Trennung wollen wir doch keine Abschiedsszene machen.«

So hatte sie sich darauf beschränkt, ihnen von der Haustür aus nachzuwinken. Der Schnee hatte sich in Matsch aufgelöst, und der graue Himmel verriet, daß es bald wieder regnen würde.

Claudia ging ins Speisezimmer zurück, schenkte sich eine letzte Tasse Kaffee ein und zündete sich eine Zigarette an. Es war ihr ein wenig schwer ums Herz. Sie wußte, daß sie ihren Mann und ihre kleine Tochter vermissen würde. Noch konnte sie sich nicht auf die Tage der Freiheit, die vor ihr lagen, einstimmen. Es bedrückte sie, daß das Haus leer und der Himmel grau war.

Aber Ralf Hayd erwartete sie in seiner kleinen eleganten Wohnung. Am liebsten hätte sie sich gleich angezogen – sie war noch in ihrem seidenen Hausmantel –, um zu ihm zu fahren. Doch sie verbot es sich. Er hätte es als Zeichen der Schwäche nehmen können, und das wäre es ja auch gewesen.

Wieder einmal gestand sie sich, daß sie beides haben wollte: ihre Familie hier und ihren Liebhaber dort, und auf ihre Stellung bei *Cosmos* wollte sie natürlich auch nicht verzichten.

Aber das alles besaß sie ja. Es machte keinen Unterschied, daß Knut und Imogen kurz verreist waren.

Energisch drückte sie ihre Zigarette aus, löschte die Kerzen im Stövchen unter der Kaffeekanne und ging in die Küche, um ein Tablett zu holen.

Überrascht sah sie sich der Haushälterin gegenüber. »Frau Beer! Wir haben Sie heute gar nicht erwartet!«

Die Haushälterin, schon in ihrer Arbeitskleidung, sagte fast entschuldigend: »Ich dachte, ich könnte schon einmal aufräumen.«

Claudia vermutete, daß Frau Beer zu Hause auch schon die Decke auf den Kopf zu fallen drohte. »Das ist nett von Ihnen! Sie wissen, daß wir allein sind?«

»Ja, das habe ich nicht vergessen, gnädige Frau. Werden Sie mittags zu Hause sein?«

»Nur heute, Frau Beer.«

»Was darf ich Ihnen richten?«

»Es ist noch kalter Braten da.«

»Ich könnte Ihnen einen kleinen Salat dazu anmachen.«

»Das wäre sehr lieb von Ihnen.«

Claudia mußte sich eingestehen, daß Frau Beer tatsächlich eine Perle war, und dennoch hatte ihr unerwartetes Auftauchen sie unangenehm berührt. Zudem wirkte die Haushälterin, das schmale Gesicht wie blank gescheuert, das Haar streng zurückfrisiert, in ihrem schwarzen Kleid mit der vorgebundenen sauberen Schürze so adrett, daß sie selber sich in ihrem legeren Seidenmantel wie ein Schlampe fühlte. Trotz Frau Beers Dienstbeflissenheit glaubte sie auf dem Grund ihrer dunklen Knopfaugen Verachtung zu lesen.

Aber es war sinnlos, dazustehen und sie anzustarren, also gab sie sich einen Ruck und erklärte: »Ich gehe jetzt nach oben und bringe die Zimmer von meinem Mann und Imogen in Ordnung.«

»Aber das ist meine Aufgabe!«

»Heute einmal nicht, Frau Beer. Es ist ja noch Weihnachten, und ich bin froh, wenn ich etwas zu tun habe.«

»Ganz wie Sie wünschen, gnädige Frau«, erwiderte die Haushälterin mit unbewegter Miene.

Claudia zwang sich, ihr zuzulächeln. »Bis nachher dann!« Sie wandte sich ab und ging nach oben.

Nachdem sie in Knuts und in Imogens Zimmer herumliegende Kleidungsstücke eingesammelt und sie zum Reinigen oder Waschen sortiert hatte, ließ sie sich ein Bad einlaufen und genoß es, sich darin zu entspannen. Sie war gerade dabei, sich die Haare zu fönen, als es an die Tür klopfte.

»Ja, bitte?« sagte Claudia und schaltete den Fön aus.

Frau Beer trat ein. Sie hatte ihre bunte Schürze abgenommen und hielt ein kleines Silbertablett in der Hand. »Entschuldigen Sie die Störung, gnädige Frau! Ich wußte nicht, ob ich warten sollte...«

Aus Haltung und Kleidung der Haushälterin schloß Claudia, was geschehen war. »Wer ist gekommen?«

Frau Beer reichte ihr das Tablett hin. »Ein Herr Hayd.«

Claudia nahm die Visitenkarte und betrachtete sie, um sich zu fassen, aufmerksam und länger, als nötig gewesen wäre. »Ralf Hayd«, las sie mit hochgezogenen Brauen.

»Ich könnte ihn fortschicken«, schlug die Haushälterin vor.

»Ja, das wäre vielleicht das beste.«

»Aber das müßte er als Brüskierung empfinden.«

»Stimmt. Er weiß ja, daß ich zu Hause bin. Zu wem wollte er denn?«

»Zu Ihnen, gnädige Frau.«

»Hochinteressant.«

»Er hat Blumen dabei.«

Claudia legte die Visitenkarte auf ihren Frisiertisch. »Dann führen Sie ihn am besten ins Wohnzimmer und bitten ihn, Platz zu nehmen. Sagen Sie ihm aber, daß es eine Weile dauern kann.«

»Jawohl, gnädige Frau. Ich werde es ausrichten.« Die Haushälterin zog sich zurück.

Claudia schaltete den Fön ein und versuchte die Situation und ihre Gefühle zu analysieren. Es war doch recht kühn von Ralf, wenn nicht sogar frech, sie ungebeten in ihrem eigenen Haus aufzusuchen. Nur den Bruchteil einer Sekunde war sie freudig überrascht gewesen. Dann aber hatte sie sich durch sein Auftauchen bedrängt, ja bedroht gefühlt. Am liebsten wäre sie so, wie sie war, im Bademantel und mit nassem Kopf, hinuntergestürmt und hätte ihm eine Szene gemacht. Aber das durfte nicht geschehen; sie mußte Haltung bewahren.

Mit Entsetzen wurde sie gewahr, daß ihre Hände zitterten. Hatten sie das eben schon getan? Nein, sie waren ganz ruhig gewesen, als sie die Visitenkarte genommen hatte. Frau Beer konnte nichts bemerkt haben. Jedenfalls mußte sie die Begegnung hinausschieben, bis sie ihre Fassung wieder zurückerlangt hatte.

Sie ließ sich Zeit, ihre Frisur in Form zu bringen, schminkte sich so kunstvoll, bis ihr Gesicht einer schönen Maske glich, und wählte ein strenges graues Flanellkleid, das ihre Damenhaftigkeit noch unterstrich.

Danach betrachtete sie sich wohlgefällig im Spiegel. Sie hatte ihre Selbstsicherheit wiedergewonnen, war mit sich und ihrer Welt einverstanden.

Frau Beer wartete auf sie in der Diele. Claudia wollte sie fortschikken, überlegte es sich dann aber anders und nickte ihr zu.

Ralf sprang auf, als sie ins Wohnzimmer trat. In der rechten Hand hielt er einen sehr langstieligen Strauß Weihnachtssterne mit riesigen leuchtend roten Blüten, in der linken das Papier, in dem sie eingeschlagen gewesen waren. Diese jungenhafte Ungeschicklichkeit – das Blumenarrangement war für den Anlaß bei weitem zu groß, und er wußte nicht, wie er sich des Papiers entledigen sollte – rührte an ihr Herz. Da stand er nun vor ihr, ihr Held, die braunen Locken zu glatt gebürstet, ein sicheres Lächeln auf den Lippen und Schuldbewußtsein in den grünen, dicht bewimperten Augen.

»Hallo, Ralf«, sagte sie gelassen und nahm ihm die Blumen ab, »die Weihnachtssterne sind wunderschön.« Ehe er noch etwas sagen konnte, rief sie nach der Haushälterin. »Bitte, Frau Beer, geben Sie die Blumen in eine Vase!«

»Jawohl, gnädige Frau.«

»Und befreien Sie Herrn Hayd von dem Papier!«

Die Haushälterin tat es und zog sich zurück.

Mit wenigen Schritten war Ralf bei der Tür zur Diele und wollte sie schließen.

»Laß das!« sagte Claudia scharf.

Ralf gehorchte.

Claudia nahm in einem der tiefen, bequemen Sessel Platz. »Setz dich!«

»Du scheinst dich nicht gerade zu freuen«, sagte er niedergeschlagen.

»Das hast du doch wohl kaum erwartet.«

»Ich mußte dich einfach sehen. Ich...« Er unterbrach sich, weil die Haushälterin mit einer chinesischen Bodenvase zurückkam.

Sie suchte nach einem geeigneten Platz für die Blumen, Claudia beriet sie dabei. Dann zupfte sie die Weihnachtssterne zurecht, trat einen Schritt zurück und begutachtete ihr Werk.

»Sehr schön, Frau Beer«, lobte Claudia.

Ralf, der auf der vorderen Kante seines Sessels Platz genommen hatte, merkte selber, wie verkrampft seine Haltung wirken mußte. Er ließ sich zurücksinken und schlug in gespielter Nonchalance die langen Beine übereinander.

Die Haushälterin war nicht zufrieden. »Ich denke, ich sollte Licht machen«, sagte sie fragend.

»Eine gute Idee«, stimmte Claudia ihr zu.

Frau Beer knipste drei kleine Tischlampen und einen Wandleuchter an. Es war, als wenn der schöne Raum jetzt erst, durch Licht und Schatten, zum Leben erwachte.

»Danke, Frau Beer, so ist es gut.«

»Haben Sie sonst noch einen Wunsch, gnädige Frau?«

»Ja, Frau Beer, Sie könnten uns einen Sherry servieren.« Claudia wandte sich Ralf zu. »Ich nehme doch an, daß du ein Glas Sherry mit mir trinkst, obwohl es ja noch früh am Tag ist.«

»Doch. Gerne.«

Frau Beer machte sich an der Hausbar zu schaffen.

»Ein scheußliches Wetter«, bemerkte Claudia, »ich hoffe nur, daß mein Mann und meine Tochter es in Bayern besser treffen.«

»Sind sie zum Skifahren?«

»Nein. Mein Mann treibt nur Wassersport. Aber Imogen will es lernen.«

»Und warum hast du sie nicht begleitet?«

»Du weißt, daß ich arbeiten muß.«

Frau Beer setzte ein silbernes Tablett mit zwei kleinen Sherrygläsern zwischen sie auf den Tisch, legte bemalte Porzellanuntersetzer auf, stellte die Gläser darauf und brachte das Tablett an die Bar zurück.

»Das ist alles, Frau Beer«, sagte Claudia, »ich danke Ihnen.«

Die Haushälterin verließ lautlos das Zimmer.

»Dem Himmel sei Dank!« platzte Ralf heraus. »Ich dachte schon, sie würde nie gehen!«

Claudia legte warnend den Zeigefinger an die Lippen; sie traute es der Frau durchaus zu, daß sie draußen stehenblieb, um zu lauschen. »Was für eine bizarre Idee von dir, mich hier zu überfallen!« sagte sie. »Hättest du mich nicht wenigstens vorher anrufen können?«

»Wann?«

»Bevor du kamst. Deinetwegen mußte ich meine Schönheitspflege unterbrechen.«

»Tut mir leid. Aber meiner Ansicht nach bist du auch ohne Pflege schön genug.«

Sie merkte, daß er zu seiner üblichen überlegenen Haltung zurückfand, und hielt es für angebracht, ihn in seine Schranken zu weisen. »Ich liebe keine derartigen Überraschungen«, sagte sie streng, »das solltest du wissen.«

»Ich wollte dich sehen, mit dir plaudern – was ist schlimm daran?«

»Daß du ohne Vorwarnung hier hereingeplatzt bist und meinen ganzen Tagesplan durcheinandergebracht hast. Aber ich fürchte, daß es keinen Sinn hat, dir den Kopf zu waschen. Du wirst dich niemals ändern.« Sie hob das Glas.

Sie tranken sich zu.

Sie griff in die kostbare Zigarettendose aus Onyx, und er sprang auf, um ihr Feuer zu geben. Als sich ihre Hände berührten, durchrieselte sie ein Schauer der Erregung, den sie fast gewaltsam unterdrükken mußte. Sein triumphierendes Lächeln ließ sie spüren, daß er es trotzdem wahrgenommen hatte.

»Bitte, setz dich wieder hin!« befahl sie, um im Konversationston fortzufahren: »Wie hast du Weihnachten verbracht?«

»Noch ist es ja nicht zu Ende. Ich hoffe noch auf mein schönstes Geschenk.«

»Ja, ich habe etwas für dich.«

»Willst du es mir nicht geben?«

»Ich habe es noch nicht richtig verpackt. Das ist deine Schuld. Du bist zu früh gekommen.«

»Oder ich hätte vorher anrufen sollen! Ich weiß, ich weiß. Hör endlich auf, mir Vorwürfe zu machen.«

»Das tue ich ja gar nicht. Ich versuche nur, dir die Lage zu erklären.«

»Und wann bekomme ich endlich mein Geschenk?«

Sie warf einen Blick auf das Zifferblatt ihrer Armbanduhr. »Um fünf.«

»Geht es nicht schon eher? So lange kann das Verpacken doch nicht dauern.«

»Sagen wir um vier.«

»Um drei. Das schaffst du bestimmt.«

»Wir wollen mal sehen.«

Das verfänglich-unverfängliche Gerede fing an, ihr Spaß zu machen, da es von einem prickelnden Gefühl der Gefahr begleitet war. Aber sie wußte, daß sie es nicht zu lange weiterführen durfte, denn Ralf war durchaus imstande, aus der Rolle zu fallen. So gönnte sie ihm gerade noch die Zeit einer zweiten Zigarettenlänge, bevor sie aufstand.

»Tut mir leid, Ralf, aber du wirst einsehen, daß ich noch zu tun habe.«

»Ich muß mich entschuldigen, daß ich deine kostbare Zeit in Anspruch genommen habe.« Wohl oder übel mußte auch er sich jetzt erheben.

Als sie in die Diele hinaustrat, kam Frau Beer aus der Richtung Küche, was keineswegs bewies, daß sie sich dort wirklich aufgehalten hatte. Claudia schien es wahrscheinlicher, daß sie, als es zum Aufbruch kam, die paar Schritte zurückgegangen war. Jetzt jedenfalls war sie bereit, Ralf in seinen Mantel zu helfen, und sie tat es. Er bedankte sich.

»Räumen Sie bitte gleich ab, Frau Beer!« sagte Claudia, um wenigstens einige Minuten mit Ralf allein zu sein.

»Hätte ich ihr ein Trinkgeld geben sollen?« flüsterte er.

»Ach nein!« erwiderte sie laut. »Die Zeiten sind vorbei. Wer heute noch Hauspersonal hat, bezahlt es so anständig, daß es auf Trinkgelder nicht mehr angewiesen ist.«

»Wirklich nicht?«

»Du kannst dich darauf verlassen.«

Frau Beer durchquerte, ein Tablett mit den Gläsern und dem Aschenbecher vor sich hertragend, die Diele und verschwand in der Küche. Claudia horchte, hörte aber keine Tür ins Schloß fallen. Ralf setzte zu einer Umarmung an, aber sie trat rasch zurück und versuchte ihm durch ihr Mienenspiel zu signalisieren, daß die Luft keineswegs rein war.

»Auf Wiedersehen, Ralf«, sagte sie förmlich und reichte ihm die Fingerspitzen ihrer rechten Hand.

Er verbeugte sich wortlos.

Als er sich wieder aufrichtete, formte sie mit den Lippen einen Kuß in die Luft, den er mit einem dankbaren, wenn auch spöttischen Lächeln quittierte. Ohne ihm nachzusehen, schloß sie die Haustür hinter ihm.

Frau Beer trat wieder in die Diele. Der gesäuberte Aschenbecher, den sie in der Hand hielt, war wohl nur ein Vorwand. Sie erwartete eine Bemerkung über den Besucher.

Aber Claudia begriff, daß jede Erklärung einer Entschuldigung nahekommen könnte, und wandte sich schweigend der Treppe zu.

Ganz gegen ihre Art versuchte die Haushälterin von sich aus ein Gespräch zu beginnen. »Ein netter junger Mann«, sagte sie.

»Na ja«, erwiderte Claudia ausdruckslos und ging nach oben.

Sie war sicher, daß Frau Beer etwas ahnte. Aber wissen konnte die

Haushälterin natürlich nichts. Es war nicht anzunehmen, daß sie mit Knut darüber sprechen würde. Claudia schätzte, daß sie sich so etwas nicht herausnehmen würde. Und wenn doch – Knut war nicht der Mann, der für Klatsch empfänglich war. Es war höchst unwahrscheinlich, daß er sie zur Rede stellen würde, und selbst dann würde sie für Ralf Hayds doch sehr offiziellen Besuch am Morgen des zweiten Weihnachtsfeiertages eine Erklärung finden. Es stand nicht zu befürchten, daß sein Auftreten in ihrem Haus Folgen haben würde. Das war es nicht, was sie beunruhigte. Aber Ralf hatte damit eine Grenze überschritten – eine Grenze, die die Konvention gebot und die sie selber gezogen hatte.

»Du hast eine Grenze überschritten«, sagte sie, als sie am Nachmittag in seinen Armen lag, »und wie ich dich kenne, hast du es ganz bewußt getan. Das darf nie wieder vorkommen.«

»Ich konnte doch nicht ahnen, daß eure Haushälterin da war!«

»Stimmt. Konntest du nicht. Ich habe selber nicht gewußt, daß sie kommen würde.«

»Was für ein Getue! Gnädige Frau hin und gnädige Frau her.«

»Lenk bitte nicht ab, Ralf! Daß du annahmst, ich wäre allein zu Hause, entschuldigt gar nichts. Ganz im Gegenteil.«

»Verstehe ich nicht.«

»Du hattest damit gerechnet, ich würde in meinem eigenen Haus mit dir ins Bett steigen – womöglich in Knuts Bett.«

»Das ist nicht wahr! Ich wollte dich einfach nur sehen.«

»Das nehme ich dir nicht ab. Du und ich, allein in dem verlassenen Haus – man braucht nicht viel Phantasie, um sich vorzustellen, wie das geendet hätte.«

»Also wärst du doch bereit gewesen!«

Sie lag, den Kopf an seiner Schulter, und sah das triumphierende Lächeln, das um seine Lippen spielte.

»Du bist ein Schuft!«

»Gib zu: es liegt immer an dir, ob du mit mir schläfst oder nicht. Vergewaltigen würde ich dich nie.«

»Wir beide wissen, welche Anziehung du auf mich ausübst, und da du dir zum Ziel gesetzt hattest – dessen bin ich mir sicher –, mich in meinem eigenen Haus zu verführen, hättest du am Ende gesiegt.«

»Und warum auch nicht?«

»Weil es eine Geschmacklosigkeit gewesen wäre.«

»Da spricht aber ganz die Dame der ersten besten Gesellschaft aus dir. Die Moral spielt keine Rolle, aber der gute Geschmack muß gewahrt bleiben.«

»Lach mich nur aus! Ich bleibe trotzdem bei meiner Meinung. Und da wir gerade beim Thema sind: Es war auch nicht sehr geschmackvoll, meinem Mann ausgerechnet das Collier anzudrehen, das du mir eigentlich selber schenken wolltest.«

»Hast du dich nicht darüber gefreut?«

»Doch. Aber ich war auch peinlich berührt.«

»Das mag verstehen, wer will. Ich kann nichts Schlechtes an der ganzen Sache finden. Dein Mann kam in mein Geschäft und wollte ein Geschenk für dich kaufen. Er fragte mich, ob ich ihm verraten könne, was dir besonders gefallen hat. Da lag es doch auf der Hand, ihm das Collier zu zeigen.« Er zog sie enger an sich. »Er war mir dankbar für den Tip. Zudem habe ich es ihm zum Einkaufspreis überlassen, was er natürlich nicht gemerkt hat.«

»Du unterschätzt ihn. Das hat er doch. Knut ist kein Trottel.«

»Er versteht nichts von Antiquitäten.«

»Da solltest du nicht so sicher sein. Er ist zwischen Antiquitäten aufgewachsen. Er hat mir gesagt, daß du ihm das Collier zu einem besonders günstigen Preis gelassen hast.«

Ralf zuckte zusammen. »Das ist nicht wahr!«

»O doch, mein Lieber. Und weißt du, was er daraus geschlossen hat? Daß du mich sehr verehrst. Er hat sehr wohl durchschaut, daß du so großzügig warst, weil es ein Geschenk für mich sein sollte.«

»Das tut mir ehrlich leid, Liebling«, sagte er, scheinbar nun doch zerknirscht, »darauf wäre ich nie gekommen.«

»Knut ist alles andere als dumm. Er hat zwei und zwei zusammengezählt und ist zwar nicht auf vier, aber immerhin schon auf dreieinhalb gekommen. Noch mehr solche Streiche, und du bringst meine Ehe ernstlich in Gefahr.«

»Wäre das denn so schlimm?« fragte er beiläufig.

Mit einem Ruck richtete sie sich auf und sah ihm voll ins Gesicht. »Was sagst du da?«

Er wollte sie an sich ziehen. »Bitte, Liebling, nun reg dich nicht gleich auf!«

Aber sie stieß ihn zurück. »Ich möchte das noch einmal hören.«

»Warum?«

»Weil ich fürchte, daß ich meinen Ohren nicht mehr trauen kann.«

»Nun denn, dann will ich deutlich werden: Was wäre denn so schlimm daran, wenn deine Ehe zerbräche? Funkel mich nicht so an, Liebling! Knut würde es sicher nicht zu einem Skandal kommen lassen. Nach allem, was ich von ihm weiß, ist er ein Meister im Vertuschen. Er würde dich bestimmt im guten ziehen lassen, und dann könnten wir endlich heiraten.«

»Du bist verrückt! Total verrückt geworden!«

»Nein, Liebling, mit dir ist etwas nicht in Ordnung. Du bist eine moderne, vernünftig denkende junge Frau, nicht wahr, das bist du doch? Oder du möchtest es jedenfalls gerne sein. Für was dann das ganze Brimborium? Eine Villa in Blankenese, eine hochnäsige Haushälterin, ein Chauffeur, der dich bestimmt auch als ›Gnädige Frau‹ betitelt, höchst steife Empfänge überholter Familientradition, belanglose Konversation – das alles paßt doch gar nicht zu dir.«

»Es gefällt mir, und es gibt mir Sicherheit.«

»Das redest du dir doch nur ein. Du findest Sicherheit genug in dir selber, wenn du nur willst.«

»Ich will aber nicht, Ralf. Ich will nicht allein leben. Ich bin schon bedrückt, wenn Knut nur verreist.«

»Wer spricht denn von allein leben? Hörst du mir eigentlich gar nicht zu? Ich will dich heiraten und dich nie, nie mehr allein lassen. Ich werde dir keine Gelegenheit und keinen Grund geben, mich zu betrügen.«

»Aber Ralf, Ralf«, stammelte sie erschüttert, »so war es nicht ausgemacht. In was steigerst du dich da hinein?«

»Es ist durchaus nicht so abwegig, wenn ein Mann die Frau, die er liebt, auch an sich binden möchte.«

»Aber es ist verrückt, wenn diese Frau schon verheiratet ist, und in unserem Fall ist es völlig ausgeschlossen.«

»Das kannst du nur sagen, weil du nicht das Neueste weißt.«

»Deine Neuigkeiten können nichts an meiner Einstellung ändern.«

»Hör sie dir erst mal an. Mein Vater will wieder heiraten.«

»Das hat nichts mit uns zu tun.«

»Er wird seinen Anteil am Geschäft und die Wohnung aufgeben, zu seiner Frau ziehen, einer sehr vermögenden Witwe, und sich in Zukunft nur noch ihr und der Verwaltung ihrer Finanzen widmen. Das bedeutet für uns: Wir können seine und meine Wohnung miteinander verbinden und haben, Imogen mit eingeschlossen, alle Platz genug, um zusammenzuleben. Du kannst deine Stellung bei *Cosmos* behalten, wenn du darauf bestehst. Von hier aus hast du es nicht weit bis zum Versandhaus. Oder du kannst in mein Geschäft eintreten, als Angestellte oder auch als Teilhaberin.«

»Das hast du dir ja fein ausgedacht«, sagte sie trocken.

»Ja, nicht wahr? Ich habe mir alles genau überlegt.«

»Nur mich hast du nicht einkalkuliert.« Sie wollte aus dem Bett steigen.

Er hielt sie am Handgelenk fest. »Ich wollte dich immer schon ganz für mich haben. Schon vom ersten Augenblick an. Ich habe mich nur auf unseren Kompromiß eingelassen, weil ich dir nichts bieten konnte. Aber das hat sich inzwischen grundlegend geändert.«

»Deine Situation ist anders geworden, das gebe ich zu. Aber meine ist so, wie sie immer war.« Es gelang ihr, sich mit einem Ruck loszureißen. »Ich denke nicht daran, meinen Mann zu verlassen.« Sie sprang aus dem Bett und stand hoch aufgerichtet vor ihm, nackt und ohne Scham.

Er verschränkte die Hände hinter dem Kopf und betrachtete sie voller Bewunderung. »Wie schön du bist!«

Sie warf den Kopf in den Nacken. »Ich liebe meinen Mann.«

»Hast du mir nicht dasselbe gesagt?«

»Dich liebe ich auch, Ralf – ich liebe euch beide.«

»Das kann niemand.«

»Was für ein Unsinn. Ich kann es. Bei meinem Mann finde ich Sicherheit und Verständnis, bei dir Spaß, Aufregung und Abenteuer. Geht das nicht in deinen Schädel? Ich liebe euch beide, und ich brauche euch beide, und ich will auf keinen von euch verzichten.« Sie wandte sich ab und hob ihre Unterwäsche auf.

»Was hast du vor?«

»Ich ziehe mich an.«

»Wozu?«

»Ich will nach Hause.«

»Hast du vergessen, daß dich niemand dort erwartet?«

»Ich habe das Bedürfnis, allein zu sein.«

»Mach dir doch nichts vor. Wir haben Stunden, um uns zu streiten und zu lieben, uns zu versöhnen und zu lachen. Und das willst du einfach wegwerfen?«

»Mir ist nicht mehr nach Liebe zumute.«

»Wirklich nicht?« Er schlug die Steppdecke zurück.

Sie wollte ihn nicht ansehen, und doch entging ihr nicht, wie stark er sie wieder begehrte. Mit unsicheren Händen zog sie sich ihren schwarzen Slip über die Hüften.

»Komm her zu mir«, lockte er, »bitte, Geliebte!«

»Nein.«

»Du strafst dich selber, indem du mich quälst. Du bist trotzig wie ein dummes kleines Mädchen.«

»Nein«, sagte sie heftig und hob dabei unwillkürlich den Blick. Seine männliche Schönheit zog sie an wie ein Magnet. Ihr Widerstand schmolz dahin.

Er streckte ihr beide Arme entgegen. »Komm, meine Schöne, sei doch nicht dumm!«

Sie sank an seine Brust. »Ich liebe dich so«, murmelte sie.

»Mehr als deinen Mann. Gib es zu!«

»Nein, anders.«

»Was bist du nur für eine rechthaberische Person!«

Dann fanden sich ihre Lippen, und alle Worte waren vergessen. Es gab keine Gedanken mehr, sondern nur noch die purpurrote Woge ihrer Gefühle, die sie der Wirklichkeit entriß und sie auf den Höhepunkt ihrer Leidenschaft zutrieb.

Am nächsten Tag ergab es sich – nicht ganz zufällig, denn Claudia hatte es darauf angelegt –, daß sie nach der Arbeit mit Kurt Nachmann im Lift hinunterfuhr. Sie waren allein, denn sie hatten als letzte die Abteilung verlassen.

»Kann ich Sie mit meinem Auto nach Hause bringen?« fragte sie.

Er verstand sofort. »Das wäre nett, Frau Wolff. Es ist wirklich ein scheußliches Wetter.«

»Ich weiß nicht einmal, wo Sie wohnen, Herr Nachmann.«

»Fuhlsbüttel.«

»Das ist nicht einmal ein so großer Umweg für mich, und es gibt uns Zeit, miteinander zu reden.«

»Unter normalen Umständen bin ich ein überzeugter S-Bahn-Fahrer.«

»Ja, ich weiß. Die Verbindungen sind auch ausgezeichnet.«

Der bescheidene, ruhige Mann war zwar alles andere als ein Öko-Freak, aber gehörte doch zu jenen ernstzunehmenden Menschen, die darauf bedacht sind, die Umwelt nicht mehr als unumgänglich zu schädigen.

Claudia bekam einen Anflug von schlechtem Gewissen. »Vielleicht werde ich bald auch umsteigen«, erklärte sie entschuldigend, »aber für mich ist das Auto immer noch mehr als ein Fortbewegungsmittel. Für mich ist es noch ein Symbol für Selbständigkeit und Freiheit.«

»Sie empfinden das so, weil Sie eine Frau sind.«

»Ja, sicher. Noch dazu die Tochter einer unterdrückten Mutter.«

»Es wird spannend sein, die Entwicklung Imogens zu erleben.«

»Weil sie die Tochter einer nicht mehr unterdrückten Mutter ist?«

Er lächelte. »Ja, genau das meine ich.«

Der Lift hielt ächzend im Tiefgeschoß, und sie stiegen aus, wobei der Marketing Manager Claudia höflich den Vortritt ließ. In der Garage stand außer ihrem Cabriolet nur noch ein einziges Auto, das von Georg Hacker. Er fummelte gebückt an seinem Schloß herum. Claudia dachte, daß auch dies wohl kaum ein Zufall war, und Hackers Benehmen bestärkte sie in dieser Ansicht.

Er richtete sich auf, als er sie kommen sah, und rief: »Hallo, Claudia!«

Es war das erste Mal, daß sie sich nach jener Betriebsfeier wiedersahen, und es überraschte sie angenehm, daß er dabei blieb, sie mit dem Vornamen anzusprechen.

»Hallo, Georg!« gab sie lächelnd zurück.

»Hallo, Kurt! Seltsam, Sie hier zu treffen.«

»Ich habe mich erboten, ihn nach Fuhlsbüttel zu fahren.«

»Sie haben wohl was zu besprechen, wie?« fragte Hacker geradeheraus.

»Es ist möglich, daß unterwegs das eine oder andere Thema zur Sprache kommen wird«, erwiderte Nachmann ausweichend.

»Na hören Sie, mein Lieber, nun tun Sie nur nicht so geheimnisvoll! Ich weiß genau, um was es geht.«

Nachmann hob die farblosen Augenbrauen. »Tatsächlich?«

»Und ich möchte gerne dabeisein. Halten Sie mich nicht für aufdringlich, aber ich denke mir, daß der Rat eines erfahrenen Mannes immer von Nutzen sein kann.«

Claudia und ihr Chef tauschten einen Blick aus.

»Damit wir uns richtig verstehen«, fuhr Hacker unbekümmert fort, »ich will mich nicht auf den Rücksitz Ihres Cabriolets klemmen, Claudia, sondern ich schlage vor, wir suchen die nächste Pinte auf.«

»Dann müßte ich erst noch zu Hause anrufen«, sagte Nachmann zögernd.

»Dazu haben Sie in der Kneipe Gelegenheit.«

»Ich auch«, sagte Claudia, die instinktiv Hacker nicht wissen lassen wollte, daß sie zu Hause nicht erwartet wurde.

Zu dritt verließen sie die Tiefgarage über eine schmale Steintreppe durch den Nebenausgang. Draußen blies ihnen ein eisiger, unangenehmer Wind entgegen. Aber wenigstens regnete es im Augenblick nicht. Die Männer klappten den Mantelkragen hoch und stemmten sich dem Sturm entgegen. Claudia suchte hinter dem breiten Rücken Hackers Schutz. Sie bedauerte, daß sie keine Mütze dabeihatte, aber sie hatte ja nicht damit gerechnet, daß es zu einem solchen Spaziergang kommen würde.

Zum Glück war die Gaststätte, in die Georg Hacker sie führte, nur wenige hundert Meter weit entfernt. Sie trug den einladenden Namen *Zur heiteren Ecke*. Claudia war schon oft an ihr vorbeigefahren, hatte sie aber noch nie betreten. Aber Hacker schien hier bekannt zu sein. Man merkte es an der Art, wie der Wirt ihn begrüßte, ein mürrischer Mann, der mit karierter Schürze hinter dem Tresen stand und Gläser polierte.

»Für mich einen Kurzen und ein Helles!« bestellte Hacker und wandte sich dann seinen Begleitern zu. »Für euch dasselbe?«

Nachmann stimmte zu, aber Claudia sagte rasch: »Für mich nur ein Bier. Ich muß ja noch fahren.«

Hacker grinste. »Frau Wolff-Kröger zeichnet sich wie immer durch hohes Verantwortungsbewußtsein aus.«

Claudia, die begriff, daß er sie ärgern wollte, lachte nur. Aber als er ihr aus dem Mantel half, konnte sie nur mühsam der Versuchung widerstehen, ihm auf den Fußrist zu treten. Er hatte sie in eine abgeteilte Nische im Hintergrund des Raumes geführt, in der auch Haken für die Mäntel angebracht waren. Auf dem großen runden Tisch stand eine verschnörkelte Standarte aus Eisen und Messing mit der Aufschrift »Stammtisch«.

»Die Herren kommen erst später«, sagte Hacker, ohne daß ihn jemand um eine Erklärung gebeten hätte.

Er schob Claudia einen Stuhl zurecht. Sie setzten sich, während Nachmann sich entschuldigte.

»Später«, sagte Hacker, »ist hier auch mehr los.«

»Kommen Sie häufig her?« fragte Claudia.

»Ab und an.«

»Das wundert mich.«

»Warum?«

Claudia sah sich um. Die Wirtschaft schien nur aus einem einzigen großen Eckraum zu bestehen. Falls es ein Hinterzimmer gab, war es jetzt noch verschlossen. Über dem Tresen hing ein prächtiger Seebarsch mit offenem Maul, darüber war ein Fischernetz drapiert, das wie ein Staubfänger wirkte. Die wenigen Gäste wirkten abgekämpft und vom Leben gebeutelt. Georg Hacker dagegen sah in seinem blauen Nadelstreifenanzug mit grauer Seidenkrawatte wie aus dem Ei gepellt aus. Wie immer duftete er nach Eau de Toilette.

»Das wissen Sie genausogut wie ich«, sagte Claudia.

Er lachte. »Sie meinen, ich passe nicht hierher?«

»Ja, Georg.«

»Aber genau das ist ja der Spaß. Haben Sie denn noch nicht erfaßt, was einem alles entgeht, wenn man sich immer nur in ganz bestimmten, eng begrenzten Kreisen bewegt? Ich dachte immer, gerade Sie, Claudia, wären ein Mensch, der das erkannt hat.«

»Und ich dachte, Sie hätten Angst, sich die Manschetten schmutzig zu machen.«

»Na wenn schon. Schmutz läßt sich entfernen.«

Der Wirt brachte die Getränke und knallte sie auf die Bierdeckel. »Na, denn Prost!«

Nachmann trat hinter ihm in die Nische und setzte sich. »Alles erledigt. Wollen Sie jetzt, Frau Kröger?«

»Nein danke, ich habe es mir überlegt. So lange wird es ja nicht dauern.«

Sie tranken sich zu. Claudia holte ihre Zigaretten aus der Handtasche, und Hacker gab ihr Feuer.

»Nun zu unserem Problem!« schlug Hacker vor. »Wir sind hier zwar ungestört. Trotzdem sollten wir keine Namen nennen. Sicher ist sicher.«

Claudia und ihr Chef stimmten ihm zu.

»Ihn rauszuekeln«, fuhr Hacker fort, »sehe ich keine Möglichkeit. Das ist zwar in vergangenen Fällen recht gut gelungen. Aber er ist ja bekannt für seine Dickfelligkeit.«

»Also was dann?« fragte Nachmann.

»Sie müssen ein gewisses Risiko eingehen – und Sie, Claudia, übrigens auch.«

»Das tue ich nicht gerne«, gab Nachmann zu.

»Wenn nicht, wird er Sie über kurz oder lang rausboxen, zuerst unsere schöne Claudia und dann Sie, Kurt. Allein schon wegen seines Alters sitzt er am längeren Hebel.«

»Darüber bin ich mir klar.«

»Sie waren immer schon ein guter Taktierer, Kurt. Aber jetzt müssen Sie kämpfen.«

»Was haben Sie an der ganzen Sache eigentlich für ein Interesse, Georg?«

»Mir geht es um das Firmenklima. Ich will mich nicht von einem jungen Schnösel belehren lassen, denn dazu würde es kommen, wenn er es geschafft hat. Ich will überhaupt nicht, daß eine junge Mannschaft in der Firma das Sagen bekommt. Dann könnte es passieren, daß ich plötzlich alt aussehe.«

»Verstehe.«

»Hören Sie auf mich, Kurt! Es ist an der Zeit, daß Sie die Initiative ergreifen.«

»Und was für ein Risiko gehen Sie ein, Georg?« erkundigte sich Claudia.

»Keines!« erklärte er mit entwaffnender Offenheit. »Warum?«

»Ich wollte es nur wissen.«

»Sie stimmen mir also nicht zu?«

»Doch.« Claudia drückte ihre Zigarette aus. »Ich bin ganz Ihrer Meinung, Georg.«

»Sie haben ja auch nichts zu verlieren«, sagte Nachmann.

»O doch. Meine Stellung bei...« Sie wollte den Namen nennen, verbesserte sich aber noch rechtzeitig. »... bei der Firma bedeutet mir viel.«

»Wenn Sie sie verlieren, finden Sie leicht etwas Neues. Eine Frau wie Sie fällt immer auf die Füße.«

»Da haben Sie recht, Kurt!« stimmte Hacker zu. »Außerdem sind Sie finanziell unabhängig, Claudia, und haben im schlimmsten Fall immer noch Ihren Professor im Hintergrund.«

»Wenn Sie meine Situation so sehen«, sagte Claudia und blickte ihm direkt in die schwarzen, funkelnden Augen, »habe ich ja eigentlich auch keinen Grund, bei einer Intrige mitzumachen.«

»Aber geben Sie zu, Claudia, es würde Ihnen Spaß machen, den jungen Fant stolpern zu sehen. Außerdem haben Sie Mut. Nachmann ist es, den wir überzeugen müssen. Also helfen Sie mir bitte dabei!«

»Ich habe Frau und Kinder.«

»Gerade deshalb müssen Sie etwas tun, Chef. Sie können nicht zulassen, daß jemand an Ihrem Ast sägt.«

»Sie sind es, die in der Schußlinie steht.«

»Aber es ist nicht auszuschließen, daß er auch Sie trifft, und wenn nicht gleich beim ersten Schuß, dann doch bestimmt später.«

»Dieser Bursche macht mir schlaflose Nächte«, gestand Nachmann und fuhr sich mit der Hand über die Stirn, als schmerzte ihn der Kopf.

»Dann tun Sie endlich etwas!« sagte Hacker eindringlich. »Angriff ist die beste Verteidigung.«

»Was kann ich denn tun?«

»Ich habe eine Idee«, erklärte Claudia und griff nach ihren Zigaretten.

»Hört, hört!« Hacker gab ihr Feuer.

Sie inhalierte tief. »Wir bereiten doch gerade jetzt den neuen Katalog vor. Schmuck und Uhren. Nehmen Sie mir die Uhren weg und überlassen Sie sie ihm.« Sie sprach das Wort »ihm« mit besonderer Betonung aus. »Er wird sich ins Fäustchen lachen. Aber dann muß er Farbe bekennen. Entweder er textet auf unsere herkömmliche feine Art, die er ja so verachtet – dann ist er erledigt. Oder er verwendet wirklich seinen geliebten Slang, dann bringt er sich selber erst recht um. Ich bin sicher, unsere Kunden ziehen da nicht mit.«

»Und wenn doch?« fragte Nachmann.

»Dann trifft es mich, aber nur mich. Sie können Ihren Hut mit einer neuen Feder schmücken. Sie haben ja auf den Goldjungen gesetzt.«

»Aber wie könnte ich das, ohne das Einverständnis vom Big Boss zu holen?«

»Das haben Sie doch schon. Der Boss wollte den Gassenjargon ja schon beim Weihnachtskatalog rauslassen. Ich mußte mit Zähnen und Klauen darum kämpfen, daß es nicht passierte!«

»Ja, so könnte man es hindrehen«, meinte Hacker, »sehr gut, Claudia, nahezu genial.«

Zu ihrer eigenen Überraschung fand Claudia ihn plötzlich sympathisch. »Ich muß Ihnen danken, Georg!«

»Wofür?«

»Daß Sie sich mit uns zusammengesetzt haben. In erster Linie geht es ja doch um meinen Kopf, nicht wahr?«

Er grinste faunisch. »Und den möchte ich unbedingt erhalten wissen.« Er ließ den Blick seiner schwarzen Augen über ihren Körper schweifen, soweit er ihm sichtbar war. »Und nicht nur den!«

»Also, ich muß jetzt gehen«, sagte Nachmann.

»Werden Sie etwas unternehmen?« fragte Hacker eindringlich.

»Ich fürchte, es wird mir nichts anderes übrigbleiben.«

»Das ist die richtige Einstellung, Kurt. Bleiben Sie und trinken Sie noch einen Schnaps mit uns. Den haben Sie jetzt nötig.«

»Nein. Ich muß.«

»Und was ist mit Ihnen, Claudia? Wir können auch woanders hingehen. Ich bin gerne bereit, einen Rahmen zu wählen, in dem Sie sich wohler fühlen.«

»Aber ich fühle mich ausgesprochen wohl hier«, sagte Claudia, über diese Erkenntnis selber erstaunt, »es ist Jahre her, daß ich mich in so einer Kneipe aufgehalten habe. Es gefällt mir.«

»Sie bleiben also?«

»Ich kann nicht, Georg. Sie wissen, ich habe meinem Chef versprochen, ihn nach Fuhlsbüttel zu fahren.«

»Was das betrifft...« Kurt Nachmann erhob sich und legte einige Markstücke auf die Tischplatte.

Claudia stand ebenfalls auf. »Versprochen bleibt versprochen.«

Hacker half ihr in den Mantel. »Werden Sie einmal einen Abend für mich freihaben?«

Sie lächelte zu ihm auf. »Aber sicher, Georg.«

»Soviel ich weiß, ist Ihr Professor doch häufig auf Reisen.« Am Aufblitzen ihrer Augen erriet er, daß sie eine zurechtweisende Bemerkung schon auf der Zunge hatte, und fügte harmlos hinzu: »Ich würde gerne mit Ihnen zusammensein, ohne daß Sie dauernd auf die Uhr blicken müssen.«

»Das habe ich gar nicht getan!«

»Aber es hat Sie Beherrschung gekostet.«

Sie lachte ihn aus. »Wie gut Sie mich doch kennen, Georg!«

»Sie hätten meinetwegen nicht aufbrechen müssen«, sagte Nachmann, als sie den Raum durchquerten.

»Es war nicht nur Ihretwegen«, gab Claudia zu.

Er schob den dicken Vorhang beiseite, der das Lokal vor der winterlichen Zugluft schützen sollte, und öffnete die Tür. Auf dem Weg zum Versandhaus hatten sie jetzt den Wind im Rücken.

»Er verehrt Sie«, sagte Nachmann.

»Ich glaube nicht, daß man das so nennen kann.«

»Soll ich deutlicher werden? Er begehrt Sie.«

»Sein Pech«, bemerkte Claudia trocken.

»Sie täten gut daran, ihn ernst zu nehmen. Er ist ein ganz gefährlicher Hund.«

Es kam selten vor, daß der Chef so offen mit ihr sprach, aber sie waren bisher auch nie eingehakt durch die nächtlichen Straßen gegangen.

»Dafür habe ich ihn immer gehalten«, gab Claudia zu.

»Bedauerlicherweise hat er sehr viel Einfluß bei Doktor Meyer. Passen Sie auf, daß Sie sich nicht zwischen zwei Stühle setzen.«

»Wie meinen Sie das?«

»Wenn es uns gelingt, Bornemann zu erledigen, dann bleibt immer noch Hacker – das heißt, dann erst wird er für Sie zu einem ernsthaften Problem. Er wird mit Ihrer Dankbarkeit rechnen.«

»Aber dankbar bin ich ihm ja.«

»Aber eine nur verbale Dankbarkeit wird ihm nicht genügen.«

»Malen Sie bitte nicht den Teufel an die Wand: Ich bin, wie allseits bekannt, eine verheiratete Frau!«

»Und als solche unverführbar? Tut mir leid, Frau Wolff, darüber kann ich nur lachen.«

»An mir«, sagte Claudia selbstsicher, »wird er sich die Zähne ausbeißen.«

»Genau das, Frau Wolff, möchte ich gerne erleben.«

Die nächsten Tage war Claudia oft mit Ralf Hayd zusammen, und sie bemühte sich sehr, ihre Beziehung wieder ins Lot zu bringen. Aber gerade daß sie sich darum bemühen mußte, machte Claudia gereizt und auch ungerecht. Sie stritten sich häufiger als je zuvor, versöhnten sich immer wieder und liebten sich leidenschaftlich.

Noch genoß es Claudia. Doch sie wußte auch, daß ihr Verhältnis nie mehr so unbeschwert und unverbindlich sein würde wie in der ersten Zeit. Sie hatte es herrlich und ganz natürlich gefunden, zwei Männer zu haben, die sie beide auf ihre Art liebten. Wenn sie etwas gefürchtet hatte, dann war es nur, daß ihr Ehemann Verdacht schöpfen und eifersüchtig werden könnte. Tatsächlich war es nun ihr Liebhaber, der sich nicht mehr mit der Rolle abfinden wollte. Er verlangte mehr, ja, alles. Doch obwohl sie ihn liebte und seine Forderung auch verstand, konnte sie sich nicht vorstellen, mit ihm verheiratet zu sein.

Sie wußte, daß sie hätte handeln müssen, konnte aber die Kraft dazu nicht aufbringen. Sie liebte Ralf zu sehr, um mit ihm Schluß zu machen, fürchtete auch, daß er dann in seiner Verzweiflung fähig sein würde, ihre Ehe zu zerstören, um dadurch noch eine letzte Chance zu gewinnen.

Knut würde ihr, wenn sie ihm versichern konnte, sich von Ralf getrennt zu haben, wahrscheinlich verzeihen. Jedenfalls rechnete sie damit. Aber die dann vor ihr liegenden Jahre nur mit Knut, dem gelassenen, freundlichen, allzuoft geistesabwesenden Knut, dehnten sich in Gedanken wie eine Ödnis vor ihr aus.

Da sie keine Lösung für ihre Probleme wußte – nicht einmal den ersten Schritt in der richtigen Richtung –, blieb ihr nichts anderes übrig, als weiterzumachen wie bisher. Jedenfalls schien es ihr so. Sie saß in einer Zwickmühle, aus der es keinen Ausweg gab.

Auf dem Flug nach München überlegte sie sogar, ob sie sich nicht, ganz ohne Druck von außen, Knut offenbaren sollte. Sie vertraute seiner Erfahrung und seiner Menschenkenntnis. Wenn er ihr zur Seite stand, würde ihr das helfen, mit Ralf zu brechen. Falls er aber den Schluß zog, daß er selber doch nicht der geeignete Partner für sie war – ihren Ehebruch vielleicht sogar verdammte –, wäre sie zu einer Scheidung gezwungen, um später doch ihren ungestümen Liebhaber zu heiraten. Oder wäre es in einem solchen Fall besser, als geschiedene Frau allein zu bleiben? Taugte sie vielleicht gar nicht für die Ehe?

Ein offenes Gespräch mit Knut würde ihr weiterhelfen.

Doch als er sie dann in München vom Flughafen abholte, brachte sie es nicht über sich. Er sah sie so treuherzig aus seinen klaren blauen Augen an, schloß sie so vertrauensvoll in die Arme.

»Wie schön, daß du endlich da bist!« rief er. »Es ist herrlich in den Bergen, du wirst schon sehen, und Schnee haben wir auch. Nur du hast uns entsetzlich gefehlt.« Er war braungebrannt, wirkte entspannt, und der flotte Skianzug, den er trug, machte ihn jünger.

»Du scheinst dich aber trotzdem gut erholt zu haben«, stellte sie lächelnd fest und drückte ihre Lippen auf seine Wange.

»Nicht so zaghaft!« Er nahm ihr Gesicht in beide Hände und gab ihr einen leidenschaftlichen Kuß auf den Mund. »Du hast einen nach Liebe ausgehungerten Mann vor dir.«

»Das scheint mir auch so.« Sie zückte ihr Taschentuch und tupfte ihm ihr Lippenrot ab. »Ich kenne dich gar nicht wieder.«

»Die Bergluft hat mich berauscht – und deine Schönheit!« Er hob ihre Tasche vom Boden. »Imogen wäre natürlich zu gern mitgekommen, aber wir alle waren der Meinung, sie besser auf dem Idiotenhügel zu lassen.«

»Macht ihr das Skifahren Spaß?«

»Anfangs war sie etwas enttäuscht. Sie hatte es sich wohl leichter vorgestellt. Aber mit den ersten Erfolgen kam dann auch die Freude.«

Sie verließen das Flughafengebäude und gingen zum gegenüberliegenden Parkhaus, um das Auto zu holen, das Professor Weber ihm geliehen hatte.

Als sie die breite Fahrbahn überschritten hatten, warf er ihr einen forschenden Seitenblick zu. »Die Sonne und die Bergluft werden dir bestimmt guttun.«

»Ich weiß, ich sehe miserabel aus.«

»Das kannst du gar nicht. Aber du bist blaß unter der Schminke und wirkst ein bißchen verkrampft.«

»Ich hatte eine schlimme Zeit in der Firma.«

»So?« sagte er fragend.

Aber sie wußte, er erwartete gar nicht, daß sie ihm Einzelheiten erzählte. Was bei *Cosmos* vor sich ging, interessierte ihn nicht.

»Jetzt weiß ich, wie du aussiehst – ätherisch. Jedenfalls hätte man das in früheren Zeiten so genannt.«

»Ich habe mich immer für eine ziemlich handfeste Person gehalten«, wehrte sie ein wenig bedrückt ab.

»Zu schade, daß du nur über Neujahr bleiben willst.«

»Ich kann mir doch nicht einfach freinehmen.«

»Aber du kannst im Urlaub krank werden. Max würde dir ein Attest ausstellen.«

»Das wäre Schwindel.«

»Na und? Nur ein Heiliger kommt ohne jeden Schwindel durchs Leben.«

Sie wußte, daß er recht hatte. Auf ihre Ehrlichkeit durfte sie sich wirklich nichts zugute halten. Aber es widerstrebte ihr, ihre beruflichen Pflichten zu vernachlässigen.

Auf dem zugigen Garagendeck fand Knut gleich Professor Webers Auto, einen alten, leicht ramponierten Mercedes, schloß den Kofferraum auf und warf ihre Tasche hinein. Dann öffnete er ihr die Tür zum Beifahrersitz und half ihr beim Einsteigen.

»Weißt du, daß es mir wieder Spaß macht, selber zu chauffieren?« fragte er, als er sich hinter das Steuer setzte. »Ich war so gewöhnt daran, mich fahren zu lassen, daß ich das ganz vergessen hatte.«

»Du denkst daran, Braake zu entlassen?«

»Natürlich nicht. In Hamburg sieht die Situation doch ganz anders aus.«

»Und ein Chauffeur ist auch ein Statussymbol«, spottete sie.

»Du hast ganz recht«, stimmte er ihr ernsthaft zu, »ein Mann in meiner Position braucht einen Chauffeur und einen Oberklassewagen.«

»Das läßt sich von Webers Auto doch auch behaupten!« warf sie ein.

»Stimmt. Aber seine Karosse ist so sympathisch heruntergekommen, nicht so gepflegt und ständig auf Hochglanz poliert wie meine. Das ist ein anderer Lebensstil, weißt du, und ich habe festgestellt, daß er mir sehr gefällt.«

Inzwischen waren sie die Spirale zur Straße hinabgerollt, Knut steckte seinen Parkschein in den Automaten, die Schranke öffnete sich, und sie fuhren in Richtung Süden. Als sie die Außenbezirke

Münchens hinter sich gelassen hatten, löste sich der Smog auf, eine gleißende Sonne wanderte über den märchenhaft blauen Himmel. In der Ferne tauchten die schneebedeckten Gipfel der Alpen vor ihnen auf, die sich in blendendem Weiß gegen den Horizont abhoben.

Claudia hatte sich die Sonnenbrille aufgesetzt. »Gott, ist das schön!«

»Nimm meinen Rat als Ehemann und Arzt an: Häng die paar Tage bis zum Schulbeginn an!«

Sie hatte inzwischen Zeit gehabt nachzudenken. Noch hatte Nachmann die Verantwortung für die Uhrentexte nicht an Bornemann übergeben. Er schreckte davor zurück, und sie verstand das. Aber wenn sie jetzt eine Woche ausfiel, würde das ein guter Anlaß für seine Entscheidung sein. Es würde sich dann ganz natürlich ergeben, und wenn sie sich nicht mehr um die Uhren kümmern mußte, würde sie sehr viel weniger Arbeit mit dem Katalog haben und konnte sich die freien Tage erlauben.

Aber sie war sich nicht ganz sicher, ob diese Rechnung wirklich aufging. »Selbst wenn ich bleiben wollte«, sagte sie zögernd, »ich habe ja nicht genügend anzuziehen.«

Er lachte. »Meine liebe Claudia, so selbständig, so klug und so erwachsen – und nicht imstande, das einfachste aller Probleme zu lösen! Denkst du denn, Bayern ist Timbuktu? Hier kannst du dir alles kaufen, was dein Herz begehrt. Dazu brauchst du nicht einmal nach München zu fahren.«

»Das bezweifle ich gar nicht. Aber es wäre doch eine unnötige Geldausgabe, und du weißt, wie ich so etwas hasse.«

»So kleinliches Denken paßt wirklich nicht zu dir!«

»Du hast nie rechnen müssen.«

»Du brauchst das ja auch seit langem nicht mehr, gib es zu!«

»So etwas wird wohl zur Gewohnheit«, sagte sie entschuldigend.

»Dann sieh zu, daß du sie ganz schnell los wirst. Knausrigkeit stört mich an einer Frau mindestens so sehr wie Verschwendungssucht.«

Claudia wußte, daß seine erste Frau sehr großzügig, ja fast hemmungslos mit seinem Geld um sich geworfen hatte. »Aber du kommst billiger dabei weg«, sagte sie nüchtern.

»Hören wir auf damit! Ich weiß, du mußt immer das letzte Wort haben, und jetzt hast du es. Ich lasse es dir. Und was die ›unnötige Geldausgabe‹ betrifft, die übernehme selbstverständlich ich – falls du dich entschließt, bis zum Sechsten zu bleiben.«

»Ja, das werde ich«, sagte Claudia und hatte im selben Augenblick das Gefühl, sich voreilig festgelegt zu haben. Falls es ihr nun doch bei den Webers nicht gefiele, hatte sie keine Möglichkeit, sich mit Anstand zurückzuziehen.

Oder doch? Sie konnte bei *Cosmos* anrufen und sich durch ein Telegramm zurückbeordern lassen.

Aber dieser Schachzug blieb ihr erspart. Der Aufenthalt in den Bergen wurde genauso erholsam, wie Knut ihr versprochen hatte. Die Webers nahmen sie herzlich auf. In ihrem geräumigen Landhaus ging es zwanglos und gemütlich zu. Das prachtvolle Wetter hielt sich, und der Schnee blieb liegen. Tagsüber machte sie lange Spaziergänge mit Knut oder mit anderen Gästen, und abends ergab sich manche interessante Unterhaltung am offenen Kamin. Imogen war begeistert, daß ihre Mutter bis zum Ende der Ferien blieb.

Mit ihrem Mann erlebte sie zweite Flitterwochen. Aber das, was sie ihm hatte sagen wollen, brachte sie nicht übers Herz.

Als sie nach Hamburg zurückkehrten, empfingen sie ein weißgrauer Himmel und schneidende Kälte.

Knut hatte sich schon vor dem Abflug wieder in den seriösen, korrekt gekleideten Professor verwandelt, der er im Grunde genommen war. Claudia war unterwegs die gute Laune vergangen; es war ihr, als würden ihre Probleme sich wie Berge vor ihr auftürmen. Auch Imogen gab sich, nach der Ausgelassenheit der Ferientage, ungewöhnlich still.

Braake, in tadelloser Uniform, erwartete sie am Flughafen Fuhlsbüttel, um ihnen das Gepäck abzunehmen, und fuhr dann in der glänzend polierten Krögerschen Limousine vor.

Er riß die Türen auf und half Claudia beim Einsteigen. »Ich hoffe, die Herrschaften hatten einen schönen Urlaub«, sagte er, als er sich hinter das Steuer setzte.

»Danke, Braake, ja«, erwiderte Knut.

»Es war ganz herrlich, Herr Braake!« rief Imogen.

Claudia schwieg.

Auf der Heimfahrt sprachen sie nur wenig miteinander. Dann aber, als sie ihr Haus in Blankenese betraten, lebten alle wieder auf. Es war doch schön, wieder zu Hause zu sein, besonders, da dieses Zuhause sie gelüftet und geputzt und gut beheizt empfing, als hätten sie es erst vor wenigen Stunden verlassen. Der Weihnachtsschmuck war entfernt, statt dessen standen frische Blumen in den Vasen. Auch Ralfs große rote Sterne waren, wie Claudia mit einem Blick in das offene Wohnzimmer zu ihrer Erleichterung feststellte, verschwunden.

Frau Beer begrüßte sie in der Diele, um ihnen aus den Mänteln zu helfen.

»Meine liebe Frau Beer«, sagte Knut, »wir sind wirklich froh, daß wir Sie haben.«

»Danke, Herr Professor«, sagte sie mit dem Anflug eines zufriedenen Lächelns.

Danach zog sich Knut in sein Arbeitszimmer zurück.

Imogen war sofort die Treppe hinaufgestürmt.

Braake brachte die Koffer herein.

Claudia blickte mit ein wenig Unbehagen auf die große Zahl von Gepäckstücken. »Am besten packen wir sie gleich hier unten aus«, sagte sie, »ich fürchte, es ist sehr viel Schmutzwäsche dabei.«

»Das mache ich schon allein, gnädige Frau«, erklärte die Haushälterin, »das heißt, Braake kann mir dabei helfen. Nehmen Sie erst einmal ein Bad!«

Claudia folgte ihrem Rat, und während sie sich im heißen, duftenden Wasser entspannte, wurde ihr bewußt, wie angenehm es war, so verwöhnt zu werden. Sie war nicht bereit, dieses Luxusleben aufzugeben, und schon gar nicht für einen Mann wie Ralf, der ihr mit seinen Besitzansprüchen mehr und mehr auf die Nerven ging. Es wurde ihr klar, daß sie über kurz oder lang mit ihm Schluß machen mußte.

Der nächste Morgen in der Firma war ernüchternd. Nie zuvor waren Claudia die Anzeichen von Verfall und Verwahrlosung in dem alten

Gebäude so stark aufgefallen, die in so krassem Gegensatz zu der modernen Technik standen, die es beheimatete.

»Hier sollte wirklich mal renoviert werden«, sagte sie unwillkürlich.

Zusammen mit dem Fotografen Hans-Peter Hinz und zwei Damen aus der Textredaktion fuhren sie in dem ratternden und quietschenden Fahrstuhl nach oben.

»Wie stellen Sie sich das vor, Frau Wolff«, sagte Hinz, »der Betrieb muß doch weitergehen.«

»Wenn der Wille da wäre, gäbe es schon eine Möglichkeit.«

»Das sollte Ihre geringste Sorge sein!«

Claudia bemerkte, daß die beiden Texterinnen sich vielsagend anblickten, wobei es um die Lippen der beiden zuckte, als müßten sie ein Lächeln unterdrücken oder einen Anfall von Hysterie.

»Was wollen Sie damit sagen, Herr Hinz?« fragte sie scharf.

»Sie wissen es wohl noch nicht. Das kommt davon, wenn man zu lange im Urlaub bleibt.«

»Also – was ist los?«

»Man hat Ihnen einen Teil Ihrer Verantwortung genommen.«

Claudia fiel es schwer, sich ihre Genugtuung nicht anmerken zu lassen. »Tatsächlich?« fragte sie gedehnt, mit hochgezogenen Augenbrauen.

»Ich wette, Sie werden es gleich offiziell erfahren.«

»Dann muß ich Ihnen dankbar sein, daß Sie mich vorbereitet haben.«

»Es ist eine verdammte Schweinerei!« brach es aus Hinz heraus.

»Aber, aber!« sagte Claudia belustigt.

»Es ist wirklich nicht richtig«, bemerkte eine der Texterinnen.

»Finde ich auch«, gab die andere ihr recht.

»Wenn stimmt, was Sie sagen, ist es natürlich schlimm«, wiegelte Claudia ab, »aber wir wollen doch keine Tragödie daraus machen.«

»Sie können damit fertigwerden, Frau Wolff, na klar. Sie können denen ohne weiteres den Bettel vor die Füße werfen. Aber was ist mit uns? Es ist bestimmt kein Spaßvergnügen, mit einem Knilch wie Bornemann zusammenarbeiten zu müssen.«

»Aha! Bornemann ist es also.«

»Ja, der hat es geschafft.«

»Noch ist nicht aller Tage Abend, Herr Hinz. Jetzt muß er erst einmal beweisen, was er kann – daß er mehr kann als wir anderen.«

Mit einem ächzenden Ruck hielt der Aufzug im fünften Stock, und sie stiegen aus.

Georg Hacker kam ihnen aus der Einkaufsabteilung zur Begrüßung entgegen. »Hallo, Claudia!« rief er fröhlich. »Blendend sehen Sie aus!«

»Danke, Georg, die Schonzeit hat mir gutgetan.«

»Na, bei dem scheinen Sie wenigstens einen Stein im Brett zu haben«, sagte Hinz im Weitergehen leise, »Sie werden aber auch einen Verbündeten brauchen können, Frau Wolff. Nebenbei gesagt: Ich stehe natürlich auch auf Ihrer Seite. Bloß ist mein Einfluß leider in der Firma gleich Null.«

»Das macht nichts«, sagte Claudia mit einem dankbaren Lächeln, »auch Sympathie kann eine Waffe sein.«

In den nächsten Tagen und Wochen beobachteten alle, nicht nur Claudia, wie Bornemann sich abmühte, zugkräftige Texte für die *Cosmos*-Uhren zu verfassen. Die beiden Männer in Claudias Team waren ihm zur Mitarbeit zugeteilt worden. Aber das machte die Sache für ihn nicht leichter. Die beiden, erfahrene Hasen auf dem Gebiet der Werbung, wollten nicht so mitziehen, wie er es erhoffte. Immer wieder rieten sie ihm zu Zurückhaltung, und immer wieder kam es zu heftigen, geflüsterten Auseinandersetzungen. Schließlich gaben sie auf und schoben die Verantwortung weit von sich.

Aber Bornemann war, wie Claudia vorausgesehen hatte, gezwungen, gehörig von der konventionellen Textgebung abzuweichen und den Slang einzubringen, mit dem er sie so lange genervt hatte. In seiner Beschreibung war dann endlich eine Uhr geiler als die andere.

»Ist das nicht vielleicht doch ein wenig übertrieben?« fragte Nachmann, die farblosen Augenbrauen hochgezogen, als er den fertigen Text vorliegen hatte. »Das eine oder andere Kraftwort hätte ich doch gerne gestrichen.«

»Nein«, widersprach Bornemann, »dann würde es zaghaft und nicht überzeugend wirken. Wennschon – dennschon.«

»Sie müssen wissen, was Sie tun. Es geht auf Ihre Kappe.«

Claudia gegenüber setzte Bornemann sich nicht durch. Er wollte mehr Platz für seine Uhren haben. Doch sie bestand darauf, daß der Schmuck angemessen und wie vorgesehen präsentiert wurde. Sie war nicht bereit, auch nur eine halbe Seite des Katalogs abzugeben. Sie zeigte sich so unerbittlich, daß er wohl oder übel nachgeben mußte.

Mit den Fotografen stritt er sich, weil sie ihm die Uhren nicht attraktiv genug fotografierten. Nun fiel die fotografische Gestaltung absolut nicht in sein Ressort. Das ließ Hinz ihn unverblümt wissen. Daraufhin beklagte er sich bei Nachmann, der kopfschüttelnd meinte: »Sie machen mich traurig, sehr traurig.« Eine Bemerkung, die Bornemann auch nicht weiterhalf.

»Selbst der beste Text nützt nichts, wenn die Uhr nicht so aussieht, daß man sie vom Fleck weg kaufen möchte!« schimpfte er.

»Wir bieten über dreißig verschiedene Armbanduhren an«, erwiderte Hinz sanft, »welche soll es denn sein?«

»Sie fallen mir in den Rücken, Hinz! Das werde ich mir merken«, drohte Bornemann, »das wird Folgen für Sie haben.«

»Wir tun, was wir können. Das wird jeder Fachmann uns bestätigen. Sie bilden sich doch nicht etwa ein, daß Sie uns einschüchtern können?«

Während dieser Kämpfe ging die Arbeit an den Schmuckseiten des Kataloges zügig weiter. Die fertigen Texte wurden mit den Fotos verbunden, eine Arbeit, die höchste Sorgfalt und Genauigkeit erforderte. Es fand eine Sitzung mit Nachmann, Bornemann, Claudia und den Fotografen statt, in der über die Gestaltung des Titelblattes entschieden wurde. Bornemann bestand darauf, daß es eine vergoldete Quarzarmbanduhr mit einem imitierten Krokolederband zeigen sollte. Er setzte sich durch, und Claudia gab sich für den Schmuck mit dem Rückblatt zufrieden. Kein Wort von dem Kleinkrieg drang bis in das Krögersche Haus in Blankenese. Claudia wußte, daß sie ihren Mann nicht dafür interessieren konnte, und Imogen war noch zu jung, als daß man Verständnis von ihr erwarten konnte.

Aber mit Ralf sprach sie bisweilen darüber, um Dampf abzulassen.

»Reg dich nicht so auf, Geliebte!« sagte er einmal. »Du weißt doch, wenn alle Stricke reißen, kannst du in meinem Geschäft Arbeit finden. Wenn erst mein Vater ausgeschieden ist, und das kann nicht mehr lange dauern.«

Sie saßen beim Tee.

»Vielleicht würde es mir sogar Spaß machen«, räumte sie ein.

»Ganz sicher. Du hast ein Gefühl für Antiquitäten, und was du jetzt noch nicht darüber weißt, wirst du rasch lernen.«

»Das klingt verlockend«, gab sie zu und überlegte, ob sie tatsächlich mit Ralf würde arbeiten können.

»Wenn du mich schon nicht heiraten willst, solltest du dich wenigstens entschließen, meine Partnerin zu werden«, fuhr er fort, »dann könnten wir von früh bis spät zusammensein.«

Claudia war sich nicht sicher, ob sie das wirklich wollte. Sie spürte, daß die häufigen Trennungen und die Heimlichkeiten genau das Mittel waren, das ihre Leidenschaft immer wieder aufflammen ließ. »Darum geht es nicht«, sagte sie, »es ist einfach so: Ich will keine Schlappe erleben. Ich will mir nicht sagen lassen müssen und mir selbst eingestehen, daß ich alles falsch gemacht habe. Dem müßte ich mich aber stellen, wenn Bornemanns Katalogteil tatsächlich ein Erfolg würde. Ich habe keine Angst, meine Stellung zu verlieren. Ich will keine Niederlage einstecken.«

»Nein«, stimmte er mit spürbarer Ironie zu, »das bist du nun einmal nicht gewohnt.«

»Warum sagst du das so?«

»Weil es dir erstaunlicherweise gar nichts ausmacht, mich am Boden zu zerstören.«

»Aber das tue ich doch gar nicht!«

»Doch, Geliebte. Genau das. Es kümmert dich überhaupt nicht, wie mir zumute ist. Ich biete dir alles, was ich einer Frau nur geben kann. Aber dir ist es nicht genug. Du weist mich ab. Von meinen verletzten Gefühlen einmal ganz abgesehen – wenn das kein Tiefschlag für mich ist, hat es nie einen gegeben.«

Claudia verstand ihn, aber sie wußte, wenn sie jetzt Mitleid für ihn zeigte, würde sie ihn nur um so mehr verletzen. »Es ist bemerkenswert«, konterte sie, »wie du jedes, aber auch jedes Thema wieder zu dem einen Punkt umlenken kannst.«

»Es ist der Angelpunkt meines Lebens«, behauptete er schlicht.

»Ich meine, es wäre wichtiger, du würdest Pläne für dein Geschäft machen – ohne mit dem Gedanken zu liebäugeln, daß ich zu dir kommen werde. Was wirst du unternehmen, wenn dein Vater ausscheidet? So weitermachen wie bisher? Verkleinern, so daß du keine zweite Kraft einstellen mußt? Oder vergrößern? Du mußt doch zumindest irgendwelche Vorstellungen haben?«

Es gelang ihr, ihn zu einem Gespräch über diese Fragen anzuregen, und so verlief das Beisammensein mit ihm doch noch friedlich. Aber sie machte sich nichts vor: eine Annäherung ihrer gegensätzlichen Standpunkte war damit nicht erreicht.

Anfang März war der neue Katalog »Schmuck und Uhren« gedruckt und konnte an die Kundschaft verschickt werden. Die Mitarbeiter der Werbeabteilung rissen ihn sich gegenseitig aus den Händen. Sie hatten inzwischen längst den neuen Frühjahrskatalog in Arbeit – Bornemann war die Herrenmode übertragen worden –, aber für ein paar Stunden richtete sich alles Interesse auf »Schmuck und Uhren«.

Aber anders als sonst wurden nicht einzelne Texte, Fotos oder Grafiken bemängelt und gelobt, diesmal standen ausschließlich Bornemanns flotte Sprüche im Vordergrund. Mit Ausdrücken wie »turbogeil« hatte er sich selber übertroffen und genoß es sichtlich, im Mittelpunkt zu stehen. Man las sich gegenseitig besonders griffige Texte unter lautem Gelächter vor.

»Jetzt hört euch das mal an!« schrie Giacomo Gora etwa. »Die Beschreibung einer Armbanduhr mit Wecker.« Und er zitierte: »Vorbei die Scheißangst, zu spät zu kommen!«

Alles jubelte, nur Nachmann blieb ernst und ruhig.

Claudia wurde unsicher. Sollte Bornemann etwa tatsächlich den großen Coup gelandet haben, indem er alle Konventionen über Bord warf? Das Gelächter und Geschrei ringsum tat nicht nur ihren Ohren weh. Sobald es möglich war, verzog sie sich in die Cafeteria.

Georg Hacker, der mit einem anderen Herrn aus dem Einkauf beisammensaß, winkte ihr zu. »Hierher, Claudia!«

Sie setzte sich zu den beiden an den Tisch.

»Holen Sie bitte ein Glas Tee für unsere Frau Wolff-Kröger«, bat Hacker seinen Begleiter.

»Wieso Tee?« fragte sie. »Ich wollte nur...«

Er ließ sie nicht aussprechen. »Tee wird Ihnen guttun!« bestimmte er lächelnd. »Scheißangst, nicht wahr?«

»Sie kennen den Katalog?«

»Aber ja doch.«

»Die Kollegen amüsieren sich köstlich über Bornemanns Slang.«

»Das läßt sich denken.«

Der junge Einkäufer kam vom Buffet zurück und stellte ein Glas mit heißem Wasser und einem Teebeutel vor Claudia hin. Sie bedankte sich, schwenkte den Beutel durch das Wasser, um ihm Farbe zu geben. Georg Hacker schnippte eine Zigarette aus seinem Päckchen und bot sie ihr an. Sie griff zu, er gab ihr Feuer und bediente sich selber.

»Kein Grund zur Aufregung, Claudia«, sagte er, »Sie können mir glauben, ihr Werbeleute habt alle einen anrüchigen Humor und keine Ahnung davon, wie ein normaler Mensch empfindet.«

Sie blickte ihm in das zynisch lächelnde Gesicht. »Wie können wir dann überhaupt etwas bewirken?«

»Sie, Claudia, können es, indem Sie sich auf Otto Normalverbraucher einstellen. Sie selber tragen Wolle, Kaschmir, Baumwolle, Seide, nicht wahr? Aber Ihren Kunden machen Sie Polyester und Viskose schmackhaft – und nicht etwa nur, weil *Cosmos* das anbietet, sondern weil Sie sich sehr gut vorstellen können, daß für unsere Käufer moderne, pflegeleichte Materialien attraktiv sind. Ist es nicht so?«

»Ja, da haben Sie wohl recht.« Sie stellte fest, daß das Wasser eine goldgelbe Farbe angenommen hatte, und nahm den Beutel aus dem Teeglas.

Mit einer raschen Bewegung zog er einen Flachmann aus der Tasche und gab ihr einen Schuß Whisky in das Glas. »Ausnahmsweise«, sagte er entschuldigend.

»Ich glaube, im Augenblick kann ich das wirklich brauchen.« Sie nahm einen Schluck und spürte, wie sie sich entspannte.

»Ein anderes Beispiel«, sagte er, »Tee. Ich nehme an, daß Sie bei sich zu Hause Tee nie auf diese Art bereiten, sondern wahrscheinlich mit zwei vorgewärmten Kannen.«

Sie hatte lange selber keinen Tee mehr gekocht, aber sie wußte, was er meinte. »Ja, in der einen läßt man die Blätter ziehen, dann gießt man den Tee in die andere Kanne, damit er bei längerem Stehen nicht bitter werden kann.«

»Genau so. Trotzdem könnten Sie die Kunden von den Vorzügen einer fixen, problemlosen Zubereitung mit Hilfe eines Teebeutels überzeugen.«

»Ja, sicher. Viele Leute haben nicht die Zeit und die Geduld für einen solchen Aufwand, und andere haben gar nicht das Gespür, den Unterschied festzustellen.«

»So ist es. Nur wenn man sich in die Situation, in die Anschauung und die Wünsche stinknormaler Mitmenschen hineinversetzen kann, kann man auch gute Werbung machen. Zumal in unserer Firma, die sich ganz sicher nicht an die oberen Zehntausend oder an die Ausgeflippten wendet. Gönnen Sie Ihren Leuten ruhig den Spaß, und lassen Sie sich Ihre Nervosität nicht anmerken. Sie ist gänzlich unbegründet. Denken Sie nur immer daran: Wer zuletzt lacht, lacht am besten.« Er warf einen Blick auf seine Armbanduhr und stand auf. »Wenn Sie mich jetzt entschuldigen wollen.«

Ein Aufenthalt in der Cafeteria durfte nicht über eine Viertelstunde hinaus ausgedehnt werden, eine Anordnung, an die man sich im Haus hielt.

»Ich weiß nicht, was mir jetzt wohler getan hat, Georg«, sagte Claudia aufrichtig, »Ihr flüssiger Trost oder Ihre aufbauenden Worte.«

»Ohren steif, Claudia«, sagte er noch und verließ sie in Begleitung seines jungen Mitarbeiters.

Sie drückte ihre Zigarette aus, trank ihr Glas leer und fühlte sich danach wieder stark genug, ihre Rolle als Cheftexterin auszufüllen.

Als sie in die Werbeabteilung zurückkam, in der ihre Mitarbeiter, vermehrt durch einige Leute aus der Foto- und der Grafikabteilung, in Gruppen und Grüppchen herumstanden und miteinander lachten und plauderten, schlug sie mit der flachen Hand auf ihren Arbeitstisch. »Herhören!« rief sie laut, und dann noch einmal mit doppeltem Stimmaufwand: »Ruhe!«

Die Gespräche verstummten, alle Augen wandten sich ihr zu, aber das Grinsen auf den Gesichtern blieb wie festgeklebt.

»Genug gescherzt! Wir sind nicht zu unserem Vergnügen hier, sondern zur Arbeit. Ich muß Sie bitten, Ihre Plätze sofort wieder einzunehmen und unnötige Redereien einzustellen. Wer hier nichts zu suchen hat, verläßt jetzt den Raum.«

Das wirkte. Nur Bornemann blieb mit seinen beiden Herren ostentativ stehen, blätterte im Katalog »Schmuck und Uhren« und machte sie auf Einzelheiten aufmerksam.

Claudia wandte sich direkt an ihn und sagte mit sanfter Stimme: »Lieber Herr Bornemann, glauben Sie mir, ich verstehe Ihr Triumphgefühl sehr wohl. Es tut gut, etwas geschaffen zu haben. Aber machen Sie sich bitte auch eines klar: Es handelt sich nur um einen einfachen Werbekatalog und nicht um ein weltbewegendes Werk. Sie sind weder Wilhelm Busch noch Christian Morgenstern, sondern immer noch Klaus Bornemann und als solcher beauftragt, sich Gedanken über Ihre neue Aufgabe zu machen. Den Katalog dürfen Sie gerne mitnehmen und heute abend Ihrer Mutter zeigen. Sie wird sicher sehr, sehr stolz auf Sie sein.«

Bornemann war jung genug, einen roten Kopf zu bekommen. Sekunden stand er da und rang um eine passende Replik. Da ihm anscheinend nichts einfallen wollte, ging er an seinen Platz und setzte sich.

Plötzlich empfand Claudia fast so etwas wie Mitleid.

Kaum daß die Kataloge ausgeliefert waren, brach die Hölle los. Nicht nur, daß bei der Postabteilung statt Bestellungen Karten mit Beschimpfungen und Ausdrücken der Empörung eintrafen – die konnte man noch, ohne sie auszuwerten, in den Papierkörben verschwinden lassen –, nein, auch das Telefon klingelte ununterbrochen. Kunden aus ganz Deutschland nutzten die Gelegenheit, per Telefon – zum Ortstarif – ihrem Herzen Luft zu machen. Die Telefonistinnen, die darin geübt waren, sich mit warmer, wohlklingender, verlockender Stimme zu melden, begannen nach und nach die Beherrschung zu verlieren. Es gelang ihnen kaum noch, kühle Sachlichkeit zu bewahren, eine brach sogar in Tränen aus, was die Anruferin zu der erschrockenen Bemerkung veranlaßte: »Aber Sie können doch nichts dafür, Fräulein!«

Natürlich sprach sich die Katastrophe in Windeseile im Haus herum. Kurt Nachmann, Bornemann und Claudia wurden zu Dr. Meyer zitiert. Sie hatten den Big Boss noch nie so außer sich erlebt, schoben ihm aber, nachdem sie sein Donnerwetter über sich hatten ergehen lassen, in schöner Einmütigkeit den Schwarzen Peter zu. Alles behauptete, davon überzeugt gewesen zu sein, nach seinen Wünschen zu handeln. Selbstverständlich leugnete er das nach Kräften und wollte von seinem früheren Standpunkt in dieser Angelegenheit nichts mehr wissen. Claudia, der die Verantwortung für den Gesamtkatalog entzogen worden war, kam bei der Auseinandersetzung noch am besten weg.

»Ich glaube, es hat gar keinen Zweck, jetzt den Sündenbock zu suchen«, sagte sie, »sondern wir müssen uns sofort überlegen, wie wir den Schaden wieder gutmachen können.«

»Das«, sagte Dr. Meyer voll Bitterkeit, »dürfte wohl kaum möglich sein.«

»O doch!« widersprach Claudia. »Ich schlage vor, daß wir erst einmal einen Standardtext für unsere Telefonistinnen ausarbeiten, warme, herzliche Worte, mit denen sie eine Fehlleistung zugeben und sich entschuldigen. Jeder Anrufer muß nach Namen, Adresse und Kundennummer befragt werden. Jedem muß ein Geschenk versprochen und dann zugleich mit einem Entschuldigungsbrief, der auch noch auszuarbeiten wäre, zugeschickt werden.«

»Es wird die Leute schon besänftigen, daß wir ihnen recht geben. Und mit Geschenken gewinnt man immer Sympathien«, stimmte ihr Nachmann zu.

»Dann sollten wir natürlich auch alle die anschreiben, die sich schriftlich beschwert haben«, schlug Claudia vor, »soweit die Adressen noch vorhanden sind.«

»Besser, wir schicken Entschuldigungsschreiben an alle Kunden, die den Katalog bekommen haben«, sagte Nachmann.

Bornemann raffte sich zu einer Verteidigung auf. »Es könnte aber doch viele geben, denen der Katalog gefallen hat, nur daß die sich nicht äußern.«

Dr. Carolus Meyer warf ihm einen vernichtenden Blick zu. »Entschuldigungsschreiben an alle, ein Werbegeschenk an diejenigen, die Einspruch erhoben haben.« Er preßte seine dicke Hand gegen die Stirn. »O Gott, o Gott, was für ein Aufwand! Und dabei bleibt es fraglich, ob es überhaupt gelingen wird, die Gemüter zu beruhigen.«

»Vielleicht wirkt sich die Geschichte im Endeffekt doch günstig auf *Cosmos* aus!« meinte Claudia. »Durch unsere Aktion schaffen wir eine persönliche Beziehung zu jedem einzelnen Kunden. Das wird nicht ohne Eindruck bleiben.«

»Also an die Arbeit, meine Herrschaften!« forderte Dr. Meyer. »Sie, Frau Wolff, gestalten den Text für die Telefonistinnen. Er muß in spätestens einer halben Stunde vorliegen. Verbessern und ausbauen können Sie ihn dann immer noch. Sie, Herr Nachmann, entwerfen die Entschuldigungsschreiben. Sie, Bornemann, sammeln die Beschwerdebriefe ein und stöbern die Papierkörbe durch.«

Damit war die Sitzung beendet. Auf dem Gang sagte Nachmann: »Sobald Sie Ihre Aufgabe erledigt haben, Bornemann, können Sie sich vorläufig noch mit der Herrenmode befassen. Aber Miller und Röder sind Ihnen von jetzt an wieder gleichgestellt, und alle Entwürfe gehen über den Schreibtisch von Frau Wolff.«

Bornemann straffte die Schultern. »Unter diesen Umständen möchte ich nicht ...«

Claudia fiel ihm ins Wort. »Halten Sie den Mund!«

»Was fällt Ihnen ein?« protestierte der junge Mann.

»Überlegen Sie gründlich, bevor Sie jetzt Stellung beziehen. Überschlafen Sie es. Sprechen Sie mit Ihrer Mutter!«

Bornemann wurde unsicher. »Ich glaube nicht, daß ich unter den veränderten Umständen bleiben kann.«

»Das verstehen wir ja. Aber es sollte doch kein Anlaß sein, fristlos zu kündigen. Ärger ist ein schlechter Ratgeber.«

»Jetzt behaupten Sie nur noch, Sie meinen es gut mit mir!« sagte Bornemann wütend. »Das nehme ich Ihnen nämlich nicht ab.«

Claudia blieb kühl. »Die Wahrheit ist, Sie tun mir leid.«

»Ach was! Sie haben genau gewußt, was passieren würde...«

»Und? Habe ich es Ihnen nicht immer wieder gesagt? Aber Sie wollten nicht auf mich hören.«

Nachmann, der Auseinandersetzungen haßte, ging eilig weiter und verschwand in der Textredaktion.

»Sie haben mich reingelegt, Sie Luder!« rief Bornemann unbeherrscht. »Aber das wird sich noch rächen. Sie werden es erleben!«

»Wenn Sie einen solchen Ton anschlagen, werde ich der Geschäftsleitung nahelegen müssen, Sie zu entlassen. Also nehmen Sie sich gefälligst zusammen.« Sie ließ ihn stehen und folgte ihrem Chef.

Bornemann hatte die Fäuste geballt, kämpfte gegen aufsteigende Tränen und stieß einen Fluch aus.

An diesem Nachmittag saß Claudia, als alle schon gegangen waren, immer noch an ihrem Schreibtisch und arbeitete. Die Tür öffnete sich, und Georg Hacker steckte den Kopf herein. Sie ließ die Hände von den Tasten ihres Computers sinken und lächelte ihm zu.

»Gratuliere, Claudia!« sagte er herzlich.

»Danke, Georg«, gab sie im selben Ton zurück.

»Das muß gefeiert werden!« Er trat ein. »Wann sind Sie hier fertig?«

»Das kann noch ewig dauern. Ich arbeite Texte für die Telefonistinnen aus. Es nutzt ja nicht viel, wenn sie sich nur entschuldigen. Sie müssen auch auf die verschiedenen Reaktionen der Kunden eingehen können.«

»Aber Claudia, das sind weltgewandte junge Frauen, die...«

Sie ließ ihn nicht aussprechen, sondern ergänzte: »... mit einer Situation konfrontiert werden, der sie sich nicht gewachsen fühlen.«

»Sie müssen es ja wissen!«

»Ich habe mich eingehend mit ihnen unterhalten.«

»Wie immer – ganz die unübertreffliche Frau Wolff-Kröger!« spottete er.

»Georg, bitte!«

»Ich will Ihnen nicht den Spaß verderben.«

»Das ist Ihnen aber schon fast gelungen.«

»Wie wäre es mit morgen abend?«

Claudia dachte nach. Knut war wieder einmal auf einem Kongreß, diesmal in Colombo. Sie hatte also Zeit, und einmal mußte sie es ja hinter sich bringen. Georg Hacker hatte ihr sehr geholfen.

»Einverstanden«, sagte sie.

»Claudia, das freut mich – freut mich wirklich!« Er strahlte so, daß es sie geradezu rührte.

»Und was wollen wir unternehmen?«

»Das muß ich mir noch durch den Kopf gehen lassen.«

»Ich will nur wissen, kann ich vorher noch nach Hause fahren und mich umziehen?«

»Vertane Zeit, Claudia. Ich habe Sie nie anders als elegant erlebt.«

»Wenn wir gleich von hier aus losziehen, können wir Nachmann mitnehmen – vielleicht auch Hinz und Gora.«

»Nicht doch, Claudia! Nachmann ist ein Langweiler, und die jungen Schnösel sind kein Umgang für uns. Ich möchte mich endlich mal richtig mit Ihnen unterhalten, Claudia.«

»Unterhalten ist gut. Dafür bin ich immer zu haben.«

»Soll das heißen, Sie ziehen eine Grenze?«

»Das haben Sie klar erkannt, Georg. Wenn Sie unter dieser Voraussetzung keinen gesteigerten Wert mehr darauf legen...« Sie machte eine Pause und sagte nichts.

»Aber Claudia! Für wen halten Sie mich denn? Für den Wolf im Schafspelz?«

»So schafsmäßig ist Ihr Äußeres nicht.«

Sie lachten beide, wechselten noch ein paar Worte, und dann ließ er sie allein.

Am nächsten Morgen stand Claudia wie immer zeitig auf, um mit ihrer Tochter zu frühstücken. Da sie selber erst eine Stunde später das

Haus verlassen mußte, hatte sie sich noch nicht angezogen und trug ihren seidenen Hausmantel, während Imogen schon gestriegelt und geschniegelt für die Schule war.

»Ich komme heute abend wahrscheinlich erst sehr spät nach Hause«, erklärte Claudia, »warte also nicht auf mich, sondern sieh zu, daß du zeitig in die Federn kommst.«

Imogen stellte wie üblich keine Fragen. »Mach ich, Claudia«, sagte sie und biß in ihr Toastbrot.

»Ich gehe aus«, erklärte Claudia trotzdem, »mit unserem Einkaufsleiter.«

Imogen nickte mit vollem Mund.

»Komm bitte nicht auf die Idee, deine Party bei Gudrun auszuweiten, nur weil du weißt, daß ich nicht zu Hause bin.«

Imogen lachte. »Keine Bange. Ihre Eltern werfen uns spätestens um sieben raus.«

»Das ist auch gut so. Braake wird dich bringen und auch wieder abholen.«

Wieder nickte Imogen nur. Sie war zum Geburtstag einer Schulfreundin eingeladen. Ihr Geschenk, ein hübsch verpacktes Buch, wartete schon auf ihrem Zimmer.

»Ich lasse mich übrigens heute auch von Braake in die Firma fahren, damit er mich abends heil wieder nach Hause bringt.«

»Du meinst, es wird viel getrunken?«

»Ich fürchte schon.«

»Aber du mußt doch nicht, wenn du nicht willst.«

»Man darf bei solchen Gelegenheiten kein Spielverderber sein.«

Wieder nickte Imogen mit vollem Mund verständnisvoll.

»Um ehrlich zu sein – ich trinke von Zeit zu Zeit ganz gerne über den Durst. Das bringt einen in Stimmung. Aber du weißt, ich kann ja auch ziemlich viel vertragen.«

Imogen sprang auf und leerte den letzten Schluck aus ihrer Tasse. »Ich muß jetzt los, Claudia«, sagte sie, ein Stück Toast noch in der Hand, das sie, gleich nachdem sie auf Wiedersehen gesagt hatte, in den Mund steckte.

»Viel Spaß auf deiner Party!« rief Claudia ihr nach. »Grüß Gudrun und ihre Eltern!« Sie schenkte sich Kaffee nach und zündete sich eine Zigarette an.

Imogen erschien noch einmal auf der Schwelle; sie hatte ihren hellblauen Anorak angezogen und den Rucksack mit den Schulsachen geschultert. »Claudia...«, begann sie.

»Ja, Liebes?«

»Ich will dieses Wochenende nicht zu Michael«, erklärte das Mädchen mit sichtbarer Überwindung.

»Aber warum denn nicht?« fragte Claudia überrascht. »Habt ihr euch gestritten? Das hättest du mir doch gleich erzählen sollen.«

Imogen schüttelte heftig den Kopf. »Nein, das nicht. Wir streiten nie – oder doch nur ein ganz klein bißchen. Aber ich will nicht, weil Onkel Knut fort ist und du sonst ganz allein bist.«

»Sehr, sehr lieb von dir«, sagte Claudia gerührt, »ich werde darüber nachdenken.«

»Wir könnten es doch einfach um acht Tage verschieben. Rufst du ihn an und sagst es ihm?«

»Wir sprechen noch darüber, Liebling. Aber jetzt, fürchte ich, mußt du dich wirklich sputen.«

Imogen machte ein Gesicht, als wollte sie noch etwas sagen, verzichtete dann aber darauf, drehte sich um und lief davon.

Claudia war nachdenklich geworden. Sie hatte geplant, mit Ralf in die Lüneburger Heide zu fahren. Die Zimmer waren schon bestellt. Aber konnte sie das großherzige Angebot ihrer Tochter ausschlagen? Und wie würde Ralf das aufnehmen? Er würde wütend und enttäuscht sein. Aber vielleicht würde diese kalte Dusche ihm auch ganz guttun. Er nahm sich längst zuviel heraus.

Sie mußte eine kluge Entscheidung treffen. Aber das hatte Zeit bis morgen. Sie drückte ihre Zigarette aus und ging nach oben, um sich schön zu machen.

Claudia hatte erwartet, daß Georg Hacker sie in der Werbeabteilung abholen würde. Aber das tat er nicht. Den ganzen Tag über bekam sie ihn nicht zu sehen. Sie überlegte, ob er ihre Verabredung vergessen hatte. Aber das hätte ihm nicht ähnlich gesehen. Eher war anzunehmen, daß er sich nur einen Scherz mit ihr gemacht hatte. Diese Vorstellung bereitete ihr keinen Kummer, verletzte nur ein wenig ihre Eitelkeit.

Wie fast immer verließ sie als letzte ihr Büro und fuhr in die Tiefgarage hinunter.

Georg Hacker stand, an seinen Wagen gelehnt, und erwartete sie. »Na endlich, Claudia!« sagte er und lüftete schwungvoll den eleganten Hut.

»Tut mir leid«, entschuldigte sie sich, »es war alles ziemlich hektisch.« Sie überlegte, ob er es bewußt so arrangiert hatte, daß niemand von ihrem Treffen Wind bekam. »Wohin fahren wir?« fragte sie.

Er öffnete ihr die Autotür. »Lassen Sie sich überraschen.«

»Aber ich muß meinem Chauffeur Bescheid sagen, wo er mich nachher abholen soll.«

»Sieh an, sieh an! Die verehrte Frau Wolff-Kröger läßt sich chauffieren.«

»Damit ich ohne Bedenken trinken kann. Das sollte doch ganz in Ihrem Sinn sein, Georg.«

»Nun, im Notfall gäbe es ja immer noch ein Taxi.«

»Aber ein Auto mit Chauffeur ist die bequemere Lösung, das werden Sie wohl zugeben. Also... wohin?«

»In den *Austernkeller* am Isekai, wenn es Ihnen recht ist.«

»Sehr sogar.« Sie ging zu Alfons Braake hinüber, der die Limousine ihres Mannes auf ihrem Platz abgestellt hatte. Er grüßte mit tadelloser Haltung.

»Ich fahre noch in den *Austernkeller* am Isekai«, erklärte sie, »wenn Sie mich von dort später abholen wollen, sagen wir, gegen elf?«

»Jawohl, gnädige Frau.«

»Bis dahin können Sie sich freinehmen.«

»Danke, gnädige Frau.«

Sie ging zum Auto des Einkaufsleiters zurück und stieg ein.

»Ist es der gnädigen Frau bequem so, oder sollen wir den Sitz verstellen?« fragte er.

»Ein bißchen zurück!« bat sie. »Warum müssen Sie mich eigentlich immer ärgern, Georg?«

»Bin mir keiner Schuld bewußt.« Er ließ den Motor an.

»Aber ja doch! Sie haben den Überraschten gespielt, als ich unserem Chauffeur Bescheid sagen wollte. Dabei hatten Sie ihn doch längst gesehen – ihn und das Auto auf meinem Stellplatz.«

»Ich habe meinen Augen nicht getraut.«

»Sehr witzig.«

»Wie hat es Bornemann aufgenommen?« erkundigte sich Hacker.

»Sehr schlecht. Fast hätte er gekündigt.«

Er sah sie von der Seite an. »Fast?«

»Ich konnte ihn noch rechtzeitig zur Besinnung bringen.«

»Und darauf tun Sie sich was zugute?«

»Es war doch sehr nett von mir.«

»Es war vernünftig, ja. Aber seinem Ego hätte es bestimmt besser getan, wenn er den Kram hingeschmissen hätte.«

Betroffen zog Claudia die Schultern hoch. »Daran habe ich gar nicht gedacht.«

»Seelisches Wohlbefinden ist sehr viel wichtiger als ein sicherer Arbeitsplatz.«

»Immerhin habe ich ihm Gelegenheit gegeben, seine Wut an mir auszulassen. Das war doch auch schon was.«

»Sie sollten ihn sich nicht zum Feind machen, Claudia. Er ist ein sehr fähiger junger Mann und wird es noch zu etwas bringen.«

»Ich weiß, was Sie meinen. Er hat Ehrgeiz und den Mut, neue Wege zu gehen. Das kann man nicht von jedem in der Firma sagen. Verhaßt habe ich mich trotzdem bei ihm gemacht. Das war nicht zu verhindern.«

»Nicht Sie, Nachmann hat die Verantwortung dafür, was ihm passiert ist. Sie hätten sich Ihre Schadenfreude nicht anmerken lassen, sondern Bedauern zeigen sollen.«

»So falsch kann ich nicht sein.«

»Aber es wäre klug gewesen.«

Claudia richtete sich auf. »Wissen Sie was, Georg? Ich habe eine blendende Idee. Wir lassen Bornemann an unserem kleinen Essen teilhaben. Das wird ihm schmeicheln und gibt mir eine Gelegenheit, ihn zu versöhnen. Halten Sie! Dort an der Ecke ist eine Telefonzelle.«

Er verlangsamte das Tempo und sah sie an. »Ist das Ihr Ernst?«

»Aber ja doch! Ich rufe ihn an und sage ihm, daß er zu uns stoßen soll – besser noch, daß wir ihn abholen. Er wohnt in nächster Nähe der Innenalster.«

»Meine liebe Claudia«, sagte Georg Hacker und gab Gas, »von der Idee her wäre es wahrscheinlich wirklich nicht schlecht. Aber ich denke nicht daran, mir unseren ersten Abend ausgerechnet durch den Knaben Bornemann verderben zu lassen.«

Claudia lachte. »Ich doch auch nicht.«

»Wieso kommen Sie mir dann mit so einem Vorschlag?«

»Denken Sie darüber nach!«

Er schwieg lange. »Mir scheint, ich war wieder einmal zu belehrend – besserwisserisch pflegte meine Frau das zu nennen. Sie konnte das nicht ausstehen.«

»Erzählen Sie mir von Ihrer Frau!«

»Darüber gibt es nichts zu sagen.«

»Das ist aber wenig.«

»Es gab nichts an ihr auszusetzen. Sie war eine gute Ehefrau und liebevolle Mutter, aber als die Kinder aus dem Haus waren, merkten wir beide, daß unsere Ehe keinen Sinn mehr hatte.«

»Einfach so?«

»Nun ja, sie regte sich darüber auf, daß ich es mit der ehelichen Treue nicht so ganz genau nahm.«

»Hat sie Sie ertappt?«

»Darin war sie Meisterin! Ihre ewigen Fragereien und Verdächtigungen und ihre Vorhaltungen – und selbst wenn sie sich irrte, war sie nie vom Gegenteil zu überzeugen. Es war unerträglich.«

»Sie Ärmster.«

»Mir blieb gar keine andere Wahl, als in die Scheidung einzuwilligen. Die häusliche Bequemlichkeit aufzugeben nach mehr als zwanzig Jahren, das war ein schwerer Schritt.«

»Wenn es in erster Linie die Bequemlichkeit war, die Sie so lange bei Ihrer Frau gehalten hat...«

Er ließ sie nicht aussprechen. »Spotten Sie nicht, Claudia! Es hat sein Gutes, wenn das Essen pünktlich auf den Tisch kommt, das Bett regelmäßig bezogen wird, immer ein gewaschenes und gebügeltes Hemd griffbereit ist!«

Sie verstand ihn nur zu gut, sprach es aber nicht aus.

»Zum Junggesellentum gezwungen, habe ich mich anfangs sehr schwergetan«, fuhr er fort.

»Das hat man Ihnen aber nicht angemerkt.«

Er hatte inzwischen seinen Wagen in das Parkhaus am Isekai gefahren, stellte den Motor ab und sah sie mit einem selbstbewußten Grinsen an. »Ein Mann muß imstande sein, seine Hemden selbst zu bügeln und seine Schuhe zu polieren.«

»Sie können das also? Alle Achtung.« Sie stieg aus.

»Ich habe es in früher Jugend gelernt. Ich wollte nie den Frauen ausgeliefert sein.« Er schloß sein Auto ab.

»Mein Mann hat wohl nie im Leben ein Bügeleisen in der Hand gehabt«, sagte Claudia.

»Er wußte ja auch, daß er es nie nötig haben würde.«

»Da gebe ich Ihnen recht.«

Sie gingen nebeneinanderher den Isebek-Kanal entlang zum Restaurant; es roch nach Teer und Tang. Es war eine frische Frühlingsnacht bei ausnahmsweise klarem Himmel; man hätte die Sterne sehen können, wenn die Straßen nicht so hell erleuchtet gewesen wären.

»Inzwischen«, sagte Claudia, »haben Sie sicher jemanden gefunden, der für Sie sorgt.« Sie spürte sofort, daß sie sich mit dieser Bemerkung auf gefährlichen Boden begeben hatte, aber es war zu spät, sie zurückzunehmen.

»Sie wollen wissen, ob ich noch solo bin?« fragte er prompt.

»Nein, gar nicht. Es war nur so dahin gesagt.«

»Schade. Ihr Interesse hätte mir gefallen.«

Claudia sagte nichts darauf.

»Aber um Sie nicht auf die Folter zu spannen: Ich habe eine Zugehfrau.«

»Sie scheint tüchtig zu sein.«

»Zumindest gibt sie sich Mühe.«

Durch die geöffneten Doppeltüren betraten sie den Vorraum des Restaurants, wo hemdsärmelige Männer mit vorgebundenen Schürzen an hohen Steintischen Austern knackten. Georg Hacker führte Claudia zur Garderobe, die einige Stufen erhöht lag, half ihr aus dem Mantel und legte selber ab. Sie verzichtete darauf, in den Spiegel zu blicken, denn sie wußte, daß sie gut aussah.

Das Aufleuchten in den Augen der Männer in den Gasträumen bestätigte es ihr. Um diese Stunde waren noch nicht allzu viele Tische in dem Gewölbe besetzt, aber es gab nicht einen Gast, der nicht aufsah, als sie eintraten, die Frauen mit abschätzendem Neid. Claudia trug ein einfach wirkendes, aber sehr teures blaues Wollkleid, das die Farbe ihrer Augen unterstrich und ihrem schlanken Körper schmeichelte. Da sie aus dem Büro kam, trug sie keinen Schmuck – sie hatte mit dem Gedanken gespielt, ihre Platinkette mit dem Diamanten nach der Arbeit anzulegen, hatte die Idee dann aber verworfen. Es wäre übertrieben gewesen, sich für ihren Begleiter herauszuputzen.

Ein soignierter Oberkellner mit grauen Schläfen begrüßte sie und führte sie an den runden Tisch, den Georg Hacker vorher bestellt hatte. Der Ober kannte Claudia, die zuweilen mit ihrem Mann hierherkam, aber offensichtlich war ihm auch der Einkaufschef kein Unbekannter. Die Art, wie die beiden Männer über die Wahl der Getränke und der Speisen miteinander sprachen, zeigte es deutlich. Sie stellten ein opulentes Diner zusammen, das natürlich mit einem Dutzend Austern für jeden eröffnet wurde.

Georg Hacker gab sich Mühe, Claudia zu verwöhnen, und sie ließ es sich gefallen, wenn auch ein gewisses Imponiergehabe bei ihm nicht zu übersehen war. Aber Georg Hacker war, wie sie schon immer vermutet hatte, ein wirklicher Genießer, und das trug dazu bei, daß auch ihr alles besonders gut schmeckte und sie kräftiger zulangte als gewöhnlich.

Nach der anfangs etwas gezwungenen Unterhaltung kam das Gespräch bald in Fluß. Es gab ein starkes Interesse, das sie beide verband, und das war die Firma. Für Claudia war es ebenso angenehm wie ungewohnt, mit einem Mann über die Belange von *Cosmos* zu debattieren, dem diese Dinge mindestens so sehr am Herzen lagen wie ihr selber. Darüber hinaus hatte Georg Hacker von den Messen zu berichten, die er regelmäßig besuchte, und verstand es, amüsante kleine Abenteuer zu schildern. Nie hätte sie gedacht, daß ein Abend in seiner Gesellschaft so vergnügt und gelöst würde sein können.

Mit der Zeit füllte sich der Keller mehr und mehr. Bekannte Gesichter tauchten auf, und Claudia wurde von einigen Paaren, wenn auch aus der Entfernung, gegrüßt.

»Ist es Ihnen nicht unangenehm, mit mir hier gesehen zu werden?« erkundigte sich Georg Hacker.

»Nein, gar nicht. Aber wieso denn? Ich werde es meinem Mann natürlich erzählen.«

»Aber er ist doch in Colombo.«

»Woher wissen Sie das? Ach so. Es hat sicher in der Zeitung gestanden. Aber nächste Woche kommt er zurück.«

»Es macht Ihnen nichts aus, daß er Sie so oft allein läßt?«

»Das ist der Preis, den ich für meine Berufstätigkeit zahlen muß.«

»Ich meine – haben Sie keine Angst, daß sich da in der Ferne was abspielt?«

»Nein. Ich bin nicht eifersüchtig, zumal ich ja nichts davon erfahren würde.«

»Nun ja, Sie selber nehmen es mit der ehelichen Treue ja auch nicht sehr genau.«

Sie riß die Augen auf. »Wie kommen Sie darauf?«

»Verzeihen Sie, wenn ich so offen bin. Aber das ist jedenfalls mein Eindruck.«

»Ich fürchte, dann müssen Sie Ihr Urteil über mich revidieren.«

»Ach, machen Sie mir doch nichts vor! Eine Frau wie Sie, Claudia, ist doch einfach nicht dafür geschaffen, die Penelope zu spielen.«

Sie ließ sich nicht in die Enge treiben. »Mein Odysseus ist ja auch immer nur ein paar Tage oder ein paar Wochen fort – sieben Jahre würde ich es ohne ihn sicher nicht aushalten.« Sie warf einen Blick auf ihre Armbanduhr.

Er begriff, daß er zu weit gegangen war, und beeilte sich, das Thema zu wechseln.

Zum Dessert aßen sie goldgelben Käse auf schwarzem Pumpernikkel und tranken Rotwein dazu. »Jetzt nehmen wir noch ein Glas Cognac«, schlug er vor.

»Mir ist schon ein bißchen schummerig«, gestand sie.

»Wie gut, daß Sie einen Chauffeur haben, der Sie sicher nach Hause bringt!«

Der Oberkellner ließ eine Batterie leicht verstaubter Cognacflaschen eindrucksvoller Jahrgänge auffahren, und Georg Hacker machte sich daran, sorgfältig und mit Kennermiene den geeigneten auszusuchen. Im letzten Moment warf er seine Entscheidung aber noch um und wählte einen Calvados. »Einverstanden, Claudia?«

Sie nickte. Als der Calvados in großen, bauchigen, leicht gewärmten Gläsern serviert worden war, tranken sie sich zu. Dann nahm sie sich eine Zigarette, und er gab ihr Feuer, bevor er sich selbst eine Zigarre anzündete.

»Wissen Sie, was ich mir wünsche, Claudia?« fragte er, während er genüßlich paffte.

»Sie werden es mir gleich verraten.«

»Daß Sie mich zur nächsten Modemesse begleiten.«

»Oh, das wünsche ich mir auch!« rief sie impulsiv.

Er sah sie aus zusammengekniffenen Augen durch den Rauch seiner Zigarre an. »Es wäre machbar.«

»Wirklich?«

»Ich könnte es beim Big Boss durchsetzen, falls Sie einverstanden sind.«

Die Versuchung war groß. Ihr Ehrgeiz hatte schon immer darauf gezielt, Einfluß auf den Einkauf zu nehmen. Wenn ihr das gelänge, würde ihre Position bei *Cosmos* ungleich stärker werden. Andererseits war ihr klar, daß sie nicht mit Georg Hacker reisen konnte, ohne ihm Konzessionen zu machen. Selbst wenn es nicht dazu kam, würde man in der Firma annehmen, daß sie mit ihm ins Bett ging. Das würde nicht nur ihrem, sondern auch dem Ruf ihres Mannes schaden. »Nein, danke«, sagte sie so leichthin, wie es ihr eben möglich war, »ich bleibe doch lieber bei meinen Texten.«

»Überlegen Sie es sich gut, Claudia! Ich halte mein Angebot aufrecht.«

Als Braake sie später nach Hause fuhr – Mitternacht war längst vorbei –, fühlte sie sich seltsam aufgedreht. Eigentlich hätte sie müde sein müssen, aber ihre Gedanken rasten.

Sie verstand nicht mehr, warum sie Georg Hacker nicht zugesagt hatte, sie, die immer den Standpunkt vertreten hatte, daß es richtig war, das Leben auszukosten, alle Möglichkeiten auszuschöpfen. In den Einkauf zu kommen und gleichzeitig die Textredaktion zu leiten – denn darauf wollte sie auf keinen Fall verzichten – würde ein gewaltiger Schritt voran sein.

Was machte es schon aus, wenn sie sich bei *Cosmos* die Mäuler zerrissen? Geklatscht wurde doch überall und immer, mit und ohne Grund. Knut kam mit diesen Leuten nie in Berührung, und er war nicht der Mann, der ihr den Besuch von Modemessen untersagen würde.

Ralf war es, der sich aufregen würde, so viel war sicher. Aber er war nur ihr Liebhaber und hatte keinen Anspruch auf ihre Treue. Sie hatte ihm auch nie verschwiegen, daß sie und ihr Mann sich immer noch liebten, und er hatte es hingenommen, hinnehmen müssen. Daß sie sich mit Georg Hacker einließ, um beruflich weiterzukommen, war doch noch sehr viel eher einzusehen.

Ihr wurde klar, daß sie im Grunde dazu bereit war, diesen Schritt zu tun. Sie war nicht in ihn verliebt, aber was machte das schon aus. Gerade das verschaffte ihr die Möglichkeit, in diesem Verhältnis die Oberhand zu behalten. Es mußte ihr gelingen, sich für ihn unentbehrlich zu machen.

Abgesehen von allem anderen würde es ein großer Spaß werden. Sie sah sich schon im eleganten Getümmel der Modemessen, Seite an Seite mit ihm, abends zu zweit in einer kleinen Bar oder auch im größeren Kreis in einem Restaurant, lachend, plaudernd, vergnügt.

Schwer vorstellen konnte sie sich, wie es mit ihm im Bett sein würde. Aber ein Fiasko würde es sicher nicht werden. Er war ein Mann in den besten Jahren, der sehr auf sich hielt und Selbstbewußtsein ausstrahlte – nicht nur das, sondern auch eine gewisse erotische Anziehungskraft, die sie von Beginn an gespürt hatte, auch wenn sie sie nicht hatte wahrhaben wollen.

Das kleine Haus in Blankenese lag heute in völliger Dunkelheit. Niemand hatte daran gedacht, die Außenbeleuchtung einzuschalten. Claudia war dankbar, daß Braake ihr mit der Taschenlampe zu Hilfe kam. Er leuchtete die Stufen und dann das Türschloß an. Sie suchte in ihrer Handtasche nach den Schlüsseln.

»Lassen Sie mich nur machen!« sagte er und schloß ihr mit dem eigenen Schlüssel auf. »Gestatten Sie, gnädige Frau!« Er trat vor ihr in die Diele und knipste das Licht an.

»Danke, Herr Braake«, sagte sie, »gute Nacht!«

»Schlafen Sie gut, gnädige Frau!«

»Das werde ich sicher.«

Während sie die Treppe hinaufging, hörte sie die Haustür hinter ihm ins Schloß fallen. Einen Augenblick lang dachte sie daran, noch einen Blick in Imogens Zimmer zu werfen. Aber sie verzichtete darauf, weil sie sich irgendwie erschöpft fühlte, in einem Zustand jedenfalls, in dem ihre Tochter sie nicht sehen sollte.

Vor dem Spiegel in ihrem Bad stellte sie dann fest, daß ihr Aussehen überhaupt nicht gelitten hatte. Nur ihre tiefblauen Augen zeigten einen gefährlichen Glanz, der sie selber erschreckte. Oder bildete sie sich das nur ein, weil sie betrunken war?

Ja, sie war betrunken und nicht mehr sicher genug auf den Beinen, um ein Bad zu nehmen. Sie brachte gerade noch die Kraft auf, sich auszuziehen und abzuschminken, bevor sie in ihr Bett sank.

Fast war sie schon hinüber, als ihr einfiel, das Telefon umzustellen, so daß ein Anruf von außerhalb sie in ihrem Schlafzimmer erreichte. Sie knipste das Licht noch einmal an, stützte sich auf den Ellbogen und wählte die entsprechende Kombination. Das tat sie nur, wenn Knut unterwegs war. Es fiel ihm manchmal ein, sie zu nachtschlafender Zeit anzurufen. Wie spät mochte es jetzt in Colombo sein?

Noch während sie versuchte, sich das auszurechnen, schlief sie ein.

Am nächsten Morgen war sie schon dabei, sich im Bad frisch zu machen, als das Telefon auf ihrem Nachttisch läutete. Sie unterbrach ihre Toilette, setzte sich auf ihr Bett und nahm den Hörer ab. »Wolff-Kröger«, meldete sie sich erwartungsvoll.

Aber nicht ihr Mann, ein Unbekannter war am Apparat. »Wir haben Ihre Tochter«, sagte er.

Sie begriff nicht gleich. »Wie? Was? Das soll doch wohl ein Witz sein!«

»Wir haben keinen Sinn für Späße.«

»Was soll das heißen?«

»Imogen ist bei uns. Noch geht es ihr gut. Es wird ihr nichts passieren, wenn Sie unsere Anweisungen befolgen. Hören Sie zu: Niemand darf erfahren, daß das Kind verschwunden ist. Niemand. Auch Ihre Haushälterin nicht. Auf keinen Fall die Polizei. Sie schalten die Polizei nicht ein. Verstanden?«

»Ja, aber...«

»Keine Polizei.«

»Ja. Aber was soll ich tun?«

»Verhalten Sie sich ganz normal. Unauffällig. Aber bleiben Sie heute zu Hause. Mit der Post erhalten Sie unsere Anweisungen.«

Ehe Claudia noch eine weitere Frage äußern konnte, hatte der Anrufer eingehängt.

Einen Augenblick saß sie versteinert da. Dann stürzte sie barfuß und nackt, wie sie war, ins Treppenhaus und jagte in Imogens Zimmer hinauf. Das Bett ihrer Tochter war leer und unberührt.

Erst bei diesem Anblick begriff Claudia das ganze Ausmaß des Geschehens: Imogen war in Gefahr. Es war ihr, als müßte sie in Ohnmacht fallen. Ihr wurde schwarz vor Augen. Aber sie wußte, daß sie sich jetzt nicht fallen lassen durfte. Sie rang um Kraft.

Doch sie war nackt, und sie fühlte sich nackt, nackt und hilflos. Was war ihr nur eingefallen, unbekleidet durchs Haus zu laufen. Wäre sie in diesem Zustand Frau Beer begegnet, hätte die Häushälterin sofort darauf geschlossen, daß etwas Schlimmes passiert sein mußte. Aber sie durfte nichts merken. Niemand durfte das. Niemand. Das hatte der Entführer ausdrücklich betont. Niemand.

Aber wem hätte sie sich auch anvertrauen können. Sie war so allein wie nie zuvor in ihrem Leben. Doch sie mußte es durchstehen. Allein. Sie mußte Imogen retten. Wenn ihr das nicht gelang, wäre es für sie das Ende aller Dinge.

Als sie aufstand, schwindelte ihr, und sie mußte sich auf den Nachttisch stützen. Bewußt atmete sie tief durch, einmal, zweimal, dreimal. Dann tastete sie sich zur Tür und lauschte ins Treppenhaus. Die einzigen Geräusche, kaum hörbar, kamen aus der Küche. Der Weg zu ihrem Schlafzimmer war frei.

Unten schloß sie die Tür hinter sich ab, was sie sonst nie tat, und lehnte sich aufatmend dagegen. Dann taumelte sie zum Fenster und riß beide Flügel so weit wie möglich auf. Ein Schwall frischer Frühlingsluft ließ sie erschaudern und belebte sie zugleich. Ihr Verstand arbeitete wieder, ihr Verstand, auf den sie sich ihr ganzes Leben lang so viel zugute gehalten hatte. Er sagte ihr, was sie zu tun hatte: Normalität vortäuschen.

Obwohl niemand sie sehen konnte, griff sie zu ihrem seidenen Hausmantel und zog ihn über, um sich sicherer zu fühlen. Sie nahm den Telefonhörer zur Hand, drückte auf die Taste und ließ es unten in der Diele klingeln.

Frau Beer meldete sich mit einem fragenden »Gnädige Frau?«.

»Guten Morgen, Frau Beer!« sagte sie und wunderte sich, daß sie ihre Stimme in der Gewalt hatte. »Imogen hat gerade angerufen. Sie ist über Nacht bei ihrer Freundin geblieben.«

»Aber sie hat doch nichts zum Wechseln dabei!« Frau Beer, die jedes Ereignis im Haus kommentarlos hinzunehmen pflegte, war diesmal deutlich konsterniert.

»Ihre Freundin hat ihr Wäsche zum Umziehen geliehen.«

»Und was ist mit ihren Schulsachen? Sie muß doch zur Schule!«

»Sie haben doch heute Ausflugstag, Frau Beer. Haben Sie das denn vergessen?«

»Davon hat mir niemand etwas gesagt.«

»Tut mir leid, ich dachte, Sie wüßten es. Ich rufe Sie nur an, weil ich heute eine Stunde später zum Frühstück komme. Imogen...« Als sie den Namen ihrer Tochter aussprach, drohte ihre Stimme zu brechen. »... ist ja nicht da, und ich brauche heute nicht ins Büro.«

Frau Beer hatte ihre übliche Gelassenheit wiedergefunden. »Ja, gnädige Frau, ich verstehe.«

»Danke.« Claudia hängte auf. Trotz der Kälte im Zimmer hatte sie

Schweiß auf der Stirn. Nervös fuhr sie sich mit dem Handrücken darüber und ging ins Bad.

Es überraschte sie, daß ihr Spiegelbild sie ganz wie immer zeigte. Ihr Haar war nicht ergraut, sie wirkte nicht gealtert, nur blaß, sehr blaß, aber nicht einmal verkatert.

Die Post würde frühestens um zehn kommen. Es blieb ihr also Zeit, viel zuviel Zeit. Sie konnte noch baden und sich die Haare waschen.

Die Routine der Körperpflege, die Alltäglichkeiten der Handhabung mit Schminke und Nagellack konnten sie nicht ablenken. Sosehr sie sich auch mühte, nicht daran zu denken, tauchte doch immer wieder das grausame Bild vor ihr auf: Imogen zusammengekrümmt in einer Kiste, gefesselt und geknebelt, vielleicht betäubt. Vielleicht schon tot.

›Und es ist meine Schuld‹, schoß es ihr durch den Kopf.

›Unsinn‹, widersprach sie sich selber, ›das ist doch Unsinn. Was hätte es geholfen, wenn ich gestern nacht noch nach ihr gesehen hätte. Da war ja alles schon passiert. Ich habe sie mit Braake zu diesem Geburtstag geschickt, und Braake sollte sie auch wieder abholen. Wie hätte ich sie stärker schützen können? Es war ja auch nicht das erste Mal, daß niemand sie zu Hause erwartet hat. Sie war es gewohnt und hat sich nie darüber beklagt. Wer hätte damit gerechnet, daß so etwas passieren würde.‹

Aber die andere Stimme in ihrem Inneren ließ sich nicht beschwichtigen: ›Es ist deine Schuld!‹

Als sie eine Stunde später ins Speisezimmer hinunterging, war sie äußerlich ganz sie selbst, selbstbeherrscht und gepflegt bis in die Fingerspitzen. Sie trug ein streng geschnittenes graues Schneiderkostüm, dazu eine hellblaue Seidenbluse und hatte eine Handtasche dabei. »Ich gehe nachher fort«, sagte sie, als Frau Beer ihr Kaffee einschenkte, »ich warte nur noch die Post ab.«

»Zu Mittag sind Sie zurück?«

»Nein. Wohl kaum. Sie können gehen, sobald Sie aufgeräumt haben.«

»Aber...«, setzte die Haushälterin an und verstummte.

»Ich brauche auch Braake nicht. Bitte rufen Sie ihn an und sagen

Sie ihm das. Es wäre mir lieb, Sie würden sich ein schönes Wochenende machen.«

»Vielen Dank, gnädige Frau.«

»Ich werde wahrscheinlich verreisen.«

Die Haushälterin blieb noch abwartend am Tisch stehen.

Aber Claudia war nicht bereit, weitere Erklärungen abzugeben. »Wir sehen uns dann Montag«, sagte sie nur.

Frau Beer zog sich endlich zurück.

Obwohl Claudia das Essen geradezu widerstand, zwang sie sich, ein Brötchen mit Butter hinunterzuwürgen, und spülte mit viel Kaffee nach. Dann endlich war es soweit, daß sie sich eine Zigarette anzünden konnte. Auch die schmeckte ihr nicht, aber sie rauchte noch eine zweite, nur um beschäftigt zu sein.

Dann setzte sie sich in das Arbeitszimmer ihres Mannes, die Tür ließ sie offen. Sie blätterte in der Morgenzeitung und versuchte zu lesen. Es gelang ihr, Worte zu entziffern, aber nicht bis zu ihrem Inhalt durchzudringen.

Als es endlich klingelte, sprang sie auf. Am liebsten wäre sie zum Tor hinuntergelaufen. Aber das war etwas, das sie nie getan hatte, wenn Personal anwesend war. Also zwang sie sich, sich wieder hinzusetzen und in die Zeitung zu starren.

Frau Beer klopfte an und brachte die Briefe herein.

»Legen Sie sie dorthin!« sagte Claudia mit einer Kopfbewegung in Richtung der Schreibtischecke und tat so, als wolle sie einen Artikel erst zu Ende lesen. »Und machen Sie die Tür bitte hinter sich zu!«

Als sie allein war, stand sie auf und begann den Stoß durchzublättern. Eine Menge Drucksachen waren dabei, Einladungen zu Vernissagen und Wohltätigkeitsveranstaltungen, verschiedene Briefe an ihren Mann. Claudias Hände zitterten vor Erregung, und sie gab sich den Befehl, sich zusammenzureißen.

Erst beim zweiten Durchblättern des Stapels fand sie den Brief, den sie suchte. Er war so unauffällig wie nur möglich, ein völlig neutraler, nicht einmal billiger Umschlag. Ihre Anschrift war korrekt mit Schreibmaschine geschrieben, der Poststempel »Hansestadt Hamburg«, der Absender fehlte.

Noch stehend griff sie zu Knuts silbernem Brieföffner und schlitzte das Kuvert auf. Bevor sie den Bogen herauszog, nahm sie aber doch wieder Platz. Sie fürchtete, die Knie könnten ihr versagen.

Die kurze Mitteilung sah harmlos genug aus. Sie war nicht aus ausgeschnittenen Buchstaben und Wörtern zusammengesetzt, wie sie erwartet hatte, sondern offensichtlich mit derselben Maschine geschrieben wie die Adresse auf dem Umschlag.

»Ihre Tochter ist in unserer Gewalt. Wir fordern DM 100000 (hunderttausend) Lösegeld in unmarkierten Scheinen aus verschiedenen Serien. Beschaffen Sie das Geld sofort! Zu niemandem ein Wort! Keine Polizei! Erwarten Sie unseren Anruf! Noch geht es Imogen gut.«

Claudia las den Text einmal, zweimal, dreimal. Jede Silbe brannte sich in ihr Hirn. Dann zerriß sie Bogen und Umschlag und warf beides in den Papierkorb. Darauf besann sie sich und fischte sie wieder heraus. Frau Beer sollte die Mitteilung nicht finden. Sie in Fetzen zu reißen, würde zu auffällig sein. Alles Papier im Krögerschen Haushalt wurde zu Altpapier verarbeitet. Die Mitteilung im Waschbecken zu verbrennen, wie sie es in Krimis gesehen hatte, schien ihr zu theatralisch. Nach kurzem Besinnen steckte sie die Fetzen in ihre Handtasche. Sie rief die Bank an, mit der sie seit Jahren arbeitete, verlangte Direktor Jensen und bat ihn, sie zu einem Gespräch zu empfangen. Sie sagte, daß es wichtig und eilig sei, und der Bankier versprach, sich um elf Uhr für sie freizumachen.

Claudia zündete sich eine Zigarette an. Sie spürte ein dringendes Verlangen nach einem Glas Bier, aber sie versagte es sich. Nie hatte mehr Grund bestanden, nüchtern zu bleiben, als heute.

Direktor Uwe Jensen war ein früh ergrauter Mann Anfang Vierzig. Er trug einen gepflegten Oberlippenbart, der dunkel geblieben war, und eine moderne Brille, die ihm etwas Intellektuelles gab.

Er begrüßte Claudia herzlich, fast freundschaftlich in dem kleinen Raum, der besonders wichtigen Kunden vorbehalten war, bat sie, Platz zu nehmen, erkundigte sich nach ihrem Befinden und dem ihres Mannes, bevor sie zur Sache kommen konnte.

Sie sah ihm fest in die klugen grauen Augen, die durch die Brillengläser eulenhaft vergrößert schienen. »Ich möchte meine Wertpapiere verkaufen«, erklärte sie.

»Das werde ich natürlich gerne für Sie in die Wege leiten, gnädige Frau, obwohl es im Moment nicht gerade klug ist. Der Wert ist im Steigen begriffen, und wenn Sie noch einige Monate warten würden...«

»Ich brauche das Geld sofort!«

»Sofort?« wiederholte er ungläubig. Der Mund blieb ihm halb offen, und er hätte nicht erstaunter schauen können.

»Noch heute.«

Direktor Jensen hatte sich wieder gefaßt. »Aber gnädige Frau, wissen Sie, was Sie da verlangen? Ein sofortiger Verkauf ist immer ein Verlustgeschäft.«

»Das ist mir gleich.«

Direktor Jensen spielte mit seinem Füllhalter. »Vielleicht wäre es unter diesen Umständen besser, Sie würden die Papiere beleihen.«

»Es ist mir egal, wie Sie es machen. Ich brauche das Geld!«

»Wieviel?«

»Hunderttausend.«

Er machte den Mund auf, als sei er im Begriff, die Summe zu wiederholen, sagte dann statt dessen: »Ich denke, das läßt sich machen.«

»Danke, Herr Direktor! Kann ich es dann gleich mitnehmen?«

»So schnell geht es nun doch nicht. Sie wissen, in der heutigen Zeit – eine so große Summe haben wir gar nicht im Haus. Sicherheitshalber.«

»Wann kann ich das Geld dann bekommen?«

Direktor Jensen legte seinen Füllhalter aus der Hand, lehnte sich in seinem Sessel zurück und sah sie forschend an. »Wenn ich mir eine Frage gestatten darf, gnädige Frau – wozu brauchen Sie diese Summe? Bitte, halten Sie mich nicht für indiskret! Wir kennen uns schon so lange, und Sie werden sich daran erinnern, daß ich Ihnen bei früheren Gelegenheiten rasch und unbürokratisch geholfen habe.«

»Das habe ich nicht vergessen, und ich bin Ihnen nach wie vor dankbar dafür.«

»Falls Ihr geschiedener Mann wieder einmal in Schwierigkeiten geraten sein sollte...«

»Nein, das ist er nicht. Die Sache hat mit ihm gar nichts zu tun.«

»Sie sind nicht verpflichtet, für seine Schulden aufzukommen.«

»Darum handelt es sich ja auch nicht.«

»Um was sonst?«

»Um einen Gelegenheitskauf. Es gibt etwas, das ich dringend haben muß.«

»So dringend, daß Sie bereit sind, beträchtliche Verluste hinzunehmen? Oder sich Zinsen aufzubürden?«

»Ja.«

»Meine liebe gnädige Frau«, sagte er bedächtig, »seien Sie mir nicht böse, aber das nehme ich Ihnen nicht ab.«

»Die Wertpapiere gehören mir, nicht wahr? Und ich habe ein Recht auf das Geld.«

»Daran besteht kein Zweifel.«

»Warum legen Sie mir dann Hindernisse in den Weg?«

»Weil ich den Eindruck habe, daß Sie im Begriff sind, etwas sehr, sehr Unüberlegtes zu tun.«

»Nein! Sie haben ja keine Ahnung...« Ihre Stimme brach.

»Warum vertrauen Sie sich mir dann nicht an?«

»Weil ich nicht kann.«

»Weiß Ihr Mann wenigstens Bescheid?«

»Nein. Ich sagte Ihnen ja, er ist in Colombo.«

»Ein Grund mehr, über die ganze Sache noch einmal nachzudenken.«

»Dazu ist keine Zeit! So verstehen Sie doch endlich, es ist dringend!«

»Geht es um Leben oder Tod?«

»Ja!« Sie schrie es heraus.

»Dann muß ich Ihnen raten, sich an die Polizei zu wenden.«

»Geben Sie mir das Geld nun? Ja oder nein?«

»Sie bekommen es selbstverständlich. Aber ich kann nur wiederholen: Ziehen Sie die Polizei hinzu. Wenn ein Menschenleben in Gefahr ist...«

»Ja, ja, ja!«

»... können Sie nicht allein damit fertig werden. Sie haben keine Erfahrung in solchen Dingen. Ohne fachmännischen Rat können Sie sehr leicht einen falschen Schritt tun.«

»Aber ich darf mich niemandem anvertrauen. Das haben sie ausdrücklich verlangt. Und schon gar nicht die Polizei.«

»Ja, das habe ich mir gedacht. Das ist so üblich. Es geht um Ihre Tochter, nicht wahr?«

»Ich darf nicht darüber sprechen.«

»Meine liebe, verehrte gnädige Frau, Sie sind außer sich. Das verstehe ich gut. Aber Sie sind und bleiben doch ein vernünftiger Mensch. Denken Sie nach! Wie können die Entführer, und um solche handelt es sich ja wohl, je erfahren, was wir beide hier zwischen diesen vier Wänden miteinander besprechen? Es gibt hier keine Abhörgeräte, das kann ich Ihnen versichern.«

»Das habe ich auch gar nicht angenommen«, sagte Claudia und kam sich plötzlich töricht vor.

»Und Sie werden doch wohl nicht glauben, daß ich irgend jemandem ohne Ihr ausdrückliches Einverständnis irgend etwas über den Fall mitteilen werde?«

»Natürlich nicht.«

»Und wenn ich jetzt die Polizei anrufe und bitte, einen Herrn hierherzuschicken – wer würde es je erfahren?«

»Die Mädchen in der Telefonzentrale.«

»In meinen Augen würde auch das keinerlei Gefährdung bedeuten, denn sie sind angehalten, strengste Diskretion zu wahren. Aber um Sie zu beruhigen – ich werde von einem Apparat aus anrufen, dessen Gespräche nicht über die Zentrale vermittelt werden.«

»Aber wollen Sie denn nicht wissen?«

»Nein. Sie haben mir das Wichtigste ja schon verraten. Einzelheiten interessieren mich nicht. Natürlich bekommen Sie das Geld. Heute nachmittag. Sagen wir um drei. In kleinen Scheinen?«

»In unmarkierten Scheinen und aus verschiedenen Serien«, wiederholte sie die Forderung der Entführer und kam sich wie ein Papagei vor.

Er lächelte ihr mitfühlend zu. »Wir werden sehen.«

Später ließ Direktor Jensen sie, nachdem er Claudia mit Kriminalhauptkommissar Dörmer bekannt gemacht hatte, im Besuchszimmer allein.

Der Kriminalbeamte nahm in seinem Sessel Platz. Er war ein nicht mehr junger, aber athletischer Mann, dem anzumerken war, daß er sich sportlich betätigte. Claudia, ein Glas Wasser vor sich, hatte bei seinem Eintritt eine Zigarette ausgedrückt.

»Rauchen Sie ruhig!« sagte er freundlich. »Ich bin es gewohnt, daß alles um mich pafft.« Er beugte sich sogar über den Tisch und gab ihr Feuer, als sie eine neue Zigarette aus ihrem Päckchen klopfte.

Sie fand das nett und fühlte sich auf unerklärliche Weise beruhigt.

Er zückte ein in schwarzes Leder gebundenes Notizbuch und einen Kugelschreiber. »Lassen Sie mich erst einmal Ihre Personalien aufnehmen. Name, Adresse und so weiter. Das wird Ihnen womöglich bürokratisch und überflüssig vorkommen, ist es aber nicht.« Nachdem er sich die entsprechenden Aufzeichnungen gemacht hatte, sagte er: »Nun erzählen Sie mal!«

Claudia zog den zerrissenen Erpresserbrief aus ihrer Handtasche und reichte ihn dem Kriminalbeamten. Er setzte die einzelnen Stücke wie ein Puzzle zusammen und steckte sie dann kommentarlos in die Hülle seines Notizbuches. Sie berichtete so exakt wie möglich, ohne daß er sie unterbrach.

»Was ich brauche, ist nur Ihren Rat! Auf keinen Fall will ich riskieren, daß die Entführer Wind davon bekommen, daß ich trotz ihrer Warnung die Polizei hinzugezogen habe.«

»Das verstehe ich sehr gut.«

»Es geht mir nicht um das Geld, und mir liegt auch nichts daran, daß diese Verbrecher gefaßt werden. Wichtig ist mir nur, daß meine Tochter zu mir zurückkommt, und zwar so bald wie irgend möglich.« Sie nahm einen Schluck Wasser, ihr denn Mund war ausgetrocknet.

»Das ist selbstverständlich«, sagte der Kriminalhauptkommissar, »alle unsere Bemühungen können sich, wenigstens vorerst, nur auf den einen Punkt konzentrieren, das Kind zu befreien.«

»Aber wenn Sie eingreifen...«

»Keine Sorge, das werde ich nicht. Wir dürfen auf keinen Fall die Täter kopfscheu machen. Das ist in einem solchen Fall unser allererstes Gebot. Nun aber, Frau Wolff-Kröger...«

Claudia unterbrach ihn. »Nennen Sie mich, bitte, Frau Wolff. Das genügt.«

»Danke, Frau Wolff. Was mich jetzt beschäftigt, ist Ihre Situation. Sie haben das Geld, nehme ich an?«

»Ich bekomme es heute nachmittag.«

»Und wie soll es dann weitergehen?«

»Ich werde auf die Anweisungen dieser Leute warten und das Geld abliefern, wo immer sie wollen.«

Der Kriminalbeamte räusperte sich. »Ich will Ihnen keinen Schrekken einjagen, Frau Wolff...«

»Dann tun Sie es bitte auch nicht!«

Er ließ sich nicht unterbrechen. »... aber Sie sind eine intelligente Frau, und Sie sollten sich über die Situation klarwerden.«

»Wie meinen Sie das?«

»Die Geldübergabe bietet keine Gewähr dafür, daß Ihre Tochter dann auch tatsächlich freigelassen wird.«

Claudia griff erneut zu einer Zigarette, und er gab ihr Feuer. »So gemein kann niemand sein.«

»Doch. Ihre Tochter ist kein Baby mehr, sie ist aufgeweckt, sie wird Beobachtungen machen – also stellt ihre Freilassung für die Täter eine Gefahr dar.«

»Aber was kann ich sonst tun als das Geld abliefern?«

»Das sollen Sie ja auch. Das ist ganz vernünftig. Ich will Sie keineswegs dazu überreden, Papierschnitzel abzugeben, und ich habe auch nicht vor, die Täter in einen Hinterhalt zu locken. Das alles wäre viel zu riskant.«

»Ich bin froh, daß Sie das sagen.«

»Aber ich meine, Sie sollten doch, bis die Sache durchgestanden ist, mit der Polizei in Verbindung bleiben.«

»Was könnte mir das nutzen?«

»Wenn ich Sie recht verstanden habe, sind Sie allein zu Hause.«

»Ja.«

»Und Sie haben niemanden außer Direktor Jensen ins Vertrauen gezogen?«

»Das wissen Sie doch.«

»Nun, nehmen wir einmal an, es würde Ihnen etwas passieren. Sie könnten in Ohnmacht fallen, einen Nervenzusammenbruch bekommen – sagen Sie jetzt nicht, daß das völlig ausgeschlossen ist! Sie könnten sich ein Bein brechen, durch irgendein nicht vorhersehbares Ereignis daran gehindert sein, ans Telefon zu gehen.« Er schwieg, um ihr Gelegenheit zu geben, nachzudenken und die Konsequenzen zu ziehen. »Gibt es einen Menschen, dem Sie vollkommen vertrauen?«

»Meine Schwester Sandra Hagedorn.«

»Vertrauen Sie ihr tatsächlich vollkommen? Ohne jedes Wenn und Aber?«

Claudia biß sich auf die Lippen. Es wurde ihr bewußt, daß Sandra sie zwar liebte – auch dessen war sie sich nicht ganz sicher –, aber sie auch beneidete und verachtete. Nein, sie wollte sie nicht bei sich haben.

»Offensichtlich hat bei dieser Entführung nämlich nicht der große Unbekannte seine Hand im Spiel, auch kein Berufsverbrecher, sondern ein Mensch aus Ihrer Umgebung – jemand, der Ihre Gewohnheiten, Ihre Lebensweise, ja, auch Ihre finanziellen Verhältnisse kennt. Sehen Sie, hunderttausend Mark ist für Sie keine fabulöse Summe. Es ist so ungefähr das, was Sie auftreiben können. Hätten die Täter eine halbe Million gefordert, wären Sie in Schwierigkeiten gekommen, und die Bank hätte darauf bestanden, die Polizei einzuschalten. Auch Ihr Gatte hätte das zweifellos getan – wenn er zu Hause gewesen wäre. Aber die Täter wußten, daß er zur Zeit so gut wie unerreichbar ist. Möglicherweise hatten sie sogar Kenntnis, daß Sie letzte Nacht erst spät nach Hause kommen würden.«

»Hätte ich doch noch nach Imogen gesehen!«

»Sie haben keinen Grund, sich deswegen Vorwürfe zu machen, Frau Wolff! Hätten Sie das Verschwinden Ihrer Tochter noch in der Nacht entdeckt, hätten Sie, wie spät es auch immer sein mochte, bei den Eltern ihrer Freundin angerufen, wahrscheinlich auch Ihren

Chauffeur befragt, der Fall wäre publik geworden und womöglich aus den Fugen geraten. Nein, es ist viel besser, daß die Geschichte so abläuft, wie die Entführer es geplant haben. Genauso muß es auch weitergehen. Wir müssen sie in völliger Sicherheit wiegen, sie auf keinen Fall zu einer unüberlegten Handlung veranlassen.«

Claudia drückte ihre Zigarette aus; ohne sich dessen bewußt zu werden, rang sie die Hände. »Aber wenn es jemand ist, der mich und auch Imogen kennt, dann kann er dem Kind doch nichts antun!«

»Wir wollen es hoffen.«

»Aber sicher sind Sie nicht? Ach, ich begreife schon. Wenn er oder sie Imogen kennt, dann kennt sie auch die Täter. Aber was können wir denn tun?«

»Genau nach ihren Anweisungen vorgehen, wie ich schon gesagt habe.«

»Dann hätte ich Sie gar nicht verständigen dürfen!«

»Das wissen die Täter nicht und können es auch nicht erfahren, genausowenig, daß ich Ihnen Beamte ins Haus schicken werde.«

»Ins Haus? Unmöglich!« Claudia sprang auf. »Und wenn sie es nun beobachten?«

»Diese Möglichkeit können wir völlig außer acht lassen. Bei einer Summe von hunderttausend kann es sich bei den Entführern nur um eine Person, höchstens aber zwei handeln, sonst würde der ganze Coup sich nicht lohnen. Wir sind uns ja darüber einig, daß wir es nicht mit Bandenkriminalität zu tun haben. Um ganz sicher zu sein – ich selber halte es nicht für nötig, aber Ihnen zuliebe, Frau Wolff! –, werden sich die Beamten als Besucher tarnen, ein Ehepaar, nennen wir es Schneider. Ja, Hans und Uta Schneider, das ist gut. Die beiden werden heute nachmittag, wenn Sie mit dem Geld zurück sind, bei Ihnen auftauchen. Wenn der Entführer anruft, sagen Sie ihm, daß Sie allein sind. Falls er Ihnen auf den Kopf zusagt, daß Sie lügen – aber das sollte mich wundern –, behaupten Sie, daß Sie einen lästigen Besuch bekommen haben, den Sie aber in Kürze loskriegen werden.«

»Und dann?«

»Verlassen die lieben Schneiders ganz offiziell Ihr Haus. Aber dazu wird es nicht kommen. Sagen Sie, haben Sie ein Tonband?«

»Mein Mann.«

»Sehr gut! Herr Schneider wird es an Ihr Telefon anschließen. Wie hat die Stimme des Anrufers übrigens geklungen?«

»Undeutlich. Als hätte er ein Tuch über die Muschel gelegt. Aber wozu wollen Sie das wissen?«

»Damit wir, wenn Ihre Tochter erst wieder heil und gesund zurück ist, die Täter verfolgen können. Sie sagen, daß das Geld Ihnen nicht wichtig ist. Im Vergleich zum Leben Ihrer Tochter nehme ich Ihnen das ab. Aber es wäre doch ganz schön, wenn Sie es später wiederhaben könnten. Davon abgesehen würde es sich nicht mit unserem Rechtsverständnis vereinbaren lassen, Entführer ungestraft zu lassen. Noch ein Punkt, der mich interessiert: Der Chauffeur hatte doch die Anweisung, das Mädchen von der Geburtstagsparty abzuholen.«

»Oh, das hat gar nichts zu bedeuten. Sie kann ihm gesagt haben, daß sie ihn nicht braucht, oder ihn auch weggeschickt haben. Das ist schon mehr als einmal vorgekommen.«

»Und er richtet sich, entgegen Ihrer Anweisung, nach den Wünschen der Kleinen?«

»Ja. Sie kann sehr energisch sein. Außerdem wohnt Gudrun ja auch in Blankenese. Es ist ein Weg von etwa zwanzig Minuten, den sie ohne weiteres zu Fuß zurücklegen kann. Wir haben sie nie in Watte gepackt, müssen Sie wissen.« Claudia mußte mit den Tränen kämpfen. »Hätten wir es doch nur getan!«

»Nein, nein, Frau Wolff«, sagte er rasch, »so dürfen Sie das nicht sehen! Es ist immer gut, wenn Kinder Selbständigkeit lernen, und gerade in diesem Fall...« Er verstummte, weil ihm wohl bewußt wurde, daß einem hilflos ausgelieferten kleinen Mädchen Selbständigkeit kaum etwas nutzen konnte.

Claudia putzte sich die Nase. »Entschuldigen Sie, bitte!« Sie erinnerte sich nicht mehr, wann sie zuletzt in Anwesenheit anderer geweint hatte – oder doch: in ihrer ersten Ehe waren reichlich Tränen des Kummers, des Zorns und der Verzweiflung vergossen worden. Aber das war lange her. Sie straffte die Schultern. »Ich könnte Braake anrufen und ihn fragen...«, schlug sie vor.

»Nur nicht!« unterbrach der Kriminalbeamte sie. »Daraus würde er schließen, daß sie verschwunden oder zumindest etwas nicht in Ordnung ist, und das wollen wir doch für uns behalten.«

»Ja! Bitte, bitte, keine Presse!«

»Natürlich nicht, Frau Wolff. Es ist selbstverständlich, daß in einem solchen Fall Geheimhaltung geboten ist.« Er warf einen Blick auf seine Armbanduhr. »Es wird Zeit, daß Sie nach Hause fahren. Versuchen Sie, ruhig zu bleiben und einen kühlen Kopf zu bewahren. Ich weiß, das ist leichter gesagt als getan.«

»Ich werde die Nerven nicht verlieren«, versprach sie verbissen und erhob sich.

Er stand ebenfalls auf. »Übrigens, ich habe es mir überlegt, der Herr Schneider, der heute nachmittag bei Ihnen auftaucht, werde ich sein. Je kleiner der Kreis der Einbezogenen, desto besser.«

»Danke«, sagte sie und reichte ihm die Hand.

Sein Händedruck war fest und beruhigend.

Als Claudia das Haus in Blankenese betrat, klingelte das Telefon in der Diele; Frau Beer hatte das Telefon umgestellt.

Sie meldete sich atemlos.

»Wo waren Sie?« fragte die dumpfe Stimme des Erpressers mit drohendem Unterton.

»Auf der Bank! Sie haben mir doch gesagt, ich sollte ...«

»Haben Sie das Geld?«

»Ich bekomme es heute nachmittag.«

»Hatten Sie Schwierigkeiten?«

»Nein, nein. Ich mußte nur ziemlich lange warten. Wie geht es meiner Tochter?«

»Den Umständen entsprechend.«

»Was soll das heißen?«

»Genau das, was ich gesagt habe.«

»Aber wie kann ich dann wissen ...«

»Sie müssen mir glauben.«

Ehe Claudia noch etwas fragen konnte, hatte er aufgehängt. Ihre Knie zitterten vor Angst. Quälende Stunden lagen vor ihr.

Die Zeit des Wartens war für Claudia anstrengender und zermürbender, als es jede Tätigkeit hätte sein können. Früher als abgemacht fuhr sie zur Bank, weil sie es zu Hause nicht länger aushalten konnte. In der Schalterhalle war sie wenigstens unter Menschen, und die Normalität der Vorgänge wirkte beruhigend.

Wieder zu Hause wußte sie dann nicht, wohin mit dem Geld – sie hatte es in einem Aktenkoffer ihres Mannes verstauen lassen –, und versteckte es dann nach langem Überlegen in ihrem Kleiderschrank. Eine solche Summe hatte sie noch nie in bar bei sich gehabt.

Die Haustürglocke schlug an, und Claudia beeilte sich, in die Diele hinunterzukommen. Sie hob den Hörer der Sprechanlage ab und meldete sich: »Ja, bitte?«

»Hallo, Frau Wolff!« rief eine muntere Frauenstimme. »Hier sind die Schneiders! Wir hatten doch vorige Woche bei unserem zufälligen Treffen in der Stadt ausgemacht...«

»Ja, ja natürlich, ich weiß!« unterbrach Claudia den Redefluß. »Nett, daß Sie gekommen sind. Ich drücke Ihnen das Garagentor auf.«

Sie wartete in der offenen Haustür, bis das Auto – ein hellgrauer eleganter Mittelklassewagen, der durchaus nicht nach Polizei aussah – auf dem Vorplatz hielt. Kriminalhauptkommissar Dörmer stieg als erster aus und öffnete dann die Beifahrertür, um seiner angeblichen Ehefrau galant zu helfen. Sie war blond und jung und trug ein extravagantes rotes Kostüm mit schwarzen Knöpfen, dazu schwarze, hochhackige Lackschuhe und eine schwarze Lackledertasche. Auch der mißtrauischste Beobachter hätte keine Polizistin in ihr vermutet.

Claudia und die »Schneiders« begrüßten sich unter landläufigen Bemerkungen mit Händedruck.

»Bitte, Frau Wolff«, sagte die junge Frau, »zeigen Sie mir doch zuerst mal Ihren Garten. Erinnern Sie sich? Sie hatten mir das versprochen.«

Claudia stutzte einen Augenblick, denn in dem noch vorfrühlingshaften Garten gab es wirklich nichts, was sehenswert gewesen wäre. Der Rasen fing gerade erst an zu grünen, und die Krokusse ragten nur mit zaghaften Knospen aus der Erde. Aber dann begriff sie, daß dieser sonderbare Wunsch wohl nicht ohne bestimmte Absicht ausgesprochen worden war, und stimmte rasch zu. »Ja, gerne, Frau Schneider.« Willig ließ sie sich vom Haus fortführen, während der Kriminalbeamte im Inneren verschwand.

»Das hat ja nun mal schon gut geklappt«, bemerkte die junge Frau.

»Ich begreife nicht...«

»Haben wir uns gedacht. Aber Sie haben hervorragend mitgespielt. Wissen Sie, es wäre möglich, daß es in Ihrem Haus Wanzen gibt. Das könnte erklären, wieso die Täter so gut über Ihre Gewohnheiten Bescheid wissen.«

»Ach so, ja. Aber an so etwas habe ich nie gedacht.«

»Tut der normale Mensch auch nicht.«

»Ich muß Ihnen gestehen, ich habe mich wahnsinnig dagegen gewehrt, die Polizei einzuschalten. Aber jetzt bin ich froh, daß Sie da sind. Den ganzen Tag vor dem Telefon sitzen und nichts tun zu können, als zu warten, und dazu noch mutterseelenallein, das ist nicht auszuhalten. Ich habe mir immer eingebildet, starke Nerven zu haben. Doch jetzt war ich nahe daran durchzudrehen.«

»Das kann ich Ihnen nachfühlen.«

Sie waren inzwischen rund um das Haus geschlendert und hatten die unsichtbare Grenze zum Nachbargrundstück erreicht.

»Hier geht es nicht weiter!« erklärte Claudia. »Dieser Teil des Gartens gehört dem Bruder meines Mannes.«

Sie sahen die große Villa durch die kahlen Äste der Bäume, die die Behausung im Sommer völlig verdeckten.

»Über Ihren Schwager müssen Sie uns auch erzählen.«

»Es ist undenkbar, daß er oder seine Familie mit der Entführung meiner Tochter zu tun haben. Das sind sehr feine, stinkreiche Leute.«

»Kinder?«

»Ja. Zwei halbwüchsige Jungen, Sven und Knut. Die wären vielleicht fähig, sich durch einen Banküberfall zusätzliches Taschengeld zu beschaffen. Aber nie und nimmer würden sie sich an ihrer Cousine vergreifen.«

»Bei Lichte besehen«, sagte die Polizeibeamtin, »sind die beiden mit Ihrer Tochter ja gar nicht verwandt.«

»Woher wissen Sie das?« fragte Claudia befremdet.

Die andere zuckte die Achseln. »Wir haben uns soweit wie möglich informiert. Ich hoffe, Sie nehmen uns das nicht übel.«

»Nur daß Sie mich über Beziehungen ausfragen, die Sie ohnehin schon kennen.«

»Über die Familie Ihres Schwagers haben wir keine Unterlagen.«

»Die können Sie auch völlig aus dem Spiel lassen.«

»Na schön, wie Sie meinen.«

Sie gingen zum Haus zurück.

»Hans?« rief die Polizeibeamtin in der Diele.

Er kam die Treppe herunter. »Sie können mich jetzt wieder Dörmer nennen«, erklärte er munter, »Abhöreinrichtungen gibt es hier nicht.«

Die Polizeibeamtin wandte sich an Claudia. »Und ich bin Helga Kaminsky, Inspektorin der Kriminalpolizei.«

»Ich habe das Tonbandgerät an den Apparat im Herrenzimmer angeschlossen – oder ist es die Bibliothek?«

»Es ist das Arbeitszimmer meines Mannes.«

»Mir scheint es am praktischsten so. Jedenfalls tagsüber.«

»Die werden doch nicht nachts anrufen?« fragte Claudia erschrokken.

»Wer kann das wissen? Zermürbungstaktik ist in solchen Fällen gang und gäbe. Auch wenn es sich, wie wir annehmen, um Dilettanten handelt, werden sie zu diesem Mittel greifen.«

»O Gott!« stieß Claudia aus, dachte dabei aber nicht an sich selber, sondern nur an ihre arme Tochter.

Der Kriminalhauptkommissar betrat das Arbeitszimmer und ließ sich in Knuts Sessel nieder, als wäre er hier zu Hause. Er wies Claudia mit einer Handbewegung an, sich ihm gegenüberzusetzen. Claudia tat es. Für die junge Beamtin gab es jetzt als Sitzgelegenheit nur noch den Stuhl, der an der Wand stand. Sie stellte ihn neben Claudias Sessel an den Schreibtisch.

»Frau Wolff«, begann Dörmer und faltete die Hände, »ich nehme an, Sie haben inzwischen darüber nachgedacht, wer hinter dem Verbrechen stecken könnte.«

»Es ist mir ganz unvorstellbar.«

»Ich glaube, wir sollten etwas zu trinken haben«, sagte Frau Kaminsky.

Claudia stand auf. »Ich hole Wasser und Gläser, oder wollen Sie...«

»Ein Kaffee wäre mir willkommen«, erklärte der Kriminalbeamte, »aber bitte bleiben Sie hier, Frau Wolff. Lassen Sie das unsere Frau Kaminsky machen.«

»Aber sie weiß doch nicht...«

»Überlassen Sie das nur meinem kriminalistischen Spürsinn! Ich werde alles finden.« Frau Kaminsky ging hinaus, und Claudia setzte sich wieder.

»Darf ich meine Jacke ablegen?« fragte Dörmer.

»Ja natürlich. Gerne.«

»In Hemdsärmeln arbeite ich besser.« Er schlüpfte aus seinem pfeffergrauen Jackett und hing es sorgfältig über die Lehne seines Sessels.

Claudia trug immer noch den Rock ihres Kostüms und die Seidenbluse, hatte aber, gleich nach dem Heimkommen, die Jacke gegen einen dunkelblauen Pullover ausgewechselt. »Was wollen Sie arbeiten?«

»Wir müssen Ihr Leben durchgehen!«

»Warum?«

»Um denjenigen oder diejenigen zu finden, die Ihnen das angetan haben.«

»Aber Sie haben mir doch versprochen...«

Er fiel ihr ins Wort. »Dabei bleibt es auch. Aber bis Ihre Tochter wieder da ist, können wir doch schon unseren Computer befragen. Davon merken die Verdächtigen nichts, und uns gibt es hoffentlich Anhaltspunkte.«

»Ich glaube nicht«, sagte Claudia und versuchte ihrer Stimme Festigkeit zu geben, »daß mein Leben etwas mit der Entführung meiner Tochter zu tun hat.«

»Vielleicht nicht. Aber wir dürfen nichts unversucht lassen.«

»Können wir nicht warten, bis Imogen wieder da ist?«

»Je schneller wir später zugreifen, desto größer ist die Chance, die Täter zu fassen und das Geld zu beschlagnahmen.«

»Ich habe Ihnen schon gesagt: Mir geht es ausschließlich um das Wohl meiner Tochter.«

»Das habe ich auch so verstanden. Trotzdem müssen wir miteinander reden. Jetzt. Seien Sie aufrichtig, Frau Wolff: Gibt es in Ihrem Leben Geheimnisse?«

Sie erschrak. »Nein«, behauptete sie.

»Dann begreife ich nicht, warum Sie sich weigern, von sich zu erzählen.«

»Das tue ich ja gar nicht. Ich finde nur, dies ist nicht der passende Moment. Sie wissen, wie sehr ich auf die Anweisungen des Erpressers warte. Ich will ihm das Geld geben und die Sache hinter mich bringen.«

»Aber Sie wissen nicht, wann der Anruf erfolgt. Niemand weiß es. Bis dahin bleibt uns wahrscheinlich Zeit für eine ausführliche Unterhaltung. Oder was wollen wir sonst tun? Betrachten Sie es als ein Gesellschaftsspiel, einen Zeitvertreib. Möchten Sie sich vielleicht eine Zigarette anstecken?«

»Ich warte lieber, bis der Kaffee kommt.«

»Auch gut. Wie ist die Beziehung Ihres Mannes zu Ihrer Tochter?«

»Er ist in Colombo, und es ist völlig ausgeschlossen ...«

»Lassen Sie bitte mich die Schlüsse ziehen. Beantworten Sie einfach meine Fragen!«

Claudia schob das Kinn vor. »Mein Mann ist gütig und großherzig. Er hat Imogen von Anfang an akzeptiert. Er liebt sie, und sie hängt an ihm. Ich meine, er verwöhnt sie zu sehr, aber das sieht er nicht ein.«

»Wie verwöhnt er sie?«

»Er behandelt sie nicht wie ein Kind, sondern wie eine kleine Erwachsene. Er nimmt sie zu gesellschaftlichen Anlässen mit, wann immer sich das machen läßt – zu Vernissagen, in Konzerte, sogar in die Oper.«

»Er geht allein mit ihr aus?«

»Nein. Mit uns beiden.«

»Wie stellt sich Imogen dazu?«

»Es gefällt ihr. Sie genießt es.«

»Hängt sie an ihrem Vater?«

»Ja. Obwohl ihr ständig bewußt ist, daß er nicht ihr richtiger Vater, sondern nur ihr Stiefvater ist. Sie nennt ihn ›Onkel Knut‹.«

»Kommt es öfter vor, daß die beiden allein zu Hause sind?«

»Worauf wollen Sie hinaus? Mein Mann ist Kinderarzt, ein absolut integerer Mann!«

»Ich habe Ihnen eine ganz einfache Frage gestellt, wenn Sie mir die bitte beantworten wollen.«

»Mein Mann und ich sind berufstätig, also tagsüber nicht zu Hause, außer an den Wochenenden. Ich bin meistens vor ihm zurück – ja, fast immer. Also ist er nie allein mit ihr. Selbst wenn das einmal vorgekommen wäre, würde er nie hinauf zu ihr gehen, nicht einmal um sie zu begrüßen, sondern sich sofort hier in sein Zimmer zurückziehen. Das ist so seine Art.«

»Danke«, sagte Dörmer freundlich, »das war doch ein guter Anfang. Jetzt kenne ich mich schon etwas in Ihren familiären Verhältnissen aus.«

»Was kann das nutzen?«

Claudia bekam keine Antwort auf ihre verzweifelte Frage, denn in diesem Augenblick stieß Frau Kaminsky die Tür mit dem Ellenbogen auf und balancierte ein großes Tablett herein. Sie stellte es auf dem Schreibtisch ab, verteilte Tassen und Gläser und schenkte Kaffee ein. Claudia füllte sich ein Glas mit Mineralwasser und trank gierig. Dörmer bediente sich mit Sahne und Zucker, während die beiden Frauen ihren Kaffee schwarz ließen. Claudia griff zu ihren Zigaretten, und Frau Kaminsky gab ihr Feuer, bevor sie sich selber eine Zigarette ansteckte.

Der Kriminalhauptkommissar schlug sein großes, schwarz gebundenes Notizbuch auf. »Nun zu den Angestellten!« Er hob den Kopf und sah Claudia an. »Sie haben doch Angestellte?«

»Ja. Eine Haushälterin und einen Chauffeur. Aber eigentlich sind sie Angestellte meines Mannes. Sie waren schon im Haus, bevor wir heirateten. Frau Beer ist etwa fünfundvierzig, sie hat einen ausgefallenen Vornamen – ach ja, Agathe. Sie kocht und kauft ein, putzt und bügelt – sie ist in jeder Beziehung vorbildlich. Beer wird übrigens mit zwei e geschrieben.«

Der Kriminalbeamte machte sich eine Notiz. »Ist sie ehrlich?«

»Ich bin sicher.«

»Aber Sie wissen es nicht?«

»Mein Mann hätte sie nicht all die Jahre behalten, wenn es anders wäre – oder vielleicht doch, weil sie einfach unersetzlich ist. Aber selber abgerechnet habe ich nie mit ihr, wenn Sie das meinen.«

»Was wissen Sie über die persönlichen Verhältnisse dieser Frau?«

Claudia dachte nach. »Nichts«, sagte sie dann, »gar nichts.«

»Finden Sie das nicht merkwürdig?«

»Sie redet nie über sich selber.«

»Aber sie wird sich doch wohl mal einen Tag freigenommen haben, um einen Besuch zu machen oder zum Arzt zu gehen oder dergleichen, und bei solchen Gelegenheiten fällt das eine oder andere Wort...«

»Nein. Sie richtet ihr Leben nach unseren Wünschen ein. Gewöhnlich kommt sie morgens um sieben und bleibt bis vier oder fünf. Die Wochenenden hat sie frei, aber sie arbeitet auch abends und an Feiertagen, wenn wir zum Beispiel Gäste haben. Es scheint ihr nichts auszumachen.«

»Also handelt es sich um eine ideale Stütze der Hausfrau.«

»Nein, Herr Kommissar, das sehen Sie falsch. Sie unterstützt mich nicht, sondern führt den Haushalt ganz selbständig. Sie würde es nicht einmal dulden, daß ich mir selber eine Tasse Kaffee mache, wenn sie im Haus ist, und ich würde mir nie herausnehmen, ihr irgendwelche Anweisungen zu geben.«

»Also könnte man die Beziehung zu ihr als gespannt bezeichnen?«

»Absolut nicht. Wir hatten nie eine Auseinandersetzung, und sie ist immer spürbar bemüht, auch mir alles recht zu machen. Nur...« Claudia stockte.

»Sprechen Sie es ruhig aus, Frau Wolff!« drängte Frau Kaminsky. »Was hier gesagt wird, bleibt ja unter uns.«

»Ich habe das Gefühl, daß sie mich als Eindringling betrachtet. Einen Beweis dafür habe ich nicht. Aber ich stelle mir vor, daß es angenehmer für sie war, meinem Mann den Haushalt zu führen, als er noch nicht wieder verheiratet war.«

Frau Kaminsky sah sie von der Seite an. »Es handelt sich also nicht um ein Gefühl, sondern um eine Überlegung?«

»Ja«, gab Claudia zu, »kann sein, daß ich ganz falsch damit liege. Vielleicht hat sie sich ja gefreut, daß mein Mann nicht mehr allein ist, daß mehr Menschen im Haus sind.« Sie zuckte die Achseln. »Aber meiner Erfahrung nach entspricht das nicht dem menschlichen Charakter. Wir sind doch wohl alle mehr oder weniger Egoisten.«

»Da mögen Sie recht haben«, stimmte der Kriminalbeamte ihr zu, »und wie steht sie zu Imogen?«

»Sie ist freundlich zu ihr, wenn auch nicht herzlich – aber ich weiß nicht, ob ich das überhaupt so gern sehen würde. Jedenfalls erzieht sie nicht an ihr herum.«

Über den Chauffeur Braake konnte Claudia noch weniger sagen, außer daß er mit Vornamen Alfons hieß, seine Aufgaben vorbildlich erfüllte, nie krank und immer dienstbereit war. Daß sie ihn aus ihr selbst unerfindlichen Gründen nicht mochte, wollte sie nicht durchblicken lassen, denn das wäre ihr nicht fair erschienen.

Danach berichtete sie von ihrer Arbeit beim Versandhaus *Cosmos*, wer von ihren Mitarbeitern ihre häuslichen Verhältnisse gut kannte und ob sie sich jemanden zum Feind gemacht hatte. Sie gab an, daß Klaus Bornemann sie haßte. Der aber wußte über ihr Familienleben so gut wie nichts. Dann fiel ihr ein, daß Georg Hacker – ihr wurde fast schlecht bei dem Gedanken, daß sie fast bereit gewesen wäre, seine Geliebte zu werden – sich auf übertriebene Weise für ihre Ehe interessierte. »Aber er verdient ausgezeichnet, und er hat gar keinen Grund, mir etwas antun zu wollen. Ich sage das alles nur, weil Sie darauf bestehen und um nichts auszulassen.«

»Das ist auch ganz richtig so, Frau Wolff«, lobte sie Dörmer. »Vielleicht führt unser Gespräch zu gar nichts, aber es ist ebensogut möglich, daß sich ein Hinweis ergibt.«

»Wer weiß denn in Ihrer Firma, daß Sie eine kleine Tochter haben?« erkundigte sich Frau Kaminsky.

»Alle. Sie steht ja hin und wieder für den Katalog vor der Kamera.«

Erschrocken setzte Claudia die Tasse ab, die sie gerade erst zum Mund hatte führen wollen; sie klirrte auf dem Unterteller. »Könnte es das sein?«

»Was?« fragte Dörmer.

»Daß ich ihr erlaubt habe, Modell zu spielen? Daß Fotos von ihr in den Katalogen erschienen sind? Alle haben mich gewarnt. Meine Schwester, meine Schwägerin! Aber ich habe es nicht einsehen wollen. Vielleicht ist der Entführer durch diese Fotos auf Imogen aufmerksam geworden!«

»Bitte beruhigen Sie sich, Frau Wolff!«

Die Kriminalbeamtin legte ihr die Hand auf den Arm. »Ganz bestimmt nicht, liebe Frau Wolff! Sie haben keinen Grund, sich Vorwürfe zu machen.«

»Die Idee ist zu weit hergeholt«, bestätigte Dörmer, »wenn das so wäre, müßten sämtliche Mannequins, Modells, Fernsehsternchen und Filmschauspieler in ständiger Gefahr leben. Dem ist aber durchaus nicht so.«

»Im Katalog«, sagte Frau Kaminsky, »ist ja wahrscheinlich nicht einmal der Name Ihrer Tochter angegeben.«

»Nein, das nicht. Aber im vorigen Sommer sind Fotos im Badeanzug von ihr gemacht worden.«

»Das ist völlig bedeutungslos. Mehr beunruhigt mich, daß wohl jeder im Betrieb von der Existenz Ihrer Tochter weiß? und auch wohl jeder, daß Sie mit Professor Kröger verheiratet sind.«

»Ich überlege«, sagte der Kriminalkommissar, »warum die Entführer auf eine so relativ geringe Summe aus sind. Ich nehme doch an, daß Ihr Mann mindestens eine Million hätte lockermachen können.«

»Darüber habe ich auch schon nachgedacht«, sagte Claudia, »entweder ist es ein ganz gezielter Akt der Feindseligkeit gegen mich, oder aber es fehlte den Entführern an Mut, sich mit meinem Mann einzulassen.«

»Es könnte auch sein«, sagte die Beamtin, »daß sie nicht wußten, wieviel Ihrem Mann an dem Mädchen liegt. Nominell ist sie ja nur seine Stieftochter. Was ist eigentlich mit dem wirklichen Vater des Kindes?«

»Michael von Geldern, nicht wahr?«

Claudia brauste auf. »Ich muß Sie mit allem Nachdruck bitten, meinen geschiedenen Mann aus dem Spiel zu lassen!«

»Und warum, wenn ich bitten darf?«

»Weil die Annahme, er könnte mit der Entführung etwas zu tun haben, einfach absurd ist. Imogen ist ihm lieb und teuer. Er würde ihr niemals und unter keinen Umständen einen Schaden zufügen.«

»Nun, von Schaden müßte ja in einem solchen Fall nicht unbedingt die Rede sein. Ihm würde es doch sehr leichtfallen, das Mädchen einfach zu überreden, mit ihm zu kommen und sie so als Faustpfand gegen Sie zu benutzen.«

»Ausgeschlossen!«

»Wie können Sie da so sicher sein?«

Der Kriminalhauptkommissar räusperte sich und blätterte scheinbar gedankenverloren in seinem Notizbuch. »Vielleicht erzählen Sie uns einmal«, sagte er dann, ohne Claudia anzusehen, »warum Ihre erste Ehe in die Brüche gegangen ist.«

»Das ist mehr als sieben Jahre her und völlig belanglos.«

»Ich würde es gerne erfahren.«

Claudia schwieg.

»Ist es nicht so, daß Michael von Geldern ein Spieler war?«

»Warum fragen Sie mich nach etwas, was Sie ohnehin schon wissen?«

»Weil ich es aus Ihrem Mund hören will.«

Die Vergangenheit stieg vor Claudia auf. Sie dachte daran, wie glücklich sie in ihrer ersten Nacht mit Michael in Travemünde gewesen war, als sie beim Roulette so hoch gewonnen hatten. Übermütig hatten sie mit Champagner und Kaviar gefeiert. Es hatte ihr nichts ausgemacht, daß er gerne spielte, um niedrige und auch um hohe Beträge. Sie hatte es ja auch selber getan, obwohl es ihr dabei nicht um das Geld gegangen war. Lange hatte es gedauert, bis sie begriffen hatte, daß es für ihn kein Spiel war, nicht Spaß, Spannung und Zerstreuung, sondern eine Sucht, die ihn immer fester in den Klauen hielt. Wie oft hatte er ihr geschworen, damit aufzuhören, wie oft hatte er sie wieder enttäuscht. Sie hatte ihr Studium abbrechen und sich eine Arbeit suchen müssen, um seine Schulden zu bezahlen. Trotzdem hatte sie ihn geliebt und auf eine Wendung der Dinge gehofft. Bis sie einsehen mußte, daß sie im Kampf gegen seine Spielleidenschaft immer die Verliererin bleiben mußte.

»Es ist vorbei«, sagte sie und zündete sich eine Zigarette an.

»Wollen Sie behaupten, daß er nicht mehr spielt? Zugegeben, er ist in den letzten Jahren nicht mehr aufgefallen.«

»Ich weiß es nicht.«

»Aber Sie haben noch Kontakt zu ihm?«

»Er holt alle vier Wochen seine Tochter zu sich.«

»Und welchen Eindruck macht er auf Sie?«

Claudia inhalierte tief. »Wir reden nur das Notwendigste.«

»Liebe Frau Wolff, ich kenne mich mit Spielern aus. Sie schrecken vor nichts zurück, wenn es darum geht, ihre Sucht zu befriedigen. Sie sind imstande, ihre Mutter zu berauben und ihre Frau auf die Straße zu schicken. Wie können Sie davon ausgehen, daß er mit der Entführung Ihre Tochter nichts zu tun hat?«

»Er hätte mich auch in den Stunden seiner bittersten Erniedrigung keinem anderen Mann überlassen. Genausowenig würde er Imogen benutzen, um sich Geld zu beschaffen.«

»Gestatten Sie mir, daß ich ihn trotzdem auf die Liste der Verdächtigen setze.«

»Ganz wie Sie wollen, Herr Kriminalhauptkommissar«, erwiderte Claudia schneidend, »aber damit verschwenden Sie nur Ihre Zeit.«

»Vielleicht«, meinte Frau Kaminsky, »ist gar nicht Geldgier das Motiv. Vielleicht ist es eine Verzweiflungstat, durch die er Ihr Interesse erringen will.«

»Sie können ihn danach fragen!« schlug Claudia ironisch vor. »Er kommt morgen früh, um Imogen abzuholen. Oder wäre es besser, ich rufe ihn an und sage ihm unter irgendeinem Vorwand ab?«

»Geschieht so etwas häufiger?«

»Nein.«

»Aber es ist schon einmal vorgekommen?«

»Nein. Jedenfalls nicht so kurzfristig. Ich pflege mich an Abmachungen zu halten.«

Die Kriminalbeamten wechselten einen Blick.

»Dann ist es sicher besser, Sie lassen ihn kommen«, bestimmte Frau Kaminsky, und ohne Überzeugungskraft fügte sie hinzu: »Vielleicht ist das Kind bis dahin ja auch schon zurück.«

»Und ich soll Imogen dann sofort mit ihm ziehen lassen?«

»Nein, natürlich nicht. Wenn alles vorbei ist, kann er es ja erfahren. Es wäre nur nicht gut, wenn er zu früh orientiert würde. Er könnte etwas Unüberlegtes tun.«

»Was?«

»Frau Wolff«, erinnerte Dörmer milde, »wir waren uns doch einig, den Kreis der Eingeweihten so klein wie möglich zu halten.«

»Ja«, sagte Claudia, »aber schließlich ist er ihr Vater.«

Das Telefon schrillte. Claudia zuckte zusammen, als hätte sie einen elektrischen Schlag erhalten. Dörmer machte eine warnende Geste mit der Hand und stellte den Kassettenrecorder an.

Claudia hob ab und meldete sich; ihre Stimme klang gepreßt.

»Hallo, was ist los mit dir, Liebling?« fragte Ralf Hayd munter.

»Du weißt, daß du mich nicht anrufen sollst!«

»Aber du bist doch allein.«

»Nein. Bin ich nicht.«

»Aber es bleibt doch bei morgen?«

»Nein.«

»Nun hör mal...«

»Ich habe nein gesagt. Ist das nicht deutlich genug?«

»Und was ist mit den Zimmern?«

»Bestell sie ab!«

»Claudia! Was ist eigentlich los mit dir?«

»Ich kann und will jetzt nicht mit dir sprechen.« Claudia legte auf. Sie drückte ihre Zigarette aus, die ihr fast die Fingerspitzen verbrannt hätte.

Die Kriminalbeamten stellten keine Fragen, aber sie warteten schweigend auf eine Erklärung. Claudia wußte nicht, wieviel sie mitbekommen hatten, aber sie begriff, daß es keinen Zweck hatte, die Aussage zu verweigern. Sie brauchten nur die Kassette abspielen zu lassen, und sie würden Bescheid wissen.

»Das war mein Liebhaber«, erklärte sie unumwunden, »er betreibt mit seinem Vater zusammen einen Antiquitätenhandel.« Sie buchstabierte den Namen und gab die Adresse an.

Der Kriminalbeamte notierte. »Weiß er über Ihre finanziellen Verhältnisse Bescheid?«

»Ja.«

»Wäre es möglich, daß er Geld braucht?«

»Ja. Sein Vater will aus dem Geschäft aussteigen.«

»Ich frage Sie jetzt nicht, ob Sie ihm die Tat zutrauen. Ich kenne Ihre Entschlossenheit, alle Menschen, die Ihnen nahestehen oder -gestanden haben, aus dem Kreis der potentiellen Täter auszuschließen.«

Claudia wußte, daß sie Ralf jetzt hätte verteidigen müssen, aber sie konnte kein Wort über die Lippen bringen.

»Kennt er Imogen?«

»Er hat sie nur einmal kurz gesehen.«

»Er weiß, daß Ihr Mann verreist ist?«

»Ja.«

»Sie werden mir also zugeben, daß er durchaus die Möglichkeit gehabt hätte...«

»Warum hätte er mich dann anrufen sollen?«

»Um sich ein Bild von Ihrer Stimmung zu machen.«

Claudia hätte gern herausgeschrien: ›Nein! So grausam kann er nicht sein!‹ Aber sie schwieg. Der furchtbare Verdacht war in ihr aufgestiegen, daß Ralf Hayd tatsächlich hinter der Entführung steckte. Mit Entsetzen stellte sie fest, daß sie es ihm zutraute, ihrem charmanten, leidenschaftlichen und gewissenlosen Liebhaber. Es schien ihr plötzlich, als hätte er zu oft mit ihr über Geld gesprochen. Vielleicht hatte er sie nur deshalb heiraten wollen, um an ihre Ersparnisse zu kommen.

Obwohl sie diese häßlichen Gedanken sofort wieder verwarf, wußte sie, daß sie sie nie würde vergessen können. Auch wenn sich seine Unschuld erweisen sollte, auch wenn er nie erfuhr, daß sie ihn verdächtigt hatte: es würde nie mehr zwischen ihnen sein wie bisher. Sie wußte, daß dies das Ende ihrer Affäre war.

Aber sie empfand kein Bedauern. Ralf war für sie nur noch ein

Schatten der Vergangenheit. Er bedeutete ihr nichts mehr. Wichtig allein war Imogen.

Die Stunden dehnten sich endlos. Immer quälender wurde das Warten auf den Anruf, der nicht kam.

Die Kriminalbeamten waren taktvoll genug, sie nicht nach ihrem Verhältnis zu Ralf Hayd auszufragen. Aber Claudia wäre selbst das gleichgültig gewesen. Ihre Angst wuchs von Minute zu Minute.

»Und wenn der Entführer sich nun überhaupt nicht mehr meldet?« fragte sie.

»Das wird er sicher«, beruhigte Dörmer sie, »er will ja das Geld.«

»Sie sollten ein Beruhigungsmittel nehmen, Frau Wolff«, schlug seine Kollegin vor.

»So etwas habe ich nicht.«

»Sehr vernünftig, aber in solch einem Ausnahmefall...« Frau Kaminsky beendete den Satz nicht, öffnete ihre Handtasche, nahm eine kleine Pillenschachtel heraus und legte erst eine, dann zwei Tabletten vor Claudia auf den Tisch. »Zwei dürfen Sie schon schlucken. Sie sind nicht stark.« Sie schenkte Wasser in Claudias leeres Glas.

Claudia spülte die Tabletten hinunter.

Die Glocke des Telefons schrillte. Wieder stellte Dörmer erst den Kassettenrecorder an, bevor er Claudia abnehmen ließ.

»Sie sind nicht allein!« sagte der Entführer drohend und mit dumpfer Stimme.

Claudia zitterte, aber sie nahm alle Kraft zusammen, um glaubhaft zu klingen. »Doch. Natürlich. Wer sollte bei mir sein?«

»Keine Polizei?«

»Natürlich nicht. Denken Sie, ich spiele mit dem Leben meiner Tochter? Wie geht es ihr?«

»Noch gut.«

»Ich will sie sprechen.«

»Das ist unmöglich.«

»Holen Sie sie an den Apparat!«

»Nein!«

»Wie kann ich dann sicher sein, daß sie überhaupt noch lebt?«

Darauf kam keine Antwort.

»Hallo, hallo!« rief Claudia in höchster Nervosität. »Ich habe das Geld. Sagen Sie mir, was ich tun soll.«

»Sie bekommen morgen früh ein Lebenszeichen. Ich rufe wieder an.«

Damit war das Gespräch beendet.

Claudia blickte verzweifelt erst auf Dörmer, dann auf Frau Kaminsky. »Hätte ich nicht nach Imogen fragen sollen?«

»Möglicherweise verlängert das die Entführung«, sagte er.

»Andererseits wäre es gut, ein Lebenszeichen von ihr zu erhalten«, meinte seine Kollegin.

»Warum hat er nicht einfach verlangt, daß ich das Geld bringe?«

»Wahrscheinlich«, sagte der Kriminalbeamte, »hatte er Angst, Sie könnten uns einschalten, sobald Sie nicht mehr sicher wären, daß Imogen tatsächlich noch lebt.«

»Mein Gott, jetzt geht diese Warterei noch eine Nacht weiter!«

»Das tut uns leid, Frau Wolff.« Der Kriminalbeamte stand auf. »Aber da die Sache nun für heute gelaufen ist, lassen wir Sie jetzt allein. In spätestens einer halben Stunde kommt eine andere Beamtin.«

»Nein!« widersprach Frau Kaminsky. »Ich bleibe, bis der Fall erledigt ist.«

»Das ist wahnsinnig nett von Ihnen«, sagte Claudia dankbar; ihr hatte es bei dem Gedanken geschaudert, sich wieder an eine andere Polizeibeamtin gewöhnen zu müssen.

»Morgen früh bin ich wieder da«, sagte Dörmer.

Dann verabschiedete er sich und ging.

Später überredete die Kriminalbeamtin Claudia, ein paar Löffel Suppe, die sie aufgewärmt hatte, zu essen. »Sie werden zwar nicht zusammenbrechen, wenn Sie es nicht tun, aber von einem leeren Magen kann man Kopfschmerzen bekommen, das wissen Sie sicher.«

Claudia gehorchte lustlos. »Das Schlimmste ist«, gestand sie, »daß ich mich so schuldig fühle.«

»Das ist nur natürlich. So empfindet man als Frau meistens, wenn einem Familienmitglied etwas zustößt. Dann quält man sich mit

›Wäre ich doch...‹ oder ›Hätte ich nicht...‹, auch wenn es ganz nutzlos ist.«

»Bei mir ist das etwas anderes.«

»Waren Sie gestern nacht mit Ihrem Freund zusammen?«

»Nein. Mit einem Kollegen.«

»Na sehen Sie! Aber selbst wenn Sie bei ihm gewesen wären, hätte das nichts geändert. Das Kind ist ja nicht etwa nachts aus dem Haus geholt worden wie das Lindberg-Baby, sondern am Tag entführt worden. Hätte sie sich übrigens von einem fremden Menschen ansprechen lassen?«

»Es muß wohl so gewesen sein. Obwohl ich es nicht von ihr angenommen hätte.«

»Wie ist sie eigentlich?«

»Lieb und vernünftig. Sehr einsichtig. Vielleicht ein bißchen altklug. Aber daran ist wohl ihre Situation schuld.« Claudia ließ den Löffel sinken. »Sie wollte das Wochenende mit ihrem Vater verschieben. Meinetwegen. Damit ich nicht allein bleiben müßte.«

»Aber Sie wollten mit Ihrem Freund verreisen?«

»Wahrscheinlich hätte ich es gar nicht getan, nachdem Imogen mir gesagt hatte – nein, ich hätte es bestimmt nicht getan!«

»Bitte, Frau Wolff, essen Sie weiter. Sie brauchen sich nicht zu verteidigen, weder vor mir noch vor sich selber. Es gibt Schicksalsschläge, die kommen zwar nicht aus heiterem Himmel, aber sie können jeden Menschen treffen. Ihre Tochter hätte auch auf dem Schulweg überfahren werden können.«

»Aber das ist sie nicht. Sie wurde entführt.«

»Auch ein Schicksalsschlag.«

»Nein. Ein Verbrechen.«

»Sie werden doch nicht etwa die Opfer von Verbrechen oder gar deren Angehörige für mitschuldig halten.«

»Ich war für Imogen verantwortlich.«

»Auf Babys muß man den ganzen Tag aufpassen. Aber bei einem Schulmädchen ist das nicht mehr nötig. Stellen Sie sich vor, Sie wären, statt auszugehen, zu Hause geblieben. Das hätte doch absolut keinen Unterschied gemacht. Sie hätten früher gemerkt, daß etwas passiert ist. Aber handeln konnten Sie erst, nachdem der Entführer sich gemeldet hatte.«

»Das sagt mir mein Verstand auch. Aber empfinden kann ich es nicht so.« Sie seufzte schwer. »Mein Leben ist ein solches Durcheinander, und ich habe es gar nicht gemerkt. Ich habe mich glücklich gefühlt und gelebt und vor allem geliebt. Es ist mir gar nicht aufgefallen, wie egoistisch ich war. Daß ich mich um meine Mitmenschen zu wenig gekümmert habe. Und jetzt bin ich in einer Situation, in der ich niemandem mehr trauen kann. Von Feinden umgeben.«

»Sie sind in einer Streßsituation, das ist alles. Sobald die Verhältnisse sich wieder normalisiert haben, werden Sie die Dinge wieder in einem ganz anderen Licht sehen. Jetzt essen Sie Ihren Teller leer, und dann bekommen Sie von mir noch eine Tablette. Ich bin übrigens dafür, daß wir ein Glas Bier oder ein Glas Wein miteinander trinken sollten.«

»Ich muß einen klaren Kopf behalten.«

»Ich schlage ja nicht vor, daß wir uns betrinken sollten. Aber in dieser Nacht wird bestimmt nichts mehr passieren.«

Gerade war Claudia in einen unruhigen Schlaf gesunken, als das Telefon klingelte. Sie knipste die Nachttischlampe an und sah auf die Uhr. Es war kurz vor eins. Die Kriminalbeamtin hatte den Kassettenrecorder an das Telefon im Schlafzimmer angeschlossen. Claudia stellte ihn ein, bevor sie abnahm. Die Verbindung war sehr schlecht, von seltsamen Geräuschen und unverständlichen Wortfetzen gestört. Endlich drang die Stimme ihres Mannes zu ihr durch.

»Claudia, Claudia, hörst du mich! Ich bin es, Knut!«

Frau Kaminsky, die im Ankleidezimmer geschlafen hatte, erschien mit zerzaustem Haar auf der Schwelle.

Claudia winkte sie ab. »Ja Knut, ich verstehe dich!«

»Geht es dir gut?«

»Ja, Knut!«

»Und Imogen?«

»Auch.«

»Grüß sie von mir. Würde es dir etwas ausmachen...«

»Knut!« rief Claudia. »Ich verstehe dich nicht mehr!«

»Ich würde gerne ein paar Tage länger bleiben«, sagte er sehr prononciert. »... ein hochinteressantes Land... vielleicht nie mehr Gelegenheit... wenn es dir nichts ausmacht...«

»Ja. Gut. Einverstanden.«

»Ich liebe dich!«

Danach war nur noch ein surrender Ton zu hören, der endlich verstummte. Claudia legte auf.

»Das war mein Mann«, erklärte sie.

Die Kriminalbeamtin kam wieder ins Schlafzimmer. »Sie haben ihm nichts gesagt«, stellte sie fest.

»Nein.«

»Warum nicht?«

»Er ist so weit weg.«

»Er hätte Sie trösten können.«

»Es gibt keinen Trost. Ich muß es durchstehen.«

»Sie zeigen sich nicht gern schwach, nicht wahr?«

»Nein. Wirklich nicht.«

»Manchmal sollte man sich das aber erlauben. Es ist wohltuend.«

»Ich werde jetzt versuchen zu schlafen.«

»Soll ich Ihnen noch eine Tablette geben?«

»Nein danke. Stopfen Sie mich nicht voll mit dem Zeug. Ich ruhe mich einfach aus.«

»Dann gute Nacht, Frau Wolff.«

Claudia wartete, bis Frau Kaminsky sich zurückgezogen hatte. Dann knipste sie das Licht aus. Schlafen konnte sie nicht mehr, das wußte sie. Sie verschränkte die Arme hinter dem Kopf und starrte ins Dunkel. Es gab so viel, über das sie nachdenken mußte.

Als Michael von Geldern am nächsten Morgen erschien, öffnete Claudia ihm die Haustür. Sie war sehr blaß, und die Schatten unter ihren Augen vertieften noch das Blau ihrer Iris.

»Was ist passiert?« fragte er sofort.

»Komm herein!«

In der Diele traf er die Kriminalbeamtin und blickte erstaunt von ihr zu Claudia. Frau Kaminsky hatte darauf bestanden, dabeizusein, wenn Claudia es ihm sagte.

»Imogen ist entführt worden.«

Seine Reaktion hätte nicht heftiger ausfallen können. Er wurde weiß und rot und sah sekundenlang aus, als wäre er einem Herzinfarkt nahe. Den Mund hatte er wie zu einem Schrei geöffnet, war aber außerstande, ein Wort hervorzubringen.

»Ich werde Kaffee machen«, erklärte Frau Kaminsky.

»Gehen wir in Knuts Arbeitszimmer«, sagte Claudia und ging ihm voraus.

»Warum?« sagte er heiser.

»Wir haben dort den Recorder angeschlossen. Für den Fall, daß er anruft.«

»Warum hat man sie...« Er konnte sich nicht überwinden, das treffende Wort auszusprechen, und sagte statt dessen: »...mitgenommen?«

»Setz dich!« Claudia nahm hinter dem Schreibtisch Platz. »Ich erzähle dir alles, was ich weiß.«

»Daß du so ruhig sein kannst!«

»Wäre es besser, ich würde schreien und weinen?«

»Es wäre natürlicher.«

»Aber Imogen würde es nicht helfen. Es würde uns allen die Situation noch erschweren.«

Er ließ sich auf den Stuhl sinken, den Frau Kaminsky an den Schreibtisch geschoben hatte. Claudia berichtete. Sie wunderte sich, daß es so wenig zu sagen gab, dabei schien es ihr doch, als habe sie von gestern auf heute mehr erlebt als in all den vergangenen Jahren.

Michael hatte sich wieder gefaßt. »Du hättest mich anrufen sollen«, sagte er, »gleich nachdem der Kerl sich gemeldet hatte.«

»Du hättest mir doch nicht helfen können.«

»Woher willst du das wissen?«

»Um die Wahrheit zu sagen: Ich habe überhaupt nicht an dich gedacht.«

Sie sahen sich an und spürten beide, daß sie kurz davor waren, sich anzufahren.

»Jedenfalls sollten wir uns jetzt auf keinen Fall streiten«, sagte Claudia.

»Das habe ich auch nicht vor.« Seine schönen Hände mit den nicht ganz sauberen Fingernägeln zitterten, als er sich eine Zigarette zu drehen begann. »Es ist nicht deine Schuld.«

»Ich weiß nicht, Michael«, sagte sie erschöpft.

»Niemand kann dir vorwerfen, daß du nicht immer alles für Imogen getan hast, was in deinen Kräften stand.«

»Ich hätte nicht ausgehen sollen, da Knut nicht zu Hause war.«

»Aber sie ist doch von der Straße weggeholt worden?«

»Ja, so sieht es aus.«

»Also besteht gar kein Zusammenhang...«

Sie fiel ihm ins Wort. »Ja, das sagen die Polizisten auch. Aber es steht fest, daß der Täter über alles, was ich tue, Bescheid weiß. Vielleicht rechnete er damit, daß ich an diesem Abend spät zurückkam. Hätte ich Imogens Verschwinden schon am Nachmittag entdeckt, hätte ich sofort Alarm geschlagen. Ich hätte sie gesucht, bei all ihren Freundinnen nachgefragt und wäre sicher auch zur Polizei gegangen. Gerade das aber wollte er offensichtlich verhindern.«

»Wenn jemand es auf Imogen abgesehen hat, würde sich immer eine Gelegenheit finden. Ihr nehmt sie doch nicht immer abends mit, und du siehst doch auch nicht jedesmal vor dem Zubettgehen nach ihr.«

»Nein, das nicht, aber...«

»Mach dich nicht verrückt! Tatsache ist, es ist passiert, und wir werden uns auch in Zukunft nicht völlig dagegen schützen können. Selbstvorwürfe nützen jetzt genausowenig wie Hysterie. Wir müssen sehen, sie da herauszuholen.«

»Nicht wir – ich.«

»Du glaubst doch wohl nicht, daß ich dich mit der Sache allein lasse?«

»Aber ich habe versprechen müssen...«

»Völlig unwichtig. Wenn der Kerl das nächste Mal anruft, sagst du, daß ich mitkommen werde. Es ist mein Recht, das wird er einsehen.« Er zündete sich seine selbstgedrehte Zigarette an, deren Spitze hell aufflammte.

Frau Kaminsky brachte den Kaffee herein, und Claudia half ihr, Tassen und Teller auf dem Schreibtisch zu verteilen.

»Ich werde meine Frau bei der Geldübergabe begleiten.«

»Das wird sich vielleicht machen lassen«, sagte sie vorsichtig und schenkte ein.

»Aber wenn der Täter das nicht will...«, protestierte Claudia.

»Dann wird er Ihnen das schon zu verstehen geben. Jedenfalls wäre es unglaubhaft, wenn Sie es Imogens Vater nicht gesagt hätten.«

»Da hast du es. Wir lassen uns von dem Kerl nicht einschüchtern.«

»Das habe ich bisher auch nicht getan!« verteidigte sich Claudia.

»Stimmt. Sie waren sehr tapfer.«

»Das ist sie immer«, sagte Michael.

Sie saßen beisammen, tranken Kaffee, rauchten und sprachen den Fall mit all seinen Möglichkeiten immer und immer wieder durch. Mehr war nicht zu tun.

Dann erschien der Kriminalhauptkommissar, frisch rasiert und ausgeschlafen. Seine Kollegin hatte ihm geöffnet und in der Diele kurz mit ihm gesprochen. Jetzt machte sie ihn mit Imogens Vater bekannt. Claudia machte Anstalten, mit Dörmer den Platz zu wechseln, aber der winkte ab und setzte sich vor den Schreibtisch.

Wieder öffnete er sein Claudia inzwischen wohlbekanntes Notizbuch. »Viel haben wir über die verdächtigen Personen noch nicht herausgebracht«, verkündete er, »aber vielleicht wird es Sie interessieren, Frau Wolff, daß Ihre Haushälterin einen erwachsenen Sohn hat.«

»Ja?«

»Das hast du nicht gewußt?« fragte Michael erstaunt. »Aber sie erzählt doch laufend von ihm. Er heißt Angus und studiert Medizin.«

Claudia begriff, warum er bei Frau Beer immer einen Stein im Brett gehabt hatte. »Tut mir leid.«

»Da könnte womöglich ein Motiv liegen«, meinte Dörmer, »aber noch sind wir lange nicht soweit, irgendwelche Verdächtigungen zu konkretisieren.«

Es klingelte an der Pforte.

»Das ist die Post«, sagte Claudia und wollte aufstehen.

»Bleiben Sie!« entschied Dörmer. »Frau Kaminsky wird sich darum kümmern.«

Sie hörten die Haustür, und dann trat die Kriminalbeamtin mit einem Brief in der Hand herein. »Das ist er, glaube ich«, sagte sie, ihn hochhaltend.

»Darf ich?« fragte Dörmer und hatte ihn schon, bevor Claudia reagieren konnte, an sich genommen. »Gleiches Papier und elektronische Schreibmaschine«, stellte er fest. Er griff nach dem silbernen Brieföffner und schlitzte den Umschlag auf. »Auf Fingerabdrücke brauchen wir gar nicht zu hoffen. Selbst der dümmste Dilettant benutzt heutzutage Handschuhe. Ah! Da haben wir es ja!« Er zog ein Polaroidbild heraus und betrachtete es aufmerksam.

»Bitte!« Claudia konnte es kaum noch aushalten.

Er reichte es ihr über den Schreibtisch. Michael stand auf, trat hinter sie und beugte sich über ihre Schulter, um besser sehen zu können. Das Foto zeigte Imogen, anscheinend auf einem Hocker sitzend. Vor sich hielt sie mit beiden Händen die gestrige Ausgabe vom »Hamburger Abendblatt«. Imogen wirkte weder ängstlich noch verweint, sondern blickte, den Mund fest geschlossen, aufmerksam in die Kamera, mit jenem Ausdruck, den ihre Eltern kannten. So sah sie aus, wenn sie sich bemühte, eine schwierige Erklärung, die eigentlich über ihren Horizont hinausging, zu verstehen.

Claudia atmete auf. »Gott sei Dank! Sie ist gesund.«

Dörmer nahm ihr das Foto ab, zeigte es kurz seiner Kollegin und ließ es dann im schwarzen Umschlag seines Notizbuches verschwinden.

Dann sprach Claudia das aus, was wohl alle dachten. »Aber das war gestern.«

Michael legte ihr mit festem Druck die Hand auf die Schulter. »Jedenfalls hat man sie nicht in eine Kiste gepackt oder dergleichen.«

Sie hob den Kopf und sah zu ihm auf. »Ich habe entsetzliche Angst um sie.«

»Wie könnte es anders sein? Aber es wird schon alles gut werden.«

Als das Telefon klingelte, stellte Claudia zuerst den Kassettenrecorder ein; sie tat das schon ganz automatisch.

Die Stimme des Erpressers klang dumpf wie immer. »Sie haben das Bild bekommen?«

»Ja«, sagte Claudia, »danke.«

»Ihre Tochter ist gesund, aber sie wartet auf ihre Freilassung.«

»Das tun wir doch auch!« sagte Claudia impulsiv und merkte sofort, daß sie sich versprochen hatte.

»Wer ist ›wir‹?« fragte der Erpresser mißtrauisch.

»Mein Mann – mein geschiedener Mann – und ich. Er wollte Imogen abholen. Ich habe es ihm sagen müssen.«

Der Erpresser schwieg, als wäre er von der Entwicklung überrascht und müßte erst nachdenken.

Michael nahm ihr den Hörer aus der Hand. »Ich bin Imogens Vater. Ich werde meine Frau bei der Übergabe des Geldes begleiten. Das ist mein Recht.«

»Wenn Sie die Polizei einschalten ...«

»Nein. Das tun wir nicht!«

Am anderen Ende der Leitung wurde aufgehängt.

»Warum tut er das?« rief Claudia wütend. »Warum sagt er nicht endlich, wann und wo er das Geld haben will?«

»Wahrscheinlich schließt er nicht aus, daß doch eine Fangschaltung gelegt sein könnte. Deshalb faßt er sich kurz. Sobald er eine andere Telefonzelle gefunden hat, wird er sich wieder melden.«

Dörmer behielt recht. Es dauerte nur eine knappe halbe Stunde, bis der nächste Anruf kam.

»Verlassen Sie um neun Uhr abends das Haus. Benutzen Sie die Limousine des Professors.«

»Aber wohin sollen wir fahren?«

»Das werden Sie erfahren, sobald Sie das Grundstück verlassen haben. Halten Sie sich genau an unsere Anweisungen.« Der Erpresser legte auf.

»Wir sollen um neun Uhr im Auto meines Mannes losfahren«, wiederholte Claudia laut.

»Mit welchem Ziel?« fragte Dörmer.

»Das hat er nicht gesagt.« Claudia dachte nach. »Mein Mann hat ein Autotelefon.«

»Nicht dumm. Natürlich gäbe es für uns eine Möglichkeit mitzuhören...«

Claudia unterbrach ihn. »Bitte nicht! Bitte tun Sie das nicht!«

»Und verfolgen Sie auch nicht das Auto!« bat Michael. »Selbst wenn Sie den Täter bei der Geldübergabe schnappen könnten – wer weiß, was dann mit unserer Tochter geschähe!«

»Ich bin ja ganz Ihrer Meinung«, sagte der Kriminalbeamte friedfertig, »erst muß das Kind wieder dasein. Dann ist es immer noch früh genug, Fahndungsmaßnahmen zu ergreifen.« Er stand auf. »Wir dürfen uns jetzt wohl verabschieden.«

Auch Frau Kaminsky erhob sich. »Wenn Sie erlauben, bin ich vor neun wieder hier. Ich werde vorsichtshalber noch eine Nacht in Ihrem Haus verbringen. Ich möchte dasein, wenn Imogen zurückkommt.«

»Warum?« wollte Michael wissen.

»Um mitanzuhören, was sie zu erzählen hat. Natürlich werde ich sie nicht verhören, keine Bange. Ihr Wohl ist das Wichtigste.«

»Glauben Sie denn, daß Imogen schon heute nacht zurückkommt?« fragte Claudia.

Frau Kaminsky lächelte ihr ermutigend zu. »Spätestens morgen früh. Auf Wiedersehen, Frau Wolff! Auf Wiedersehen, Herr von Geldern. Mein Köfferchen darf ich hierlassen, nicht wahr? Ich habe es in die Diele gestellt.«

Wenige Minuten später waren Claudia und ihr geschiedener Mann allein. Sie standen einander in der Diele gegenüber.

»Du brauchst nicht zu bleiben«, sagte sie.

»Denkst du im Ernst, ich würde dich jetzt allein lassen?«

»Ich würde mich lieber entspannen.«

»Bildest du dir wahrhaftig ein, du schaffst das?«

»Ich könnte es wenigstens versuchen.«

»Ist dir gar nicht aufgefallen, daß die Polizei dich meiner Obhut übergeben hat?«

»Ich hasse dich.«

»Das ist ein guter Anfang. Sehr viel besser jedenfalls, als wenn ich dir gleichgültig wäre. Du hast lange so getan.«

»Das war wohl Selbstschutz.«

»Müssen wir eigentlich hier herumstehen?«

»Natürlich nicht. Wir können uns ins Wohnzimmer setzen. Wir hören auch dort, wenn das Telefon läutet.«

»Gehen wir lieber in die Küche und kümmern uns ums Essen.«

»Du kannst an essen denken?«

»Du solltest es auch. Nur mit Kaffee im Magen und Nikotin in den Lungen kriegen wir sonst noch das große Nervenflattern.«

Claudia packte ihn beim Arm. »Glaubst du, daß Imogen wiederkommt?«

Er drehte sich zu ihr um und sah ihr in die Augen. »Ganz fest!« Sein Gesicht verzerrte sich zu einer unnatürlichen Grimasse. »Wenn nicht, wäre ich schon verrückt geworden.«

Jähes Mitleid überfiel sie. Um es nicht zu zeigen, sagte sie: »Du hast dich jahrelang nicht um sie gekümmert.«

»Ja«, gab er zu, »und was noch schlimmer ist: als ich den Kontakt zu ihr gesucht habe, habe ich es nicht ihretwegen, sondern deinetwegen getan. Erst später habe ich begriffen, was für ein lieber, wertvoller Mensch sie ist.«

Darauf gab es nichts zu sagen. Sie redeten überhaupt sehr wenig miteinander an diesem langen Tag. Daß er sie immer noch liebte, hatte sie begriffen, aber sie wollte es nicht hören und sich auch nicht dazu äußern. Und über Imogen zu sprechen wäre ihnen vorgekommen, als tauschten sie Erinnerungen an einen Menschen aus, der schon nicht mehr existierte. So schwiegen sie denn miteinander und waren sich doch in Gedanken sehr nahe.

»Ich weiß nicht, wie ich diese Qual ohne dich hätte überstehen können«, bekannte sie einmal.

Aber das war schon zuviel gewesen.

»Ich weiß immer noch nicht, wie ich ohne dich leben soll«, erwiderte er darauf.

Endlich wurde es draußen dunkel. Claudia ging nach oben, um den Koffer mit dem Geld aus dem Ankleidezimmer zu holen. Michael begleitete sie. Er nahm den Koffer.

»Mach ihn auf!« sagte sie.

Er starrte auf die gebündelten Banknoten. »Wenn du das Geld nicht zurückbekommst«, sagte er, »werde ich es dir ersetzen.«

»Hast du ausnahmsweise mal gewonnen?« fragte sie und wußte selber nicht, was sie dazu trieb, sarkastisch zu sein.

»Gewonnen?« wiederholte er. »Aber ich spiele längst nicht mehr. Weißt du das denn nicht?«

»Seit wann?«

»Seit deiner Heirat. Ich habe immer versucht dagegen anzugehen, aber damals habe ich endlich begriffen, daß meine Willenskraft allein nicht ausreicht. Ich habe mich einer Therapie unterzogen.«

»Als es zu spät war«, sagte sie bitter.

»Es ist nie zu spät, solange man lebt.«

Sie hatte ihre Schmuckkassette aus dem Schrank genommen, nahm das Etui mit dem Saphircollier heraus und warf es in den geöffneten Koffer.

»Was soll das?« fragte er verblüfft.

»Ein Opfer für die Götter. Ich will es nicht mehr haben.«

»Ein Geschenk deines Mannes?«

»Meines Mannes und meines Liebhabers.«

Ohne weiter zu fragen, schloß er den Koffer.

Frau Kaminsky war pünktlich. Sie läutete schon am Tor, als sie die Treppe hinuntergingen. Sie parkte kurz vor der Haustür, um die Ausfahrt der Garage freizuhalten.

»Stellen Sie den Koffer auf den Rücksitz«, riet sie, »dann brauchen Sie nachher nicht am Kofferraum herumzufummeln.«

Michael hätte sich gern ans Steuer gesetzt.

Claudia ließ es nicht zu. »Ich kenne mich zwar nicht gut mit dem Wagen aus, aber immerhin habe ich mehr Fahrpraxis als du. Du kannst das Telefon bedienen.«

Sie verließen das Grundstück.

»Wohin jetzt?«

»Nach links. In Richtung Innenstadt, würde ich sagen. Bis er sich meldet.«

In niedrigem Tempo fuhren sie den Strandweg entlang. Es war ein diesiger Abend. Nebel stieg von der Elbe her auf. Ein Auto verfolgte sie mit gleichbleibendem Abstand. Sie konnten es nur an seinen Scheinwerfern erkennen.

»Fahr schneller!« sagte Michael.

Sie trat auf das Gaspedal.

»Er bleibt uns auf den Fersen«, stellte Michael fest.

Sie nahm das Gas weg, aber das andere Auto überholte sie nicht.

»Wenn das die Polizei ist...«

Er fiel ihr ins Wort. »Nein. Sie haben uns doch versprochen – und außerdem würden sie es nicht so plump anstellen.«

»Du meinst, es ist der Entführer?«

»Ja.«

»Vielleicht verfolgt er uns, um festzustellen, ob wir keinen Begleitschutz haben!«

»Das könnte sein.«

Als sie in die Blankeneser Hauptstraße einbogen, blieb der Verfolger zurück.

»Ist das nun ein gutes oder ein schlechtes Zeichen?«

»Ein gutes. Er kann jetzt sicher sein, daß wir allein kommen.«

Sie zuckten beide zusammen, als das Telefon summte. Michael nahm ab und meldete sich.

»Sind Sie allein?« fragte der Erpresser.

»Mit meiner Frau. Kein anderer ist bei uns.«

»Halten Sie sich weiter auf der Hauptstraße. Ich melde mich wieder.« Er legte auf.

»Er war es«, sagte Michael, »sonst könnte er nicht wissen, wo wir jetzt sind.«

Als der Erpresser das nächste Mal anrief, befahl er: »Nächste Ecke rechts ab.«

»Nach *Baurs Park?*« fragte Claudia.

Aber da hatte er schon wieder aufgelegt. Sie fuhren am hell erleuchteten Hotel vorbei auf einen der Eingänge des Parks zu.

»Und jetzt?« fragte Claudia.

Als könnte er sie hören und sehen, rief der Erpresser genau in diesem Augenblick noch einmal an. »Stoppen Sie!«

»Aber hier kann ich nicht parken.«

»Stoppen Sie!« wiederholte der Mann. »Die Frau soll den Koffer nehmen und aussteigen.«

»Nein, das mache ich!« widersprach Michael.

Eine kurze Pause entstand.

»Warum soll ich nicht?« fragte Claudia.

»Auf keinen Fall!« beharrte Michael.

»Aber es geht um Imogen!«

»Dem Kerl kann es jetzt nur um das Geld gehen.« Michael rief in die Sprechmuschel. »Hallo, hallo! Ich steige jetzt aus.«

»Gehen Sie in den Park. Richtung Aussichtspunkt. Sie kommen zu einer Laterne, die nicht brennt. Legen Sie den Koffer dort in den Abfallkübel.«

»Verstanden.«

Während Michael im Park verschwand, saß Claudia bei laufendem Motor hinter dem Steuer und betete. Es dauerte nur wenige Minuten, dann war er zurück.

»Immerhin bin ich das Zeug losgeworden«, sagte er, als er Platz nahm.

»Es war eine Dummheit, daß du gegangen bist.«

»Habe ich dir die Chance verpatzt, die Heldin zu spielen?« fragte er mit einem gequälten Grinsen.

»Nein. Aber einer Frau schlägt man nicht so leicht eins über den Schädel wie einem Mann.«

»Du siehst, er hat es nicht getan.«

»Aber er hätte es tun können.« Sie fuhr wieder an.

»Das sind jetzt unnötige Überlegungen. Die Geldübergabe hat geklappt. Das ist das einzige, was zählt.«

»Es war unvernünftig«, sagte sie, »aber ich danke dir trotzdem.«

Auf der Rückfahrt empfanden sie beide eine leichte Euphorie. Die Aktion war reibungslos abgelaufen. Aber als sie dann wieder das Haus betraten, in dem die Kriminalbeamtin auf sie wartete, wurde ihnen bewußt, daß noch gar nichts gewonnen war. Es gab keinen Beweis dafür, daß der Erpresser ehrlich sein und sein Opfer freilassen würde. Wieder begannen Stunden zermürbenden Wartens.

Kurz vor Mitternacht klingelte es am Tor. Claudia rannte zur Sprechanlage. »Ja, bitte?« rief sie atemlos.

»Ich bin es, Imogen!« sagte eine helle Mädchenstimme.

Erst konnte es Claudia nicht fassen, dann schrie sie: »Es ist Imogen!«

Michael und Frau Kaminsky stürzten zu ihr in die Diele.

»Ich bin mit einem Taxi da!« rief Imogen in die Sprechanlage.

»Ich drücke das große Tor auf!« rief Claudia zurück. Sie tat es, suchte ihre Tasche.

»Laß mich das erledigen«, sagte Michael.

Sie riß die Haustür auf. Ein Taxi kam die Auffahrt herauf, hielt vor der Garage. Imogen sprang heraus und fiel der Mutter in die weit geöffneten Arme.

Michael bezahlte das Taxi. Frau Kaminsky sprach leise mit dem Fahrer und ließ sich seine Adresse geben.

Claudia hielt ihre Tochter auf Armeslänge von sich und musterte sie im Schein der Außenbeleuchtung. »Liebling, wie fühlst du dich?«

»Fantastisch!« behauptete die Kleine. Sie sah ein wenig schmuddelig aus, der weiße Kragen ihres Kleides war grau und zerknittert, aber ihr langes Haar war durchgekämmt und festgesteckt.

Jetzt entdeckte sie ihren Vater, der auf das Haus zukam; sie flog ihm um den Hals, und er drückte sie lange und innig an sich.

»Michael, du hier?« rief sie, als er sie freigab.

»Deine Mutter und ich haben uns schreckliche Sorgen um dich gemacht.«

»Aber jetzt bin ich ja wieder da!«

»Hast du Hunger?« fragte Claudia. »Was möchtest du essen?«

»Am liebsten würde ich jetzt ausgiebig ein heißes Bad nehmen.«

»Natürlich, Liebling, und dann ab in die Heia!«

Das Taxi fuhr rückwärts fort.

Frau Kaminsky trat zu der kleinen Gruppe. »Willst du uns nicht erst von deinen Erlebnissen erzählen?«

Claudia machte Imogen mit Frau Kaminsky bekannt. »Sie ist eine Kriminalbeamtin, die uns mit Rat und Tat zur Seite gestanden hat.«

»Wieviel habt ihr zahlen müssen?« wollte Imogen wissen.

»Das ist doch ganz unwichtig«, sagte Claudia.

»Hunderttausend Mark«, erklärte Frau Kaminsky.

»Hui!« rief Imogen. »Das ist aber eine Menge!«

»Du bist es uns wert«, sagte Claudia, »das und noch viel mehr.«

»So lieb habt ihr mich?«

»Wußtest du das nicht?« fragten Claudia und Michael fast gleichzeitig, und alle drei machten mit einem erleichterten Lachen ihrer Anspannung Luft.

Gleich nachdem sie das Haus betraten, verschwand Imogen auf der Toilette.

»Eine Tasse Kakao wird ihr bestimmt guttun.« Claudia ging zur Küche.

Michael und Frau Kaminsky warteten in der Diele auf Imogen.

»Endlich wieder ein richtiges Klo«, sagte sie, als sie wieder erschien, »bei denen mußte ich auf den Topf gehen. Das war das Allerschlimmste, und manchmal hat es stundenlang gedauert, bis sie ihn rausgetragen hat.«

»Wer – sie?« fragte Frau Kaminsky.

»Ich weiß es nicht, habe ihr Gesicht nicht gesehen. Sie trug ein arabisches Gewand, aus blauer Seide oder so etwas. Nur ihre Augen sahen heraus, aber eine Araberin war sie nicht.«

Sie gingen ins Wohnzimmer und setzten sich.

»Hast du Angst gehabt?« fragte Michael. Er schenkte seiner Tochter ein Glas Sodawasser ein und sich selber einen Whisky mit Soda. Die Kriminalbeamtin winkte ab.

»Nein!« behauptete Imogen und fügte abschwächend hinzu: »Jedenfalls nicht sehr.« Sie trank durstig. »Als ich wach wurde, habe ich sie nämlich reden hören. Er sagte zu ihr, daß sie mir gleich wieder eine Spritze geben sollte. Aber sie sagte, das wollte sie nicht, es wäre schlecht für meine Gesundheit.« Sie sah von Frau Kaminsky zu ihrem Vater. »Daraus schloß ich, daß sie mich nicht umbringen wollten, denn sonst wäre die Frau ja nicht besorgt um meine Gesundheit gewesen.«

»Zwingend logisch«, sagte ihr Vater, und Frau Kaminsky lächelte.

»Natürlich dachte sie, ich wäre noch weg vom Fenster, und ich habe mich auch so gestellt. Später haben sie nie mehr in meiner Gegenwart geredet.«

»Hast du die Stimmen erkannt?«

»Nein. Sie sprachen ja auch nebenan. Die Tür stand offen. Sie sagte noch, sie würde mir nur dann eine Spritze geben, wenn ich mich anstellen würde. Aber sie hoffte sehr, daß ich vernünftig sein würde. Das ganze Geld würde ihr keinen Spaß machen, wenn ich krank würde. Also bin ich natürlich ganz brav geblieben. Eigentlich war sie ganz nett. Sie hat mir sogar einen Kamm und eine Bürste gegeben.«

»Aber du warst eingesperrt?« Michael hatte begonnen, sich eine Zigarette zu drehen, legte sie aber fort, weil es ihm nicht gelingen wollte, und nahm sich eine aus Claudias Päckchen.

»Ja, in einem ganz kleinen Zimmer. Es war nur eine Pritsche darin, das Töpfchen und ein Fernseher. Fenster gab es keines. Es war wohl so eine Art Besenkammer.«

»Geräusche von draußen?«

»Nein.«

»Wie bist du denn überhaupt dorthin gekommen?« wollte Michael wissen.

»Ich kam von der Geburtstagsfeier...«

»Den Chauffeur hattest du fortgeschickt?« fragte Frau Kaminsky dazwischen.

»Ich habe ihm gleich gesagt, daß er mich nicht abzuholen brauchte. Ich wußte ja nicht, wie lange es dauern würde, und es ist mir immer unangenehm, wenn er irgendwo draußen herumsteht und wartet.«

»Das kann ich gut verstehen.«

»Wir bekamen noch Kartoffelsalat und Würstchen, bevor es aus war. Dann zogen wir ab. Ich ging zusammen mit Gisela und Pünktchen – das ist eine aus meiner Klasse. An der Süllbergstraße trennten wir uns, ich mußte in die andere Richtung. Dann kam ein Junge auf einem Fahrrad und hielt am Bordstein neben mir. ›Bist du Imogen?‹ fragte er, und ich sagte ja.« Sie sah ihren Vater an. »Kann ich noch ein Glas Wasser haben?«

»Natürlich.« Er schenkte ihr nach.

»Was für ein Junge?« fragte Frau Kaminsky.

»Ein ganz gewöhnlicher. Wie sie so sind. Blond. So zwischen zwölf und vierzehn. Keiner vom Gymnasium.«

»Und?« fragte Michael.

»Er sagte, meiner Freundin Kersten wäre was passiert.« Zu Frau Kaminsky gewandt, fügte sie erklärend hinzu: »Kersten ist meine Freundin und meine Cousine.«

»Du kanntest den Jungen nicht und hast ihm trotzdem geglaubt?«

»Ja. Kersten ist so eine, der leicht was passieren kann. Man muß dauernd auf sie aufpassen. Also fragte ich: ›Wo?‹ – Er sagte: ›Auf dem Neubau am Kiekeberg.‹ Da habe ich ihm natürlich erst recht geglaubt. Da spielen wir nämlich manchmal.«

»Auf einem Neubau?« vergewisserte sich Michael. »Ist das denn nicht gefährlich?«

Claudia erschien in der offenen Tür, zog sich aber auf ein Zeichen Frau Kaminskys hin gleich wieder zurück.

»Das ist eben der Spaß daran!« Imogen sah ihren Vater offen an.

»Deine Mutter wußte das aber nicht?« fragte Frau Kaminsky.

»Keine Mutter. Mütter erlauben so etwas nicht. Selbst die nettesten sind alle Angsthasen.«

»Na ja«, sagte Michael, »aber ich muß zugeben, ich hätte es dir auch nicht erlaubt.«

»Aber alle machen das doch, jedenfalls die meisten. Meine Freundinnen und ich und die Jungen überhaupt.«

»Aber die Erwachsenen dürfen es nicht wissen?« fragte Frau Kaminsky.

»Die vom Bau schon gar nicht. Manchmal rammeln sie alles so zu, daß man nicht mehr hineinkommt – oder fast nicht mehr. Deshalb dachte ich auch, wenn Kersten was passiert war, wollte sie vielleicht keinen Erwachsenen um Hilfe bitten. Ich dachte, sie könnte ein Bein gebrochen haben oder so.«

»Und was dann?« fragte Michael.

»Dann hätten ich und der Junge ihr vom Bau weghelfen können. Er hatte mich auf dem Gepäckträger mitgenommen. ›Da in der Hütte ist sie!‹ hat er noch gesagt, und dann war er weg. Das ist so eine Art Schuppen, in dem die Arbeiter ihre Klamotten aufbewahren. Sonst war er immer verschlossen, diesmal war er auf. Ich ging hinein und rief nach Kersten. Draußen war es schon nicht mehr hell, aber drinnen ganz duster. Dann packte mich jemand, hielt mir was Stinkendes vor Mund und Nase. Ich habe ihm noch tüchtig gegen die Schienbeine getreten, aber dann wurde es schwarz.«

»Bis du in der Besenkammer wieder aufgewacht bist.«

»Einer Art Besenkammer!« verbesserte Imogen. »Heute hat mir die Frau dann gesagt, daß ich wieder nach Hause kann. Sie hat mir die Augen verbunden und ist mit mir fortgefahren, ziemlich weit und ziemlich rundum kam es mir vor. Dann hat sie mich aussteigen lassen und mir gesagt, ich müßte die Augen zulassen und bis hundert zählen. Sie würde mich beobachten. Ich wußte natürlich, daß ich nur das Auto nicht sehen sollte. Aber ich habe mich doch daran gehalten. Besser ist besser, habe ich mir gesagt.«

»Das war sehr klug von dir«, lobte Frau Kaminsky.

»Als ich die Augen aufmachte, stand ich in einem ganz dunklen Winkel. Ich wußte erst gar nicht, wo ich war. Aber dann war es der Bahnhofsplatz, und ich habe mir gleich ein Taxi genommen. Dem Fahrer habe ich gesagt, ich hätte mich verlaufen.«

»Das hast du sehr gut gemacht, Imogen!« erklärte Frau Kaminsky. »Jetzt denk aber einmal tüchtig nach. Irgend jemand muß doch gewußt haben, daß du und deine Freundinnen gerne auf diesem Neubau spielen, irgendein Erwachsener, denn sonst hätte man dich ja nicht dorthin locken können.«

»Ja, das habe ich mir auch schon überlegt. Aber der, der uns einmal gesehen hat, kann es nicht gewesen sein.«

»Wer hat euch denn gesehen?«

»Herr Braake.«

»Der Chauffeur?«

»Ja. Wir haben uns natürlich gleich versteckt. Wir hatten einen Riesenbammel, daß er es zu Hause erzählen würde. Aber Kersten sagte, er hätte uns gar nicht entdeckt, und weil danach gar nichts passierte, habe ich es dann auch geglaubt.«

Claudia brachte einen dampfenden Becher herein und stellte ihn vor Imogen auf den Tisch. »Vorsicht! Der Kakao ist sehr heiß.«

»Danke!« Imogen legte beide Hände um den Becher.

»Wann war das?« fragte die Kriminalbeamtin.

»Noch vor Weihnachten, glaube ich.«

Frau Kaminsky stand auf. »Dann will ich nicht länger stören. Wir müssen natürlich noch miteinander reden, Imogen, wenn du erst richtig ausgeschlafen bist.«

»Ich habe alles gesagt.«

»Das kommt dir jetzt so vor. Aber bestimmt wird dir noch dies oder das einfallen.«

Claudia begleitete Frau Kaminsky in die Diele, um ihr das Tor zur Straße zu öffnen. »Sie glauben, es war Braake?« fragte sie leise.

»Aus dem Bericht Ihrer Tochter ist es zu schließen. Wir werden ihn uns vorknöpfen, jetzt, da sie in Sicherheit ist. Könnten Sie sich ein Motiv vorstellen – einmal abgesehen vom Geld?«

»Ich habe mich immer bemüht, nett zu ihm zu sein. Aber ich mag ihn nicht, und vielleicht hat er das gemerkt.« Claudia dachte nach. »Außerdem habe ich es ziemlich oft abgelehnt, mich von ihm fahren zu lassen.«

»Könnte er gefürchtet haben, seine Stellung zu verlieren? Wenn Sie und Ihre Tochter seine Dienste nicht in Anspruch nehmen, kann er doch eigentlich nicht ausgelastet sein.«

»Das stimmt. Aber mein Mann wäre nicht auf die Idee gekommen, ihm zu kündigen.«

»Na ja. Wir werden sehen. Sie halten sich zu unserer Verfügung?«

›Wozu?‹ dachte Claudia, aber sie nickte.

»Außerdem müßte Imogen von einem Arzt untersucht werden. Sie hat sich zwar bewundernswert gehalten, aber Sie sollten doch sicherheitshalber noch einmal alles überprüfen lassen.«

»Das wird mein Mann übernehmen, sobald er zurück ist.«

Als Claudia ihre Tochter gebadet und ins Bett gebracht hatte, wartete Michael im Wohnzimmer auf sie mit einem vollen Glas Whisky in der Hand, das er ihr reichen wollte. Für sie selber ganz unerwartet, brach sie in Tränen aus.

Er stellte das Glas aus der Hand und nahm sie in die Arme, streichelte sie und klopfte ihr den Rücken. »Warum weinst du denn? Es ist doch überstanden. Der Alptraum ist vorbei.« Doch er verstand sie sehr gut. Ihr Ausbruch war die Reaktion auf die Anspannung und die Angst der letzten Tage, in denen sie sich keine Unbeherrschtheit erlaubt hatte. Seine Augen wurden feucht. Fast hätte er selber geweint.

Endlich ließ ihr Schluchzen nach. Er bog ihren Kopf zurück, küßte ihr die Tränen von den Wangen und den Augen. Dann, unversehens, fanden ihre Lippen sich zu einem Kuß, der immer leidenschaftlicher wurde. Schwankend umklammerten sie einander.

Sie unternahm einen schwächlichen Versuch, ihn von sich zu stoßen. »Nein, nein, das dürfen wir nicht!«

»Komm zu mir zurück, Claudia! Das alles wäre nie passiert, wenn du nicht diesen Professor geheiratet hättest.«

»Knut trifft keine Schuld. Aber etwas ist schiefgelaufen. Ich muß mein Leben ändern.«

»Versuch es noch einmal mit mir!«

»So einfach ist das nicht.« Jetzt gelang es ihr, sich von ihm zu lösen. »Gut, du sagst, du bist kein Spieler mehr, und ich glaube dir das. Aber wir würden uns trotzdem immer wieder streiten.«

»Na und? Auseinandersetzungen gehören zum Leben. Das hier ist doch nicht deine Welt, Claudia, diese piekfeine Umgebung. Du warst niemals eine Prinzessin auf der Erbse, und Imogen ist es übrigens auch nicht. Du brauchst doch all diesen Luxus und dieses Verwöhntsein gar nicht.«

»Ja, vielleicht hast du recht«, gab sie zu und nahm einen kräftigen Schluck Whisky.

»Was du brauchst, ist ein richtiger Mann. Damals konnte ich es dir nicht sein – aber du erinnerst dich doch noch, wie glücklich wir trotz allem immer wieder waren.«

»Das werde ich nie vergessen.«

»Laß uns einen zweiten Anlauf nehmen!«

»Ich kann Knut doch nicht einfach sagen, daß ich nicht mehr bei ihm bleiben will.«

»Der wird es leicht verkraften. Hauptsache, ihm bleibt seine Frau Beer.«

»Jetzt wirst du zynisch. Aber in einem hast du recht: ich kann so oder so nicht länger bei ihm bleiben. Ich muß mich lösen und mein Leben in Ordnung bringen. Ich weiß nur noch nicht wie.«

»Das kannst du auch nicht jetzt entscheiden. Nicht nach allem, was du durchgemacht hast. Laß uns zusammen verreisen.«

»Unmöglich!«

»Du und Imogen, ihr müßt ohnehin fort. Was glaubst du, was sonst hier los sein wird? Vielleicht steht der Fall schon morgen in den Sonntagsblättern. Ihr müßt so früh wie möglich los, und ich wede euch begleiten.«

Sie fuhr sich mit beiden Händen an die Schläfen. »Ich weiß nicht mehr, wo mir der Kopf steht.«

Er zog ihre Hände an sich und küßte sie. »Ich will deine Verwirrung nicht ausnützen, Liebling. Aber morgen früh stehe ich um Punkt sechs Uhr bei dir auf der Matte. Wenn du mich dann immer noch loswerden willst...«

»Aber das will ich doch gar nicht!« Sie sah ihn aus tränenschimmernden Augen an.

»Ja, ich weiß, du wärst bereit, deinen Mann mit mir zu betrügen. Aber das würde dich und mich nicht weiterbringen. Mir liegt nichts an einer Nacht mit dir oder auch dreien. Für mich bist du immer meine Frau geblieben. Ich will nicht nur mit dir schlafen... Das natürlich auch. Aber vor allem will ich mit dir zusammenleben.«

»Das eben macht es mir so schwer.«

»Ich verspreche nicht, es dir leichtzumachen. Solltest du mich je betrügen...«

Sie konnte schon wieder lächeln. »Was dann?«

»... würde ich dem anderen eine verpassen und dich zurück in unsere Höhle schleppen.«

»Das sind nicht gerade erfreuliche Aussichten.«

»Aber du wirst mir treu bleiben, das verspreche ich dir.«

»Ach Michael«, sagte sie mit einem tiefen Seufzer, »wenn das alles nur möglich wäre.«

»Wir schaffen es. Verlaß dich darauf. Natürlich brauchen wir eine anständige Wohnung, vielleicht solltest du sogar erst einmal mit

Imogen allein bleiben, bis die Scheidung durch ist. Aber das alles sind zweitrangige Überlegungen. Wichtig ist nur, du begreifst, daß wir zusammengehören.«

»Du kannst sehr überzeugend sein, Michael.«

»So, und jetzt bestelle ich mir ein Taxi. Trink du nur in aller Ruhe deinen Whisky aus.« Noch einmal nahm er sie in die Arme und küßte sie.

Es war für sie wie eine Heimkehr. »Willst du wirklich nicht bleiben?« flüsterte sie.

»Hier? In der Krögerschen Villa? Nein, bei aller Liebe nicht. Das wäre ein schlechter Anfang.«

Sie sah ihm nach, ihr Glas noch in der Hand, als er in das Taxi stieg. Sie war sich immer noch nicht sicher. Aber dann begriff sie, daß sie nichts mehr zu verlieren hatte, sondern nur noch etwas gewinnen konnte.

Noch in der Nacht begann sie, für sich und ihre Tochter die Koffer zu packen.

Am nächsten Morgen hatten sie schon in aller Frühe die Peripherie der Hansestadt hinter sich gelassen. Claudia steuerte ihr Cabriolet, Michael saß neben ihr und Imogen auf dem Rücksitz, die Arme auf die Kopflehne gestützt, um ihren Eltern so nahe wie möglich zu sein.

»Fahren wir nun nie wieder zurück?« fragte sie aufgeregt.

»Doch. Natürlich. Wir müssen doch Onkel Knut auf Wiedersehen sagen.«

»Er war immer so nett zu mir.«

»Und du zu ihm. So soll es auch bleiben.«

»Aber ich brauche jetzt keinen Stiefvater mehr, wo ich doch meinen richtigen habe.«

Michael streichelte ihren Arm. »So ist es, mein Kleines.«

»Nie hätte ich gedacht, daß wir drei mal zusammen losfahren würden! Wenn ihr euch bloß nicht wieder zerstreitet!«

»Streiten werden wir schon«, sagte er, »das macht nichts. Jetzt wissen wir doch, daß wir uns immer wieder versöhnen werden.«